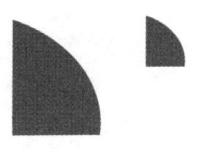

异时之夏

THE STORY OF AN UNUSUAL SUMMER

贾楒 著

新星出版社　NEW STAR PRESS

图书在版编目（CIP）数据

异时之夏 / 贾樨著．—— 北京：新星出版社，2022.3
ISBN 978-7-5133-4743-3

Ⅰ．①异… Ⅱ．①贾… Ⅲ．①幻想小说－中国－当代Ⅳ．①I247.5

中国版本图书馆CIP数据核字(2021)第274882号

光分科幻文库

异时之夏

贾樨 著

责任编辑：施 然
监　　制：黄 艳
责任印制：李珊珊
美术设计：冷暖儿　张广学

出版发行：新星出版社
出 版 人：马汝军
社　　址：北京市西城区车公庄大街丙3号楼 100044
网　　址：www.newstarpress.com
电　　话：010-88310888
传　　真：010-65270449
法律顾问：北京市岳成律师事务所

读者服务：010-88310811　service@newstarpress.com
邮购地址：北京市西城区车公庄大街丙3号楼 100044

印　　刷：北京美图印务有限公司
开　　本：910mm×1230mm　　1/32
印　　张：13.125
字　　数：306千字
版　　次：2022年3月第一版　　2022年3月第一次印刷
书　　号：ISBN 978-7-5133-4743-3
定　　价：58.00元

版权专有，侵权必究；如有质量问题，请与印刷厂联系更换。

每个人都有过那样一个夏天

张小北

迄今为止，在我还算丰富多彩的人生中，保留在"心愿清单"上的选项已经不太多了，"给一本书写序"则是一直没有机会实现的心愿。现在，感谢本书作者贾樨给予的机会，我终于可以把这个选项从清单上划掉了。

贾樨是我在央视《第10放映室》工作时的老同事，现在也是我紧密合作的创作搭档。我不止一次听她给我讲起《异时之夏》这个故事，每一次都能成功地把我带入那个亦真亦幻的世界。本书虽然篇幅不短，但它也只是那个奇妙世界的小小一角。如果有机会，我非常希望贾樨能够把那个宏大而神奇的世界继续用文字讲述出来。

中国科幻文学已经进入了长篇时代，每年都会有不少长篇科幻小说出版。在这样一个百花齐放的年代，我很高兴看到《异时之夏》这样的中文原创科幻小说出现。它不同于我之前看到的任何一部中文科幻小说，因为它的故事就发生在你我身边，但和我们又有一定的距离感。这种空间和时间的距离感，让海边小镇里发生的少年冒险故事蒙上了一层朦胧的面纱，同时又蕴含着让我们刻骨铭心的真切回忆。

作为一名科幻迷和影迷，我在阅读《异时之夏》这本书的过程中，很容易就忘记了时间的存在，全身心投入书中那些充满想象力的奇妙场景之中，和本书那些有趣的主人公们一起经历了一个奇特而难忘的暑假。在我们长大的过程中，我们每一个人都有过那样一个夏天——你还没有变成"大人"，但你也不再是"孩子"了。真实的世界刚刚对你敞开大门，而身后的童年时代已经离你远去。你正处于残酷的真实和美好的幻想之间，你此时做出的每一个选择，都将在你未来的漫长人生中不断发出回响，此刻的回忆会治愈未来的一生。

除了小说作者这个身份，贾樨还是一位优秀的影视编剧，所以她的文字非常视觉化。在阅读文字的过程中，我时常感慨，如果有机会，这个故事也会是一部非常精彩的电影，甚至是一部扣人心弦的剧集。但现在，我能做的就是把这本书推荐给大家。作为一部篇幅克制的长篇小说，它的阅读感受是非常紧凑和愉悦的。在现代忙碌的生活节奏的压力下，"阅读"似乎已经变成一种略显奢侈的文化消费。但如果你有追剧的习惯，那么阅读本书也可以采用差不多的节奏：你可以每天抽出半小时左右的闲暇时间阅读一章，或者是找一个周末一口气把它读完。但无论你采用哪种方式，本书的阅读过程和体验都会如同书中的那个回味悠长的夏天一样——虽然它过去了，但它又一直存在于你我的心间。

我作为一个科幻迷和影迷，非常乐于见到那样一个世界逐渐从幻象变为"真实"——这里的真实并不是指它真的会变成你我身边的世界，但只要它变成文字，它就能真实地存在于你我的脑海之中。无论何时，只要我们阅读过那些文字，即使我们合上书本，即使我们遗忘部分情节，但那个世界和那些有趣的年轻人，都会在那个世界里继续他们的生活和冒险。

那个世界很大，随着他们的成长，注定还会有很多有趣的冒险在等待着他们。我也会继续期待着这群少年未来的故事。

目 录

序章 — 1
我要找到你 — 9
异象 — 27
失踪者 — 39
少年的冒险 — 57
孤岛惊魂 — 71
奇怪的他 — 89
外来者 — 113
扑朔迷离 — 127
狼来了 — 141
新进展 — 165
我是谁 — 183
人人都有秘密 — 197
你是谁 — 211
怪物 — 233
父辈的秘密 — 253
配角悲惨的一天 — 271
最好的朋友 — 285
变故 — 309
雨夜、血夜 — 323
绝望的战斗 — 339
回归 — 357
计划赶不上变化 — 371
一切的终结 — 383
尾声 — 401
后记 — 409

序章

―― 0 ――

2003年7月5日，福建沿海，蓝珠镇。

"喂，你们商量好了没有？再不走，我可没时间奉陪喽。"

四十来岁的船工何老大吐了口烟圈，懒洋洋地眯起眼睛，一点也不像没时间的样子。这个精明的渔民在福建沿海风吹日晒了二十多年，深谙谈判之道——谁先着急，谁就输了。

"说好多少钱，就是多少钱，你怎么能临时涨价？"

这句无力的反驳暴露了对面谈判者的焦急。相比何老大那被江湖油水浸润得看不出喜怒的黝黑皮肤，十八岁的少年周启赡简直白得通通透透，属于一眼就会被看穿的那类人。他双手紧紧攥着双肩包的背带，脸上写满了生气和无奈，显然对这样的市井场面缺乏经验。

何老大对少年的困境幸灾乐祸，这背后的原因也不难猜。周启赡是蓝珠镇的名人。1995年，年仅十岁的周启赡包揽了全国五大奥数比赛的一等奖，是一名耀眼的天才。然而就在所有人都认为他前途无量时，周家出事了。周启赡刚获得了奥数比赛大满贯，他的生父周铭就在一个狂风暴雨的夏夜离奇失踪。他的母亲林孝慈被当成第一嫌疑人盘问了许久，尽管最终一切不了了之，但整个蓝珠镇都确信与她脱不了干系。从此以后，周启赡从一个还算正常的小男孩儿，逐渐变得孤僻、古怪、固执……一夜之间，未来不复存在。

一个天才陨落了，但对于包括何老大在内的大部分蓝珠镇镇民来说，这只是一次茶余饭后的谈资，没人会对那一家人倾注真正的同情。

当那个曾经消失在人们视线中许久的天才少年再次出现在何老大面前，并且向他提出一个要求时，船工的第一反应是好奇。这份好奇让他在谈价钱时犯了点儿小错误——要价太低了。他决定在出发之前把价钱翻一倍。

"周家仔啊,是你先骗我的。"何老大跳上自己的小破船,指了指周启赡身后的另一个少年,"这小子是外国人吧,带外国人出海可是犯法的,你不知道吗?"

周启赡一愣,先是"骗我",紧接着"犯法",两个词连续出击,令他难以招架。周启赡不自觉地摩挲起手腕上一块机械表的表盘。这是一块老式梅花表,属于他的父亲周铭。那个宿命般的夜晚,周铭亲手将它给了儿子,之后就消失在暴雨中。

就在此时,何老大口中的外国人——沃夫冈·杨——主动走上前,拦在了两人中间。

沃夫冈有着小麦色皮肤,身型匀称有力,和白皙清瘦的周启赡就像是两个世界的人。沃夫冈面带微笑站在何老大面前,跟周启赡、何老大形成了一个微妙的三角形,既没有挡住周启赡的视线,又刚好不会让他看到自己的表情。不知为何,面对这个小小年纪的少年,何老大打心底里有点不安。

沃夫冈露齿一笑,整齐的牙齿白得晃眼,"何先生,你好。"

何老大讪讪地哼了一声:"中文说得挺好啊。"

沃夫冈点头,"我虽然在德国长大,但身上流淌着中华民族的血液,我们的家族一直视自己为中国人。"

沃夫冈咬文嚼字,但何老大仗着没文化,不跟他绕圈子:"妈祖在上,我不吃你这套,你们要去的可是开阳岛!当年出事之后……"

话虽如此,何老大的身体却诚实地出卖了他的内心。船工双手叉腰,双脚稳稳地站在破旧的小渔船上,毫无退却的意思。这条渔船,用牌友们的话来说就是:还能浮在水面上,已经是妈祖保佑了。

沃夫冈轻轻一笑。其实他早就猜到了对方的意图。他正要将手伸进衣兜掏钱包，却被周启赡拦住了。

周启赡愤愤地盯着何老大，"人不能说话不算话！"

他的抗议简直太小儿科了。何老大毫不在乎地耸耸肩，转过身继续坐在甲板上抽起烟来，余光不时偷瞄两个少年一眼。周启赡气鼓鼓的，沃夫冈的表情却没什么变化，摸不透到底在想什么。不过何老大有的是耐心，两个毛都没长齐的小孩子，能翻什么天？

周启赡看起来很难受，最终他沮丧地垂下了头。少年将友人拉到一边，抱歉地低声说："沃夫冈，对不起，这一次我自己去吧。"

这个决定让何老大傻了眼。不仅是他，沃夫冈也颇有些意外。周启赡解释道："你已经帮我很多了，我不能……不能再让你这么破费。"

沃夫冈心里松了一口气，钱的问题都是小事。他拍了拍好友的肩，"启赡，没关系，我来处理。"

周启赡有点迷惑地看着沃夫冈。沃夫冈狡猾地笑了笑，走到何老大面前。他摘下自己的腕表晃了晃。何老大一眼就认出那是德国产的朗格表。人不可貌相啊，何老大喜不自胜地伸出手，却在最后一刻扑了个空。沃夫冈举着手表稍微抬了下手，眼睛盯着何老大，却对周启赡发问："启赡，联珠状闪电大概什么时候出现？"

周启赡一愣，不自觉地答道："大概再过十个小时，开阳岛附近会下大暴雨，有百分之八十九的概率会出现联珠状闪电，不过上一次出现是十七年前，所以我的计算可能会有偏差——"

"这就够了。"沃夫冈打断他，目光扫过表盘，再度落在何老大身上。"现在是上午十点，你的船时速最多能到十二节，在天气正常的情况下也需要八个半个小时才能到达开阳岛附近，而且上岛之后，我们还需要时间准备。你明白我的意思吗？"

何老大先是被周启赡精确的计算吓了一跳，接着发现刚才还一脸阳光的沃夫冈，此刻仿佛换了个人——他的眼神里透露出一丝寒光，让何老大情不自禁地咽了口唾沫。

"你明白我的意思吗？"沃夫冈又问了一遍。

何老大是真的没听懂，表情随即不安起来。只听沃夫冈冷冷地又说："所以，何先生，您要是再拖下去，我们就会错过这次闪电的时机，既然会有这种后果，我们连原本的船资也不必付给您了吧？"

"这……"何老大先是被沃夫冈的气势震慑，接着就被他偷换逻辑的话语给绕蒙了。只见沃夫冈转眼又换回了最初那副人畜无害的笑容，"何先生，抓紧时间走吧。"

何老大败下阵来，讪讪地点头。此时，沃夫冈居然主动把朗格表塞到何老大手中。周启赡正想阻拦，可沃夫冈一把将他拉住。沃夫冈摇了摇头，动作不大却充满威严。周启赡终于不说话了，闷闷地把头埋着。

何老大拿着那块表，表情激动。沃夫冈的语气忽然严厉起来："这不是给你的，但你可以当作是我的保证，这一趟不会让你吃亏。"

何老大忙不迭点头，飞快地发动了渔船的柴油发动机，黑烟飘了过来，沃夫冈在前，周启赡在后，双双跳到了船上。

周启赡疑惑地问："你为什么还要把表给他啊？"

沃夫冈笑了笑说："启赡，如果要一个人全力为你做事，就需要让他欠你点什么。"

周启赡觉得他有点小题大做，"我们只需要他开船而已。"

沃夫冈摇摇头，"启赡，你可能无法想象，这次能和你一起去开阳岛，对我来说意味着什么。"

周启赡觉得友人话里有话，但又一时想不到从何问起，就在他愣神的时候，何老大的声音飘了过来：

"你们放心，在这片海域，我何老大什么地方没去过？开阳岛附近虽然有警戒线，那帮搞走私的还不是一直去那里周转货物。我这艘小破船，破归破，出入个把禁区还是没问题的。"看样子何老大拿到了保证，心情非常好，话也多了，"不过八几年之后，搞走私的一下子都没了，也不晓得为什么。有人说岛上有怪物，还有人说看见蛙人在那里交火，总之，要不是看你们还算诚心，我可是不会往那里走的！"

何老大的话前后矛盾，逻辑混乱，但无论他说什么，两人都听不进去了。周启赡回望着逐渐远去的码头，沃夫冈站在他身边。两人对视一眼，紧张而激动地期盼着即将开始的冒险。

远处的海面上乌云聚集，闪电在云层之中忽明忽暗。周启赡背对着何老大，他的双肩包里隐约闪现出一丝蓝色的光芒。说来也怪，双肩包的布料是黑色的，也并不薄透，但蓝色的光芒却奇异地渗了出来，似乎还有弥漫之势。那种蓝色……何老大说不清，不是天空的蓝，不是海水的蓝，不是颜料的蓝，也不是何老大见过的任何工业染色的蓝……蓝色的光芒仿佛有魔法一样，何老大情不自禁想要过去一看究竟。

沃夫冈适时拦在了他面前。蓝色的光一被挡住，何老大就清醒了，他甩甩头，有些懊恼自己的失态。沃夫冈的笑容没有变，他轻轻抬手比出个噤声的手势。何老大溜到嘴边的话又咽了回去。

当然，这一切周启赡都没有察觉。小渔船掉转船头，向远处的海平面慢慢驶去。柴油发动机的声音逐渐在码头消散，好像刚才的一切都未曾发生过。

我要找到你

— 1 —

赵秋霜从小就知道自己和别人不一样，不仅因为她出生就有听力障碍，需要靠助听器维持正常生活，还因为她没有爸爸。当然，那个时候她还不叫赵秋霜，而叫周启霜。

周启霜是遗腹子，从没见过爸爸。妈妈李蕾在北京做着一份低调的文员工作，柔柔弱弱，与世无争。但周启霜不一样，她要强、倔强，被人欺负绝不会忍气吞声。可以想见，这样的性格会给周启霜的生活带来多大的麻烦。

1991年的一天，五岁的周启霜在幼儿园放学后，照例和那些嘲笑她没有爸爸的男孩子打了一架，挂着彩回家。母亲李蕾一边给她擦紫药水，一边默默流泪。周启霜对妈妈的软弱很生气，她还不太明白世界的不公，只知道妈妈一直隐瞒着父亲的下落，正因为妈妈不说，自己才受人欺负。那一刻，周启霜非常恨妈妈。属于孩子的愤怒一旦发泄出来，做家长的未必招架得住。李蕾被女儿尖锐的质问击溃，终于告诉她，她的生父周阳早已不在人世。

在妈妈的一只小铁盒中，周启霜看到了一块曾属于周阳的老式梅花表，以及一张照片。照片上是年轻时的生父周阳、妈妈李蕾，周阳的哥哥周铭，周铭的妻子林孝慈，还有他们一岁的儿子周启赡。拍照时，李蕾大腹便便，显然是快要生产了。在海风微拂的码头，她倚靠在周阳身边，笑得无比幸福。从那时起，赵秋霜第一次知道了蓝珠镇，并意识到自己还有一个从未谋面的堂哥。

爸爸是怎么死的？为什么连妈妈都不知道？周启霜心中的疑问堆得像山一样高。为什么自己的叔叔和堂哥都在蓝珠镇，妈妈却不愿意在那里生活？

李蕾缄口不言。

周启霜发起了脾气，然而她第一次见识了妈妈的愤怒。李蕾的愤怒是冰冷的，冰冷之中蕴含着让人难以承受的怒意，像一块不会融化的寒冰。谁愿意一直生活在寒冰周围呢？周启霜抽抽搭搭哭了起来。

李蕾紧紧抱住女儿，叹息着说："妈妈不告诉你，是不希望你带着过去的伤口生活。答应妈妈，以后再也不提这件事了，好不好？"周启霜点头，并完全遵守承诺，任由父亲和蓝珠镇成为母女俩心照不宣的禁区。但是，小小的周启霜同时也暗暗发誓，总有一天，要解开这个秘密。

周启霜八岁时，母亲李蕾再婚，嫁给了为人严肃正直的大学教授赵远国。周启霜也顺理成章地改名为赵秋霜。李蕾和赵远国原以为女儿会反对这桩婚事，没想到赵秋霜很平和地接受了母亲再婚和自己改名的事实。

新晋家长赵远国尽职尽责地想要做好赵秋霜的父亲，但赵秋霜对他始终非常冷淡。李蕾心里难受，赵秋霜不为所动。妈妈和老赵以为自己会这样忘记关于生父的一切吗？不可能。

赵秋霜一直在利用课外时间收集着所有和"蓝珠镇"相关的线索，可惜一无所获，但她没有放弃。2000年，赵秋霜帮学校图书馆整理校报时，看到一份1996年的校报上，有一块豆腐大小的数学竞赛通报，在这则简短的消息中，她看到了"周启赡"这个名字。来自福建蓝珠镇的周启赡，这几乎不可能是其他人。

那一刻，孤独的赵秋霜感觉到了命运的眷顾。

经过一番波折，赵秋霜找到了当时负责安排全国参赛选手比赛日程的老师，通过他拿到了周启赡的通信地址和联系方式。但在最后一刻，她开始犹豫了。

尽管通过多年不懈的努力以及助听器的辅助，赵秋霜早已能正常生活和学习。她只是天然地害怕着，不知道这个号码拨出去，万一对方接起来，自己到底该说什么？最后，感谢现代科技，感谢互联网，赵秋霜鬼使神差加上了周启赡的QQ，和他成了网友。

当她终于开始和周启赡对话的时候，打字的手指都在颤抖：

"你好，我叫周启霜，我的父亲是周阳。你叫周启赡，又住在蓝珠镇，请问你的父亲是周铭吗？"

三天后，赵秋霜得到了肯定的答复。没人知道那一刻她哭得多么厉害。

赵秋霜开始秘密地和周启赡联系，她从堂哥那里听到了一个完全超越她想象的故事——八十年代，他们的父亲周阳和周铭在开阳岛从事秘密研究，但1986年发生了一次意外事故，整个研究所只剩下周铭一人生还。周铭坚信弟弟还活在开阳岛的某个地方，执意要回去救他。周启赡认为失踪的周铭一定是回到了开阳岛，也打算有朝一日登岛寻人。

这就是妈妈隐瞒的真相吗？赵秋霜从电脑前站起身，顿觉天旋地转。她深吸了一口气，半天才冷静下来。当她开始寻求更多细节时，发现周启赡知道的也不全面。赵秋霜隔三岔五给他发几百字的信息，常常是好几天过去了，对方只回一句：不知道。这种如同远距离单恋的沟通模式持续了两年，再也无法忍受的赵秋霜动了去蓝珠镇直面周启赡的心思。

她问："你打算什么时候去开阳岛？"

"要在联珠状闪电出现的时候。"

"那下一次联珠状闪电会在什么时候出现？"

周启赡那一头，头像变成了灰色。赵秋霜此时已经很习惯堂哥忽隐忽现的行为模式了，绝不会被周启赡的态度打败。

赵秋霜请教已经上大学学气象学的学长，结合之前开阳岛出现联珠状闪电的时间规律，大致推测出了下一次联珠状闪电出现的时间——正好自己高考结束。她兴奋地通知周启赡："我要来了!"这一次周启赡回复得异常迅速,简单直接:"你不要来。"

赵秋霜愣住了,她打出一连串:"为什么?"

"我和沃夫冈一起去。你没有出海经验,会拖累我们。"

又是沃夫冈!每次堂哥说到这个德籍华人,赵秋霜都忍不住冒火。从周启赡少得可怜的字里行间,她能看出堂哥对这人十分信任,甚至有些依赖。但赵秋霜直觉沃夫冈不是好人。尽管她没有直接跟对方交流过,甚至没见过照片,但就是觉得沃夫冈·杨一定有不可告人的目的。这种感觉很难解释。

"不行,我一定要去!"

不出意外,又遭到了下线的待遇。赵秋霜差点没气晕过去。周启赡难道不明白开阳岛对她的意义吗?堂哥宁可和那个德籍华人去那么重要的地方,也不愿帮助自己的妹妹完成夙愿?

十七岁的赵秋霜做了一个惊人的决定,要赶在周启赡启程前到达蓝珠镇。

2003年的夏天是个不平凡的夏天。不仅因为北京这座城市正在缓缓走出非典肆虐的创伤,也因为这一年赵秋霜高考。赵远国和李蕾已经商量好了,等高考结束,就给女儿植入人工耳蜗,彻底结束她需要助听器的日子。

听起来简直是一段新生活的开始。但对赵秋霜来说,最重要的,在此之外。

赵秋霜对李蕾撒谎说,要在高考后和几个一起学习跆拳道的朋友去济州岛玩儿,顺利地骗到了一笔路费。成功串供后,她甚至假装和朋友们一起搭车去了首都机场。朋友们是真的去济州岛集训,她则登上了去福州的班机。

周启赡,我都堵上门了,你想自己走,是吧?没门儿!

一辆长途汽车疲惫地行驶在福州到蓝珠镇的国道上，速度不快，和车子本身的老旧程度十分匹配。现在是下午，车上只有零星几个乘客，有的在打盹儿，有的双目无神地盯着窗外的海岸线发呆。

十七岁的赵秋霜坐在长途汽车的最后一排，穿着简单的T恤和牛仔热裤，倚靠着自己的登山包，已经睡熟了。即使紧闭着双眼，依旧能看出她漂亮的脸上倔强的神情。赵秋霜这一次出来，偷偷拿走了李蕾小铁盒里的东西，此刻那块老式梅花表正戴在她纤细的手腕上，松垮垮的。

大约下午四点，长途汽车终于驶入了蓝珠镇的车站，紧接着猛地在停车场刹住，仿佛司机还带着火气。自动车门打开，随后就卡住了。兼任售票员的司机骂骂咧咧地起身踹了一脚，门终于晃悠着全部开了。

司机的动作惊醒了赵秋霜，她下意识先去摸了摸手腕，确认那块梅花表还戴在手上，轻轻松了口气。她抬头一看，到站了。

赵秋霜站起来，很自然地从包里掏出一副助听器戴上。然后她背上鼓鼓囊囊的旅行包，利落地将刚才散乱的长发重新扎成马尾，走下了长途汽车。

这里就是蓝珠镇了。

赵秋霜好奇地四处打量着。这个小镇唯一的汽车站完全没有身为"交通枢纽"的自觉，从建筑到人员都透露出一种慵懒的气息。一阵湿润的海风吹来，远处墙上一块写着发车时间表的破旧小黑板开始摇晃，发出吱呀的摩擦声，上面只是用潦草的粉笔写了从福州到蓝珠镇的班车时间表，每天一班。懒洋洋的调度员在阴凉的售票窗口里打着瞌睡，车来或者不来，她就在那里。

为数不多的几个乘客都迅速消失在出站口，调度员自然也下班了。唯一没有太阳荼毒的地方就是凉棚下的候车区，那里空无一人。赵秋霜按捺住激动的心情，走过去坐下，掏出口袋里的诺基亚手机，发现上面有几个未接电话，都是妈妈打过来的。她犹豫了一下，调出了通讯录，在里面找到"周启赡"，拨出了电话。

手机里传来了忙音，随后自动断掉了。赵秋霜又试了一次，还是无法接通。赵秋霜给周启赡发出一条短信：我到蓝珠镇了。没人回复。赵秋霜再次拨出电话，还是忙音。她看看手机上的几个未接电话，编了条短信发出去。

"妈妈你放心，我们这边一切顺利。漫游太贵，你别给我打电话啦。我们回到北京就给你打，不用担心！"

赵秋霜不等回复，直接把手机揣进兜里，背上旅行包走出车站，踏入了蓝珠镇小小的街道中。

尽管已经对这个小镇做了无比细致的调研，然而真的身处其中，那种时间停滞的感觉还是让赵秋霜感到既熟悉又陌生。

虽然已经到了二十一世纪，但这个人口不多的海边小镇仿佛仍停留在上世纪八十年代，除了少数拔地而起的欧式豪宅外，镇上的大部分建筑都还是古旧的砖瓦结构，虽然并不是年久失修的那种破旧，但从里到外都透露着一股破败的气息。街道上的宣传栏里还贴着"众志成城，抗击非典"的标语，但告示上写着"新增感染人数：0"的那张纸，已经在风吹日晒中褪色。

赵秋霜兴冲冲地朝小镇中心走去，不停地对周启赡进行短信轰炸：

"我出车站了，现在朝镇中心走着呢。"

"我真的来蓝珠镇了。"

"你不要假装看不见！"

无人回答。赵秋霜越写越生气，越生气就越……觉得渴了。她四下寻找，发现一个卖零食饮料和杂志的摊位。摊主是一个胖胖的中年女人，此时正在椅子上打瞌睡。情绪不佳的赵秋霜走过去，直接用手戳了戳她的肩。摊主毫无反应。赵秋霜又戳了一下。摊主竟然打起了呼噜。赵秋霜只好用力推了推，那女人不留神一下子从椅子上翻了下去。

赵秋霜吓了一跳。中年女人自然也醒了，腾一下站起来。赵秋霜不好意思地指了指中年女人面前的矿泉水。

中年女人瞪着眼，也不说话，打量起赵秋霜。很快她发现了赵秋霜的助听器，露出鄙夷的神情道："我说怎么这么没礼貌，原来是个聋的。"

赵秋霜顿时拉下了脸，"我听得见。"

中年妇女尴尬地咳嗽了一声，过了片刻好像意识到什么，又突然警惕道："你是哪里来的，是不是北方人啊？"

赵秋霜下意识要撒谎，但话到嘴边，还是诚实地说出了自己的属地："北京……"

中年妇女慌乱起身，一边后退一边捂住了口鼻，"你不要过来！我可是上有老下有小！你要是传染给我，我非和你拼命不可……"

赵秋霜的不满又被激了出来。非典已经宣告结束，可她来福建的这一路上，只要被人认出自己的口音，大多数人都是这个反应。她不想惹事，只好后退几步，站到了街道上。她举起一瓶矿泉水，"多少钱？"

中年女人想也不想地大喊："不卖！不卖啦！"

赤裸裸的歧视让赵秋霜心火再起，决定反击。她眼珠转了转，假装咳嗽起来。中年女人躲得更远。赵秋霜越咳越厉害，整个身体都扶在中年女人的摊子上。中年妇女尖叫起来："你干吗？！"

"我不太舒服，可能感冒了！我想喝水……咳咳咳咳！"

中年妇女继续尖叫："水送给你，快走啦！"

赵秋霜不打算放过她，"我才不稀罕你这瓶矿泉水，多少钱？"

"一块钱！一块钱！"中年妇女终于屈服了。

赵秋霜得意地扔出一枚硬币，中年妇女自然不敢去接。硬币在空中划了道漂亮的弧线，稳稳地落在小摊上的零钱盒中。中年妇女愣了一下，赵秋霜拧开瓶盖喝了一口水，甜甜一笑："谢谢阿姨！"

中年妇女垮着脸缩到一边，然而她肥胖的身躯一挪开，就露出了墙上的一张寻人启事，除了照片，上面还有半行字：寻人启事！我儿周启赡——

赵秋霜一把推开中年女人，撕下寻人启事，脸色惨变。

寻人启事

我儿周启赡，1985年生人，于2003年7月5日上午离家，至今未归。派出所态度推诿，毫无责任心！请帮助一个心急如焚的母亲！如有线索，必有重谢！

联系电话：136861578XX

联系人：林孝慈

单薄的纸张上还打印了周启赡的证件照。照片中，周启赡阴郁而固执地盯着镜头，盯着赵秋霜。赵秋霜手忙脚乱地拿出电话，然而林孝慈留下的号码居然停机了。听筒里一直传来嘟嘟声，从小到大一直特别有主意的赵秋霜这时彻底傻了眼。

冷静，冷静！赵秋霜你要冷静，想想看该干什么！

赵秋霜深吸一口气，抬头看了看周围，看样子这里已经是蓝珠镇的中心了。说是中心，也不过是两条街道的交叉处，除了一家号称自己是"宾馆"的招待所外，就只剩几间零星小商店，门可罗雀。唯一热闹的只有一家网吧，门上贴着《梦幻西游》《传奇3》《轩辕剑》《剑侠情缘网络版》等各种网游海报。

赵秋霜站在马路中间，一时有些茫然。突然，网吧里冲出三个人影来，直接和她撞在了一起。

染着金发的阿猛从网吧大门里飞了出来，趔趄几步倒在了街上。他的两个小弟臭头和小光也狼狈地从里面被人推搡了出来。阿猛虽然在打扮举止上竭力让自己看起来像是一个社会人，但他瘦猴一般的体格还是出卖了自己——他不过是那种小镇上常见的小混混而已。

三人就这样和赵秋霜撞在一起。阿猛爬起来下意识地抬手想打人，却发现是一名从未见过的美少女。他愣住了。

网吧老板叼着香烟骂骂咧咧地走出来，手里拿着一只坏掉的键盘，狠狠扔在阿猛身上，"你娘嘞！不会打游戏怪电脑？下次再搞坏我的东西，三倍赔偿！"

阿猛掂量了一下风险，最后讪讪地啐了一口，"你这堆破烂，连CS都跑不动，还好意思要我的钱！"

尖嘴猴腮的小光也凑了过来，想给老大助威，"就是！猛哥家里有的是好机器，才不稀罕你的破烂！"

网吧老板不怒反笑，"你爱去哪里随便，但要是再让我在店里看到你，打断你的腿！"

阿猛恼火地看看小光，犹豫了一下，如果现在不挣回这个面子，以后再见网吧老板，似乎就天然地矮了一头。小光还在傻乎乎地继续蹦跶着和网吧老板斗嘴，黝黑壮实但内心细腻的臭头已经看出阿猛内心的踌躇,于是上前拉住了小光。

"闭嘴!"臭头回头看了看阿猛,"老大,我们还是先走吧。他狗眼看人低,不值得!"

阿猛满意地借坡下驴,转身摆好架势打算离开。小光却开始不停地用胳膊肘撞他。臭头也在对自己挤眉弄眼。阿猛被二人的一番操作搞迷糊了,正想开口骂人,突然反应过来——自己刚刚好像撞到了一个美女!

然后他就看到了已经走出去差不多十米的赵秋霜。阿猛发誓自己活了十九年,除了电视里,就没见过这么好看的女孩子。荷尔蒙的涌动令他急中生智,一把扯下网吧外面的《剑侠情缘网络版》寻找高校美女代言人的招募海报,急匆匆蹿到了赵秋霜面前。

赵秋霜吓了一跳。阿猛趁机多看了几眼美女受惊的样子。然后他清清嗓子,故作绅士地将海报递上去,"这位美女,以前没见过啊。"

赵秋霜不想理他,转身就走,阿猛急忙拦住,但他跟异性打交道的经验实在太有限了——赵秋霜那种略有一点高冷同时又带有一点圣洁的气质,对阿猛而言是完全陌生的一种体验。他一时发蒙,不自觉用力过猛,"美女啊,我看你好漂亮,特别适合做这个代言人。不如我们合作,我七你三,如何?"

赵秋霜稍微愣了一下,很快沉下脸要往另一个方向走。情急之下,阿猛一把拽住她的背包。"让开!"赵秋霜怒道。

阿猛脱口而出:"美女,你的声音好特别啊。"

臭头和小光在一旁哄笑。小光看见了赵秋霜的助听器,示意阿猛。从健全人士的角度来说,赵秋霜的口音的确有一点奇怪,是那种听障人士经过后天训练才学会说话的口音。当然,类似阿猛这种反应,赵秋霜从小到大也不知道见过多少回了,压根儿打击不了她。但是染着金发的阿猛，还有那两个小痞子跟班，都意味着一场麻烦。

赵秋霜默不作声，心里开始打鼓。虽然她的确早已拿下跆拳道蓝带，也进行过一些半自由对打，但一次实战经验都没有。怎么办？论体力自己肯定拼不过他们，所谓三十六计走为上计——然而臭头和小光忠实地履行了跟班的义务，两人从不同角度把退路堵死了。赵秋霜无奈地四处扫视了一眼，看到了站在网吧门口的老板。但叼着香烟的网吧老板一点都没有想帮忙的意思，反而一脸免费看好戏的兴奋表情。

冷静！冷静！

赵秋霜扫视周围后，做出了自己的判断。

小光上前准备抓住赵秋霜的胳膊时，赵秋霜侧身躲避了一下。臭头熟练地准备从另一个角度扑上来，她敏捷地转身，一脚踢中臭头的胫骨。臭头没有想到，一个文弱的小姑娘看似随意的一脚，居然给自己带来如此大的痛苦。他弯腰抱着小腿惨叫起来。

臭头一弯腰，围堵露出空隙，赵秋霜抓紧时间冲了出去。她的心脏怦怦狂跳，小时候再怎么跟人打架，都没有感受过这种危险，以及——刺激。

阿猛终于反应过来，自己居然让一个小姑娘耍了！火冒三丈的小混混骂道："还愣着干吗？给我追！"

小光和臭头闻言急忙追赶起来。赵秋霜速度虽快，但毕竟路不熟，跑着跑着，就在一处偏僻的三岔路口被堵住了。眼看小光和臭头步步逼近，以及前方抄近路追过来的阿猛，赵秋霜一咬牙，扔掉双肩包，打算拼了。

眼看困兽犹斗的小美女，阿猛心里居然有点胆怯。就在此时，摩托引擎的突突声划破了短暂的安静，一辆前后都堆满货物的小踏板摇摇晃晃地从三岔路口的另一头闯入四人的僵局。

小踏板明显超载，开得很慢，摩托骑手自然没有戴头盔，他一边扶着满车货物，一边嚷嚷着："让一下啦，让一下！"

赵秋霜毫不迟疑，冲过去拦在摩托车前面大喊："快报警！"

小摩托猛地刹车，一个纸箱咣当跌落在地。惊魂未定的骑手下意识爆了句粗口，冲赵秋霜吼起来："你找死啊！"

赵秋霜抓住摩托车把手不松开，紧张得声音都有点颤抖，"他们要抢劫！"这时，她总算看清了来人的样子。

一双明亮的眼睛，嵌在轮廓分明、略显憨厚的脸上。少年应该不比自己大多少，剃着小平头，高高瘦瘦的，短裤背心加拖鞋，一身标准送货郎打扮。少年下车看了看赵秋霜，又看了看阿猛三人，困惑地问："阿猛，你们又缺钱啦？"

完蛋了！赵秋霜脸色惨变，我怎么没想到他们可能认识呢？镇子这么小！

她大脑飞转着思索如何脱身，少年却突然捧腹大笑，一边笑一边指着阿猛三人，"你们三个人，抢劫一个小姑娘，还让人跑了！哈哈哈哈哈哈！"

阿猛咬牙切齿，"文野泉，我以前只是给你面子，你还以为我真的怕你啊！"

那个叫文野泉的少年不屑地耸肩，"你本来就怕我。"

"你！"阿猛冲向文野泉，少年根本不闪避，直接很不客气地将阿猛踹了个狗啃屎。

"想起来没有？"文野泉嘲笑阿猛。

"老大！"臭头和小光上前搀扶，阿猛一把推开。

阿猛从地上爬起来，终于出离愤怒，也顾不得赵秋霜了，冲臭头和小光示意："妈的，新仇旧恨我们今天一并了结！"说完，他从兜里掏出一把蝴蝶刀，以示凶狠。

形势风向突变，赵秋霜看傻了眼。高瘦少年文野泉仗义地对她挥挥手，"你让开啦。"

赵秋霜愣在当场，不知道该怎么办。刚到蓝珠镇不到一小时，自己过往的人生经验就已经遭到全盘颠覆。

小光贼兮兮地摸过来，打算偷袭文野泉，赵秋霜见状一个侧踢铲倒小光。小光骂骂咧咧站起身，赵秋霜反倒冷静下来，上前一步，跟文野泉肩并肩站在了一起。文野泉本以为女孩子见到这样的情形会害怕，此刻却不由对赵秋霜刮目相看。

小光和臭头各自手持砖头和木棍，跟阿猛会合一处。赵秋霜也做好了心理准备，准备迎接即将发生的斗殴。

文野泉拆开一个货箱，里面是码得整整齐齐的矿泉水。他拿出一瓶，掂了掂，猛地朝阿猛三人投掷过去。

阿猛三人冷笑着躲过，却没想到文野泉竟趁这个工夫，一把抓住赵秋霜的手，不由分说拖起她就跑。阿猛暴怒，小弟们应声追去。

赵秋霜此时已经不害怕了，她无法解释自己这种神奇的情绪变化，甚至还能一边跑一边对文野泉喊道："你们到底有多大的仇啊？"

"也就是曾经被我揍过那么五六七八次啦！"

"那你还跑什么？"赵秋霜心里翻了个白眼。

"我答应了奶奶一个月不打架！"

眼看两人又回到网吧附近，少年拉着赵秋霜要往里冲，没想到网吧老板拦住二人，摆出赶人的架势，"要打架外面去打啦，别把麻烦往我这里引！"

就这一阻拦的工夫，阿猛三人就追了上来。阿猛举着蝴蝶刀，面目狰狞地逼近二人，吼出一句经典流氓台词：

"我看你们现在往哪儿跑？！"

文野泉有点无奈地挠了挠头，赵秋霜掏出手机刚想拨打110，就被他按住说了句"镇子小，没必要"，随后开始活动筋骨。

看来今天这是躲不过去了，赵秋霜心想。咔咔咔咔，一阵奇怪的响声从网吧里传了出来，一辆装满外挂设备的小遥控车扭着开了出来。第一眼看到这台遥控车，赵秋霜脑子里立刻浮现出周星驰电影里那无厘头的七种武器之首——"要你命3000"，车上集结了各种形制的小刀、弹弓、玩具枪，以及一堆看不出用途的机关。扒开这批外挂，依稀能看到这台车那闪亮的车标——沃尔沃。这种给小孩子玩耍的遥控车出现在这里，实在太好笑了。

此刻，堆积在"沃尔沃"车顶上的杂物中，有一台索尼DV和一个看不出品牌的大喇叭。此刻DV上绿光闪烁，应该正在录像，大喇叭则循环播放着简陋而机械的录音：

"前进，请注意，前进，请注意，王孝生，你爸叫你回家吃饭，王孝生，你爸叫你回家吃饭，王孝生，再不回家，小心爸爸揍你，小心爸爸揍你！"

大喇叭不停地重复着上述信息，赵秋霜听傻了眼，王孝生是谁啊？她询问地抬头看向文野泉，却发现他明显在憋笑，脸都快憋紫了。大概是看出了她的疑惑，文野泉一边忍笑一边指向阿猛。小混混的脸色忽青忽白，跳起来冲向遥控车，失控地大喊："老子砸了你！"

小遥控车灵活地转了个弯，DV则扭头继续拍摄阿猛。大喇叭里的广播变成另一段：

"王孝生，你要是敢动手，本DV就把你的光荣事迹告诉老王，告诉老王，告诉老王，告诉老王！"

听到最后那句话时，阿猛急刹住脚步。他看向DV的眼神里居然露出一丝恐惧。但还没见到敌人就认输，这实在太憋屈了，阿猛显然还想再挣扎一下，捞回属于流氓的自尊。文野泉继续活动筋骨，一副准备开战的架势。阿猛看了看两个跟班，小光和臭头早已偃旗息鼓，两个小弟的眼神也在一直向老大传递着一个信息，所谓青山不改绿水长流……

阿猛沉默一阵，愤愤地哼了一句："你等着！"

三个小流氓消失之后，赵秋霜还不敢放松，文野泉大剌剌地安慰道："放心，阿猛怕他老爸怕得要死，肯定不会再回来啦！"

这下赵秋霜总算松了口气，一屁股坐在地上。小遥控车摇摇晃晃地开到她面前，DV的灯还亮着，大喇叭抬起来，仿佛带着疑惑的语气问道："小泉仔，这是谁啊？"

"那你又是谁？"赵秋霜脱口问道。

小DV沉默着。文野泉见怪不怪地朝网吧里大喊："海公公别躲了，快出来！"

赵秋霜顺势朝网吧里看过去，只见一个背着双肩包的白胖男生很不情愿地踱了出来。文野泉上前一把拉住他，把小胖子拽得一个踉跄，自己却毫不在意地向赵秋霜介绍道："这是海公公，钱小海，我从小到大的死党！"

钱小海有点害羞地点头致意，但没有说话。赵秋霜跟他打了个招呼。此刻，大家似乎应该进入相互认识的环节了，但现场三个人谁都没有反应过来。突然文野泉一拍脑袋说："哎呀，我的车！"说完他一溜烟跑了，远远留下一句："你们等我啊！"

赵秋霜目瞪口呆地看着少年远去，不自觉扭头去看小胖子钱小海，对方立刻别开头。赵秋霜有点尴尬。过了一会儿，只见小胖子从怀里摸出一个话筒，低头凑过去，紧接着大喇叭里传出一句小声问话:"你喝奶茶吗?"

赵秋霜哭笑不得,但在莫名的信任中,她真和钱小海买了两杯奶茶,一起在路边坐下来等人。半杯珍珠下肚后,她想起了自己的正事。赵秋霜迟疑片刻,拿出那张寻人启事。

"你认识这个人吗?"

钱小海接过那张纸,愣住了。"你要找周启赡?为什么要找他?你跟他什么关系啊?"这一连串问话一气呵成,又快又密,和刚才判若两人。

赵秋霜有点没反应过来,脱口而出:"周启赡是我堂哥。"

"啊?"文野泉和钱小海的声音同时响起,赵秋霜这才发现文野泉不知何时已经回来了,脚下踩着小踏板,满头挂着汗珠,一脸震惊的样子。

"你们认识他吗?"赵秋霜发现了希望。

文野泉和钱小海面面相觑,还没来得及回答,一群镇民忽然从街道旁的各个房间里涌出,朝着一个方向兴高采烈地跑去。

其中一个人路过他们身边,看到钱小海,急忙停下脚步:"小海!你还愣着干吗?"

钱小海胖胖的脸上充满了迷惑,"怎么了?"

那人用说不清是担心还是兴奋的语气大喊:"你不知道?你老子的工地死人啦!"

异象

— 2 —

"钱进海的工地上死人啦！"

钱进海就是钱小海的爹，大家都喜欢叫他老钱。上世纪八十年代，他靠走私攒起了第一桶金，紧接着赶上了经济腾飞的好时代，炒股、投资地皮、代工工厂，不太干净的钱被洗白，老钱也摇身一变成了这个小镇的首富。

不过说起来他也挺冤，死者跟工地并无关系，只是恰好出现在那里而已。今天上午，老钱的豪华别墅群"听涛雅居"的工地海滩上，冲刷上来一具不知浸泡了多久的男性尸体。

听涛雅居包含十几栋土洋结合的别墅，风格各异的广告牌已经在周围耸立，包括洗发水、丰胸产品以及过气女明星给楼盘的代言，凑在一起看极其辣眼睛。但现在这里唯一的入口被警察拉起了警戒线，还有两个年轻干警在竭力维持着秩序——不然那些无处不在、求瓜若渴的镇民早就冲进工地了。更远一点的海滩上，两个警察正在一具盖着白布的尸体旁拍照。发现尸体的是几个当时在干活的工人，此刻正惊魂未定，瑟瑟发抖。

蓝珠镇派出所所长莫大勇感觉食道传来一阵烧灼感，他赶紧喝口水压了一下——肯定是刚才的呕吐导致的胃酸反流。莫大勇摸了摸身上，随身携带的止疼片已经吃光了，现在除了一包烟之外，什么都没有。他纠结要不要现在抽上一根——当年他学会抽烟，就是因为看到了一具这样的尸体。

一晃这么多年过去了，现在莫大勇已经变成了一个每天两包烟的大烟枪。但抽烟只会放大胃酸反流的那种烧灼感，只会让自己更难受。莫大勇收回纷乱的思绪，把视线投向不远处在海边工地上忙碌的同事。

拍照之类的只是走个流程，他不指望自己手下那帮刚从警校毕业没多久的年轻人能看出什么。虽然蓝珠镇每年都会死一两个人，但要么是出海所致，要么是本地年轻人互殴失手，真正的有预谋的凶杀案已经多年没发生了。这些案子他都是按部就班地报告到县公安局，然后刑警队就会接手。但这一次，当莫大勇看过尸体后，他的内心有一盏警灯开始无声地疯狂闪动了。

一阵装模作样的咳嗽声把莫大勇从沉思中拉回了海边。富态的钱进海已经开始谢顶，但他仍然试图把头上为数不多的头发梳理出一个发型。作为本镇的首富，老钱对所有人都保持着一份奇特的优越感。

"老莫，你什么时候给我把这些人都撤走？"老钱用手帕擦着头顶的汗珠，紧皱眉头。

莫大勇不为所动，"这里是尸体的第一发现现场，你总要等我们把该做的工作都做完吧。"

老钱不开心地哼唧道："你们一分钟不完事，我这里一分钟就不能开工。可我这个楼盘不能耽误啊，都已经预售出去了，分分钟几十万上下的啦！"

"你着什么急嘛。"莫大勇跟他打太极。他看了看远处那些尚未完工的别墅，心里暗自鄙夷。老钱之前借着房地产开发的热潮，拿下了海边这块地，然后就砸在了手里。这十几栋别墅卖了好几年都没卖出去，只好这么磨磨蹭蹭地修着。要不是因为派出所的房子在上次台风来袭时受损需要返修，老钱主动把自己的另一处房产免费借给派出所当临时办公用地，莫大勇才懒得和老钱继续掰扯。不过莫大勇也理解老钱心中的焦虑，一个还没建好的楼盘，忽然发现了一具尸体，确实够触霉头的。老钱显然是着急请人做法事，不然别说买家要闹事，那些工人都未必愿意回来继续上工。

"我当然着急！楼还没开始卖呢，先跑来个死人，换你是我，你急不急？你也是住着我的楼——"

老钱话音未落，莫大勇拉下了脸，"一码归一码，那个楼是你借给我们派出所用的，等我们的修缮经费批下来，旧办公楼重新装修，就能搬回去了，你的房子保证原封不动还给你。"

老钱也知道自己得罪了莫大勇，只好不说话了。天气炎热，他焦虑得不停擦汗。莫大勇觉得差不多了，打开手上的对讲，"老黄老黄，你们磨蹭什么呢？"

远处沙滩上一个警察起身，模糊的声音从对讲里传出："所长，不是你说要把所有的细节都拍下来吗？这种事情急不得啊。"

莫大勇斜眼看看老钱："老钱，急也没用，你不如回家歇着吧，有消息我们会通知你的。"

这时，警戒线那边又传来一阵喧闹，莫大勇和老钱都同时转头看过去。本镇最有名的疯女人，周启赡的母亲林孝慈，正在警戒线那里神情激动地和负责维护秩序的警察小朱争吵。

莫大勇和老钱同时叹了口气，然后当莫大勇转头时，发现老钱已经消失不见了。莫大勇心中暗自佩服老钱，每次有好事的时候他都冲在第一个，有坏事的时候他也总能第一个消失。莫大勇一边无奈地起身向警戒线走去，一边感慨自己就是没有这种本领，不然也不至于一把年纪了还在这个小镇派出所里蹉跎岁月。

林孝慈已经四十多岁了，但精致的五官仍竭力留住年轻时的风采。可惜过去十年的时光在她的脸上留下了无法磨灭的痕迹，那些细碎的眼角皱纹让她充满了疲惫感。

林孝慈手里拿着一沓寻人启事，气势汹汹地盯着警察小朱。小朱绝望地四处张望，终于看到所长莫大勇向这边走了过来。小朱仿佛抓住了救命稻草，急忙指点林孝慈看过去，"林阿姨，你不要吵了，我们所长过来了！"

林孝慈看到莫大勇一脸无奈地走过来，脸上逐渐堆积起愤怒。莫大勇走过来，默默地看了她一眼，"林孝慈，你又要干什么？"

"让我过去！"林孝慈指着事发现场，"我要看那具尸体！"

"如果你一定要看，我不会拦着你。"莫大勇决定放弃挣扎，给自己点上了一根烟，"但我先告诉你，第一，那肯定不是你儿子；第二，你要做好心理准备。"

林孝慈没有搭理他，转身抬起警戒线，向海边那具盖着白布的尸体走过去。莫大勇抬手阻止了小朱，"让她去吧。不然她又要唠叨周启赡失踪的事情了。"

林孝慈走到尸体旁蹲下，掀开了白布。

莫大勇想了想，还是跟了过去，同时驱散了现场的民警。白布下面的尸体自然不是周启赡，而是船工何老大。他的喉咙穿了一个大洞，溃烂的皮肉翻出来，白花花的没有血迹。这是因为他整个人都被海水泡胀了。何老大左臂自肘部以下被整齐地断去，表情狰狞、恐惧、绝望。莫大勇不禁猜测，他在死之前到底经历了什么？

有那么一刻，莫大勇等待着林孝慈崩溃，但她没有。林孝慈只是草草把白布盖了回去。何老大完整的右臂露在外面，让莫大勇发现了一个疑点。死者是蓝珠镇出名的酒鬼，家徒四壁，此时他的右手腕上却戴着一块显然很昂贵的手表。这块表肯定不是何老大的东西，但却出现在他的尸体上，是何老大偷鸡不成蚀把米，还是……他的思绪被林孝慈的嚷嚷声打断了。

"我儿子呢？你什么时候能找到我儿子？"

莫大勇揉揉自己的太阳穴。每次面对这个女人时，他都会没来由地头疼，"林孝慈，现在处理的是何老大的事情，你的儿子跟这具尸体有关系吗？"

"谁会认识这种酒鬼？我儿子失踪两周了你们不管，却把所有人都拉到这里来看尸体！"林孝慈的情绪向着完全不讲理发展。

莫大勇敏锐地察觉了这个趋势，不由自主地后退了一步说道："人死事大，你不要急！我们派出所就这么几个人——而且，周启赡都那么大了……他以前不也有过几天不回家的情况吗？"

"你听听你说的话！你还是人民警察吗？"林孝慈终于找到了爆发点，开始穷追猛打，"你就是看我不顺眼，故意想让我难受，看我笑话！当初我老公失踪，你就第一个诬陷我，怀疑我！"

莫大勇听到林孝慈开始痛说当年，本能地看看周围。还好海边没别人，警戒线后面的围观人群应该听不清她在说什么。莫大勇干咳了一声，"林孝慈，当年的事情就不要再说了。当时按流程，我肯定是要询问你的，怎么能叫诬陷你呢？再说了，你懂的，那些事情，是不好在这里大声嚷嚷的。"

林孝慈也沉默了，但她仍然倔强地站在原地没有动。

莫大勇有些尴尬，"你儿子的事情，我们一定会管。但是，你要给我一点时间。"

林孝慈还是没有说话，但她沉默的态度已经表明一切。莫大勇没有办法，只好又点上一根烟，陪着她在海边尴尬地站着。

曾经，林孝慈是蓝珠镇的第一美人，众星捧月，自视甚高。她在众多追求者中选择了周铭并迅速结婚时，还引起过一阵单身汉们的集体哀号，这其中也有莫大勇。周铭不是蓝珠镇人氏，他和弟弟周阳都是从外地过来的，而他们的工作地点——档案上记载的是蓝珠镇中学，但实际上，却是在海上某个叫开阳岛的地方。这个地方很神秘，周铭和周阳兄弟也很神秘，偶尔回到镇上却也只是匆匆地停留几日。

大家很快猜测出，两兄弟肯定是为国家从事着某种秘密工作；

而林孝慈，作为一个一直想出人头地的女人，选择这样的婚姻，明显是为了攀上高枝做凤凰，要在某一天彻底离开蓝珠镇。

但谁又能知道，林孝慈直到今天，还没能离开蓝珠镇。

这一切都要从1986年说起。

1986年，那会儿莫大勇还只是一个刚入职的年轻干警，就在离这里不远的码头上，他被抽调过去执行一个特别任务。说是特别任务，对于莫大勇来说，他只负责维持警戒线，离真正的"特别"差不多还有两百米远。

那天台风刚刚结束，码头上的渔船都已经移走，空荡荡的码头上停靠着一艘灰色的登陆艇，从头到尾透露着一股说不出的邪气。当一个又一个的黑色大塑料袋被那些沉默的军人从船上运下来后，莫大勇才意识到那股邪气从何而来——显然那是运送尸体的袋子。一共是四个，这意味着在外海的某个地方，有四个人死去了。莫大勇在海边出生长大，他知道要想从外海把尸体运回陆地有多麻烦。看来国家很看重这四位牺牲的同志，但最近也没听说发生什么冲突……

正当年轻的莫大勇还在胡思乱想时，身后传来一阵惊呼。莫大勇转过身，正好看到一个让他永远后悔不已的场景——一辆手推车推着一个收尸袋正在离开码头，不知为何，手推车莫名倾覆，黑色的收尸袋从上面掉落，然后顺着路边的斜坡，一路翻滚着正好落到了莫大勇的脚边。

袋子在翻滚中破了，尸体的脑袋露了出来。但他的头盖骨从眉毛上方被整齐地削掉，大脑不翼而飞，脑袋里只剩下一个空荡荡的血窟窿，而且他的喉咙那里还有一个撕扯开的裂口。莫大勇震惊地意识到，这人死前一定非常痛苦，所以才会留下这种极度恐惧的眼神。远处似乎传来了大声的呼喊，莫大勇茫然地盯着这个死去的男人，想弄明白刚才发生了什么。

一个陌生的军人冲过来把收尸袋重新掩盖好。莫大勇这才反应过来，他甚至来不及跑开，直接跪倒在地喷射状呕吐起来。好不容易吐完了，胃疼和眩晕却无法散去，这时莫大勇发现自己被三个军人围住了。

年轻的莫大勇有些惊慌，三人中最年长的那个军人身材魁梧，只见他蹲了下来，拍拍莫大勇的肩。

"放轻松。"

莫大勇不知如何是好，更紧张了。

魁梧的军人笑了笑道："看你的制服，是派出所的民警吧，今年刚毕业分配过来的？"

他的声音有种莫名的威慑力，莫大勇下意识地点头。

"我不是故意要看的……"

"我知道。"魁梧军人站起身，"但是，既然你看见了，我们就没办法当作你不知道了。"

莫大勇瞪圆了眼睛。然而之后他从魁梧的军人那里接到的命令，才更让他震惊和不解。命令非常简单，就是在未来三十年的时间里，要协助上级完成开阳岛的封锁。同时，如果再有类似的尸体出现，或者任何他觉得有必要汇报的情况发生后，他要及时向一个神秘的"有关部门"报告。

这一晃，都已经过去十七年了……

虽然开阳岛的具体位置不存在于任何一张海图上，但对蓝珠镇的居民来说，它和众多散落在福建沿海的大小岛屿一样，并不是多么隐蔽的地方。莫大勇不知那个岛上有着怎样的机密，但每每回想起那具尸体惊恐的眼神，莫大勇总会忍不住想，为什么整个岛上的人，就只回来了一个周铭呢？连他的弟弟周阳都被官方认定为失踪。

周铭自从回到小镇,就不再是之前的他。他真的开始在镇中学教物理,但是,假如开阳岛真的发生了一些难以言明的怪事,那是不是意味着周铭和自己一样有保密人的身份?莫大勇想撬开周铭的嘴,但他不敢。于是,他在不同场合冒险暗示过自己和"有关部门"的那一次接触——当然他不敢提到那些尸体——但每一次的尝试都像拍打在礁石上的浪花般消散了。

1995年夏天,周铭失踪了。莫大勇一直觉得周铭不属于这个镇子,他迟早都要离开,但没想到周铭居然选择了这种离奇的方式。作为警察,莫大勇之前也处理过失踪案,但结局要么是离家出走,要么是自杀,最后总能有个下落。只有周铭的失踪,给莫大勇带来了巨大的困惑。这人好像直接从蓝珠镇瞬间蒸发了,没有任何线索可以指向离家出走或者自杀——尽管据邻居说,周铭失踪前一晚曾经跟林孝慈大吵一架——但这也不能说明什么,谁家没个内部矛盾呢?

周铭失踪后,林孝慈尽管来报警了,却并不是很难过。莫大勇发现她的全部注意力都在儿子周启赡身上,但那个沉默寡言却天才的十岁孩子竟有些害怕自己的母亲。莫大勇旁敲侧击地询问林孝慈是否知道丈夫失踪的线索,林孝慈给了他一个冷漠直白的回答:"他去开阳岛找周阳了。"

莫大勇觉得林孝慈脑子坏了。但他再细问,却失望地发现林孝慈的信息仅仅停留在岛名而已。因为林孝慈并没有一哭二闹三上吊,镇上一度传出风言风语,说林孝慈是周铭失踪的主谋,她雇用几个黑衣人在那个雨夜绑走了周铭。听到这些言论之后,莫大勇真是哭笑不得,但对林孝慈的妖魔化自此在蓝珠镇一发不可收拾。

莫大勇又感到了胃里那种灼心的疼痛。烟盒已经瘪了。今天这是第几盒了？还没到夜里呢……他的视线转到挤在一起探头探脑的围观群众中，这帮人啊，对死人这么感兴趣……

莫大勇的目光突然定住。人群之中有一个鹤立鸡群的少女，穿着T恤和热裤。她此时正目不转睛地朝何老大的尸体方向看。她身边的那两个小子——那不是老钱的儿子小钱和他的死党文野泉吗？看样子，三个人认识。

莫大勇皱着眉多看了赵秋霜两眼，跟身边那些蓝珠镇镇民站在一起，她的样子太特别了，想不注意都难。还有一个原因，莫大勇总觉得她有点眼熟……

莫大勇发现赵秋霜注意到了自己，然后迅速移开了视线。莫大勇下意识地要走过去盘问，突然感到后背传来一阵寒意，扭头发现林孝慈还瞪着自己，显然对方不打算就这么离开。他只好暂时忘记赵秋霜、文野泉和钱小海，继续对付这个蓝珠镇最有名的疯女人。

夜色已深，天空中乌云密布，偶尔有沉闷的雷声远远传来。今年的台风又要来了，大家都已经早早回家休息，街道上只有零星飙车少年的摩托疾驰而过。海边的别墅区里，一座看起来很像是娱乐会所但又没有装修完的豪华建筑大门口，挂着一块朴素低调的蓝牌子，上面写着"蓝珠镇派出所临时办公点"。

莫大勇还在办公室加班，他们这种小派出所，所长也是要熬夜写案情报告的。

敲门声响起，是小朱。

"老莫，何老大的尸体没地方放。"

莫大勇揉揉脑袋说："这个我来操心吧。"

"另外，老黄今天走访了几个何老大的酒友，说两周以前就没见到他了。"

莫大勇的心里闪过一丝不安。两周，岂不是跟周启赡失踪的时间吻合？他抬起头。

"李工头那边，确定没有雇用何老大做工或者出海？"

小朱摇头。莫大勇揉揉眉心，长出了一口气，"好，你先回去吧。今年天气不好，又是台风又是闪电的，防汛工作肯定要提前，你们都小心一点。"

小朱点头离开了。风大了，莫大勇起身去关好窗户。然后，他点起一根烟，拉开办公桌的抽屉，拿出一个笔记本。

这个笔记本已经有些年头了，纸张都略有发黄，上面只写着一个电话号码。

这个号码其实是不该被记录的。

七八年前，莫大勇在第二次拨错电话后，决定还是谨慎地写下来。如果没有这个电话号码，十七年前发生的那一切，就会像梦一样越来越不真实了。

今天在海边看到何老大的尸体后，莫大勇就知道，这么多年的守候，命运终于又找上了他。今晚，他得做出选择了。

莫大勇掐灭烟头，打开桌子下面的保险柜，从里面拿出一部卫星电话。那里面只存了一个号码，所以他根本不用费心查看通讯录，只需要按下通话键，就可以联系上对面的人。卫星电话的旁边就是办公室的座机，今晚他该先打哪个电话呢？

胃又开始难受了。

也许他还有时间再考虑一下。莫大勇又点上了一支烟。此刻去后悔当年的选择已经太晚了。但或许今晚，他可以好好想想，自己是怎么一步步走到今天的。

失踪者

― 3 ―

十岁之前，周启赡还算得上一个正常的小孩。他虽然性格内向，但聪明绝顶，小学三年级就拿到全国五大奥数比赛的大满贯——自打蓝珠镇建镇以来，都没有出现过这样的天才。

林孝慈得意极了，恨不得让整个福建省都知道儿子的超群绝伦。周启赡记得很清楚，那段时间，自己经常被妈妈逼着穿上三件套西装，跟她走街串巷。他尴尬又害羞，不愿跟人说话，低着头迫切地想回家，妈妈却不让。直到有一天码头有人过来嚷嚷"周铭又在闹事啦"，林孝慈这才脸色一变，提前结束了对儿子的折磨。

那个夏天，对小小的周启赡来说，是一段梦魇般的经历。在那个暴风雨之夜，爸爸跟妈妈大吵一架，夺门而出，再也没有回来。周启赡跟派出所的警察叔叔澄清过母亲的无辜，但谁会在乎一个小孩子的话呢？唯一不变的结果，是周启赡失去了父亲，也几乎失去了母亲，整个蓝珠镇看他们母子二人的目光，从遮遮掩掩的嫉妒，转瞬变成了赤裸裸的嘲弄。

"我早就觉得那个女人有问题！"

"肯定是她杀掉老公的啦！"

"小海，不要跟那个周家的小孩玩儿！"

……

周启赡慢慢学会了屏蔽这些杂音，逐渐从内向走到自闭。你们不喜欢我，我也不喜欢你们。他完全进入了自己的世界。

十四岁的时候，蓝珠镇已经没有同龄人能在学业上超过周启赡了，他甚至挑战了镇中学里所有的老师——尤其是物理老师。语调向来慢悠悠的老头儿被周启赡气得差点心梗，以至于每次上课，周启赡都只能头顶水桶站在教室的最后一排，不允许说话，不允许动，就这样过了整整一年。周启赡丝毫没觉得这样有什么不妥，他甚至发明了一个最省力的顶水桶的办法，可以让他在接受体罚的同时，继续算着就连物理老师也理解不了的那些公式。

十五岁那年的某一天，也不知林孝慈在外面受了什么刺激，回家后大闹了一场，强迫周启赡参加当年的全部奥数比赛，容不得拒绝，容不得任何异议。周启赡真的不想去，但他能屏蔽全世界，却不能屏蔽母亲。况且，周启赡知道，自己并不讨厌数学比赛，只是害怕回想起父亲失踪那一年的过往而已。

第一天，少年很勉强地出门了。第一场比赛的举办地是上海，专门为参赛选手准备的宾馆双人间里，已经住进了一个来自德国的选手，他就是沃夫冈·杨。

周启赡在蓝珠镇的同龄人，大部分都不读书，因为他们生在海边渔村，乐天安命，不喜欢任何需要动脑子的事情。而剩下的少部分人，他们并不接受命运，天天埋头苦读，希望能够通过高考早日逃离。但无论是哪种人，都不会主动和周启赡成为朋友。

换句话说，周启赡没有朋友，也压根儿不知道该怎么交朋友。

但沃夫冈很快改变了这一切。他拥有一种非比寻常的个人魅力，不仅毫无障碍地接受了周启赡的古怪行径，甚至还给他带来了一个全新的世界。

在得知这个新室友其实并不想参赛之后，沃夫冈告诉他，可以拒绝自己不喜欢的一切。周启赡之前从没听过这么离经叛道的话，但这话在他心里扎了根。沃夫冈鼓励他，既然来到上海这样的国际大都市，不妨享受几天自由的生活。比赛什么的，管他呢！

周启赡不是没怀疑过沃夫冈的目的，但他没有想到，沃夫冈说自己反正也想体验生活，竟然和他一起退赛了。两个少年在上海和周庄疯狂玩耍，彼此分享各自的生活，不知不觉中，周启赡给沃夫冈讲述了更多的故事。沃夫冈听完之后，给出了一个在周启赡看来重逾千斤的承诺：

"只要你愿意，启赡，我就帮你找到你父亲。"

周启赡这辈子第一次觉得，原来有一个朋友是那么美好的事。

回到蓝珠镇之后，周启赡开始跟林孝慈冷战。从这一天起，他给自己定下了一个目标。他要去开阳岛寻找父亲周铭，挖掘当年的真相。他跟沃夫冈保持着邮件来往，甚至将一个只属于父子之间的秘密都坦诚相告。

那个秘密存在于一个神奇的金属圆筒中。在圆筒里，依靠磁场的力量约束着一块小小的多边形碎片，散发出盈盈蓝光。

不是天空的蓝，不是海水的蓝，不是任何工业染色的蓝……

金属圆筒是周铭偷偷从开阳岛带回来的。1986年，开阳岛上发生了一些神秘又恐怖的事情，导致了周阳的死亡、小岛的封锁，以及周铭此后人生的执念。多少个日夜，周启赡目睹父亲投身在小小的书房里，在堆成山的书本和演算草稿中，寻找解救周阳的方法。

关于叔叔周阳的故事，周启赡不是没问过，然而父亲能给出的答案有限，而且他还身负保密的义务，很多东西是要烂在肚子里的。开阳岛发生的那些可怕的事情，在周铭心中撕裂出一道极深的伤痕。周阳的生死，成了横亘在他与妻子之间的一道无法逾越的鸿沟，最终让两人渐行渐远，如同陌路。林孝慈不愿周铭活在过去，周铭却拒绝放弃。

小小年纪的周启赡不懂爸爸妈妈为什么争吵，只是单纯恐惧着，躲进了父亲的书房。在那里，周启赡看到了那块碎片。碎片悬浮在金属圆筒里，转动着，像水波一样荡漾的蓝光扩散，渗透进小男孩的眼底，仿佛将他淹没。

与这块碎片的神奇相遇，彻底改变了周启赡的人生轨迹。

周铭失踪后，周启赡的物理和数学天分终于发挥了作用。他在父亲的书房里花费了许多时间，从各种残缺不全的笔记中，终于找到了足够的线索，拼凑出金属圆筒的全部功能。

如果父亲是对的，如果他真的理解了父亲设计这个装置的原始意图，那他就完成了一个比父亲更厉害的成果——周启赡相信自己终于找出了真相。小叔叔周阳，有可能还活在开阳岛上！之所以这么多年他都没被人发现，是因为岛上当年发生了一起超越大部分人想象的事故，导致那里出现了一个在特定条件下才会重现的"多维空间"。

周启赡并不完全理解这个"多维空间"的含义，但他大致明白，那是一个同时存在于这个宇宙和另一个宇宙的独立空间，它具有截然不同的时间–空间状态，只有在一些特定条件的激发下，才会偶然在岛上原本的空间里重新出现。打开多维空间的关键，就是那块蓝色的碎片。

这个堪称伟大的发现，却无人能够分享。虽然赵秋霜算是自己从未谋面的堂妹，但周启赡不知道是不是应该和她分享这个未经验证的发现。而且赵秋霜那种热情过度的联系方式，让自闭的周启赡有点害怕。沃夫冈倒是很轻松地安慰他，有一个妹妹多好呀！

在得知自己想去开阳岛的计划后，毫不意外，赵秋霜提出要同行。周启赡有点犹豫，一方面，他能明白这件事对赵秋霜的重要性，毕竟她从未见过亲生父亲；但另一方面，堂妹毕竟在北京长大，从小养尊处优，而这次冒险容不得半点意外。

沃夫冈又适时地给了他一个台阶。他告诉周启赡，只要他俩能登上开阳岛，发现那个多维空间，赵秋霜就能得到自己想要的答案。这个理由虽不算完美,但对于周启赡来说足够了。他下定决心,关闭了和赵秋霜的联系窗口。

而现在,周启赡在朋友沃夫冈的陪伴下,发现自己的目的地近在咫尺。

七月五日那天,周启赡和沃夫冈顺利抵达开阳岛附近。远远看去,这个小岛确实有些不同。它似乎拥有一套独立的气候系统,当何老大的渔船开始靠近开阳岛后,一直艳阳高照的天气悄然变了。这个古怪的小岛上空似乎一直笼罩着乌云,看起来十分丧气,这让周启赡在夏日中感到一丝寒意。

看起来随时会沉的小渔船轻轻靠在了码头残留下来的木桩上。何老大虽然贪婪又出尔反尔,但驾船技术没得说。按照他的说法,只有这么小的木质渔船,才能逃脱禁区附近的雷达或者类似系统的监控扫描。不管是不是在吹嘘,何老大确定就是用这么小的渔船把周启赡和沃夫冈带到了岛上。代价是——如果晚上起风了,他们就只能在岛上过夜,等风平浪静后,才能回到蓝珠镇。

周启赡迫不及待地顺着码头的木桩上了岸。

一切看起来都很平常。这个面积不大的小岛上植被茂盛,经过十几年的封锁后,一切人工痕迹几乎都被大自然抹平了。除了残留的码头附近地面上,隐约还能看出一点人工道路的痕迹,其他的一切都被植被掩盖了。

沃夫冈走上前去,仔细打量着郁郁葱葱的丛林。

"启赡,这只是一个很普通的小岛啊。"沃夫冈难掩失望。

"它只是看起来普通而已。"周启赡回头对沃夫冈说,眼睛亮晶晶的,充满希望。他背起了包,信心满满地示意沃夫冈跟着自己向丛林走去。

"喂，我就在这里等你们。"何老大优哉游哉地躺着甲板上，开了今天的第一瓶酒，他指了指手腕上的朗格表，"看好时间啦！"

少年们对他不理不睬。恰在此时，三人的头顶上传来了轰隆隆的雷声。在那片天空中，一直有一块密布的乌云，差不多正好覆盖了整个岛屿及附近海面。周启赡不知道原理，但它一定不是正常的天气现象。因为放眼望去，不远处的海平面仍然是波光粼粼，阳光普照，丝毫没有天气变坏的征兆。

不管会发生什么，都不能再回头。周启赡看着天空，下定了决心。

一个小时后，周启赡带着沃夫冈走出丛林，第一眼就愣住了。出现在眼前的是一片连绵的空地，由于面积实在太大，且边缘没有明显的弧度，二人转了半天才认出这是一个巨大的圆形。

"难以置信，十多年无人踏足的亚热带岛屿上，居然有这种几乎寸草不生的土地……"沃夫冈惊叹。

"我们……到了！"周启赡把背包放在地上。

"就是这里吗？"沃夫冈惊讶地问。

周启赡没有回答，只是立刻循着空地边缘寻找起什么东西。沃夫冈面露疑惑，却没有再开口，跟着好友一起搜索起来。

周启赡越是仔细观察这块土地，越是兴奋。这片空地的古怪之处在于，当年这片圆形地表上一定覆盖着什么东西，后来遭到了人为铲除，才留下了一个浅浅的土坑。是因为什么原因才需要动用如此巨大的人力，将这么大面积的表层土壤全部移除？

很快，两人看见了茂密植被掩盖下的真正古怪，双双惊呼起来。在空地边缘，有一处建筑残骸，然而在空地和密林的接壤之处，随着树丛戛然而止，这个高标号混凝土建筑也被整齐地切断。如此大面积的混凝土，如此锋利的断口，什么东西才能做到？

周启赡走过去，在包里翻了半天，颇有些苦恼。林孝慈十八年来的过度保护——或者说是控制——让少年对户外生活十分陌生。他的背包看起来大，里面的实用道具却乏善可陈。好在有沃夫冈。他适时递上一块干净的毛巾。周启赡脸一红，默默接了过去，开始擦拭断口上的青苔。

"你准备得可真周全。"

沃夫冈自豪地拍了拍自己的大包。周启赡朝包里看了一眼，铝制水壶和折叠登山杖赫然在目。

"你带登山杖做什么？"周启赡疑惑地问，"这里是个海岛……"

沃夫冈神秘地笑了笑，"一位伟人曾经说过，不打无准备之仗。"

紧接着他拿出另一块毛巾，和周启赡一起开始擦青苔。两人很快清理出一片干净的混凝土区域。几十年过去了，切口居然光滑依旧。

"据我所知，没有任何机械能够有这样的力量，"沃夫冈拿出登山杖，轻轻敲了一下这堵混凝土墙残留的部分，"从厚度和钢筋数量来看，这种高标号混凝土，在欧洲一般都是军用工事才会用到。"

沃夫冈打量了一下周围的空地，皱起眉头说："启赡，这里当年都发生了什么？"

周启赡没有回答这个问题，因为他也没有答案。他从背包里面掏出那个包裹严实的金属圆筒，盯着那片空地，"希望它能告诉我们答案。"

"所以它到底是什么？"沃夫冈终于问出了一直想问的问题。

"这是一个需要强大能量启动的磁约束装置。"周启赡回答。

沃夫冈很快意识到了重点，"那我们的能量来源……莫非是你之前一直强调的联珠状闪电？"

周启赡认真地点头，"爸爸要是还在，也许会比我更早发现这种激活模式……无所谓了，我的理论一定是正确的。"

其实周启赡心里还有一个模糊的想法：这里之所以是禁区，或许这里还隐藏着某种无法控制的力量。但他总觉得这个猜想太过缥缈，也就没有跟沃夫冈分享。

"那我们现在要做什么？"

"等待，等待天气给我们信号。"

这个世界到处充满着未知，而每一次对未知的探索，都意味着人们对这个世界的认识又向前迈进了一步。

在等待天气信号的间隙，两名少年也没有闲着，他们一步一步地勘查，终于得出了结论：这片空地是一个完美的圆形。

"完美"其实是一个非常不自然的现象。只有在纯粹的数学之中，才会存在完美。可现在他们第一次看到了一个存在于自然界中的完美现象，并且能够根据这个完美的圆形找到一个非常准确的圆心位置。

周启赡轻轻将脚踏在圆心处的空地上，身体微微有些颤抖。他将自制的避雷针立在地上，升起来，超过头顶，后面的导线连接着那个金属圆筒。天空中的那片乌云仿佛被无形的锁链锁在了岛屿上空，虽然云层之中不断有复杂的对流变换，但一直没有闪电出现。沃夫冈有些无聊，但周启赡显得颇为耐心。

"启赡，你知道追逐风车的堂吉诃德吗？"

"我知道，但你这个类比是错误的。"周启赡还在看着天，"很快你就知道了。"

沃夫冈讨了个没趣，摸摸鼻子，不说话了。然后他习惯性地抬腕想看时间，接着反应过来，他已经把祖父留给自己的手表抵押给了何老大。现在也看不到太阳，无法根据太阳角度来判断大致的时间。不过从主观体会来估算，从上岛到现在，应该已经过了大半天了。如果今天等不到闪电，他们要么坐船回去，要么就在岛上扎营继续等待。

那个船夫不一定有耐心等到明天，十有八九会继续借机敲诈。无所谓了，那点钱对沃夫冈来说并不算什么。因为家族的教育让他从小就知道这一点，钱只是一种工具，为了帮人达成目标的工具。

而他的目标，就是——

周启赡忽然睁开了眼睛。他抬起手臂，看到手臂上的汗毛正在微微竖起。这说明空气中的电荷正在快速聚积，这是闪电来临的前兆。

沃夫冈看着好友，明白时间到了。

他拉着周启赡退到了自认为足够安全的距离。但在这片该死的空地里，没有任何遮蔽物。

"启赡，安全起见，咱们还是趴在地上的好。"

周启赡迟疑了一下，对于和大自然这么亲密的接触还有点不安，这倒不是因为他娇气，纯粹是不习惯。

沃夫冈很理解他，轻松地开起了玩笑："德国有一道名菜烤乳猪，如果这道闪电的能量和你的计算一致——"

雷声响起。伴随着雷声，云层中的闪电开始现身了。

雨水没有任何征兆地落了下来，然后就是连绵不断的雷声。周启赡和沃夫冈趴在雨水中，抬头仰望着天空。虽然不时有闪电划过，但没有一道闪电劈中空地正中的避雷针。现在他们已经全身都浸泡在雨水中，周启赡觉得浑身难受，努力咬牙坚持着——

他必须证明自己的计算是正确的。

旁边穿着冲锋衣的沃夫冈在雨里喘气。此时，一道闪电劈中了避雷针。几乎与此同时，连接着避雷针的金属圆筒里发出了闪烁的蓝光。

周启赡已经忘记了自己身上讨厌的雨水和泥土，猛地起身向金属圆筒跑去。沃夫冈吓了一跳，急忙追过去。

"你疯了吗？还在打雷呢！"

周启赡完全没有听到沃夫冈的警告。他用最快的速度跑到避雷针前，快速断开金属圆筒和避雷针的连接。此刻金属圆筒的玻璃观察窗中，蓝色的光芒盛放着。一旁的沃夫冈目瞪口呆地看着那束蓝光。

周启赡转过头，看着友人。

"多维空间碎片被激活了！"

周启赡的声音不大，却压过了头顶的雷声和周围的雨声。他眼睛里透出的光芒让沃夫冈心头一颤。沃夫冈张了张口："喂——"

周启赡没等沃夫冈说话，就果断按下金属圆筒上的开关。

从金属圆筒中，一道耀眼的蓝光炸裂开来。沃夫冈下意识地闭上双眼。周启赡却坚持着，目不转睛。蓝光闪过之后，一个透明的蓝色光球快速地从金属圆筒中迸发扩散，穿越两人的身体，然后以肉眼可见的速度慢了下来，最后准确地停在了圆形空地的边缘。

这一切都发生得太快了。周启赡只顾发愣，突然醒悟到另一个事实：雨停了。

他抬头张望，发现雨水并没有消失，它们只是真的停了。停在了空中。

一个完美的半球形透明力场，笼罩在这片空地的上空。外面的雨水一开始还能穿越不断扩散中的蓝色光球，随着蓝色光球稳稳地停留在圆形空地的边缘，雨水逐渐稀疏下来。越来越多的雨滴被这个无形的力场遮挡，在力场的球面上飞溅出水花，勾勒出这个巨大穹顶的大致轮廓。

在透明力场里面，空地被一片蓝色光芒笼罩着，空中停滞的雨滴、稀疏的地面植被、避雷针，包括两人的身体，都散发着微弱的蓝光。

周启赡被这幕异象震撼了，空中的雨滴缓慢地停止了下落，最后停在两人的身边。为了确保这不是幻觉，周启赡抬手在空中轻轻抓了一把。那些雨滴轻柔地落在了他的手中，在手掌中变成了一洼积水。

周启赡把眼睛凑近面前的几滴雨水，注意到一个细节：这些雨滴仍然保持着从空中落下时的流线型，并没有因为表面张力而变回球形。周启赡示意沃夫冈也凑过来。

"这些雨水不是因为外力停止下落，"周启赡兴奋起来，"它们……只是停下来了！"

"停下来了？"沃夫冈不明白周启赡在说什么。

"这些雨水所处的空间里，时间停滞了！"周启赡向周围一挥手，同时示意沃夫冈抬头向上看。在他们的头顶，高空的雨滴还在缓慢地下落中，随着这些雨滴离地面越来越近，它们的速度越来越慢。当雨滴落到和他们的视线平齐的高度后，雨滴的速度就几乎接近静止了。但如果仔细观察，会发现这些雨滴保持着流线型的同时，仍然在非常缓慢地朝着地面运动。

"不对，不是停滞，"周启赡检查了一下低处的雨滴，它们确实在非常非常缓慢地落入地面，"是时间变慢了……"

在周启赡无比兴奋的同时，沃夫冈当头浇下一盆冷水："那为什么我们还能保持正常，没有和这些雨水一起慢下来？"

周启赡的脑海中快速闪过父亲笔记本中的几个公式，最早看到的时候，他还不明白为什么周铭要用这些明显有误的计算方法，但现在——

"快跑！"周启赡忽然反应过来，拽着沃夫冈撒腿朝空地边缘跑去。沃夫冈虽然不明白他在干什么，但还是本能地跟上了周启赡。当他们奔跑起来后，那些停滞在空中的雨滴，就像雨水构成的丛林一样迎面扑来。周启赡不得不举手遮挡这些迎面而来的雨水。因为他把前面的那些雨水撞落，所以留下了一条空旷的通道，跟在后面的沃夫冈跑起来更容易。他很快追上了周启赡。

"启赡，我们为什么要跑？"

周启赡一边跑一边喘着气说："这个发着蓝光的透明力场，改变了我们所在空间的时间流速，所以雨水落下的速度变慢了！我们没有慢下来，可能是因为我们的质量更大，所以需要更多的时间！"

发着蓝光的透明力场屏障近在眼前。不知道是不是错觉，周启赡觉得蓝光似乎比刚才微弱了……

他猛地停住了脚步。不对劲，一切都不对劲！

刹不住车的沃夫冈撞上了周启赡，两人在湿滑的地面上一个趔趄，一同跌到了泥浆里。

"你疯了吗？这又是在干什么？！"沃夫冈有些急了。

周启赡盯着被泥水浸泡的脚踝，强忍着生理上的抗拒站起来。他指着前方的透明力场屏障。此时，他们还能透过汩汩流下的雨水瀑布看到外面的景象。周启赡的声音在发抖，"如果这个力场能改变时间，那它也一定会改变空间……"

周启赡四处扫视了一眼，平坦的地面上连一块石头都没有。

他转头向沃夫冈伸出手说:"随便给我个东西。"

沃夫冈有点茫然,"你想要什么?"

"什么都可以。"周启赡看看沃夫冈,努力挤出一个安慰的笑容,"最好是你不要的东西,坏了也无所谓的那种东西。"

沃夫冈虽然疑惑,但仍然利落地行动起来。他从背包里翻出一罐午餐肉罐头递给了好友。

周启赡擦了把脸上的雨水,定定地看着沃夫冈:"我父亲给我留下的笔记本里,曾经说过这样一件事情——"

然后,他把午餐肉罐头奋力扔向透明力场。罐头在空中划过一道弧线,穿越了力场。然后,它就停在了半空。

沃夫冈瞪大了眼睛。周启赡的表情反倒冷静了下来。

"如果时间被改变了,那空间也一定会被改变。"

沃夫冈惊呼起来:"启赡,你看后面!"

周启赡闻言转过头,眼前的一幕让他瞪大了眼睛。空地上出现了一片模模糊糊的影像,就像是显影液中的相纸上逐渐出现图像一样,一些建筑的残垣断壁从一片虚空中浮现出来,然后逐渐变成了真实的物体。

原本是寸草不生的完美圆形空地,现在变成了一片参天密林。一片混乱而陌生的嘈杂背景声从密林深处远远传来。而周启赡和沃夫冈二人身边的空地,也不再是空地,杂草、树丛、腐叶……已经将空间占满。

周启赡忍不住摸了摸身边的树叶,真实的触感让他瞬间起了一身鸡皮疙瘩。他发现沃夫冈和自己一样。二人交换了一下眼神,震惊得说不出话来。远处,一栋苏式风格的建筑遗迹被茂盛植被覆盖,影影绰绰,散发着寒意。那些缠绕其中的藤蔓——光是看着都让他感觉呼吸困难。

"启赡……这里恐怕是……"沃夫冈说不下去了。

周启赡艰难地点点头，回头又看到了悬停的午餐肉罐头。他转身重新迈步朝透明力场屏障走过去，一边走一边整理思路。

"我们看到的这一切，是两个不同的时空体系正在做能量交换，所以一切都在发光！但是，这些蓝光正在逐渐微弱下来，就像倒计时一样，发光现象结束后，就意味着两个时空体系的能量取得了平衡，所以才会有空间的交叠，那些树木和建筑……那个时候，这个透明力场应该就会消失……"

周启赡站在发着蓝光的透明力场屏障前陷入了沉思。沃夫冈终于明白过来，"然后呢，我们该怎么办？！"

周启赡回头看看惊恐的朋友，"我觉得我们可以离开这里。"

沃夫冈像看到救命稻草一样抓住周启赡，"那还等什么啊！"

周启赡举起手里的金属圆筒，上面有一个机械指针仪表盘，小小的指针停留在仪表刻度的正中间。他提出了一个让沃夫冈意想不到的问题：

"你有多重？"

沃夫冈一愣，"上次称体重时是七十六公斤。"

周启赡盯着金属圆筒："1986年，岛上应该也出现了这样一个力场，我爸当年出去了，按理说，我们也能逃出去——"

周启赡看着手中的金属圆筒，观察窗里的蓝光还在悠悠晃动，"我可以调整参数，用碎片剩下的能量激发出一个反向力场，抵消掉这个力场的影响。"

沃夫冈大喜，一把抓住周启赡的胳膊，"那我们赶紧离开这里吧！"周启赡抬眼看了他一下，沃夫冈反应过来，松开了手。周启赡的目光并没有聚焦到沃夫冈的脸上，而是穿过了他，看向了很远的一个地方。

"不过,因为能量限制,这个反向力场应该只能涵盖八十公斤左右的物质。"

沃夫冈的手松开了。

"你的意思是说,我们只能走一个?"

周启赡没有回答,而是扭头盯着面前的透明力场。它发出的蓝光已经非常微弱了,这时透过力场可以看到外界明显的异象——外面的世界也逐渐慢了下来。

沃夫冈盯着背对着他的周启赡,嘴角开始抽动。他的手慢慢伸进了裤兜。

周启赡对沃夫冈的举动浑然不觉,依旧聚精会神地盯着面前的力场。过了一阵,他似乎发现了什么,表情一振。

就在这时,在他们的身后,传来了一声奇怪的咔嗒声。

周启赡还没有反应过来,沃夫冈已经机警地转身。周启赡这才扭头,发现——

何老大手里举着一支雷明顿五连发猎枪,紧张又恐惧地瞄着他们。刚才的那声咔嗒,就是猎枪上膛的声音。

"你们两个小兔崽子,我就知道有问题!"何老大恶狠狠地说。

少 年 的 冒 险

—— 4 ——

夜色下的蓝珠镇终于没有白天看起来那么丑陋了，星星点点的灯火让这座海边小镇有了一丝温馨的感觉。文野泉骑着小踏板摩托，摩托上摞着两箱饮料、一箱干海货，颤巍巍地朝镇上唯一的三星级酒店"丽景大饭店"驶去。他是去送货的，奶奶的杂货铺开在镇中学外面，现在是放假时间，生意清淡，平时嫌远不愿送的客户现在也必须要去，这样才能维持祖孙俩的日常开销。

海风吹来，文野泉的脑子还是乱哄哄的，赵秋霜的身影一直在脑海里挥之不去。

其实，下午在三岔路口撞上遭难的赵秋霜时，已经不是文野泉第一次见到她了。在福州到蓝珠镇的长途汽车上，在那些零星的乘客中，就有坐在前排的文野泉。那时，他已经忍不住偷偷打量了赵秋霜很久。

不过别误会，文野泉可不是什么变态，他只是单纯觉得赵秋霜好看而已。十八岁的文野泉每个月都要去福州和在那里打工的父母见面，翌日回到蓝珠镇和奶奶在一起。这样的生活自文野泉上中学起就开始了，一直持续到他现在高考结束。父母不是没有建议过要文野泉去福州和他们一起生活，但文野泉舍不得奶奶，这个从小照顾文野泉的老太太极其固执，死都不离开蓝珠镇。为此，文野泉的爸爸没少和她吵架，最后总是不欢而散。

文野泉是个孝顺的孩子，而且他很喜欢奶奶。

每个月去福州的旅程是文野泉的固定项目，来回时间很长，他总是一直盯着车窗外发呆。但这一天，由于赵秋霜的出现，少年的心开始扑通扑通地跳了起来，午后的阳光照在赵秋霜的长睫毛上，文野泉愣愣地看着，好几个小时的车程似乎眨眼就过去了。

当然，他并没有勇气主动去跟这个少女说话，对他来说，她和自己习惯的一切是那么不同，文野泉没怎么想过未来，因为大概率他会一直待在蓝珠镇，和奶奶生活在一起，陪她经营那个小小的杂货铺。这样一个梦境般的少女，是怎么也不会属于现实中的海边小镇少年的。

然而，事情的发展完全超出了文野泉的预料。他吼完那声"你找死啊！"之后才发现，对方竟然是长途车上的那个少女。他立刻心跳如擂鼓，手掌冒汗，但又要努力维持自己冷静克制的形象——难，真的太难了。因此当阿猛主动打破僵局，声称要新仇旧账一起算的时候，文野泉甚至在心里感激了他。

后面发生的事情，文野泉有点记不太清了，直到赵秋霜阐明来意，并说出她和周启赡的关系，少年才慢慢反应过来，这个女孩子一定不简单。

听涛雅居的工地上，钱小海得知老爹也在现场后就跑了，剩下文野泉陪着赵秋霜。林孝慈前来闹事时，文野泉还跟她介绍了一番。

"你看，那就是林孝慈，周启赡的妈妈。要不要我喊她过来？"

赵秋霜有些尴尬，"我还不认识她……"

听到这话，文野泉奇怪地问："她不是你婶婶吗？"

"这个……说来就话长了……"赵秋霜试图转换话题，"她怎么会在这里？"

文野泉有些不以为然，指指自己的脑袋说："你婶婶……周启赡他妈妈，自从你叔叔失踪后，就……有点神经，你懂的。周启赡以前也经常几天不回家，每次林——你婶婶都会到派出所闹一出。这次不过是时间长一点罢了，大家都觉得周启赡肯定说不定哪天就回来了。"

文野泉的视线随着赵秋霜看着林孝慈，自然也看见了林孝慈身边的身穿警服的莫大勇，不知为何，赵秋霜开始往后缩，三两下已经挤出了人群。文野泉下意识地追着赵秋霜离开了人群,却差点撞上突然停步的少女。

赵秋霜转身对文野泉鞠了一躬。他吓了一跳。

"谢谢你!但是……我要先走了,回头有机会再解释。"赵秋霜说完,却露出了迟疑的表情,似乎欲言又止。

文野泉被她搞糊涂了,"你要找周启赡……警察都找不到他,你怎么找啊——"

赵秋霜抿着嘴唇说:"我知道你和钱小海是好人,又帮了我,所以我不能再麻烦你们了。"

"秋霜你不要这么说啊!"文野泉没有意识到自己已经单方面把赵秋霜的姓氏取掉了,"什么叫麻烦?我不觉得麻烦。而且——"

赵秋霜对着他赧然一笑,不知为何,少年就说不下去了。少女最终还是转身走了,并没有回头。文野泉呆呆地看着她的背影消失在远处,突然觉得非常难过。

这份难过一直持续到了晚上,送货的文野泉脑子里还满是赵秋霜临别的一眼。不知道她现在在干吗,有没有和林孝慈联系上,要是没有——唉,自己想太多了,人家的事情就别管了,赶紧送完货回家吧,不然奶奶又要开始唠叨了……

文野泉沉浸在自己的内心戏里,差点错过了"丽景大饭店"的大门。他急忙刹住车,吱的一声,因为负重太大,小摩托差点翻车。文野泉手忙脚乱地救场,好不容易把三个箱子和摩托都稳住了。他长出一口气,锁好车,把三个箱子摞着搬起来,朝饭店大门走去。

刚走到大门口,一个纤细的身影大步冲出来,猛地撞上了文野泉。

三个大箱子接二连三掉在地上,现场一片狼藉。

文野泉蒙了,那人也蒙了,文野泉本来想骂人,抬头一看对面竟是赵秋霜。她眼睛红红的,明显刚哭过。赵秋霜背着大包,一脸狼狈,不知如何是好。

文野泉的话咽回了肚子里。过了好半天,他才小心翼翼地开口:

"你住这里啊,秋霜?"

赵秋霜摇头,眼睛又红了。她还没有回答,不远处,酒店的胖前台已经尖叫起来了:"怎么回事啊?怎么满地都是东西?!"

文野泉急忙应答一声,转脸对赵秋霜说:"你等我一下,别走啊!"然后他以前所未有的速度把三箱东西归置好,完成了送货交接工作,要不是胖前台追出来,他差点连收钱都忘记了。

看到站在酒店门口的赵秋霜,胖前台尖叫起来:"你怎么还在这里?快走啦,快走,我们这里没有房啦!"

赵秋霜听见胖前台的话,也火了,"我一没病,二没感染,三现在全国都没事了,为什么每家宾馆都是你这个态度,都说没房?!"

文野泉一下子明白了前因后果,眼看赵秋霜和胖前台杠上了,文野泉急忙上前拉住赵秋霜问道:"秋霜,你吃饭了吗?"

"我不饿!"

文野泉急中生智道:"我知道有地方能住!"

赵秋霜愣住了,眼神亮了一下,表情变得……怎么说呢,文野泉觉得是那种带着怀疑的希望,他也不知道怎么会一时冲动说出那样的话,但大丈夫一言既出驷马难追——文野泉跑去摩托车那里,拿过一顶头盔递给赵秋霜。

"喏,给你戴。"

赵秋霜抿着嘴,迟疑着接了过去。

她坐在文野泉的摩托后面，谨慎地扶着摩托车坐垫。小踏板在蓝珠镇的夜色中慢慢行驶，文野泉真希望此时此刻永远不要过去。

　　他突然想起了什么。

　　"秋霜，你还没吃饭吧？"

　　赵秋霜嗯了一声，肚子很适时地响了。文野泉控制不住地傻笑起来，"我知道一家店，很好吃！"

　　小踏板一拐弯，进了一条小巷，"真材实料小吃店"的招牌幽幽闪着光，这个店名和店主兼主厨老周一样，都朴实得让人提不起兴趣。

　　"我保证，味道绝对一流——"

　　文野泉带着赵秋霜一进店，赫然看见钱小海正在细嚼慢咽一盘炒米粉。他身边还摆着白天那台挂满了配件的沃尔沃遥控车。三人六目相对，钱小海嘴里的米粉掉了出来。然后他迅速低下头，假装没有看见二人。遥控车上的DV和喇叭似乎在配合主人，也一同低下头。

　　以文野泉对死党的了解，钱小海此时一定在害羞。虽然身为首富之子，钱小海却完全没有富二代的毛病，只是一个沉浸在自我世界的少年罢了。他的人生中从没有接近过任何一个女孩子，跟女生打交道的经验为零。海公公这样的反应，糟了，秋霜该不会误会了吧——

　　正当文野泉以为赵秋霜会把钱小海的羞怯错当成歧视之时，赵秋霜却大大方方地跟钱小海打了个招呼。文野泉松了口气，就在此时，老周一声吆喝，端出鱼丸汤和炒米粉。文野泉干脆拉着赵秋霜坐到了钱小海的桌上。

　　看到钱小海摸出话筒，文野泉一把抢了过来，又趁势关掉遥控车的开关,大咧咧地说:"海公公,秋霜不是外人啦!"

钱小海露出怀疑好友智商的眼神,文野泉视若无睹,还充当起两个人之间的亲善大使。"你看,秋霜是周启赡的表妹,"他解释道,"你是周启赡的学弟,对吧,不是外人嘛!"

这下子,不只是钱小海,连赵秋霜也流露出了对文野泉智商的担忧。不知是不是感应到了彼此的心情,她和钱小海对视了一眼,这一眼,虽然让文野泉有点吃醋,但也极大地拉近了大家的距离。赵秋霜扑哧一声笑了出来。文野泉挠挠头,不晓得她到底在笑什么。

赵秋霜看着面前的碗问:"这个是什么?"

文野泉献宝一样地拿起醋和胡椒,"鱼丸汤!你快尝尝,如果怕腥,可以加醋或者胡椒。"

赵秋霜很小心地喝了一口鱼丸汤,文野泉在旁边紧张地看着,直到赵秋霜露出笑容,他的心才落下。赵秋霜是真的饿了,也不说话,一口气把鱼丸汤喝了个见底,显得很满足。

文野泉看着赵秋霜,不自觉露出了傻笑。钱小海却在此时小声破坏了气氛。

"你说话的音调为什么有点奇怪?"小胖子亮晶晶的眼睛里带着好奇。

文野泉压根没觉得赵秋霜的口音有任何问题,脱口而出:"什么奇怪?哪里奇怪了?海公公你说什么啊?"

赵秋霜意外地看了他一眼,文野泉一下脸红了。少女展颜一笑,大方地指了指自己的耳朵说:"我出生的时候有听力障碍,学说话比别人晚很多,所以语调奇怪。"

"哦哦。"钱小海点点头,"那你好厉害。"

赵秋霜从耳朵里拿出助听器,给两人展示了一番又戴了回去,

"喏，本来暑假的时候要去植入人工耳蜗，不过现在要耽搁一下啦。"

"秋霜你找周启赡有什么重要的事情吗？"文野泉突然想到了少女来蓝珠镇的目的。

赵秋霜沉默了。文野泉一下子紧张起来，不小心用手肘撞到了钱小海，好友发出惨叫，到嘴边的米粉又给吐了出来。

"咳咳，咳咳咳——"

"你不想说就算了啊，当我没问——"文野泉急忙解释。

赵秋霜却主动打破沉默："我想去开阳岛。"

文野泉瞪大了眼睛，钱小海张大了嘴。

"你刚刚说……"文野泉不确定自己是不是听错了。

"你们没听错。"赵秋霜抬起头，眼神很坚定，"周启赡失踪了，我觉得他一定是去了开阳岛。"

文野泉和钱小海对视一眼，都不说话了。

自文野泉记事起，就知道蓝珠镇附近有一个神秘的开阳岛。这个岛不存在于任何地图上，但很多蓝珠镇民都记得：1986年7月，那些无声无息到来的军队，黑色的大塑料袋，大人们紧张的神情，某种不好的氛围整整持续了一个夏天。

开阳岛这个名字从此流传开来，成为蓝珠镇的秘闻。据说这个小岛及附近水域被划定为禁区，不但岛上没有任何人居住，而且也严禁任何人登岛。随着时间推移，国家经济发展，有一些胆大的渔民打起了开阳岛的主意。有什么地方比一个"不存在"的地点更隐秘呢？

文野泉听说，从上世纪八十年代开始，沿海猖獗的走私行为开始让那些不法之徒盯上了开阳岛。大宗走私都需要有一个外海的中转地，而这个不存在的小岛就成为最佳选择。有一段时间，走私犯不知是买通了警卫还是这里干脆被人遗忘了，开阳岛变成了一个外海的据点，经常会有走私犯偷偷登陆并在上面藏匿货物。

混乱持续了一段时间，然后，一切就戛然而止了。谁都不知道具体发生了什么，也许是某个上级机关忽然想起来这里还有一个被遗忘的禁区，也许是海关加大了缉私力度，也许是走私犯之间发生了内讧，总之，那些走私犯忽然就放弃了这个小岛，再也不敢踏上一步。

关于这个岛的各种离奇谣言，诸如岛上有杀人怪物等等，蓝珠镇的孩子们都听说过。

有一次，文野泉的奶奶喝了点小酒，语焉不详地说起当年的故事，似乎开阳岛上曾经出现过超越人们现有科学常识的现象。但没等文野泉继续追问下去，奶奶已经在躺椅上睡着了，还打起了呼噜。对于这个我行我素的奶奶，文野泉向来没辙，只能帮她盖上一床毯子，让老人家睡得舒服点。

听说赵秋霜要去开阳岛，文野泉的第一反应就是：不行，太危险了。他也诚实地说出了自己的想法。没想到，除了向来主意比天大的赵秋霜之外，钱小海也用一种奇怪的眼神看着自己。

文野泉不爽了，"海公公，你这个眼神是什么意思？"

钱小海哼哼着，"小泉仔，没想到你是个胆小鬼。人家千里迢迢从北京到我们这里，一定早就下了决心，你上来就跟人家说不行，你是哪棵葱啊？"

"你说什么？"少年最无法接受的，就是在喜欢的人面前被人称作胆小鬼。文野泉涨红了脸，"我明明不是这个意思，你——哎你怎么突然一下子这么多话了？"

赵秋霜似乎也对钱小海突如其来的态度转变产生了好奇，"你是不是……有什么建议？"

钱小海欲言又止。文野泉有点不爽地脱口而出："海公公,你不会是想跟着去开阳岛吧?"

此话一出,钱小海竟然立刻点头。文野泉傻眼了。"你不会游泳,别来瞎掺和!"文野泉想用鱼丸堵住钱小海的嘴。

"我有船。"钱小海小声说,"而且,我也想找到周启赡。"

"为什么?"这次轮到赵秋霜意外了。

钱小海默默不语,脸有点红了。

"因为他一直崇拜周启赡啦。"文野泉总算反应过来,理解了好友的想法,"周启赡很聪明嘛,得过那个什么什么比赛的冠军,海公公特别崇拜他,但是家里人又不准他跟周启赡来往。"

钱小海在旁边不停点头,他还指了指自己的遥控车。文野泉继续帮着解释道:"海公公从小就喜欢搞点小发明创造什么的,老跟我说周启赡这方面超级厉害,比他厉害多了。"

看着赵秋霜的眼神越来越亮,文野泉的心在淌血,此刻钱小海出尽风头,相比之下自己简直就是个傻瓜。

但是,赵秋霜出人意料地拒绝了钱小海的请求。"谢谢你,"赵秋霜摇摇头,先看了看钱小海,又看了看文野泉,"但这是我自己的事情。我也有必须上岛的理由。而且我带了钱,可以租船。"

"秋霜你别犯傻啊。"文野泉脱口而出,"那帮船工会欺负你的!"

"我不怕。"赵秋霜的脸上又出现了那种倔强的神情,文野泉真的很喜欢她现在的样子,但理智告诉自己,不能纵容无知少女胡来。

"不是怕不怕的问题,"文野泉突然觉得自己有点像学校里的老师,正在规劝不听话的学生,"是真的很危险,再说了,万一周启赡回来了,你又出海了,你们不就错过了吗?"

这个细想之下不成立的理由一时间唬住了赵秋霜,她陷入了沉思。文野泉松了口气,但很快她就想清楚了,再度摇头。

"那我也要去。"赵秋霜的语气斩钉截铁。

文野泉拿这个固执的姑娘没辙了。过了半晌,他只好转移话题,"秋霜,你为什么那么想自己去啊?"

赵秋霜迟疑了一阵,终于吐露了自己的过往。她那种惆怅和不甘的眼神,让文野泉的内心真切被打动了。文野泉自记事起就几乎没怎么见过父母,他们一直天南海北地打工。留守儿童文野泉小时候也曾经痛苦过,但每一次都是奶奶给了他安全感和关怀,久而久之,文野泉觉得有没有父母的存在也没那么重要了,但即使如此,看着镇子里那些和父母生活在一起的孩子脸上的笑容,文野泉也会时不时地羡慕。好在他是个想得开的孩子,并没有因此落下多少心理阴影。

当赵秋霜说起自己对周阳的执念时,文野泉几乎立刻就能感同身受。还有周启赡——周启赡的爸爸十年前失踪,是镇子里的一件大事,各种说法都有,但那时两人都还在念小学。即使是周启赡唯一的粉丝钱小海,也不曾把那个神秘的小岛传闻,和周启赡以及他爸爸联系在一起过。

周启赡在开阳岛到底发现了什么?为什么两周过去了还没有回来?今天发现的何老大尸体又意味着什么?如果不告诉大人,他们三个人能不能解决这些麻烦?

这些问题只困扰了文野泉短暂的时间,就被他扔到九霄云外了。赵秋霜的到来改变了他平淡无奇的人生。这是文野泉第一次有这样的感觉。居然有一个惊天秘密就在不到两百公里的海上,光想起这点就让少年的热血沸腾起来。

不知不觉,夜深了。

"真材实料小吃店"的老板周伯跑来跟三个孩子喊道:"喂,少年仔,我要打烊啦!"三人这才发现竟然已经快到十一点了。

钱小海突然瞪大眼:"不好,我爸妈要查房了!"说完,他急匆匆朝外面跑去,遥控车也跟着一溜烟儿跑了。远远的,大喇叭的声音传来:"说好了啊,三个人,一起去!"

文野泉转头去看赵秋霜,露出一个自认为很肯定的笑容:"秋霜,说好了,一起去。"

赵秋霜似乎愣了一下,表情迷惑。什么时候变成三个人要一起去了?她看向文野泉,文野泉也看向她,眼神坚定。赵秋霜沉默片刻,最终轻轻点头。

文野泉激动得差点跳起来,伸手想帮她拿包,赵秋霜已经先一步背了起来。文野泉的手伸到半空,又尴尬地撤了回来。他不好意思地挠挠头。赵秋霜轻笑一声:"谢谢你。"

文野泉嗯了一声,声音像蚊子叫。

两人并肩走在蓝珠镇的夜色里,都没有说话。海风吹来,带着温和的腥气,文野泉带着赵秋霜,往蓝珠镇中学走去。他的奶奶在学校外面经营杂货铺,寒暑假的时候,学校会把钥匙交给老太太代为看管。文野泉已经打定主意,让赵秋霜在学生宿舍住下。奶奶可能不会同意——不过他也知道钥匙是放在哪儿。

文野泉的心里突然有种特别安稳的感觉。虽然和赵秋霜认识还不到一天,但他已经打算和这个北京来的女孩子踏上冒险旅途。他真的很喜欢赵秋霜,或者说信任她——无论如何,这一生一次属于命运眷顾的礼物,文野泉发誓要好好保护在手心里。

孤岛惊魂

— 5 —

钱小海的遥控车有一个非常中二的名字，叫作初号机。初号机上的DV是小胖子的眼睛，大喇叭是他的声音。这台沃尔沃还是老钱当年托人从海外走私过来的，遥控车尺寸不算小，五十厘米见方，三十厘米高，四个大轮子能适应多种地形，上面还搭载着许多他喜欢的设备和工具，比如电筒、绳索、测距仪、帐篷等等。与其说这是一台科技车，不如说更像一台生存车。

"如果遇上丧尸围城，这台车可以帮我活下去。"钱小海曾经信誓旦旦地对死党文野泉这么说。当时，文野泉露出的"我觉得你好白痴啊但我们是死党我一定无条件支持你"的眼神，被钱小海自动忽略掉了。

在决定要和文野泉、赵秋霜一起去开阳岛之后，第二天清晨天蒙蒙亮，钱小海就起床，把这台遥控车里里外外维护了一番。他又装了一个巨大的背包，做了最充分的准备。

钱小海一切都收拾停当之后，带着遥控车，蹑手蹑脚经过老爸老妈的卧室门口，发现两人果然还在梦乡。老钱的呼噜声打得震天响，妈妈戴着耳塞也睡得很沉。他大大松了一口气，挥手招呼初号机跟上。

清晨的蓝珠镇行人寥寥，初号机在遥控器的控制下静音滑行，就像有自我意识一样。钱小海满意地笑了笑，内心里充满了对冒险的向往。

昨天被迫撤走之后，古惑仔阿猛誓要讨回面子。他对着一整箱啤酒和两个小弟胡吹了一整夜，此刻醉醺醺的，正在凌晨的蓝珠镇街道上撒酒疯。臭头和小光几乎扶不住他，小光被阿猛一推，居然一个趔趄，摔出小巷，正好看见了兴致勃勃大步前行的钱小海。

阿猛追了出来，在酒精的驱使下，恶向胆边生，随手抄起一根街沿邻居家的晾衣竿，直直照着钱小海抽了过去。

沉浸在快乐心情中的钱小海丝毫没有察觉，直到屁股上传来一阵剧痛。他向前摔成一个大马趴，怀中的遥控器也掉出来，随即被一双穿着破运动鞋的脚踢到了远处。

惊魂未定的钱小海来不及爬起身，屁股和大腿就接连挨了好几下，火辣辣地疼。他好不容易支撑起上半身，这才看见阿猛狰狞的脸。钱小海吓得脑中一片空白，下意识要跑，却被臭头和小光堵住了去路。阿猛放肆大笑起来。

"你……你们想干吗？"钱小海都快哭了。

"哟，现在不用你那个大喇叭了？"阿猛随手又抽了他一下，钱小海反射性跳了起来，却被一旁的臭头一脚踹倒趴在地上，犹如一条待宰的鱼。

三个小混混嘲笑起来，包围圈缩小，钱小海感觉已无法呼吸。小光捡来了地上的遥控器，献宝似的呈给阿猛。

"这是你的宝贝吗？"阿猛盯着钱小海。

钱小海弱弱地点头。

"那太好了。"阿猛将遥控器嫌弃地丢在地上，一脚踩了上去——

凌空飞来一脚，命中阿猛后腰，他猛地失去重心，像刚才钱小海之前那样摔飞了出去，跌成一个狗啃泥。

局面骤变，臭头和小光呆住了。钱小海看清天降援兵，顿时涕泗横流。

"小泉仔！"

文野泉此刻已经和阿猛扭打在一起，没空理他，臭头和小光反应过来，正要加入战局，又被刚赶到的赵秋霜趁乱踢翻。紧接着，少女飞奔过来，一把抓起小胖子。

"快跑！"赵秋霜冲钱小海喊道。

钱小海来不及多想，连滚带爬地站起身。但他没有跟着赵秋霜跑，反而赶紧回头去捡遥控器。

"你搞什么？！"赵秋霜尖叫。

"我不能离开初号机！"钱小海脱口而出。好在文野泉以一敌三，让对手分身乏术，钱小海终于得以成功地带着遥控器跟赵秋霜会合。在他心里，此刻自己就像一部超级大片的主角，经过乱七八糟的动作戏，成功找回了宝藏。还来不及跟初号机久别重逢，他就发现死党已经被阿猛三人狠揍了几拳，而赵秋霜想也不想便冲了过去，看样子是打算救人。

屁股上的疼痛提醒了钱小海，他猛地按下还能工作的遥控器，初号机快速冲了过去，直接撞上了打算偷袭文野泉的臭头。就算只是一台遥控车，毕竟重量在那里，臭头惨叫一声，抱着腿跳开了。此时，已经冲进战局的赵秋霜终于得以挥舞着大背包将阿猛和小光赶开。文野泉一骨碌爬起来，拉着赵秋霜的手，对着钱小海吼了起来："还等什么！"

钱小海瞬间明白了好友的意思，趁着文野泉带赵秋霜闪开的空档，他按下了遥控器上的一个红色按键。

砰的一声巨响，初号机上弹出了一大团白色的粉雾，正好喷到阿猛三人脸上。坏小子集体发出惨叫，开始揉眼睛，呸呸呸地吐口水。文野泉哈哈大笑，对钱小海竖起大拇指。钱小海嘿嘿一笑，突然反应过来，急忙带着初号机和两个好朋友一起溜之大吉。

这就是冒险吧。钱小海的宅男心怦怦地跳个不停。

三个人狂奔到码头，跳上了老钱的小游艇，直到它在海面上划出一道长长的白色尾迹，钱小海的心跳这才慢慢恢复到正常节奏。

他看着文野泉和赵秋霜，三个人愣了片刻，集体陷入一阵狂笑当中。

"哈哈哈哈，海公公，快给我看看你被打得有多惨！"文野泉说着就要去扒钱小海的衣服，被钱小海一把推开。

"滚！"

赵秋霜笑够了，第一个缓过来，她已经学会了文野泉的叫法，"海公公，你刚才真牛！"

略带草莽气息的语言拉近了彼此的距离，钱小海不好意思地挠挠头，"秋霜你也很酷啊，我第一次看见女孩子这么打架的。"

"阿猛这个白痴，最好不要再让我遇到，否则我揍得他连他爸都不认识！"

文野泉刚口吐狂言，就发现赵秋霜在看着自己，一下子偃旗息鼓，不好意思说下去了。但赵秋霜展颜一笑，显然一点也不在乎。

"算我一个啊。"她居然这么说。

钱小海看着脸红到耳朵根子的文野泉，默默看了眼初号机。他突然觉得有点寂寞。

海面的风大了起来。天空阴云密布，海面上也开始有了波涛。

"话说那白色的粉末到底是什么？"赵秋霜问道。

"就是面粉啦。"钱小海回答。

"初号机上为什么会有面粉？"赵秋霜疑惑不解。钱小海迟疑了一下，不知该不该说实话。

"因为丧尸围城的时候，面粉可以帮助他活下去！"文野泉拍了拍他的肩，插嘴道："海公公，实话实说嘛，你有什么好害羞的？"

才不是害羞！小泉仔这个叛徒，为了泡妞就这样把我的秘密说出去了！钱小海瞪着双眼，但文野泉显然理解不了好友为何生气,一副无所谓的样子。赵秋霜睁大眼睛,面露不解,但她很体贴地什么都没问。钱小海气坏了,决心报复。他咳嗽一声,转过身去。初号机的喇叭竖了起来。

"秋霜,你觉不觉得,小泉仔的名字听起来怪怪的?"

赵秋霜咦了一声,表情再度好奇起来。文野泉警觉道:"海公公,你干吗?"

大喇叭继续说:"听起来很像温泉,对不对?"

赵秋霜想了想,点点头。

"小泉仔以前对喜欢的女生告白,就会说——"文野泉扑过去想捂钱小海的嘴,可惜晚了一步。

"欢迎你来泡我!"大喇叭的声音震天响。

此话一出,现场一片安静。文野泉尴尬到想找个地洞钻进去,钱小海沉浸在好友出糗的愉悦中。赵秋霜则反应了一秒,紧接着放声笑了起来。

"哈哈哈哈哈哈哈,对不起,但是,真的很好笑……"赵秋霜一边笑一边拍了拍文野泉的肩,"那后来有没有女生泡你啊?"

看到小泉仔在喜欢的女生面前吃瘪,钱小海心里莫名满足,于是替他回答:"肯定是没有啦,所以小泉仔一直单身到现在!"

"海公公!"文野泉恨得咬牙切齿,钱小海闪躲着和初号机回到了驾驶室。隔着驾驶室的玻璃,他看见文野泉手忙脚乱地对赵秋霜解释着什么,但赵秋霜的笑意一时半会儿是停不住了。

小游艇速度很快。在海面行驶了一段时间,大约中午的时候,海面上还是一片开阔,什么都没有。赵秋霜带了一张海图,尽管这张图上没有标记开阳岛,但却有几个重点位置被画了出来。

"我找学长帮忙,对比了过去二十年的海面气象变化记录,发现在1986年和1995年分别出现了特别厉害的风暴。"赵秋霜指着其中一个标红的小地点,"我觉得这里最有可能,因为它是风暴的中心。而且最近这几天,那个地方也有一次巨大的联珠状闪电记录。"

"秋霜你好厉害,"文野泉满脸崇拜,"我住海边,都没想过这些事。"

钱小海默默吐槽了好友,拜托,你这样怎么泡妞嘛?但他决定把鄙视藏在心里,毕竟自己也是一直落单到现在。

刚过中午不久,在船头拿着望远镜远眺的赵秋霜和文野泉激动起来。

"海公公,快看!"

钱小海顺着他们的手朝前看去。一座小岛的影子隐约出现。这就是开阳岛了吗?钱小海的手心开始冒汗,心跳加快。但他突然想起了关于开阳岛附近有巡逻的传说。

"小泉仔,汇报前方敌情,完毕!"钱小海立刻拿着无线电喊起来。

"海公公,你说什么?完毕!"

"巡逻艇!有没有巡逻艇啦?完毕!"

"哦,没有!完毕!"

就在两人对话时,小岛的身影愈发清晰起来。视力很好的赵秋霜已经看到不远处的海边,有一条半沉的渔船正随着波浪起伏,随时会彻底沉入水下。

文野泉和钱小海被赵秋霜叫到船头,轮流用望远镜观察了半天,最后还郑重其事地讨论了一番。当钱小海终于驾驶小游艇赶到沉船附近时,那艘沉船已经快要没入水下,只剩船头还露在海面上。

"我记得这个舷号！这是——何老大的船！"

那这里肯定是开阳岛没错了。

钱小海深吸一口气，转头看了看两位好友，发现他们的眼神也和自己差不多，紧张、激动、不安，但是十分坚定。

文野泉说："何老大的船没走，他们肯定还在岛上。这个岛不会太大，我们总能找到他们。"

赵秋霜点点头，"岛上应该有一个研究所，虽然废弃了很多年，但那些楼房应该都还在！如果他们还在岛上，就一定会在那里。"

三人下了船。钱小海郑重地将船锁好，带着初号机一起朝前走去，迈向丛林深处。

他们越走越坚信这条路是正确的。被踩倒的植被，被碰断的树枝，都显示就在不久之前，有人刚从这里经过。但是钱小海也发现了更多令人不安的细节——地面和树干上都留下了已经干涸的血迹。

这些令人不安的血迹，蜿蜒通向丛林深处。

钱小海跟着初号机，最后一个气喘吁吁地钻出丛林，直接倒抽一口凉气。在丛林和空地的边缘，血迹在那里戛然而止。就在空地的边缘，有一些树木和植被也仿佛被巨大的铡刀切断。这些断口都很新鲜，还没来得及长出青苔。这里到底发生了什么？他茫然地跨过丛林和空地的分界线，走进去看了看四周。

钱小海回过头盯着赵秋霜，发出了他的疑问："你不是说这里有一个什么研究所吗？"

赵秋霜也有些茫然，"对啊，这个岛并不大，对吧？"她问文野泉。

文野泉点头。

"那研究所到底在哪里?"这一次是赵秋霜在自言自语了,因为没有人能回答她的问题。

钱小海操纵着初号机,开始估算这片空地的面积。与此同时,文野泉发现了丛林边缘那堵被切断的混凝土墙,以及沃夫冈擦除青苔后留下的痕迹。文野泉比画了一下,转身示意赵秋霜过来看。

"一定有人最近来过这里。"文野泉示意赵秋霜看混凝土墙上的那个手印,"应该就是周启赡……"

赵秋霜不安地看看文野泉道:"那他现在在哪里?"

文野泉摇摇头,他没法回答这个问题。

初号机发出哔哔的声音,计算完毕。钱小海一看,瞪大了眼睛,"小泉仔,秋霜,这里是一个圆形!这片空地是人工形成的吗?"

文野泉、赵秋霜没有回答,钱小海接着说了下去:"刚才初号机把这里跑了一圈,这片空地的面积有……六百亩左右。"

文野泉对这个数字完全没反应,但赵秋霜一下瞪大了眼睛。六百亩差不多是四十万平方米,也就是说,这里和一个天安门广场差不多大!

"491研究所的面积就和天安门广场差不多大!"赵秋霜从周启赡那里听到过这个令人印象深刻的比喻。

文野泉脱口而出:"难道这里发生过爆炸?可什么炸弹能一次把整个研究所都炸成灰?"文野泉迟疑地看向钱小海,"难道会是原子弹吗?"

"白痴!"钱小海毫不犹豫地反驳这个无稽猜想,"真要是原子弹,这个岛在不在都不好说了。再说了,这里炸了个原子弹,蓝珠镇的人会一点都不知道吗?"

文野泉悻悻地哼了一声，大概也觉得自己问了个蠢问题。好在赵秋霜心思不在他那里，沮丧地问："那么大一个491所去哪儿了呢？"

钱小海明白，已经走到这一步了，就连他都难以接受失败，更何况千里迢迢赶到这里的赵秋霜。文野泉拉了拉他的胳膊，钱小海会意，遥控初号机朝圆形的边缘驶去。

"我再查一下啦！"

文野泉也安慰道："秋霜你别着急，我们再找找。"

赵秋霜感激地看着二人点了点头。

没想到，还真让初号机找到了点什么。小车刚驶进圆形空地外的树丛中，突然不动了。车轮发出空转的声音。三人惊讶地对视，不约而同朝那个方向走去。

钱小海跑得快，最先到达初号机所在位置，文野泉和赵秋霜跟在他的后面。三人终于发现了那个阻碍初号机行驶的"障碍物"。

那是一个不大的金属圆筒，上面有玻璃观察窗，但看进去里面空荡荡的，什么都没有。在它的下部有几个旋钮和开关，还有两个指针仪表盘。底部还有一个看起来像电源接口的东西。

钱小海看看赵秋霜，"你知道这是什么吗？"

赵秋霜摇头，想了想，又说："莫非……是491研究所的东西？"

钱小海咂舌，"如果真是那个时候留下的，那它大概有二十年的历史了。但这个金属圆筒根本就像新的一样。"

文野泉努力理清思路，"是不是有些材料就不会生锈？"

钱小海瞪了文野泉一眼，"如果它这么厉害，那一定很重要，为什么会被扔在这里？这种重要的东西肯定都是有编号的，真要少了一个，就算把这个岛给翻个底朝天，都得找出下落啊！怎么可能就这么随意地扔在这里呢?"

话音未落,赵秋霜突然起身走到金属圆筒边上,开始仔细打量。文野泉急忙过去阻止她:"秋霜,小心!"

赵秋霜一把抓起金属圆筒,兴奋地向他们挥舞着,"我知道了,这是周启赡的!这是他自己造的!"

赵秋霜指着金属圆筒底部的那个指针仪表盘兴奋地说:"你看这上面的编号!这个零件是我帮他买的!因为这个编号和我的生日是一样的,0724,所以我就记住了!"

钱小海粗鲁地伸手从赵秋霜手里抢过金属圆筒,仔细地观察了一下,有点捶胸顿足的感觉,"不愧是周启赡,这么厉害!"

沉浸在偶像崇拜中的钱小海没有注意到,此时的天空中,乌云密布,沉闷的雷声开始传来。

"要下雨了!"文野泉喊起来,"海公公,咱们找地方避一避。"

就在三人头顶,突如其来地响起一声炸雷。钱小海吓得跳了起来,愣了片刻,仿佛触电一样抬头仰望天空,然后又低头查看了一下金属圆筒底部的电源连接装置。

"我知道了!我知道了!"他一把抓住文野泉,又抓住赵秋霜,用力摇晃,"我知道了!我们快找找,这里一定有类似避雷针一样的东西!"

赵秋霜愣了片刻,脱口而出:"我知道在哪儿!"

她转头指着空地中央。那里有一根细细的杆子,其实很容易发现它。只是在钱小海说出"避雷针"这个词之前,在一个处处都透露着古怪的空地上,没人会注意到这根细杆子。

钱小海第一个向那根细杆子跑过,他挥舞着手里的金属圆筒,边跑边喊:"周启赡真是个天才!他一定是用雷电给这个装置充能的!"

赵秋霜和文野泉对视一眼，然后一起向着那根杆子跑去。虽然这个岛上充满了未解之谜，但他们现在已经找到了第一把通向谜底的钥匙。

天空的乌云不时被闪电照亮。沉闷的雷声回荡在空地上。

雨水刷刷地冲洗着空地。钱小海三人挤在一件雨衣下，眼巴巴地看着不远处的避雷针。虽然空中金蛇狂舞，却没有一道闪电击中避雷针。

赵秋霜在轰鸣的雷声中对着钱小海大喊："海公公，你的计划到底靠不靠谱啊？"

钱小海尴尬地笑笑，文野泉试图安抚开始急躁起来的赵秋霜："别急，这么密集的雷电，早晚能劈到避雷针上……"

一束闪电照亮了他们的脸庞。蜿蜒的电火花在避雷针顶端炸亮。电流导向了避雷针下的金属圆筒，随后里面亮起了微弱的蓝光。

钱小海欢呼一声，向避雷针冲过去，"我就说吧！我就说吧！"

赵秋霜还没反应过来，文野泉已经冲了出去。

"海公公，危险！"

钱小海早已忘记了自己身材超标的事实，扭着屁股跑到了避雷针旁，弯腰拿起了金属圆筒，毫不犹豫地按下了开关。

一个蓝色光球在金属圆筒中闪现，迅速向四周开始扩散。钱小海看着这个半透明的蓝色光球掠过文野泉和赵秋霜，不禁欢呼起来。

又一束雷电击中了避雷针，然后顺着导线和金属圆筒传递到了钱小海的手中。钱小海按捺不住内心的雀跃，正要挥手再次跟文野泉和赵秋霜报喜，结果一道明亮的闪光在他眼前亮起，接下来，他就失去了知觉。

钱小海觉得自己行走在一片蓝色的光芒中，这种蓝色不同于他之前所见过的任何蓝色，不是天空的蓝，不是海水的蓝，到底是什么蓝呢？钱小海仔细地想啊，想啊……

"哎哟！"

胸口传来一阵剧痛，钱小海倒抽一口冷气，猛然坐起。

他睁开眼睛，茫然地看看四周，等等，这里不是应该什么都没有吗？明明是一处圆形空地，为什么现在……现在这里可是一片森林啊！

他惊恐地咳嗽起来，"初号机，初号机呢？"

文野泉和赵秋霜冲了过来。

"你晕倒了！"文野泉的表情悲喜交加，"我们都以为你被电死了！"

"初号机在这里。"赵秋霜指了指钱小海身边，钱小海一把抱住自己的宝贝，突然反应过来。

"你这个乌鸦嘴！"钱小海又咳嗽了两声，"为什么这里变成森林了啊？"

文野泉和赵秋霜为难地对视一眼，赵秋霜不好意思地说："刚才我们都吓得闭上了眼，睁开之后，圆形空地里就变成这样了。"

钱小海目瞪口呆，"你的意思是这一切都是瞬间发生的？"

"不算瞬间吧……"赵秋霜回想，"一开始只是一些树木出现，就像那种电影里画面逐渐显现的特效一样，然后整个森林都出来了……"

钱小海突然抬起头，"雨停了！"

文野泉和赵秋霜顺着他的目光看向远处，两人这才意识到钱小海在说什么。"雨"在字面意义上停住了。所有的雨滴都停在了空中。

文野泉好奇地伸手去够离他最近的雨滴。忽然,哗啦一声,所有的雨水同时落下,浇了他们一头一脸。

伴随着赵秋霜的尖叫,哗啦的水声逐渐平息。完完全全的寂静笼罩了他们。三人慢慢起身,看着周围。

除去身边突然闪现的整片丛林不说,他们发现,这片丛林的边缘被一个半透明的蓝色球状力场笼罩起来了。如果不仔细看,那个透明力场几乎无法分辨。

钱小海先是和两人一样看着那个蓝色的力场,接着就低头在地上四处寻找起来,终于发现了那个金属圆筒。他一个箭步冲过去把它拿在手里,仔细查看着。文野泉和赵秋霜也围了上来。

"海公公,怎么了?"赵秋霜不安地看着四周。

"我不知道……"

钱小海拿出遥控器,想让初号机跟上来。可是遥控器都快按烂了,初号机还是没有反应。他来回检查了半天,一点用都没有。这下他慌了。

难道刚才摔坏了?不可能,不可能。一定是发生了某种能量释放,影响了信号传输——

文野泉有些不安地看看四周,劈手夺过金属圆筒塞进包里。"这里不对劲,我们还是赶紧离开吧!"

钱小海点头,三个年轻人加快脚步跑向蓝色的屏障。钱小海拖着初号机,又觉得不太对劲,他拼命在脑海中拼凑着这个零星的念头,最后随着三人离那个屏障越来越近,钱小海终于醒悟了。

"停!"钱小海大喊一声,同时抓住了文野泉和赵秋霜。

"海公公,你发什么疯呢?"文野泉有点恼火。

钱小海伸手指向不远处的丛林边缘,"你们看!仔细看!"

85

那片丛林和刚才没有什么不同。

"和刚才一样啊！"文野泉有些不耐烦。

钱小海示意二人站住，自己放下初号机，慢慢地向前走去。文野泉刚想跟上，就被钱小海严厉地制止了："跟在我后面！"

钱小海扒开灌木，走到那堵几乎已经不可见的透明蓝色力场屏障前，盯着不远处的丛林边缘，脸色一变。

"它是和刚才一样！"钱小海加重了语气，"一模一样！"

赵秋霜第一个反应过来，小心地走到钱小海的身后。她仔细观察了一下，也发现了异常。他们面前的这片丛林是完全静止的，甚至从树叶上滴落的雨水，都停在了空中。

"这是怎么回事？"赵秋霜有些惶恐，"感觉我们是在看一张照片！"

钱小海沉思了一下，"一定是这个透明屏障的问题。"他低头看看周围的地上，连一块石头都没有。钱小海随手抓起一把泥土，扔向力场屏障。

那把泥土穿过透明屏障，然后就消失了。

文野泉和赵秋霜都瞪大了眼睛。如果他们刚才直接撞上去……文野泉一把抓住钱小海，"海公公，我们是被困住了吗？"

钱小海摇摇头，"我不知道。但肯定和这个有关！"他从文野泉的包里掏出那个金属圆筒，仔细打量，"这里面肯定有某种东西，被刚才的能量激发后，产生了这个……现象……"

文野泉看看四周，看到不远处地面有一株植物，跑过去拔了出来，然后又试着捅了一下透明力场屏障。穿过力场部分的植物消失了。文野泉收回植物，发现手里只剩下后半段，植物从接触面开始的部分都消失不见了。

文野泉把半截植物扔向力场，它穿过力场后消失不见了。

"这到底是什么鬼东西?!"文野泉恼火地看向钱小海。

"我也不知道啊!"钱小海翻来覆去地琢磨着这个金属圆筒,上面有好几个按钮,如果……

他控制不住自己的手,伸向了其中一个按钮——

"不行!"

钱小海的脑内声音和赵秋霜的大喊同时响起。他深吸一口气——然后慢慢地放下金属圆筒。赵秋霜阻止得很及时,继续乱动很可能会造成新的危险。可现在该怎么办呢?

就在三人面面相觑时,钱小海的余光瞥见力场屏障闪烁了一下。他立刻转头看向赵秋霜和文野泉,发现两人都在揉眼睛。

"你们也看到了?"钱小海询问道,"刚才……不是幻觉?"

两人都点点头。

三人一齐转头看向透明力场。就在一瞬间,力场消失了。

外面的丛林闪烁了一下。好像什么都没有发生,但似乎一切又都不一样了。钱小海第一个反应过来。刚才就像有人快速切换了一张照片一样,虽然猛然看过去都差不多,但如果仔细看,会发现外面是一片陌生的丛林,和刚才的丛林截然不同。

震惊逐渐蔓延,钱小海开始注意到另一个现象:空气中弥漫着一股陌生的味道。

"你们闻到什么了?"文野泉的惊呼传来。

钱小海和赵秋霜扭头看向身后的空地,再次被惊呆了。鬼屋一样的老旧建筑出现在他们视线的最远处,看风格全然是好几十年前的产物,而且这栋建筑已经破败不堪,和这个有着原始风貌的林子倒是十分契合。

"那……那是……"钱小海结结巴巴,激动地伸出手指。

"对……"赵秋霜喃喃自语,"它应该就是消失的491研究所。"

奇怪的他

— 6 —

最初的惊慌过去之后，平静下来的三人组开始打量起这片突然出现的"景观"。

这里就像一片原始森林，茂密的植被已经完全覆盖了研究所的废墟，但这些植物却是三个人从没见过的种类。大部分建筑物都已经倒塌，残垣断壁间，三人不时能看到人类的白骨。不管这里曾经发生过什么，看起来都是很久之前的事情了。

更为奇怪的是，在许多长着参天大树的地面上，时不时出现一种奇怪的白色圆柱体。这些圆柱体大小不一，粗细不均，表面疙疙瘩瘩的十分恶心。赵秋霜觉得它们是某种原始蘑菇，但当她说出这个猜想的时候，文野泉却很干脆地摇了摇头。

"你闻。"少年凑过去闻了闻白色蘑菇的表面，"蘑菇不会有这种味道。"

"难道是毒蘑菇？"钱小海拿绳子拖着初号机走过来。

文野泉又摇头，"与其说是蘑菇，倒不如说是动物的屎啦！"

赵秋霜毕竟是女孩子，立刻从白色柱状体旁闪开，但她随即明白了文野泉话里的隐藏含义——这个森林里有大型动物，是否食肉不可知。

密林仿佛要印证她的恐惧，远处传来了一声奇怪的动物吼叫。

赵秋霜戴着助听器，忍不住颤抖了一下。文野泉急忙上前把她挡在身后。赵秋霜回过神来，脸红了。一直以来，她都以为自己是孤独一人，此刻有一个萍水相逢的少年，不假思索地保护自己，让她很开心。

钱小海惊恐地看向密林，"什么情况？"

文野泉做了个噤声的手势。钱小海立刻闭嘴，他抓紧了那个金属圆筒，躲在初号机后面，仿佛想用它当武器抵挡未知的怪物，同时习惯地转头看向文野泉。

奇怪的吼声没再出现。文野泉紧绷的背影渐渐放松。赵秋霜从他身后走出来，对二人说："天快黑了。"

文野泉和钱小海抬头看看天空。太阳已经不在视线内，但角度很低的光线说明它快要落山了。

"这一天过得真快。"文野泉有些愣神。

钱小海突然一惊，"完蛋了！如果被老爸发现我偷了他的船……"

赵秋霜皱着眉，"我们还是找个有屋顶的地方，先避一下吧。"

两个少年赞成地点头。赵秋霜看着不远处的研究所废墟，看起来可不像只荒废了十几年的样子，而像是很久很久之前的遗迹，如果真是这样……

赵秋霜把满腹的疑问咽了下去，现在想这些都没用了，眼下还不是讨论这个的时候，而且他们也解决不了什么问题，只会带来更多的惊慌。她看看文野泉和钱小海，是自己把他俩带到这个可怕的地方，如果发生最糟糕的情况……赵秋霜提醒自己，必须冷静，不能做一个躲在人后的女孩子，她也要保护自己的朋友。

暮色逐渐笼罩了空地中的废墟。

"前面有东西，我去看看。"文野泉的声音传来。

赵秋霜看过去，发现文野泉已经把他所说的东西挖了出来，那是一支已经锈蚀得不成样子的56式冲锋枪。文野泉想卸下弹匣查看，严重锈蚀的弹匣却直接断裂了。他转头看看钱小海，两人眼中都出现了十分惋惜的神色。

男生啊——赵秋霜刚想笑，突然从助听器里听到了一个奇怪的高频杂音。

"啊！"

这种杂音就像是音箱的尖啸一样，令人无法忍受，赵秋霜急忙关掉了助听器。文野泉和钱小海已经凑了过来。文野泉的表情很紧张。

"怎么了，秋霜？"

赵秋霜取下助听器端详，自然听不到他在说什么。但细心的文野泉从少女的举动推断出了她的困境，于是一把拉过钱小海。

"海公公，去帮秋霜检查一下助听器。"

"你怎么不自己去？"钱小海白了他一眼。

"我不会啊。"文野泉理直气壮。

钱小海气得直哼哼，"我看你是追女仔昏头了。"

可怕的动物吼叫声再次传来，这一回，声音比之前靠近了不少。文野泉绷紧了身体，胡乱对赵秋霜比画了几个手势，示意她快走。赵秋霜明白过来，脸色也不太好，匆忙戴上助听器，跟两名少年一起朝着研究所遗址快步走去。

坍塌的苏式建筑，靠近了看有种阴森的美感。赵秋霜轻轻地踏进看上去像是主楼的建筑大门，不禁揣测着，当年，自己的父亲周阳和他的哥哥周铭，到底在这里做什么样的工作呢？

令她失望的是，491研究所里几乎已经被植物全部覆盖，什么痕迹都没有留下，除了地面上偶尔出现的弹壳——它们也都跟之前文野泉发现的那支冲锋枪一样，腐朽得几乎一捏就碎了。

感觉这里经过了很久很久的岁月……

"秋霜，这边！"

文野泉的声音打破了赵秋霜的沉思。

"上楼！这里有一个没有坍塌的房间！"

钱小海比赵秋霜更激动，三步并作两步朝楼梯跑去。赵秋霜也立马跟上，楼梯残破，但托依附于其上的植物的福，两人顺利来到了文野泉的位置。三人发现他们很幸运，这里不仅可以遮风挡雨，而且还只有楼梯一条路——也就是说，任何人或者生物想要接近三人，都必须走楼梯，这样一来，设置一个触发陷阱就可以最大限度地保证大家的安全。

赵秋霜看着钱小海从初号机里拿出化学火炬和细钢丝，不由赞叹地笑了："就算丧尸围城，也用不了这么多装备呀。"

钱小海不好意思了，低下头没有说话。文野泉上去拍拍他的肩，"你这么厉害，快去帮秋霜看看她的助听器。"

"知道了，老板！"

赵秋霜没想到文野泉注意到了这件事，还一直记挂着，心中不由生起几分感动。她摇摇头，"可能只是一点小问题，不着急的。"

钱小海从包里掏出一个工具盒，打开一看，各类小工具码得整整齐齐。钱小海朝赵秋霜伸出手，赵秋霜迟疑了一下，取下助听器，交给了他。

赵秋霜的世界变得安静下来，她终于有时间不受打扰地看着这片废墟。又回到了那个问题上，491研究所到底是做什么的？而当年这里又发生了什么？

不知不觉，赵秋霜走出了房间，顺着楼梯来到了一楼。她把周围的枝枝蔓蔓拨开，想看看这里的全貌，但经年累月的自然之力早已将这里占满，赵秋霜纤细的胳膊完全只是在给这里挠痒痒。拽了半天，仅仅扩出巴掌大的空间，赵秋霜沮丧地想放弃。算了，还是等下找钱小海问问有没有其他称手的工具吧……

就在赵秋霜转身决定回楼上时，眼角突然有一道影子划过。

她瞬间汗毛倒竖。

是谁？

除了满目层叠的翠色，什么也没有。

赵秋霜决定回到二楼,她可不想做恐怖电影中的龙套角色,因为对某些神秘事物的好奇丢掉小命。但就在她往楼上迈步时,确确实实,有一道影子,又一下子闪了过去。赵秋霜狠命揉揉自己的眼睛,绝对不是眼花!她瞬间忘记了刚才理智的想法,屏住呼吸,盯着藤蔓深处的阴影——那里真的有什么东西在动!

盈盈蓝光闪过,那个东西走出了阴影,现在赵秋霜看清楚了,那是一个陌生男人,但他身上却有一种熟悉的感觉,似曾相识。赵秋霜忽然打了个激灵,她之前曾在照片上看到过这个人,刚才也想到了这个人,他是——

周阳!

不可能!周阳就算还活着,按照岁数,现在也起码四十多了,不可能看起来还这么年轻!而且,他身上的衣服和照片上的一模一样!

更离奇的事情发生,周阳微笑着开口了:

"小霜,是你吗?"

赵秋霜突然想哭。她对亲生父亲构建了十几年的想象,居然会以这样一种完全不可思议的方式重现。他就是周阳,自己的亲生父亲吗?这个微笑着的男人,看上去清秀温柔,而且——

不对!赵秋霜心中警铃大作。她怎么能听见周阳说话?自己明明没有戴助听器!

面前的周阳并没有上前,只是微笑着看向赵秋霜,而她浑身冰冷,仿佛全身不受控制,脚不由自主向前走去。

突然一只手拉住了赵秋霜的胳膊。赵秋霜忍不住大声尖叫!

那只手并不是想象中冰冷的触感,而是温热的,赵秋霜全身的力气又涌了回来。她抬头一看,是面色惊慌的文野泉。

绷紧的身体终于放松,赵秋霜忍不住紧紧抓住文野泉。文野泉好像说了什么,赵秋霜听不见,她扭头看了看藤蔓的阴影中,周阳已经不在那里,那些植物还在微微颤动,仿佛在嘲弄她似的。

赵秋霜深吸了一口气,控制住颤抖的身体,在文野泉的搀扶下回到了楼上的房间。

钱小海立刻冲了过来。赵秋霜从他那里接过助听器,急忙戴上。周围的杂音传来,那种冰冷的感觉终于完全退却。

钱小海说:"秋霜,你的助听器我检查过了,没有问题,可能是干扰。"

赵秋霜勉强挤出一个笑容,点点头。

文野泉插嘴道:"海公公你先别说啦,秋霜看起来很不舒服,先让她休息一下。"

赵秋霜坐下来,拿出水壶,喝了口水。她抬头看到两个少年关切的脸,有点不好意思。刚才发生的一切好像是真实的,又好像只是幻觉。

"秋霜,你怎么了?刚才你不见了,我吓死了,你看起来很害怕,没事吧!"文野泉发出连珠炮式的询问。

"喂喂,不是你说要让秋霜先休息吗?"钱小海在旁边翻白眼。

赵秋霜决定不把刚才的遭遇告诉两人,没必要让他们担心,毕竟可能真的只是幻觉,"我没事,可能有点累。"她冲文野泉一笑,"别担心啦。"

钱小海上前一步说:"对了,秋霜,虽然你的助听器没问题,但是刚才里面的确发出了一种很奇怪的声音。"

"是什么样的声音?"赵秋霜问。

"说不清楚啊,硬要说的话,好像是音箱的那种啸叫。"

赵秋霜皱眉,"我离开北京之前才去维护过,按理说不应该这么快就出问题啊。"算了,她摇摇头,"可能跟这个环境有关,毕竟我们还在一个奇怪的蓝色罩子里。"

钱小海点头,举起自己的电子表。"你看,我的表也出问题了,计时故障。"赵秋霜凑过去看了一眼,的确很奇怪,三人进来之后少说经过了大半天,电子表却还停留在下午一点左右。

文野泉适时开口:"咱们准备休息吧,我去门口设个陷阱。"

随着房间中央的篝火燃起,三个小伙伴终于松了一口气,狼吞虎咽地用包里的食物充饥后,困乏之意开始缓慢地占据了他们的身体。文野泉用篝火烤一根削尖的木棍,他说不怕一万就怕万一,于是开始琢磨如何自制武器。这根木棍很粗,既可以防身,又可以当成野外生存的工具。毕竟现在三人被困在一个古怪的地方,他最大的责任是要想出办法来保证大家的安全。

赵秋霜和钱小海借着篝火的亮光还在琢磨那个金属圆筒,不管这一切是怎么发生的,所有秘密的终极答案,一定藏在这个古怪的东西里。

研究所外天空已经漆黑,赵秋霜从小在大城市长大,从未真正见识过什么叫"伸手不见五指"。她愣愣地看着外面,发了一会儿呆,直到钱小海一声巨大的哈欠才反应过来,今天真是漫长的一天,大家应该都很累了。

赵秋霜提议:"咱们早点休息吧,保持体力,明天才能早点回去。"

文野泉站了起来,示意赵秋霜和钱小海抓紧时间休息,"晚上我站第一班岗,后半夜海公公再替我。"

赵秋霜意识到文野泉在照顾自己,有点不服气,"我也可以轮班的,不能只让你们辛苦。"

文野泉摆摆手没有说话，走到了房间外。

钱小海望着赵秋霜，"小泉仔其实很会照顾人啦。"然后他顺势躺倒在篝火边，闭上了眼睛。

"快睡吧。"

赵秋霜看到钱小海紧紧抱着遥控器蜷缩着，又看看门外文野泉的背影，不再反驳。她走到墙角靠墙坐下，也闭上了逐渐干涩的眼睛。

赵秋霜在梦中又看见了周阳。不是以往梦中那个想象中的人，而是今天阴影中的那张脸。两张脸一模一样，但就是有哪里不同，今天那张脸虽然微笑着，但阴森森的，这个周阳朝赵秋霜走来。

"小霜，是你吗？"

赵秋霜恐惧地想跑，但全身仿佛被什么东西定住了，她奋力挣扎，想大喊却发不出声音。

赵秋霜猛地睁开眼睛，醒了过来。她发现自己的后背都湿透了。篝火还在燃烧着，但她就是觉得冷。她也不知道自己睡了多久，反正睡不着了，不如去接替文野泉。赵秋霜看了看不远处的钱小海，他正打着小呼噜，睡得正香呢。

赵秋霜悄无声息地走出房间，看到文野泉搂着自制长矛靠在楼梯边上睡着了。经过白天的一番刺激冒险后，精力旺盛的文野泉终于还是没能抵挡住困意来袭。赵秋霜犹豫一下，没有叫醒他，想让他多休息一会儿。

楼梯下面传来一声响动。赵秋霜一下紧张起来。她轻轻伸出手，想去推文野泉，却忽然停住了。

黑暗中，一只丑陋奇怪的动物爬上了楼梯。它看起来像是某种大型猫科动物，只是皮毛基本上都已褪去，没有皮毛的地方覆盖着一些既像鳞片又像皮肤增生的物质，另外还有一些植物附着其上，这个动物的一只眼睛是个黑色的大洞，另一边眼睛里没有瞳孔，整个眼球一片浑浊。它嘴角流涎，脖子下面有一个巨大的鼓包，像个肉瘤。总之，在赵秋霜所知的真实的自然界里，不可能有这样的生物。

赵秋霜颤抖着捂住自己的嘴，不让自己大叫出来。这个怪物爬上楼梯后，先是朝着空气中抽动了几下鼻子，然后甩甩头，赵秋霜一下子明白了：它看不见！

勇气回到了赵秋霜身上，她不能让朋友遇到危险，她必须做点什么！

赵秋霜的视线落在了文野泉身边，那里有一支电筒。她灵光一闪，用最轻的动作摸过去，拿起了手电筒。

文野泉动了一下。怪物立刻朝两人的方向看过来。赵秋霜吓得缩在了文野泉旁边，大气都不敢出。

好在文野泉并没有醒，赵秋霜暗暗松了口气，然后一把将手电筒顺着楼梯扔了下去。

怪物被声音吸引，猛地朝楼下扑过去。赵秋霜利用这个机会迅速摇晃沉睡中的文野泉，低声喊他："醒醒！"

文野泉惊得大叫一声，醒了过来，问："怎么了？！"

"嘘！"赵秋霜低声喊道，"什么也别说，快进屋，把门堵上！"

文野泉瞪着眼。楼梯下传来一声低吼。文野泉反应过来了，一骨碌爬起来。两人顾不得朝身后看，连滚带爬地朝屋里跑。

钱小海迷迷糊糊的身影出现在门口，"什么情况……"他打了个哈欠，然后惊恐地张大了嘴。

赵秋霜和文野泉冲进门，文野泉扑倒了钱小海，赵秋霜趁机关门。文野泉灵活地站起身，帮她一起把门关上。随后，已经明白过来是怎么回事的钱小海，拿起文野泉的长矛把门顶住。

三个人集体后退。

四周一片安静，只有篝火的噼啪声。

过了一会儿，钱小海颤抖着开口："走了吗……"

赵秋霜和文野泉对视一眼，文野泉朝门口走去。他把耳朵贴在门上，闭上眼听了一会儿。

文野泉轻轻撤离门口，对二人点头，"应该走了。"

话音未落，大门就被狠狠撞了一下！赵秋霜下意识尖叫了一声，随后又觉得有点丢脸。

怪物又撞了一次门，三个人吓得集体一激灵。门外传来几声怪物的低吼之后，逐渐安静下来。

三个人谁都不敢动。赵秋霜本想上前查看，被文野泉一把拉住，文野泉焦急地摇头，赵秋霜明白他是担心自己。她勉强笑了笑，往后退了一步，但此时，身后却传来窸窸窣窣的响动。

赵秋霜头皮发麻，她用最轻微的动作转身，果然——在三人都忘记防守的窗边，出现了怪物的脸。

这东西竟然还能爬墙！

仿佛感受到了赵秋霜的恐惧，文野泉和钱小海也转过身来。

那个蹲在窗边的怪物死死盯着三个年轻人，发出嘶嘶的叫声。它脖子上鼓包的位置裂开，里面吐出了长长的舌头，舌头的末端像食人花一样张开，黏液滴滴答答地掉落，舌头在空中缓慢地挥舞着。

即使在恐惧中，赵秋霜依旧感到很恶心，她强忍着一阵阵反胃拽了拽文野泉，凑到他耳边压低声音说："它看不见……"

文野泉眼睛一亮，但不敢出声，对钱小海猛做手势。

怪物收回舌头，开始慢条斯理地爬下墙壁，向三人逼近过来。

钱小海终于醒悟，他慢慢低下身体，四肢着地爬到背包旁边，拿出一瓶矿泉水，奋力丢到了窗外。

矿泉水瓶着地的声音一下子吸引了怪物的注意，它朝着窗外爬了过去。

钱小海的举动给文野泉和赵秋霜赢得了时间，文野泉摸到门边，拿起了顶门的长矛，赵秋霜配合他轻轻推开门，然后示意另一边的钱小海过来。

怪物眼看就要爬出窗外，三人轻手轻脚地依次出门，但倒霉的钱小海踩到了篝火中尚未燃尽的树枝，尽管只是轻微的咔嚓一声，但已经够了。怪物的头猛地弹了回来，脖子上的鼓包再次张开，恶心的舌头又伸了出来。

怪物朝三人逼近。

"快跑啊！"钱小海大喊，第一个背着包冲出房间，蹿下楼梯。赵秋霜和文野泉来不及反应，也跟着他赶紧跑出去。怪物发出一声嘶吼，追了过来！

建筑遗迹经过了太久的自然侵蚀，哪里经得住如此频繁的重力运动？就在钱小海连滚带爬地下到一楼，文野泉护着赵秋霜正在往下冲的时候，楼梯轰然垮塌！文野泉比赵秋霜先行一步，已经收不住脚，他只能大喊一声，干脆用力一跳，落地一个翻滚稳稳站住。

赵秋霜本来也想立刻跳下去，但楼梯下的黑暗让她一下子回忆起之前周阳的幻觉，就在这一瞬间，怪物已经扑到了她面前。

赵秋霜闭着眼睛，在地上滚了一圈，刚好避了过去，但这也彻底堵死了她的退路，此时，变成了怪物在楼梯口，赵秋霜背对着刚才的房间了。

"秋霜！"文野泉在楼下大喊。

怪物听见人声,扭头似乎想要跳下去,赵秋霜想也没想,大喊了一声,成功地把怪物的注意力又吸引了回来。

楼下的文野泉和钱小海似乎和她心有灵犀,开始在一楼搞出各种声音,赵秋霜毫不迟疑地冲进房间,捡起一根已经熄灭的木头,也在墙上胡乱敲打起来。

怪物被搞糊涂了,开始在原地打转。

赵秋霜一边敲击墙壁,一边朝着窗户的位置移动,忽然间,一楼的声音没了。赵秋霜瞬间惊恐万分,文野泉!钱小海!他们怎么了?

怪物失去了一楼的目标,瞬间朝着赵秋霜扑了过来。赵秋霜无计可施,只能孤注一掷,从窗户上跳了下去!

尽管只有两层楼,赵秋霜却觉得过了很久,那种下坠的失重感让她刹那间神游天外,不知这个坠落何时才是尽头。好在她很快就清醒过来,尽量把身体缩成一团,因此着地时,仅仅受了点擦伤,头部和四肢都没有问题。

即使如此,赵秋霜还是蒙了一下。恍惚中,她看见文野泉和钱小海向自己飞奔过来,等两人触碰到她的那个时刻,赵秋霜终于控制不住自己,紧紧抱住文野泉大声哭起来。

赵秋霜感到欣慰的是,文野泉也紧紧抱着她。这么多天以来的紧张、惊慌、疲惫、恐惧,还有那些不知名的情绪……都一下子释放了。

哭完之后的赵秋霜突然反应过来了,怪物呢?

她焦急地擦干眼泪,文野泉安慰地指了指前方,赵秋霜顺着他的手看过去,一个瘦长的身影手持火把正背对着三人,这人背上背着一把弓箭,手中赫然提着怪物软塌塌的尸体!

赵秋霜目瞪口呆。钱小海激动地对赵秋霜说:"你不知道,刚才我们不是在楼下发杂音吗？结果就把这个人引来了！他简直——简直就是奥特曼！三下五除二就搞定了小怪兽！"

"奥特曼"似乎听到了钱小海崇拜的话语，转过身来。那是一个长发长须的中年男人，面色沧桑，肌肉强劲，穿着一身看不出质地的装束。赵秋霜忍不住看了看他手中的怪物，也不知那人怎么对付它的，此时那条恶心的舌头已经耷拉在体外，混合着一堆黏糊糊的组织堆在身体的一侧。

那人把怪物的尸体扔到一旁，举着火把走了过来。借着火光，赵秋霜看到他的手腕上戴着一块表——

赵秋霜的心控制不住地剧烈跳动起来。难道……

"你是谁？"她听见自己颤抖的声音。

"奥特曼"迟疑了一下，缓缓开口，但他的声音生涩枯干，仿佛已经很久没有说过话了：

"你们……是真的？"

真的？这是什么意思？赵秋霜和文野泉、钱小海交换了疑惑的眼神，文野泉起身挡在了二人前面，警惕地看着对面这个奇怪的男人。

赵秋霜从文野泉背后探出头来，"你到底……是谁？"她的目光始终没有离开男人手腕上的表，但黑灯瞎火的，实在看不清。

男人对赵秋霜的话充耳不闻，开始低声自言自语，赵秋霜只能听到模糊的只言片语：

"他们是真的！……不，你有我们还不够吗？外人都不可信！不可信……"

男人突然抱住脑袋蹲下了身子，从赵秋霜的角度看过去，他的表情十分痛苦。她愣住了，不自觉起身想要过去看个清楚。这人到底是谁？他的手腕上那块表……

文野泉上前阻拦，被赵秋霜轻轻拒绝，她慢慢走过去，就在离男人还有三米左右的时候，他猛地转头过来，恶狠狠地盯着赵秋霜。在他凶狠的目光注视之下，三个少年都情不自禁地后退了一步。

就在此时，钱小海包里的金属圆筒非常不合时宜地掉了出来。他一把捞起，但男人已经注意到了金属圆筒，一下子直勾勾盯着它。

钱小海弱弱地开口："奥、奥特曼，你怎么了？"

那个男人凶狠的目光忽然转向钱小海，还没等三人反应，他已经疾风一般冲过来，想抢夺钱小海手里的东西。钱小海尖叫一声，文野泉及时拦腰抱住了男人把他抱摔在地，然后一起在地上翻滚起来。

赵秋霜一时间有点手足无措，但她看见钱小海已经冲过来想帮忙，却笨手笨脚地用金属圆筒砸到了文野泉的脑袋。文野泉捂着脑袋滑倒在地，神秘男人一个翻滚用膝盖压住了文野泉，还顺手拽倒了钱小海，用一把尖刺抵住了钱小海的喉咙，同时制住了两个人。

赵秋霜一个箭步捡起金属圆筒，冲神秘男人大喝道："住手！"

神秘男人抬头看了看她。

赵秋霜抓着金属圆筒后退了两步，"你想要这个？"

神秘男人没有说话，只是手上加劲。钱小海惨叫一声，锋利的尖刺割破了他的脖子，鲜血流了下来。

神秘男人仿佛打铁一般，一字一顿地说："把、它、给、我！"

赵秋霜看到钱小海受伤，一时慌了神，急忙举起手里的金属圆筒示意，"你先放人，我就给你！"

神秘男人冷笑一下："腐尸、更多！没有我、你们、死！"

正在这时，仿佛是在验证这个说法，漆黑的树林里又传出几声吼叫，有的远，有的可能很近……赵秋霜决定赌一把。

她举起金属圆筒说："我给你，你带我们走！"

神秘男人愣了一下。赵秋霜深吸一口气，又挥了挥金属圆筒。神秘男人皱眉片刻，终于缓缓点头。

赵秋霜不再迟疑，一把将金属圆筒抛了过去。圆筒骨碌碌滚到神秘男人附近的地面。有那么一瞬间，他没有动，赵秋霜在心里怀疑自己是不是赌输了。

过了片刻，神秘男人终于松开了钱小海，扭身一把抓起金属圆筒。赵秋霜大气都不敢出。文野泉背上的压力减轻了，他一个翻身逃出了男人的控制。

三个少年迅速聚集到一起，紧张而惊讶地看着神秘男人。他拿着圆筒，轻轻摸着，然后发出了一声哽咽！就在赵秋霜百思不得其解的时候，这个男人忽然熟练地拧动圆筒，迅疾地操作了几下，按下了一个按钮。

随即，赵秋霜之前看到过的场景重现，一个蓝色光球在神秘男人手中炸裂，然后穿过三人的身体快速扩散向四方！

一直喧嚣不止的夜色，瞬间安静了下来。

文野泉扶着钱小海起身，也惊讶地抬头张望着他们头顶的这个熟悉而又陌生的透明穹顶。

赵秋霜的助听器里再次传来刺耳的啸叫，她不禁痛苦地喊出了声。神秘男人看着她，发出一声轻微的嘘声，吸引三人看向自己后，男人做了一个噤声的手势，示意他们三人跟上，然后就消失在黑暗中。

啸叫停止了。赵秋霜喘着气，看着文野泉说："你没受伤吧？"

文野泉刚要回答，钱小海却痛苦地哀号起来："我流血了！我受伤了！"

缓过来的文野泉一把揪住他，"海公公，闭嘴！赶紧跟上去！"

钱小海茫然地看着文野泉指着的方向。那个神秘男人又转身回来，不耐烦地示意他们赶紧跟过去。

钱小海苦着脸，"真的要去啊？"

赵秋霜拽着他，"总要赌一下的。"

钱小海悻悻地不说话了。

夜色之中，神秘男人走出废墟，警惕地看着面前的一片草地。在草地的另一头，就是那个透明穹顶和地面接触的部分。微风之中，那些宽阔的草叶轻轻摇曳，一片祥和。

赵秋霜和文野泉、钱小海交换了一下眼神，百感交集地看着对面那个重新出现的穹顶。男人没有跟他们说任何话，径直进入草地，很快消失在一人多高的草丛中。文野泉朝赵秋霜伸出手，赵秋霜和他手拉手走入草丛。钱小海无可奈何地跟着他们走了进去。

前方传来哗啦啦的响动，说明那个男人正在快速地奔跑着。赵秋霜感到文野泉紧紧拉着自己，步伐坚定。前路莫测，她却有些开心。

前方草丛里传来窸窸窣窣的声音，然后戛然而止。

四周一片寂静。

赵秋霜看到文野泉回头，似乎是在询问自己，还要继续往前吗？

赵秋霜深吸一口气，点点头。

两人并肩冲了过去。

前方的草地戛然而止，两人面前是一片空地，神秘男人已经消失不见。那道透明力场屏障就在前方，金属圆筒滚落在地，一个直径不到两米的球形力场环绕着它。而这个一半露出地面的小力场，又和笼罩整个研究所遗址的透明穹顶交会，二者的接触面露出了一个半圆形的洞口。赵秋霜和文野泉从这个圆形洞口看出去，外面能看到熟悉的小岛，以及小岛上那刺目的阳光！

文野泉回身大喊："能出去了！海公公，快来！"

钱小海冲到文野泉身边，满脸惊讶。他张了张嘴想说什么，又摇摇头，弯腰捡起一块石头，试探地向洞口扔出去。

石头穿越洞口，滚落在外面的地上。

三个人对视一眼，掩饰不住眼中的喜悦。不管刚才发生了什么，他们现在能回家了！

赵秋霜冲到洞口边，看到文野泉和钱小海还在看着外面跃跃欲试，"你们还在等什么？"

赵秋霜利落地从洞口爬了出去，双脚踩到地面的一刹那，她兴奋地朝文野泉看过去，笑着喊道："快出来啊！"

文野泉大叫着应了一声，一跃而出。钱小海闭上眼睛，深吸一口气，也笨拙地拖着初号机爬了出来。

起风了，阳光在一瞬间消失，天空中的阴云翻滚不息。一场风暴正在酝酿之中。但是，这是他们所熟悉的那个世界。

"你们看！"钱小海开心地大喊，"初号机活过来了！"

赵秋霜扭头发现钱小海正激动地操纵着遥控器让初号机转圈。文野泉走上前，和赵秋霜对视一笑。

从异世界逃生的喜悦没有持续多久，赵秋霜第一个反应过来，她转头盯着地上那个还在散发着幽幽蓝光的金属圆筒，弯腰小心地捡了起来。随着金属圆筒的移动，那个小球形力场跟随着一起移动，脱离了笼罩着整个空地的透明穹顶。

紧接着，半圆形的洞口也随着小球形力场的脱离而逐渐缩小，最后关闭了。现在,赵秋霜只能透过力场看到里面的那片空地,虽然没有明显的参照物,但此刻的她已经有经验了,知道里面的景象都是静止的,而且最好不要碰那个看起来无害的透明屏障。

赵秋霜看看文野泉和钱小海,现在只有他们三个知道,在这片祥和景象的背后,隐藏着一个巨大的秘密。她和新结交的朋友在里面度过了一段此生最难忘的时光,不知道为什么,赵秋霜心里居然有一点点不舍……

钱小海上前看看赵秋霜,赵秋霜会意,小心地把金属圆筒交给了他。金属圆筒上面有几个按钮和开关的位置发生了变化。钱小海按下了第一个按钮。

那个以金属圆筒为圆心的小球形力场瞬间消失了。

钱小海仔细地观察了一下四周,没有发现其他异样。于是,他又按下了第二个开关。什么都没有发生。钱小海长出一口气,又把剩下的按钮和开关都按照记忆中的位置重新恢复了。

唯一的变化就是那个金属圆筒上的所有指示灯都熄灭了。它又变成了最初被发现时的样子,看起来只是一个略显古怪的神奇玩意儿。

钱小海小心地把它还给了赵秋霜,"这个东西的秘密,看来只有刚才那个人才知道了。"

文野泉没忘记揶揄他一下,"谁啊?奥特曼?"

钱小海"切"了一声,三人同时抬头张望四周。神秘男人去哪里了呢?

什么声音都没有,但三人同时感到了一丝异样。在他们身后,那个透明屏障悄然消失了。如果不仔细观察,几乎不会发现这一点。但三人都察觉到,那片空地此刻不再是刚才的那种完全静止的状态了。它又重新属于这个世界了!

一滴雨水掉落在赵秋霜的脸上。她抬头看了一下阴云密布的天空。

文野泉说:"我们先回家吧。"

赵秋霜点头,很自然地拉着文野泉的手,走向了丛林。在他们身后,钱小海捡起一根树枝扔向空地,它翻飞着落到了空地上。

一切似乎回到了最初的样子,但一切又都不一样了。

开阳岛的码头上,三人又见到了那个神秘男人。他和之前的样子判若两人,整个人看起来呆愣愣的。他出神地盯着大海,喃喃自语着什么。

赵秋霜抑制不住自己的好奇心,走上前去。神秘男人却紧张地后退,和她保持安全距离。赵秋霜上前一步,他就后退一步,直到差点掉进水里,才紧张地缩成一团。

赵秋霜只好不走了。她小心翼翼地开口:"我……我能看一下你的手表吗?"

男人此时看起来就像个即将失去心爱玩具的孩子,哼唧了半天,才递出手腕。赵秋霜一看,不禁哑然——这哪里是块真的手表,分明就是画上去的。

赵秋霜叹了口气,勉强冲男人一笑。男人此时却对她好奇起来:"你、是谁?"

"我——"赵秋霜犹豫了一下,还是自我介绍起来,"我叫赵秋霜。"

"哦、秋、霜、霜——"男人努力发出正确的读音。

赵秋霜忍不住问:"你为什么会在那个地方?那里发生了什么?你见过两个男生吗,其中一个是我堂哥,他叫周启赡——"

神秘男人根本没有理会赵秋霜的疑问,还在努力地念着她的名字：

"秋、霜、霜——"

赵秋霜正觉尴尬，文野泉跑过来了，表情有点怪怪的。

"秋霜，咱们走吧。海公公已经把船弄好了。"

赵秋霜应了一声，回头看了看神秘男人，决定放弃。远处，钱小海正在朝二人挥手。她也挥挥手，朝前走去，结果文野泉在旁边突然紧张起来，大喊了一声："你想干吗？"

赵秋霜回头一看，神秘男人竟然跟着二人走了过来。现在的情况是，赵秋霜二人向前走几步，神秘男人也向前走几步，赵秋霜停下，他也停下，一脸的无辜配上健壮的身躯，那模样显得……十分可怜。

文野泉看上去明显很抵触，他不停地回头，似乎想用眼神制止男人跟过来。但他的努力是徒劳的，等赵秋霜和文野泉走到码头，都快上船了，神秘男人还跟在后面。

赵秋霜有点忍不住了，她看着两个小伙伴，"要不……咱们带上他？"

文野泉瞪起了眼，"不行！"

赵秋霜无法丢下这个人不管，很快给自己找了一个完美的理由："这人可能是唯一知道周启赡下落的了，"她看向钱小海道，"你不想找周启赡了吗？"

钱小海张大嘴巴看了看文野泉，又看了看赵秋霜，最终无声地点了点头。文野泉明显不爽极了，但也没再多说什么。

接下来的航程，气氛一直有点尴尬。赵秋霜想主动打破这个气氛，开始在几人间来回穿梭，文野泉明显很沮丧，对她的话爱答不理，钱小海则警惕地保护着小游艇，严禁神秘男人踏进驾驶舱一步。

赵秋霜也不知道自己为什么突然对这个人上心，她总觉得这人身上有种说不明道不清的东西，很想去了解。

"你究竟……在那里待了多久？"赵秋霜问怪人，"你叫什么？我们带你回蓝珠镇之后，你知道去哪儿吗？你有家人吗？你……你认识周启赡吗？"

神秘男人对赵秋霜的话只有一个回答："我、大海、第一次见！"

然后他就兴奋地到处参观起来，东摸摸，西摸摸，惹得钱小海不停尖叫："别碰我的船！"

无奈之下，赵秋霜只好放弃，回到文野泉身边坐下。文野泉把头扭到另一边，没有看她。

赵秋霜试探地问了句："你怎么了？"

文野泉不回答。赵秋霜拽了拽他的胳膊，文野泉不耐烦地把胳膊抽回去，表情闷闷的。赵秋霜哑然。或许因为曾经被神秘男人制伏，自尊心有些受损？文野泉不理睬赵秋霜，这让她也渐渐有点生气了。多大点事啊，现在的男生都怎么了？这么小气！

赵秋霜越想越生气，决定不理文野泉。她走到船边，神秘男人正趴在甲板上盯着水面的波浪，一副兴致勃勃的样子。

一条鱼突然跃出水面，男人哈哈大笑。

或许是他的神情和外表差别实在太大，赵秋霜也不禁跟着笑起来，她刚要开口说话，突然助听器里又传来一阵刺耳的啸叫。这次的啸叫和之前不一样，明显更长更刺耳，那种恐怖的声音直击赵秋霜的鼓膜，她痛苦万分，忍不住尖叫起来，一把抓下助听器，扔了出去。助听器掉进了海里。

赵秋霜摔倒在船上，颤抖着想爬起来。神秘男人关切地走过来，可文野泉一把将他推开，抱起了赵秋霜。赵秋霜浑身发软，恍惚间,开阳岛上的经历又回到眼前,透过文野泉的肩膀,她好像看见周阳立在船尾,和那天晚上一模一样,冲着她笑,那笑容无比恐怖……

"啊——!"赵秋霜吓得蜷缩成一团。她用力深呼吸,想让自己平复下来,但周阳还站在那里,不曾移动。太奇怪了,这里是海上,船在颠簸,为什么周阳站得那么直……

让赵秋霜更加不解的一幕出现了:神秘男人突然大吼一声,拿出尖刺——就是曾经划破钱小海脖子的那个武器——狠狠地扎进自己的手心!鲜血洒出,神秘男人的表情又变回了岛上的样子,凶狠又紧绷。他从船上一跃而起,跳进了海中。

说来奇怪,他一跳进海里,船尾的周阳也不见了。赵秋霜惊恐地看着四周,又看向海面。神秘男人跳下去的地方,波浪翻滚,但是丝毫不见他的踪影。

这人就这么消失在海里。

赵秋霜和文野泉面面相觑,钱小海这时冲了过来,大喊着:"怎么回事,怎么回事?我刚才好像看见了奇怪的东西!"

他发现赵秋霜面色苍白,问道:"秋霜,你怎么了?"然后反应过来,哎,那个人呢?

赵秋霜摇摇头,失去助听器之后,她的世界安静了,只能看见文野泉和钱小海嘴唇在动,大致读出了几个口型——

"无线电……莫大勇!"

"看到码头了,我们到家了!"

赵秋霜从文野泉怀里转过头去,蓝珠镇的轮廓隐隐出现在视线中。她从未像现在这样,对这个初次接触的小镇产生了一种强烈的归属感。

外 来 者

— 7 —

就在赵秋霜、文野泉和钱小海三人在开阳岛冒险的同一天下午，蓝珠镇派出所资历最浅的民警刘珂，激动地敲开了莫大勇办公室的门。

"莫所长，何老大的案子能让我参与吗？"

有张娃娃脸的刘珂，清纯可爱，干练的短发让她显得有点男孩子气。作为公安大学的应届毕业生，她可以算是蓝珠镇派出所学历最高的工作人员了。不过，由于镇派出所的刑警名额有限，因此犯罪学专业出身的她只好先从基层做起，说白了就是要熬时间。

刘珂本人对此倒是不太介意，因为当警察有一个好处，一旦你说出自己的职业，任何相亲对象都会反射性地一愣，然后打退堂鼓的可能性无限升高。说来也不能怪刘珂，本来毕业之后她想留在北京，但身在蓝珠镇的老妈下了十二道金牌，逼着回老家工作。刘珂还以为妈妈真的想让女儿常伴身边呢，结果她回来之后，刚见面，妈妈就塞给她一大本相亲手册，美其名曰："出去野了四年了，学位也拿了，该回来结婚了吧！"

姑娘听完，气得和妈妈大吵一架，差点没直接跳上回北京的火车。后来在老爹的斡旋下，也算是为了证明自己心意已决，刘珂毫不犹豫地进入蓝珠镇派出所当了警察。

蓝珠镇虽小，鸡毛蒜皮的事情可真不少，在接受了一整年找猫、修水管、协调邻里纠纷、帮渔民讨薪之类属于或者不属于民警的任务考验之后，竟然还来了一桩无比古怪的谋杀案。

此前她差点都忘了，自己沉迷过类似《法医罪案实录》《人体的120种解剖方法》《尸体能告诉你什么》这样的书。刘珂在大学时也很是为此苦恼了一阵，甚至还去看了心理医生，后来发现并不是因为变态，她真的就是纯粹喜欢推理探案的过程，喜欢抽丝剥茧的快感。话说，一旦接受了这样的自己，就仿佛打开了新世界的大门——刘珂原本有点被耗干的工作热情，在看到何老大尸体的那一刻，再度点燃。

她不能接受自己被排除在外，她要找莫大勇表明心志，没想到莫所长一口回绝：

"阿珂啊，你妈昨天就给我打电话了，说无论如何不能让你参与。"

刘珂没想到妈妈的手居然伸得这么长，冲动地问道："她是不是又拿我爸的官位压你了？"

"你说什么呢，"莫大勇明显不高兴了，"你一个女孩子，不让你参与是为你好。"

"只有我自己才知道什么是为我好。"刘珂深吸一口气，再度为自己争取，"所长，我是学犯罪学的，我真的很想为这个案子出一把力，再说了，我看老黄他们这几天都忙疯了，您能不能——"

话音未落，莫大勇打断道："好了，阿珂，你要服从工作安排。这个案子，女孩子家家的别碰。"

"你这——"要按刘珂平时的脾气，此刻早就开骂了，但她突然意识到面前这位可是自己的上级，于是活生生把马上要出口的话憋了回去，以至血压飙升。她好不容易深吸了几口气平复心情，咬牙切齿地跟莫大勇告了假，打算回家好好和妈妈"理论一番"。

刘珂臭着一张脸，骑着小电摩往家走。回家路上经过一片棚户区，刘珂鬼使神差地开了进去，等她反应过来，小电摩已经停在了何老大的家门前。

何老大的住所在一片低矮的破屋子中显得很不起眼。住在这些出租房里的大都是随捕鱼季节流动的渔民，很少有船老大会住在这种地方。但何老大是个例外，当年他因为走私被抓后，关了几年才被放出来，孤家寡人的何老大索性过上了这种无牵无挂的日子。

现在，何老大已经变成了一具尸体。按照流程，何老大的住所是一定要查的，但据刘珂所知，老黄和小朱都在忙，虽然这里已经拉起了警戒线，但暂时还没有人手去完成这个工作。

现在，刘珂就站在何老大的出租屋前。

她的心脏狂跳起来。要不要进去？要不要进去？要不要进去？

要。

刘珂可不是什么听话的乖宝宝。她掏出随身携带的手套，小心翼翼地抬起警戒线，走进了何老大的家。

这个空荡荡的房间里只有最基本的家具，只要简单扫视一圈，就差不多完成了搜查工作。不过既然来了，刘珂还是渴望能在一个真正的现场施展一下自己学到的那些东西。作为科班出身的警察，她自然知道保护现场的重要性，不能挪动家具，于是开始仔细检查地面。一点、一点，一寸、一寸，还真让她发现了什么。

就在何老大的床下，紧贴着床板粘着一个大白兔糖铁盒。这个盒子看起来有些年月了，黑糊糊油光光的，估计何老大自上世纪八十年代就拥有了它，这么多年给盘成了这副德行。

刘珂的内心在职业的天平上左右摇摆，最终决定突破禁忌。她取出数码相机先记录了铁盒的位置，百般确认之后，才将铁盒拿了下来。

何老大还真是个粗人，居然是用一坨剩米饭当胶水粘住了盒子。刘珂哭笑不得，米饭能粘多久啊？难道何老大打算每隔几天补上几粒米饭不成？想归想，刘珂手上没停，打开了盒盖。

里面竟然整齐地摆着三卷美元。

刘珂惊讶地咂舌。她拿起美元点了点，居然有三千之多。何老大以前做过走私犯，这几年倒是老实当渔民，但那点钱只够他平时喝点小酒、赌点小钱。所以，这么多美元只有一个解释，就是他又重操旧业了。

正当刘珂沉浸在自己的推理之中时，屋后突然传来咔嚓一声响。

刘珂警觉地抬头，心脏怦怦跳了起来。她轻手轻脚地把美元放回盒子，却不敢盖上，慢慢站起身，朝何老大家的后门走去。

这年月，刑警都不一定有配枪，更何况刘珂只是个民警。她摸了摸身上，并没有任何能称之为武器的东西，但此时的情况已经不容许她退缩。万一是重要的人证呢？

又一声咔嚓响起。

刘珂蹑手蹑脚贴近后门边，用自己最快的速度闪身冲了出去。

门外什么人都没有，就在刘珂皱眉的同时，脖子猛地被人勒住了！

从没经历过这种袭击的刘珂，头脑一片空白。紧接着，上学时的搏击课记忆涌进脑海，刘珂喘不过气来，但还记得要想办法挣脱束缚。

她尝试掰开袭击者的胳膊，力气不够，她又想借力打力攻击对方下盘，却也失败了，袭击者粗壮的手臂越勒越紧，刘珂感到自己的视线逐渐模糊——

太丢脸了，竟然连对方的样子都没看见……

就在她以为自己要莫名其妙地死在何老大出租屋外，给家人和同事们留下无数悲痛和疑惑的那一瞬间，勒住脖子的手一下子松开，几乎就在同一刻，刘珂感到后脑勺一阵剧痛，随即失去了意识。

伴随着一声尖叫,刘珂醒来。她在应激反应之中,对周围的一切都恐惧不已。模模糊糊的,她只知道自己好像是躺在何老大的床上,然后眼前有一件格子衬衫在晃动,越来越近。

她一拳打了出去,正中格子衬衫,然后,一声惨叫传来,格子衬衫向后滚了出去。刘珂一不做二不休,跳下床对准地上的格子衬衫一顿猛踹。

"你是谁?!为什么袭击我?"刘珂大喊道。

"我……我没有!"格子衬衫抱着脑袋求饶,"姑奶奶,别打了!我是好人啊!"

随着新鲜氧气注入,理智慢慢复归,刘珂不由收回腿,这才看清了格子衬衫的真面目。一个背着双肩背包、戴着眼镜的年轻男子,浑身散发着书呆子气息。刘珂特意看了看他的胳膊,感觉那并不像刚才袭击者的胳膊。

刘珂狐疑地盯着他,并没有放松警惕。

"你叫什么?"

格子衬衫扶了扶歪掉的眼镜,"哦,你好,我叫廖喆。"

"你刚才看到了什么?有没有什么人从这里跑掉?"刘珂不自觉地进入审讯模式,但为了面子,没提自己被袭击的事。

"啊,怎么说呢,我刚到镇上,就有三个人问我要不要去景点,我说不用,但他们挺好心的要送我一程,没想到跑来这里,还说是什么凶杀案现场,要收门票,那我当然是拒绝啦。结果他们就要揍我,但是呢,一看见你躺在地上,那三个人居然就跑了,我看你像是不太舒服的样子,就——"

"好了,够了!"刘珂实在无法忍受格子衬衫拉拉杂杂没有重点的回答,不过按他的说法,那三个人摆明了就是阿猛那三个小流氓,"还有没有看到其他人?"

格子衬衫不好意思地扶了扶眼镜,"那就没有了。"

好生气!刘珂回想起自己被袭击时的惨状,竟然连对方长什么样子都没看清,太丢脸了!她在心里发誓,要是能找到那个袭击者,一定踢爆他的蛋!

念及此,什么心情都没有了。刘珂僵硬地对格子衬衫道过谢,就要朝外走去。格子衬衫却叫住了她:

"你的头上好像肿了,还是去一下医院比较好,刘警官。"

"你怎么知道我姓刘?"刘珂再度警惕起来。

"哦,刚才你迷迷糊糊的,我问你叫什么,你说,叫我刘警官。"格子衬衫回答。

刘珂没想到是自己的乌龙,羞得脸都红了。格子衬衫倒是假装没看见一样,从身上摸出一张证件递过来。

"特别巧啊,我来蓝珠镇,就是要找你们莫所长。"

"啊?"刘珂接过来一看,证件上的工作单位赫然写着"公安部"。似乎担心刘珂不信,格子衬衫又掏出介绍信,上面货真价实地盖着一大串的公章——

兹证明,廖喆同志,作为有关部门三级特派员,前往蓝珠镇调查记录何阿青死亡一案,请各部门予以必要的协助。特此证明。

"有关部门?"刘珂不禁问道,"什么鬼?"

廖喆一本正经地回答:"不能告诉你。"

刘珂气得直翻白眼,压根儿忘记了这位三级特派员好像还算是自己的半个救命恩人。

"你说什么！"在听完刘珂的汇报之后，莫大勇差点没被她不经许可的所谓现场勘查气得背过气去。他控制不住自己的咆哮，直接给了刘珂一个在家停职反省的处分，声音之大差点掀翻了蓝珠镇派出所的屋顶。

"莫所长，事情有蹊跷！"刘珂忍不住跟莫大勇拍了桌子，"你想想，为什么会有人在何老大屋外设埋伏？什么人雇用了何老大？一百美元一张的现钞啊！这种财力雄厚的雇主为什么要找爱喝酒又爱赌博的何老大？何老大的死法那么离奇，难道是去了不该去的地方，或者说看到了不该看的东西？"

"够了！"莫大勇再度咆哮，"不该你管的事情少管！"

"我也是受害者！"

"所以你给我滚回家休息，闭门思过！"

"莫所长！"

"出去！"

两人剑拔弩张，廖喆反倒像是被忘记了。他在旁边数度想插嘴，都无从下手，直到刘珂夺门而出之后才有了存在感。

老黄小朱看完了热闹，早就拍拍屁股走人，按时下班了，只剩气炸肺的刘珂脑仁儿疼。一边疼，她一边隐隐觉得答案呼之欲出，毕竟蓝珠镇附近，能称得上不该去的地方的，也就是……

"刘警官！"

廖喆欢快的声音打断了刘珂的思绪，把她到了嘴边的答案又给模糊消散，可能自己想偏了也不一定……刘珂甩甩头，看到莫大勇板着脸走出了办公室，身边的廖喆正跟自己挤眉弄眼。

莫大勇皮笑肉不笑地挤出一句话："刘珂你过来。"

刘珂气鼓鼓地走上前去。莫大勇侧过身，把廖喆让出来，"廖特派员对你的辅助工作很满意,这样吧,他在蓝珠镇工作期间,由你正式协助他。"

"什么?"刘珂还没反应过来。

"对外,廖特派员就是咱们临时请来的法医。"

"啊?"刘珂不由认真地上下打量了一番廖喆,"你是法医?"

廖喆笑眯眯地点头,"刘警官,那就麻烦你了。"

刘珂狐疑地看着莫大勇问:"莫所长,他到底是来干吗的?"

"不该问的事别多问。"莫大勇哼了一声。

廖喆转头道:"莫所长,那我就不跟您客气了,既然现在有一具尸体,那我想先去检验一下。"

莫大勇脸上的笑比哭还难看,"刘珂,你的停职解除了!现在立刻带廖特派员去冷冻库。"说完之后,莫大勇几乎是拂袖而去,而廖喆不等刘珂有更多反应,已经快速走到接近大门的地方,朝刘珂猛挥手。

"你还等什么?"

刘珂愣了两秒,突然两眼放光,三步并作两步冲了出去。

蓝珠镇没有能够做正规法医解剖的场所,只能把何老大的尸体存放在放置海鲜的冷库里。兴奋的刘珂开车带着廖喆来到这里时,何老大的尸体已经冻得硬邦邦的,没法再做正规的法医解剖了。

"阿嚏!"刘珂忍不住打了个喷嚏,但冻死人的冷库并不能打消她的热情,"廖特派员,我们镇里条件有限,这里是冻海鲜的,所以现在何老大——"

廖喆身上裹着一件借来的军大衣,一边瑟瑟发抖一边说:"我明白我明白,我在想,是不是可以借一把电锯……"

"电锯是不是太夸张了……"刘珂不是没想过,但这个冷库是所里好不容易找人借来的，如果在这里用电锯解剖尸体……她不想不出来事后该如何跟和冷库主人解释。

"也对也对，那只能暂时这样了。"廖喆看上去很遗憾，"刘警官，我们去镇上打听一下情况吧。"

刘珂点头，协助他用白布盖上何老大的脸，最后忍不住又看了一眼这具尸体。何老大的右手小臂消失无踪，切口锋利无比，喉咙的位置起了一个大大的鼓包。总的来说，不算惨不忍睹，但的确非常……诡异，尤其是不知出于死亡的恐惧还是死前的疼痛，让这具尸体的脸上凝固了一副骇人的表情。

不管何老大是被什么东西杀死的，这应该不是一起凶杀案。刘珂不能想象，一个人如果不动用工具，怎么才能造成这样的伤害。刘珂作为土生土长的蓝珠镇人氏，自然知道海里绝对不会有什么动物能造成这样的伤口。她越来越想知道——

"到底何老大在死之前，看到了什么呢？"廖喆问出了刘珂心里的问题。

可能是因为被这个问题困扰，回派出所的路上，难得刘珂没有继续聊案情。她又想到了自己之前的那个推断，到底蓝珠镇附近，有什么地方是不该去的呢？

想着想着，一个人影从刘珂的眼角视线中划过。她猛地踩下了刹车。廖喆似乎也在发呆，被刘珂这波操作惊得差点撞了脑袋。

"怎么了怎么了？"廖喆又蒙又紧张，看着刘珂，"车坏了？"

刘珂死死盯着后视镜，一个鬼鬼祟祟的身影出现在其中——不是别人，正是古惑仔阿猛。

"怎么把你给忘了呢！"刘珂也不管廖喆一脸困惑，径直冲下了车。

蓝珠镇最威猛的古惑仔阿猛一个狗啃泥摔倒在地上，还没来得及发出惨叫，就被一只秀气的脚踩住了头。

刘珂没有搭理脚下正在惨叫的阿猛，擦了一把脸上的汗。在炎热的夏天里追赶这个混蛋，虽然并没有多累，但出汗是避免不了的。出汗就会显得狼狈，于是刘珂把怒气都发泄到了这个倒霉的小混混身上。

"你没做亏心事你跑什么？"刘珂低头怒斥这个不开眼的小混混，"警察让你站住，你就得站住！是听不懂还是你自己心里有鬼啊？"

"警察打人啦！"不服气的阿猛试图继续挣扎。

刘珂听到阿猛的话，不怒反笑。她一把揪起阿猛，把他双手反剪，推到了墙边，指着下车赶过来的廖喆问道："就是这人给你带的路，对吧？"

廖喆看了看阿猛，恍然大悟，"哦哦，对！"

刘珂冷笑一声，对阿猛说："我问你，想再进去吗？"

阿猛见到廖喆之后就蔫了，一听似乎事情有转机，忙不迭点头。刘珂想了想，问道："何老大是你的牌友？"

"我们哪儿算得上牌友，最多——"阿猛还想撇清关系，刘珂脚上发力，他立即哀号起来，"是、是、是牌友！"

"那我问你，最近何老大出手阔绰，你知道是怎么回事吗？"刘珂逼问。

"咦，你怎么知道他……"阿猛话刚出口，一下子变了脸色，明白自己被刘珂套话了。

刘珂继续逼问："我问你，何老大的美元从哪儿来的，嗯？"

阿猛露出有点绝望的表情，苦脸看着刘珂，"我不知道啊！"

"你帮我盯着点周围。"刘珂对廖喆说。

"啊?"廖喆没想到刘珂路子这么野,看起来有点无措。

刘珂老练地踹了阿猛一脚。

吃了苦头的阿猛立刻明白了"识时务者为俊杰"这句话的含义,马上就老实了,"何老大的美元,是周启赡给的!周启赡雇了他的船,去了那个岛!"

"哪个岛?"刘珂皱眉。蓝珠镇附近,不该去的地方……

她灵光一闪,"你是说,开阳岛?"

一切都对上了,她的推理没有错!

阿猛点头如捣蒜,"我交代,我都交代啊,周启赡还有一个同伴,是个男的,不知道从哪里来的……"

刘珂发现廖喆在听到"开阳岛"之后,脸色一下子变了。刘珂意识到不对,阿猛继续交代:"对了!前几天镇上来了一个北京姑娘,文野泉和钱小海认识的!"

"怎么又串到文野泉和钱小海那里去了?"刘珂作势又要踢阿猛。

"他们三个好像也去了开阳岛!"阿猛都快哭了,"警官姐姐,我知道的都告诉你了!"

刘珂不想放过阿猛,但看他真的没什么可说的了,有点犹豫。廖喆走过来,表情变得很严肃。

"在蓝珠镇,开阳岛……"廖喆似乎在斟酌字句,"知道的人有多少?"

刘珂想了想,"很多人都知道吧,不过都是只闻其名……"

廖喆的表情变得很难看,刘珂正想问他为什么,腰间的对讲机里忽然传来了莫大勇急躁的声音:

"码头附近有人吗?赶紧过来,出事了!"

扑朔迷离

— 8 —

实际上，廖喆对莫大勇和刘珂都隐瞒了一些事。

刚加入"有关部门"不久的廖喆并不是外勤人员，他的专业是理论物理，负责给行动部门提供技术支持。因为一次偶然的研究，他发现了"开阳岛禁区"的存在。当年的事故离奇但迷人，背后存在着巨大的疑团，有那么多细节缺失，那么多人物再也找不到。廖喆就像是看了一部世上最优秀的悬疑小说，却在揭晓谜底的那一刻，书页没了。这巨大的空洞让他抓耳挠腮，夜不能寐。于是在工作之余，他通宵达旦地泡在"大图书馆"里，寻找一切和开阳岛相关的资料，最后终于成功引起了保密部门的注意。

在经过几次盘查和询问后，也不知道自己到底是如何打动了上级领导，总之，当审查结束后，廖喆意外地发现，自己的密级提升了。更多的卷宗出现在他的面前，那里面有整个"开阳岛事件"的来龙去脉。随即他遗憾地发现，他看到的版本仍然是经过删减的。显然，他还需要继续努力，才能把自己的密级提升到可以知晓全部真相的程度。

也许就是因为自己过剩的好奇心，他才会在半夜被召，然后坐上一架空军的双座超音速战斗机，连夜赶赴福建，又马不停蹄地前往蓝珠镇。他的任务很简单，就是调查和判断形势，然后决定是不是要发出警告。廖喆有时候忍不住会心怀恶意地猜测，自己是不是那个战斗打响前的侦察兵，唯一的任务就是引诱敌人开一枪，用来提醒后面的大部队。

何老大的尸体状况其实已经说明很多问题。如果按照标准流程，凭借那样的尸体，他已经可以发出一级预警。之后会有一个随时待命的特别行动组飞到这里接手一切，而他也算是完成了任务。

但是，廖喆还是有些犹豫。如果他错了呢？如果他发出了错误的警告信息，就意味着一次大规模的行动，那就要彻底封锁蓝珠镇，并且还会有持续很久的后续保密行动。他还不是很清楚之后的行动细节，但如果自己闻到烟味就开始嚷嚷有火警，并且让所有人立刻扔下一切马上撤离房间，最后发现只是有人忘了掐灭烟头，那自己肯定得付出代价。

哨兵也有哨兵的尊严，对吧？

还有一件事，其实廖喆见到了袭击刘珂的人。那时候，他阴差阳错被阿猛三人骗到了何老大的住所，并且以参观的名义收取高额费用。跟团游被宰这种事虽然屡见不鲜，但廖喆自诩宅男，不喜欢出门，从没想到自己有朝一日也会让人当成猪。尽管以他瘦弱的身躯决计无法对抗三个小流氓，但他脑子转得快，一边客客气气地假装要拿出钱包，一边抽冷子直接窜进了何老大的家里。小混混肯定不敢踏进警察要搜的地盘，对吧？

廖喆当然赌对了。阿猛带着小弟们骂骂咧咧地走了，照例留下"你等着！""别再让我看见你！"之类耳熟能详的台词。廖喆当然不敢立刻离开，反正择日不如撞日，来都来了，不检查一下何老大的家怎么行？

然后他顺理成章地看见了地上盒子里的美元，紧接着听到了屋后的闷响，听起来像是鞋子在踢什么东西，然后传来一声女性微弱的呼喊。

廖喆心中警铃大作，假如有人遇险，他肯定不能坐视不理。廖喆深吸一口气，拿起了何老大家唯一的一把折凳——此时也顾不得保护现场了——猛冲过去一下子拉开了后门。

然后他见到了正被勒住脖颈的刘珂。那姑娘穿着警服！什么人敢这么大胆，光天化日公然袭警？！廖喆脑子里一时间冒出无数疑问，但时间容不得他再有半点迟疑，于是他狠命地抡起折凳砸向袭击者！

没想到那人就像背后长了眼睛，居然一把接住了折凳。但好在如此一来，廖喆看到了他的长相。那是一个中年男人，身高大约一米八，身材精壮，穿着黑色紧身T恤，看不出是哪里人，准确地说，是看不出国籍——

精壮男人放开了刘珂，随后将刘珂和折凳都扔在一旁，朝廖喆猛冲过来。廖喆下意识惨叫一声，手忙脚乱地想要自卫，可那人只是虚晃一枪，在后门口转了个圈，三两步攀上屋顶，眨眼间消失在一片凌乱的出租屋中。

廖喆大大松了一口气，然后赶紧上去查看刘珂，还好，应该没事，不过后脑勺好像被折凳砸到了。他扶着刘珂在屋里躺下，这才有时间回想起刚才那个男人的长相。

极其普通，普通到哪怕是刚刚见过，此刻也已面目模糊了。正因为如此，廖喆敏锐地意识到，或许自己并不是唯一来蓝珠镇调查何老大之死的人。

如果蓝珠镇出现了外国人，按照《治安管理条例》，警察必须知情。于是，廖喆对刘珂隐瞒了部分真相，但却将这件事告诉了莫大勇。莫大勇却一问三不知，让廖喆对蓝珠镇派出所的办事能力打了个巨大的问号。但他很聪明地没有表露出来，并且还主动让刘珂协助自己。反正自己横竖都需要一个当地向导，而纵观整个蓝珠镇派出所，就刘珂还算是能干点事情的。

他应该还有时间。而且，他还有一丝好奇心。这起离奇死亡事件背后，隐约指向了一些更大的秘密，再加上那个神秘的精壮男人……对讲机里莫大勇的声音打破了廖喆的沉思：

"码头附近有人吗？赶紧过来，出事了！"

刘珂带着廖喆匆匆赶到码头，这里早已一团乱麻，几个看热闹的渔民站在一边,伸头探脑地取笑着。莫大勇劝慰着一个中年女人。一个胖胖的少年正在躲闪来自父亲的"追杀"——他们几乎一个模子刻出来的,跟在后面拼命劝阻的那个是胖男孩的妈妈吗?对,肯定是的,不然不会闹得如此鸡飞狗跳。一个少年拉着一个女孩子想要溜走,却迎面撞上匆匆赶来的老奶奶,两人狼狈地站在那里接受训斥。

廖喆没来得及问刘珂发生了什么,就听莫大勇大喊一声:"够了!全部带回去!"

派出所里,大城市生大城市长的廖喆终于明白了近半个月来蓝珠镇的大致情况,也见识到了蓝珠镇的民风民俗。

他的第一反应是生气,周启赡失踪,这样的大事为什么莫大勇没有报告?

莫大勇的想法显然和他不同,"廖特派员,周启赡平时也偶尔消失一阵,总是很快就回来了,林孝慈老喜欢小题大做,我当时觉得并没有什么上报的价值。"

廖喆还想再跟莫大勇掰扯几句,坐在旁边的林孝慈却大声嚷嚷起来:"莫大勇你这个王八蛋!为什么不去开阳岛找我儿子?"

廖喆吓了一跳,莫大勇赶紧过去安抚林孝慈。廖喆的目光不由聚焦到林孝慈身上,这个中年女人显然和卷宗里的照片差很多,当年的她是美的,现在却疲惫而焦虑。当然了,毕竟儿子失踪了——

林孝慈,周启赡的母亲。廖喆早已从卷宗里知道了这个女人不幸的一生。在他来到蓝珠镇之前,也曾经问过上级领导,要不要去看望一下林孝慈,但只得到了一个模糊的回答:"根据情况你可以自行决定。"

廖喆有些庆幸自己没有过去,卷宗里对林孝慈的描述非常官方和冷淡，但是在其他的事件报告中，会引用一些人的口述，那些文字里，常见的字眼都是"刻薄""暴躁""不讲理"等。

"我不管，我儿子一天不回来，我就一天不会让你们好过的！"

林孝慈歇斯底里的声音传过来，成功阻止了廖喆想要过去了解情况的脚步，他同情林孝慈，但更想知道真相。

廖喆记得卷宗里周启赡的照片，那还是他小时候。当然现在他应该有十八岁了。虽然他的父亲没能一直陪伴这个孩子成长，但还是遗传给了他很多东西。按照卷宗里的评价，这个孩子是一个天才。

忽然，他心里闪过一个念头：现在能确定的是，周启赡和一个神秘人雇用了何老大去开阳岛，那人出手阔绰，两人此后失踪，何老大的尸体却漂了回来。与此同时，面目模糊的精壮男人出现在蓝珠镇，出手狠毒，行踪不明。

那条线暂时没法追，但眼前却很可能有知晓开阳岛秘密的人。

廖喆的目光转换角度，落在了正在另一个房间里接受问讯的三名少年身上。他琢磨了一阵，朝那个房间走去。

负责问话的是刘珂，但现场更像是廖喆曾看过的那些家长里短、劝人如同裹乱的电视节目。

那个胖胖的少年叫钱小海，他爹是本镇首富老钱——话说何老大的尸体就是从他的楼盘发现的对吧？看来有必要去实地调查一下……老钱竟然脱鞋打儿子！这……

刘珂伸手拦住老钱，打断了廖喆的思绪。她看上去马上要爆发了，"钱老板，你怎么管儿子不关我的事，但你不要在这里打人好吗？"

老钱似乎还在犹豫该怎么反应时，钱夫人已经赶到，一把护住了儿子，开始号哭："你这个老王八蛋，不就是把你的船开走了吗？就算是搞坏了又能值多少钱？我把儿子养这么大，花了多少钱你心里没数吗？再说你挣多少钱，最后不都是你儿子的吗？"

胖胖的钱小海被母亲宽大的身躯护住，不对，是挤压住，满脸通红——也不知道是真的要窒息了，还是因为觉得丢脸。廖喆在心里偷笑着，那边老钱的声音传了过来：

"刘警官，让你见笑了啊。现在的孩子越来越过分了，他居然敢偷我的船出海！这哪里是钱不钱的事情嘛，多危险啊！现在不管，将来要是给国家添麻烦了，那就来不及了！"

刘珂翻了个白眼，无心卷入老钱的家事，示意钱夫人赶紧带着钱小海离开。

这边老钱没完没了地和刘珂絮叨，相比之下，文野泉和赵秋霜那边就安静了不少。廖喆觉得这两个孩子看起来都挺老实的，旁边那个，应该是少年的奶奶吧？也慈眉善目显得平易近人。嗯，应该可以从他们身上下手了解一下情况。

很快，廖喆就发现自己太天真了。

首先是赵秋霜。廖喆刚坐下，还没开口，赵秋霜直接指了指自己的耳朵。旁边的文野泉立刻帮她解释，"秋霜她……助听器掉进海里了。"

廖喆一愣，点点头，拿出笔和纸，询问地看了看赵秋霜。赵秋霜点点头，但不等廖喆写下自己的问题，少女再次抢占先机，一把拿过纸笔刷刷刷写了起来。

是个好相处的人啊，廖喆欣慰地想。等他看见赵秋霜写了什么，一口血差点喷出来。

"我们只是出了趟海，去了一个小岛，其他什么也没干。"

"请写下你的警号，供查询，谢谢。"

"你没有穿警服,是便衣?你来干什么?"

"如果你敢用任何手段逼供我和我的朋友,我就给警务监督打电话。"

廖喆看了看纸,又看了看赵秋霜,决定不给自己找麻烦。他转向文野泉。文野泉看上去很紧张。

廖喆尽量回忆入职时的问话技能培训。威严型?和蔼型?感同身受型?拉家常型?在脑子里飞快地想象了一番可能的画面之后,廖喆决定还是走宅男专属路线——也就是简单直接地问话。

"你们为什么去开阳岛?"怎么样,这问题问得挺有水平对吧?廖喆不禁在心里为自己鼓掌。

文野泉下意识地看了一眼赵秋霜,对方虽然听不见,但还是恶狠狠瞪了廖喆一眼。廖喆假装没看见,直盯着文野泉。

"你只需要实话实说。"廖喆觉得自己有点明白问话的精髓了,"我保证,出了这间屋子,谁也不会知道你说了什么。"

坐在文野泉身边的老太太很快浇灭了廖喆熊熊燃烧的自信。

她轻咳一声,声音不大,但你就是没法不注意到她。

老太太还真是慈眉善目,上来就自我介绍:"警官同志,您好,我是文野泉的奶奶。"

廖喆急忙回礼:"您叫我小廖就行。"

文奶奶和蔼可亲,"小廖啊,你是新来派出所的,对吧?奶奶以前可没见过你这样的年轻人,你是负责什么工作的呀?"

廖喆差点就要说实话,话到嘴边急忙刹车,"啊我——我是所里新来的法医。"

"法医啊。"文奶奶的笑声很有点怜惜年轻人的意味,"真是辛苦了。"紧接着她话锋一转,说道:"小廖,你是因为何老大的死才来的,对吧?"

廖喆没听出这句话的问题，下意识地点了点头。

文奶奶继续追问道："这个事情可真不得了，也不晓得什么时候才能破案。小廖啊，你要在这里待多久呀？"

"啊，我——"廖喆刚想回答，隐隐约约觉得哪里不对。

刘珂适时出现，"廖特——廖喆！"

廖喆发现她身边没人，看来是已经解决了老钱一家的问题。他正要开口，却看见刘珂上前跟文奶奶说话："文奶奶，您还没回家啊？赶紧走吧，很晚啦。"语气温柔得廖喆都快认不出她了。

文奶奶笑着对刘珂说："阿珂呀，我们家小泉仔和朋友给你们添麻烦啦。"

"怎么会？你们先回去，有事情我会再去登门拜访。"刘珂的语气还是很温柔。

文奶奶点点头，站起身，文野泉也跟着噌地一下站了起来。他看着赵秋霜，又看着奶奶。文奶奶的眼神在赵秋霜身上停留了一下，她最终叹口气，点点头，"罢了，孩子毕竟长大了。既然你是小泉的朋友，又没地方住，那就跟我们来吧。"

赵秋霜的表情好像快哭了。她和文野泉对视一眼，两人都显得轻松了许多。

刘珂毕恭毕敬地把文奶奶一行人送出了房间。廖喆终于反应过来——"哎，等等！"

"等什么？"刘珂突然回头恶狠狠地冲廖喆吼了一句。

熟悉的刘珂回来了，廖喆短暂宕机。等他反应过来，才发现身边只剩了刘珂。

"什么情况？"廖喆有点不爽，"我刚才——"

"你刚才被套话了，你没反应过来吗？"刘珂白了他一眼。

脑子里叮的一声，廖喆意识到了。跟文奶奶说话时那种隐约不对劲的感觉，原来如此！廖喆瞠目结舌，"文奶奶她……"

"她曾经帮所里破过好几桩案子，厉害得很。"刘珂解释道，"文奶奶在镇上也是人人都害怕的，跟林孝慈的知名度不相上下。"

"所以我是不是说了什么不该说的话……"廖喆惊出一身冷汗。

"还好我及时发现。"刘珂大咧咧地拍了拍廖喆的背，让他差点一头撞在桌子上。

廖喆苦着脸。大概是看出他的沮丧，刘珂接着说："廖特派员，你要是真的想问文野泉什么事，就找个其他时间嘛，文奶奶不在旁边，文野泉是个老实孩子，不会撒谎的。"

廖喆看到了一丝曙光，"那个文野泉旁边的女孩子，她的身份查明了吗？"

刘珂点头，"她叫赵秋霜，说是文野泉的网友。"

赵秋霜这三个字一出，廖喆脑子里立刻蹦出了几行字：

赵秋霜　曾用名：周启霜

父：周阳　母：李蕾　继父：赵远国

监控等级：低3

低3，基本等于放任。

廖喆一下子从椅子上站起来，脑中继续飞快地划过各种信息。周启赡去了开阳岛，赵秋霜，也就是周启霜也去了开阳岛——要说是巧合，鬼才信吧！

"阿珂！"廖喆没注意到自己对刘珂的称呼变了。

"啊？"刘珂愣了一下。

"最近，有没有什么异常的天气情况？就是最近一个月！"廖喆焦急地问。

"呃,马上就台风季了嘛,什么异常天气都有。"刘珂回答,"具体的信息可以找防汛办公室,他们都知道的。"

"现在行吗?"

"早就下班啦,明天。"

廖喆泄气地坐了回去,"好吧。"

跟刘珂分别后,蓝珠镇夜色已深,廖喆走在冷清的街道上,心思很乱。不知不觉,他发现自己又来到了何老大的家附近。海边的晚风吹拂着几棵年龄很大的树木,发出层次丰富的沙沙声。廖喆忍不住站定,安静地听了一会儿。

在有关部门的时候,他也喜欢找一个这种安静的地方,听着自然的声音,有助于他整理思路,自由畅想。现在一切都未知,却也给他难得的安宁。突然间,身后某个地方发出一声奇怪的响动。

廖喆过了一阵子才意识到这个怪声,因为它很有规律,不是风造成的声音,也不是什么动物,就是一种规律的、怪异的声音。

窸窸窣窣。

声音的来源在巷子的尽头,那里好像是一小片林地,夜晚,更是深不见底的漆黑。可奇怪的是,这种应该很轻微的声音,是怎么穿过整个小巷到达廖喆的耳朵的呢?

廖喆一下子头皮发麻,决定赶紧回到酒店,好好休息一下。出了小巷之后,不远处已经是码头。那种奇怪的声音总算没有了。天色漆黑,码头上没有人,只有一条土狗跑来跑去,几条小船随水漂着,显得空旷寂寥。

一阵风刮过,身后传来船只碰撞的声音,哗啦啦的水声响起,有狗在疯狂吠叫。突然,风停了,一切都安静下来。廖喆忍不住回头,却只看见平静的水面,以及夹着尾巴逃走的土狗。

昏暗中,廖喆嘲笑了自己一下,加快步伐离开了码头。

第二天一大早,低血糖的廖喆本想昏睡,却被房间里响个不停的电话铃声从床上扯了起来。他不得已拿起听筒,本想直接放下,结果刘珂的声音从里面传了出来:"廖特派员你赶紧到码头来!出事了!"

廖喆一下子清醒了。

他匆匆赶到码头,那里已经拉上了警戒线。廖喆急忙钻进去,刘珂和老黄、小朱在维持秩序。见到他,刘珂第一句话就是:"别吐。"

廖喆有点尴尬地看了看手中的早餐。因为低血糖,他每天早上必须吃甜食喝咖啡。但现在的状况看起来就好像是他对一切都不认真似的。廖喆觉得现在解释似乎也有点矫情,只好先把东西塞进衣兜里,然后朝事发现场望去——

初升的太阳照亮了漂浮在水面上的尸体。黑色紧身T恤,精壮身材——居然是那个袭击者!

廖喆呆住了。他下意识快步上前,发现那人头部有一个巨大的创口,脸上却带着奇怪的笑意。那种诡异的笑容对他产生了很大的冲击。不仅如此,头上的外伤——那绝不是普通外伤,头盖骨都被掀开了,原本应该是大脑的位置,空空如也……

海水的浮力让男人的尸体翻了个身,他的背部呈现大面积撕裂伤,脊椎已经残缺不全。

廖喆终于忍不住吐了,现在他庆幸自己没有吃早餐。刘珂递上一个塑料袋。廖喆一把抢过来,却只干呕了半天,已经没得吐了。

"还有更糟糕的消息,你想知道吗?"刘珂显得非常沮丧。

廖喆缓缓点头。刘珂接着说道:"工地又死人了。这一次是工人,名叫王大凯,死法和这个人一模一样。"

廖喆瞪大了双眼。墨菲定律果然是正确的。

他不由自主回想起昨晚码头上的奇怪经历,莫名的狗吠、水声,以及突如其来的静止——

不对,不对。

昨晚的码头,发生了什么?

廖喆头大如斗,昨天那种自信仿佛消失得无影无踪。他艰难地抹了把脸,张口道:"那个水里的人,我……见过。"

刘珂一下子激动起来。

廖喆只好对她坦诚相告。他说着说着,女警察的脸色就变了,等到廖喆讲完,刘珂的脸已经彻底冷了下去。

"这些事情,我跟你们莫所长沟通过的。"廖喆马后炮地解释了一句,但刘珂没什么反应。她转身走到码头,拿起一根竹竿把黑T恤的尸体推到浅水,然后毫不犹豫地跳到齐腰深的水里,继续把尸体移上岸。

廖喆急忙跳下水帮忙,刘珂不拒绝,但也没感谢他。两人沉默着,加上小朱接应,尸体总算被搬上了岸。刚放下尸体,只听哇的一声,小朱把早餐一下子吐了个干净。围观的群众见状也都后退了几步。

"廖特派员,你今天还有什么计划?"刘珂客客气气地开口了,语气十分疏远。

不知为何,廖喆一下子慌了神,刘珂的态度原本不应该对自己产生影响,但廖喆就是没办法不在乎。或许,是时候做回一个哨兵了。但不管特别行动组来不来、什么时候来,他都已经不能仅仅只做一个旁观者了。

狼 来 了

— 9 —

几声巨雷后,暴雨来了,海边天气从来都是这样猛烈。这是文野泉熟悉的节奏。不过早前的自己习惯了这样的生活环境,忘记了这样的天气代表着未知与意外。因为在开阳岛的冒险之前,他还没有真正感同身受地体会过闪电所代表的巨大力量。

一切历历在目,怪物、神秘男人、蓝色力场、金属圆筒……太不可思议,跟自己十八年来平凡普通的人生相比,简直就是……就是……文野泉语文不是太好,想不到合适的词去形容那种感受。

还有最令人不解的一点。他们三个人明明在开阳岛上过了一晚,为什么等回到蓝珠镇,竟然还是七月二十号?

怎么平白无故多出了一天?

对了,在岛上的时候,海公公说过自己的表坏了。难道是那个蓝色力场的作用?再加上莫名坏掉又恢复正常的初号机,如此诡异……

但幸好还有秋霜。如果人一辈子只有一次冒险,那文野泉真的很庆幸自己那时候和赵秋霜在一起。想到她,少年不自觉笑了起来。

啊,秋霜一定还没吃早饭吧。

文野泉噌地一下站起身,胡乱洗了把脸,举着伞冲了出去。

其实他本可不必冒雨往外跑,昨天文奶奶见过赵秋霜之后,对这个女孩子的身世和遭遇十分同情,主动让她继续在学校宿舍里住着,与自己和文野泉基本就是一个操场的距离。何况奶奶每天也做早饭的——但文野泉想让赵秋霜开心,便跑到了几个自己熟悉的早点摊子去给她买吃的。

2003年的蓝珠镇,气象信息一直透露着莫名的诡异。台风还没来,就先遭遇了几场暴雨,搞得镇上的大街小巷都在用大喇叭播放着防汛办公室的通知：

  各位居民，今年第9号热带风暴"莫拉克"预计24日晚登陆本镇，从24日起，本镇将有局部特大暴雨和10至13级大风。届时，本镇将暂停一切对外交通，请各位居民密切关注防汛办的各项信息，及时储备食品、饮用水、手电筒、药品等生活必需品，非必要不外出。另外，各项室外工程自24日起停工，复工日期待定……

  室外工程停工啊，那不就是指听涛雅居吗？文野泉想到了钱小海，不知道死党昨天回家之后怎么样了，有没有被他爸体罚？应该不会，但饿一顿倒是有可能，毕竟老钱一直爱用这一招，或许这就是钱小海会长胖的原因。矫枉过正嘛。

  想着想着，文野泉手里已经提满了大小不一的塑料袋。他既怕赵秋霜吃不饱，又担心不合她口味，一来二去买了好多东西，不仅有小吃，还有各种土特产。暴雨一时半会儿不见停，文野泉举着雨伞，保护着一堆塑料袋，总算磕磕绊绊到了蓝珠镇中学宿舍。

  他在赵秋霜暂住的宿舍门口整理了半天，把身上的水都掸干净了，又抹了两把头发，这才鼓起勇气敲门。

  砰砰砰。

  糟了，万一秋霜还没睡醒，不就吵到她了吗？

  或者，要是她刚刚起来，好像也有点尴尬。

  就在文野泉陷入焦虑的一瞬间，门开了。穿戴整齐的赵秋霜嫣然一笑，转头对着屋里说道："文奶奶您说得太对了，果然是小泉仔。"

  什么鬼？文野泉的大脑瞬间有点宕机。

学生宿舍的陈设都大同小异，两张上下铺的床，中间一张书桌，几把椅子。此时，书桌上摆着一锅热腾腾的海鲜粥，桌旁坐着文奶奶和钱小海。

等等，海公公怎么也来了？

钱小海见到文野泉手里的吃食后双眼放光，一把抢了过去，全部堆在桌上。

"昨天被老钱饿了一晚上，小泉仔你果然很了解我啊！"

了解个屁啦！文野泉目露凶光。但奶奶在场，他把骂人的话憋了回去。

钱小海一边拆塑料袋一边科普，"这是锅边糊，这是手打牛肉丸，这个是水煎包，这个是猪肺汤……"

你也只有在吃饭的时候那么多话了！文野泉暗想。

赵秋霜咂舌，"这里的早餐好丰盛啊。"

文野泉突然想起来什么，"秋霜，你的助听器……"

赵秋霜莞尔一笑，指了指耳朵，"当然有备用的啦，一直在包里带着呢。"

"那就好。"文野泉松了口气，"我还在想要是找不回来怎么办……"

"小泉仔，你当别人和你一样傻呀？"旁边的文奶奶毫不客气道。

她慈爱地看着赵秋霜，一边盛粥一边说："秋霜，小泉仔带来的这些当零食吃吃就好了。女生还是要多吃粥的，养颜嘛。"

赵秋霜乖巧地点头。

原本是两个人的早餐，却成了一群人的聚餐。文野泉沮丧地坐下，默默地啃起了水煎包。

大家吃饱喝足之后，暴雨也停了。天边放晴，阳光从厚厚的云层投射下来，照到地上的曙暮光条如同天梯。

"真美呀。"赵秋霜忍不住赞叹。

文奶奶突然煞风景地哎呀一声，"今天要演《还珠格格》，我得赶紧回去了。"她说的是刚刚开播的第三部。

"哇，奶奶您可真时尚。"赵秋霜由衷地说。

"随便看看啦。"老人家乐得合不拢嘴，"要说起来，小赵啊，我觉得你比那个小燕子好看多了。"

"谢谢奶奶夸奖。"赵秋霜不好意思地低下头。

文奶奶又看了看表，不再耽搁，飘然而去。文野泉松了口气，眼神不自觉地转向钱小海。钱小海丝毫没有感受到好友的压力，屁股坐得很稳。文野泉咬牙切齿地开口道："海公公，初号机呢？"

钱小海眼皮都没抬，"在家充电呢。"

"那你是不是该回去看看它充满了没有？"

"不用。"钱小海胖胖的手一挥，"我有个坏消息要告诉大家。"说完，他的表情沉了下去。

文野泉一愣，和赵秋霜对视一眼，彼此都看到了忧虑。

赵秋霜问道："出什么事了？"

"我爸的工地上……又死人了。"钱小海的声音有点不安，"老钱一早就出门处理去了，然后我又听说码头那边也有一个死人。"

文野泉和赵秋霜呆住了。一瞬间，他们都不知道该怎么去处理这些信息。过了一会儿，赵秋霜才颤抖着开口：

"难道、难道——"

"不是，不是周启赡。"钱小海急忙摇头。赵秋霜一下子松了口气。

"那死者是谁？"文野泉问。

钱小海回答："不能说是谁，应该说，是怎么死的。"

赵秋霜一下子明白了，"难道他跟何老大——"

钱小海点头，"不止那个人，工地上的据说也跟何老大死得一样惨。"

文野泉皱眉，他想起以前钱小海说过有个当警察的表姐，于是问道："海公公，你要不要问下你表姐啊，毕竟我们都没真的见到那些人的……尸体。""尸体"这个词对文野泉来说还是有点难以启齿，毕竟此前他只是个普通的少年，虽然也和阿猛这些混混起过冲突，但要说到性命相搏这种事，还有很远的距离。

钱小海把头摇得像拨浪鼓，"不不不，要让刘珂知道咱们的事，不如让我死了算了。"

文野泉内心鄙视着钱小海在家人面前的肉脚[1]，但也不能强迫他做什么，只好挠了挠头，突然看见赵秋霜的眼神停滞了一下。他顺着她的目光，看到了钱小海敞开的背包，那里静静地躺着那个金属圆筒。

昨天在码头上，赵秋霜为了不让这个金属圆筒被警察没收，在钱小海被带回家时，把金属圆筒偷偷塞给了钱小海，让他保护好。

"你们说，镇上的这些事，会不会跟我们——"赵秋霜的脸色不太好。

文野泉及时制止了她，"没有的事！你不要乱想。"

赵秋霜没有继续说下去，但明显心很乱，表情有些茫然。文野泉想转移一下她的注意力，一时想不好说什么，于是用眼神向钱小海求助。好在这次死党秒懂了他的意思，从包里拿出一块砖头厚的索尼笔记本电脑——那年月，笔记本电脑属于昂贵且稀缺的资源，而钱小海手里这台，据说还是老钱托人从香港带回来的。

---

1. 闽南语，意思是软弱、没用。

钱小海按下电脑开关,一边等着它启动一边感叹:"周启赡真的太厉害了。我昨天晚上想把它拆开看看是什么原理,但发现完全没办法。咱们昨天在岛上真的是撞了大运,才碰巧开启它。"

"你说的大运,是指那种闪电?"赵秋霜的注意力果然成功转移了。

"对,强度超级大的那种。"

"那如果我们再上一次岛,还能有这种运气吗?"赵秋霜认真地问。

文野泉警觉起来,"你还想回岛上?"

赵秋霜毫不犹豫地点点头。钱小海的电脑此时终于完全打开,他点开一个文件夹里的一组图片说:"你们看。"

电脑屏幕上是最近一周的海上气象图。文野泉看不太懂,赵秋霜却疑惑地问:"这是台风莫拉克吗?"

钱小海点头,"对。但你们看,"他指着未来一周莫拉克的走势说,"热带风暴的方向跟开阳岛是完全相反的,所以咱们现在上岛也没用。"

"也就是说没希望了⋯⋯"赵秋霜喃喃道。

文野泉看着沮丧的赵秋霜,决定做点什么,他从钱小海的包里拿出圆筒,看到上面指针表盘的编号0724,他已经知道这是赵秋霜的生日。

文野泉突然灵光一闪,"你说这个东西里面有零件是你买给周启赡的,那他有没有给你设计图?"

赵秋霜摇摇头,"他确实给我发过几张设计图,让我按照规格去买零件,但是,都是零件本身的图,不是整个装置。"

"小泉仔,要设计图干吗?"钱小海疑惑。

"亏你还说自己厉害。"文野泉哼了一声,"我的那辆摩托,你记得吧？"

"啊？"赵秋霜也面露不解。

"是这样的，"文野泉耐心解释道，"周启赡的设计我当然不懂，但是，摩托我可熟悉得很，你要想摩托跑远，就要加满油，对吧？我在想，这个金属圆筒之所以会被闪电激活，那闪电就是它的油。油箱可以一次性加满，也可以分批次加满，对不对？"

"你的意思是——"赵秋霜好像明白了什么，"我们可以一点一点往金属圆筒里充能？"

文野泉立刻点头，看着赵秋霜的眼神变得很激动，"我就知道你一下子就能明白！"

"我也明白了。"钱小海恍然大悟，"如果能找到设计图，至少能知道这个东西的油箱在哪里，是怎么运作的。"

文野泉再次自信地点头道："没错，海公公，接下来的问题就是，设计图在哪儿？"

"还能在哪儿啊，周启赡家嘛。"钱小海撇嘴。

赵秋霜的脸色变得有点难看。"有没有不跟我婶婶打交道的方法？"她说，"毕竟我是偷跑出来的，万一她告诉我妈……"

文野泉和钱小海对视一眼，都有点愁。赵秋霜沉默片刻，可能是仔细权衡过了，最终开口说："我不能再等了，我一定要找到周启赡！"

赵秋霜起身朝门外走去，文野泉有点慌张，下意识追过去，"哎，你等等！""我骑车带你过去啊！"他朝少女的背影喊道。

林孝慈的家虽然位于一栋老楼，却是老楼里离码头最近的。文野泉骑着小摩托带赵秋霜一路赶来，还没走完一半的路程，已经能看见海岸线了。文野泉此时才明白，周铭当年选择在这里安家，显然是想能方便地随时去海边观察。

赵秋霜坐在摩托后面,扶着坐垫,避免跟文野泉有身体接触。少年很满足这种距离的相处,但心里也很不安,开阳岛上发生的一切都太不真实了,就像眼前这个突然之间出现在自己面前的少女,他们一起度过了兴奋而惊险的旅程,但这个旅程什么时候会结束呢?

文野泉开始患得患失。但他还来不及仔细梳理这种情绪,目的地已经到了。文野泉在林孝慈的楼下停稳摩托,钱小海的山地车不一会儿也追了上来。三人锁好车,文野泉一马当先,赵秋霜第二,钱小海殿后,都进了老楼。顺着楼梯走到三楼,昏暗的走廊里采光不好,但他们很快找到了林孝慈的房门。只是这阴郁的氛围,让想象中林孝慈的失控咆哮更加可怕了。三人不禁小心翼翼起来,脚步声也不知不觉更轻了。谁先敲门?文野泉正犹豫着。赵秋霜第一个走上前,对着门敲了三下。

大家后退了几步,静静等待着。没人回应。赵秋霜又敲了三下,还是没有动静。文野泉和钱小海身体都放松了,特别是钱小海。他松了一口气,小声说:"林阿姨又出去找儿子了吧?趁没人发现,我们还是赶紧走吧。"

文野泉也点头,这个结果最好了。赵秋霜咬着嘴唇没有说话。突然,她跳了起来。林孝慈家朝着走廊有一个高高的通风窗,赵秋霜跳起来的高度,正好可以看到里面。

"稍等!我好像看到里面有一张照片!"赵秋霜边跳边说。

"嘘,小声点!"钱小海又紧张起来。文野泉看着赵秋霜,明白了她想做什么。现在就是那种情况,你觉得对方可能这样做,但内心却不希望成真,当她真的去做的时候,你会有点惊讶,有点无奈,但你却不会阻止她。

文野泉叹口气，拉住钱小海，"海公公，别着急走，我们来得正好。"说罢，文野泉从走廊拐角处翻出了一个洗衣机的废包装箱，把纸箱拖在通风窗下。钱小海明白了他的意思，只好也跟着他往纸箱里塞了好多杂物，勉强算是稳住了它。

赵秋霜轻声说了句谢谢，踩上纸箱，纸箱晃动了一下。文野泉急忙上去按住。赵秋霜使劲拉开通风窗，探进去半个身体寻找借力的地方，准备钻进去。

文野泉突然发现，赵秋霜穿的是超短裤！少女小麦色的腿部皮肤光滑而有弹性，几乎就在他鼻子底下晃动，但为了她的安全，他又不能放手松开纸箱。这一刻文野泉才发现自己陷入了什么样的困境。

不能胡思乱想！这是文野泉脑中理智的声音。专注！专注帮秋霜扶好纸箱子不行吗？

凭什么不能胡思乱想，还能有谁管得住你的脑袋吗？这是感性的声音。"窈窕淑女，君子好逑"，趁现在，别扶纸箱子了，扶住人家的腿啊！

文野泉心跳加速，鼻尖冒汗，手有点发抖。就在此时，赵秋霜一使劲，双腿愈发靠近文野泉的脸。文野泉躲无可躲，一紧张，下意识地松开了箱子。这下可好，虽然避免了尴尬，但赵秋霜咣当一声，掉进了林孝慈的家。

文野泉傻眼了。本来在望风，听见动静跑过来的钱小海也傻眼了。

"秋霜，你怎么样了？"文野泉情急之下大声喊了起来。但那边没有任何反应。文野泉急了，他让钱小海扶着箱子，自己用力爬上通风窗。他奋力从通风窗钻进半个身子，却不见赵秋霜的身影。突然，门开了，赵秋霜笑嘻嘻地看着钱小海和卡在窗户上的文野泉。

文野泉你这个笨蛋！此时，理智和感性异口同声。

赵秋霜和钱小海肯定不会察觉文野泉脑海中的天人交战，很快就跑进屋子到处查看了。文野泉反应过来，急忙回身小心地把门关好。

他意识到这是自己第一次真正看清林孝慈家中的模样。

林孝慈的家陈设朴素，一些不多的老家具简单摆放着。正对通风窗的墙上，挂着一些或新或旧的照片。似乎是不想一眼看到它，有一张看上去很旧的合影被故意放在了最高处。赵秋霜跳起来时，看到的第一张照片就是它。

"果然好简陋啊！"钱小海嘟囔着。

"海公公，镇上可没几户比得上你家的豪宅。"文野泉提醒他。

"那倒是。"钱小海不以为意，文野泉也知道他其实并没有鄙视的意思。

这就是那个全小镇都惧怕的疯女人生活的地方。但这里并没有疯狂的样子，相反，还显得有点过于孤独和冷清。文野泉不由心生悲凉。文野泉注意到赵秋霜抬头盯着刚才的那张合影。文野泉个子高，他主动把照片取下递给赵秋霜。

赵秋霜看着照片，突然笑了，但接着眼泪就掉了下来。文野泉不知道该说什么，默默地站在她身边。

"你知道吗？我妈也有一张这样的照片。"赵秋霜轻声说，"小时候，每次有人骂我是没爹的孩子，我就会去找这张照片，一边看一边想象爸爸的样子。"她的声音逐渐低了下去，文野泉不由担心起来。

此时，赵秋霜突然伸出胳膊，手腕上的那块梅花表显得很醒目。她指了指照片："这是我爸当年戴的手表。"文野泉凑上来，只见照片上周铭和周阳的手腕都戴着款式相同的手表。

"那个怪人手腕上,画着一块表。"赵秋霜有点失神,"我看不清样子,但我觉得,那个人跟当年的事情一定有关系。"

"可是……就凭一块表吗?"文野泉觉得赵秋霜有点理想化。

赵秋霜嗯了一声,语气不太高兴。文野泉碰了一鼻子灰,也不说话了。两人陷入难言的尴尬。好在没过一会儿,赵秋霜就打破了这种尴尬。

"有一件事,我们一直没来得及仔细想。"她突然说,"我们明明在力场里度过了一晚,为什么回到蓝珠镇的时候,时间还是同一天呢?"

"但这件事不能确定,不知道是只有我们这么觉得,还是……"

赵秋霜低声说:"我在想,或许那个怪人也……度过了不一样的时间。"她看着文野泉,眼神里有种希望,文野泉明白,假如这个推论成立,那么怪人的身份很可能就是……他被这个惊人的猜想吓到了。

"所以,找到设计图之后,我想去找那个人。"赵秋霜的眼睛亮晶晶的。

文野泉条件反射,"千万别去,很危险!"

"我不觉得他有意伤害大家,在岛上,他实际上是救了我们啊。"赵秋霜摇头。

"不是的,你……"文野泉很难解释自己心中对怪人的敌意,正口拙,钱小海突然从另一间屋子里冲出来,兴奋地对二人说:"快来看!"

两人迅速对视一眼,跟着钱小海进入了应该是属于周启赡的房间。

153

"这里也太……"文野泉被堆积如山的资料和书籍震惊了。

"是吧！"钱小海摇头晃脑，"周启赡可以开图书馆了。"

赵秋霜没有说话，眼神里满是敬佩。她很快进入了状态，问钱小海："你是不是发现了什么？"

钱小海嘿嘿一笑，拿出一摞图纸，赵秋霜接过一看，本来还挺高兴，很快又皱起了眉，"这些并不是最终的成品图。"

钱小海愣了一下，"不是吗？"

赵秋霜指了指图纸下方的记号。钱小海凑过去。

"1034、1036、1037……等等，"他好像意识到什么，"你的那一小部分图纸上，编号是不是2000以上？"

赵秋霜点头，"你看，这里的图纸到1700就没有了，剩下那些哪儿去了？"

文野泉也上前查看起来，很快他发现了一个角落的签名。

"你们看，这里的编号后面写着……"字迹有点模糊，文野泉努力辨认着，"2003年4月2日于……基地？"

"基地？周启赡还给自己的房间起名字啊。"

钱小海无心的一句话，点醒了文野泉。

"海公公，不对。这个基地指的不是这里。"

"那是哪里？"赵秋霜急忙问。

"是——"文野泉正要回答，突然，房门那边传来钥匙开门的声音。

不好了！大家太专注找线索，谁都没有听到脚步声！电光石火间，文野泉看向客厅阳台。余下两人立刻明白过来，双双奔向那里。文野泉第一个翻了出去，准备接应大家。他刚探出身，就看到停在楼下的蓝珠镇派出所的警车。完了，警察居然也来了！

文野泉急忙打手势，还在阳台上的赵秋霜、钱小海赶紧蹲了下去。文野泉等了半天,发现警车那边没什么动静,于是壮起胆子,学了两声鸟叫。

大概是他学得实在太不像,赵秋霜的脑袋差点从阳台上冒出来。文野泉急忙对她示意,赵秋霜开始从三楼的阳台上往下爬。文野泉无意中发现,此时他又处在和走廊里一样的尴尬境地。因为他一抬头,赵秋霜的腿又紧挨着出现在他的面前。文野泉只好红着脸,一路低头往下爬。

文野泉的脚踩到一楼的防水台,马上就能跳下地面的时候,一个穿格子衬衫的年轻男人从楼门里走了出来。是昨天那个叫廖喆的法医!文野泉吓得立刻把腿缩了回来。这下他再怎么避,也避不开已经和自己来到同一平面的赵秋霜了。两人几乎是鼻尖对鼻尖地贴着。赵秋霜好像也发现了,想别开头,却发现避无可避。

两人的呼吸彼此交错,文野泉浑身都起了一层鸡皮疙瘩。赵秋霜低垂着眼,睫毛纤长,忽闪一下,就让他心跳如擂鼓。

完了。

此时此刻,文野泉切切实实明白过来,自己真的喜欢上了赵秋霜。

廖喆站在文野泉和赵秋霜的脚下,若有所思,浑然不知头顶不到一米的高度,正悬着各怀心思的少年少女。

就在文野泉和赵秋霜悬在命运边缘时,钱小海终于爬了下来,但他长期缺乏运动,笨手笨脚,好不容易下来了,兜里的金属圆筒却意外掉了出来。赵秋霜看见了,不禁轻声喊了一句。文野泉立刻本能地抬头去接,却以几毫米之差错过了金属圆筒。

廖喆似乎也听到了头顶的声音,一抬头,金属圆筒正好经过眼前,砸到了他的怀里。他吓了一跳,抱着圆筒一下子坐在了地上。趁这个当口,文野泉一不做二不休,猛地跳了下来。

赵秋霜随后也一跳而下。钱小海闷哼一声,扑到地面,正巧把廖喆再次砸倒。赵秋霜趁机冲上前,把金属圆筒抢走了。

三人组忙乱地站起身,准备落跑。谁知楼门里竟冲出来一个年轻女警,自然便是刘珂了。刘珂见到三人,一愣之后大声喊起来:

"钱小海!"

钱小海吓得抱头鼠窜,"表姐吉祥,我告退了!"

三人绝尘而去,一口气跑到海边,喘得上气不接下气。赵秋霜和钱小海显然还沉浸在又一次紧张刺激冒险后的余味里,文野泉却没办法只想着这些了。他看着赵秋霜,赵秋霜也看着他,少女的目光里好像也多了一点什么东西。文野泉决定再进一步,把自己的担忧说出来。

"秋霜,"文野泉深吸一口气,"我知道你想去找那个怪人,但是……"

赵秋霜眼中的光没有了。

"但是什么?"她轻声开口。

"你觉不觉得,其实要找那个人,还是可以先……报警?"

"为什么?"赵秋霜的语气冷了下去。

钱小海有点不知所措,"找怪人?你们说什么呢?"

文野泉豁出去了,说道:"秋霜,海公公也说过,大家现在能安全地回来,真是撞大运,开阳岛上的一切,从来没有在文献资料中出现过只言片语。那个怪人,就算他救过我们,终究还是一个危险人物——"

"你怎么了?"赵秋霜的语气急促起来,"文野泉,你怎么突然这样胆小?"

文野泉回想起刚才在林孝慈家和赵秋霜未完成的争论。胆小?

她竟然是这样看待自己的吗？

文野泉有点生气，"谁胆小了？昨天，今天，刚才——你，你觉得我是那种人吗？"

"那你为什么不让我去找那个人？"赵秋霜质问。

"我担心你的安全！"文野泉大喊。

赵秋霜的表情有点不知所措。

钱小海不合时宜地冒出一句："对啊，秋霜，小泉仔特别担心你的安全！你知不知道——"

文野泉冲过去捂住钱小海的嘴，生怕他再说什么不该说的话。

"为什么？"赵秋霜表情困惑，"怎么这个时候……我们都走到这一步了，距离解开秘密可能就差一点了啊。"

"因为……"因为我喜欢你。我喜欢你，不希望你出任何事。这句话，现在的文野泉无论如何说不出口。少年的自尊心不允许他展露软弱。

现场一度静默无声。

"到底怎么回事？"赵秋霜有点烦躁了。

文野泉实在不知道该怎么办，脑子里乱哄哄的，脱口而出："你别胡来行不行？"

赵秋霜的脸色刷地变了。

"你觉得我是胡来吗？"

"我——"文野泉慌了，变成哑巴。一旁的钱小海也急了，上前劝阻："秋霜，你别急，小泉仔肯定不是那个意思。"他扭头使劲对文野泉使眼色道："赶紧解释一下啊！"

赵秋霜的眼神慢慢变冷。文野泉控制不住地感到一丝失望。

你真的一点感觉都没有吗？文野泉想问赵秋霜。刚才那个时候，我的心都快跳出来了，你听不见吗？

赵秋霜露出拒人千里之外的表情，那是她初来小镇，文野泉刚认识她时的样子。文野泉一下子很难过，他疲于解释，彻底不想说话了。

"喂！"钱小海在旁边喊着。

文野泉还是不说话，把头扭向一边。赵秋霜那边沉默了片刻，很突兀地冒出一句："文野泉，你说得对。"

"啊？"文野泉扭头，只见赵秋霜烦躁地散开马尾辫，又重新系上，似乎下定了某种决心。然后，少女看着他，眼神有某种不舍，后又归于平静。

"我不该麻烦你们的。毕竟这是我一个人的事。接下来你们不要再参与了，我一个人，也能行。"

文野泉瞪着赵秋霜，觉得自己真的快被气死了。钱小海张口结舌，完全不知道为什么突然间一切变成了这样。

"小泉仔，秋霜，你们在搞什么？"

钱小海去拉两人，被文野泉和赵秋霜同时甩开。他也生气了。

"我不管了，好烦！"

赵秋霜深吸一口气，转身就走。文野泉没有阻拦，他默默看着少女的背影消失在视线中。

文野泉闷闷地回到了中学校园，在操场上气恼地投篮。

他心不静，当然投不进去。但文野泉根本不在意。赵秋霜的每一句话，他都听在心里，他一直在真心帮助赵秋霜。一个此前去过最远的地方只有福州的普通十八岁男孩，已经用上他生命里全部的经验和能力，甚至冒着生命危险，来帮助这个女孩。

但她却认为他胆小，甚至决绝地说自己是麻烦！文野泉被赵秋霜的冷漠和高高在上刺痛了。有那么一瞬间，他对赵秋霜的城市人身份产生了厌恶。但文野泉也没有忘记赵秋霜离开前的表情，似乎也很伤心。可文野泉又担心只是因为自己还有不舍，所以大脑在自我欺骗。

文野泉越想越烦躁，最后恼怒地大喊一声，猛地把篮球扔了出去。篮球打在篮板上，哐当一声巨响，然后飞速弹了出去。

身后传来咚的一声响。

文野泉转身一看，只见初号机翻车在地，四个轮子空转着。钱小海目瞪口呆地望着他。文野泉没想到自己伤了好友的爱车，但一时在气头上，也没有道歉。

"这就是你准备的武器吗？用篮球打怪？"钱小海吃力地责备着，把初号机扶起来，四处检查一番后，松了口气。

文野泉没有说话，走到一边捡起球继续投篮。

"文野泉，你怎么了？"

文野泉不说话。

"你倒是说话啊！"

初号机在钱小海的操纵下灵活地冲了过来，直接压上了文野泉的脚背。这下轮到他惨叫了。

"海公公，你干吗？"文野泉怒目。

钱小海不为所动，"不是我说啊，小泉仔，现在镇子上很不太平，她一个女孩子就这样跑掉了，你不觉得很危险吗？"

"她赵秋霜怎么样，关我什么事？"文野泉被钱小海搞得脑子里又是一片乱。

"那是谁成天老惦记着人家？"

"你能不能闭上嘴？！"

钱小海不说话了。文野泉看着他满头大汗的样子，后悔自己口不择言,"不是你想的那样。"文野泉语气缓和下来。

文野泉坐下来,自顾自地说着:"我们帮了秋霜这么多,都差点在岛上送了命,她却说我胆小。然后又说不想麻烦我们。那好啊,就别麻烦了!"

突然,钱小海站在了他面前。文野泉的话被打断,他抬头,意外地看到钱小海愤怒的脸。

"我还以为是什么事,原来就因为女孩子的一句气话,你就想放弃?"

"别胡说,我可没有放弃什么!"

"说好的一起去冒险,我们不是彼此发誓的好伙伴吗?!"钱小海涨红了脸。

"我——"文野泉没想到钱小海这时犯了中二病,"你别拿漫画当现实行吗?"

钱小海的脸气得通红,"你知不知道,我为了来帮你们,和我爸都断绝关系了!"

文野泉愣住了,他这是第一次见钱小海这么愤怒。

"昨天回家,我爸拿着竹竿满屋子追我!他们都觉得我疯了才会和你们一起上岛,还让我和你们断绝来往,说你们和我玩儿,都是为了从我身上捞好处。"

"什么?我可从来没有这么想过!"文野泉也生气了。

"我知道!所以我才和我爸妈吵翻了!我爸昨天把我锁在屋子里,你知道我今天早上费了多大力气才逃出来的吗?"

"不要对着我喊!你那么想冒险,自己去不就好了?!"

钱小海似乎被文野泉伤到了,露出难受的表情。文野泉也觉得自己过分了,正想开口道歉,钱小海却转过身,不再看他。初号机的大喇叭转过来,对着文野泉默默地说:

"你这种人，活该一辈子追不到赵秋霜。"

这句话终于成功让文野泉爆炸了。他一时忘记所有，一脚踹翻了初号机。钱小海尖叫一声，猛扑过来，一拳砸到文野泉的脸上。

文野泉被打得连连后退，脸上迅速青了一块，他没想到胖胖的钱小海力气这么大。这是两人自认识以来第一次打架。

文野泉狠狠地扑向钱小海，操场上，两人笨拙地撕扯起来，翻起一片尘土。拉扯了一会儿，两人又摔在地上，翻滚着向对方打去。随后，文野泉和钱小海爬起来，偌大的操场上，两人就像两头刚离巢的小兽，喘着气，绕着圈，彼此恶狠狠地想找机会扑倒对方。

初号机躺在地上静静地看着。

最后，是文野泉占了上风，他扑过去一把抓住钱小海重重推倒在地。钱小海喘着气，大喊一声，但并没有爬起来。文野泉也累了，一屁股坐在地上。

炎热的夏夜，两人打斗了半天，都汗流浃背，筋疲力尽。

"我好渴……"钱小海哼哼唧唧。

"我也是……"文野泉早就忘了刚才为什么要打架。

"小吃店最近卖柠果冰……"

"啊，真的?"文野泉一骨碌爬起来，摸着脸上的淤青龇牙咧嘴。他看着钱小海，"海公公，没想到你还挺能打。"

钱小海瞥了一眼文野泉道："都是你自找的。"他甚至举起胖胖的拳头，又威胁了文野泉一下。

文野泉乐了，他点点头，觉得钱小海说得对，甚至赵秋霜说得也对。刚才一打，释放了他所有郁结的焦躁，文野泉现在清醒了很多。归根结底，赵秋霜只是说了几句话，接下来要做什么，还是他自己的决定。

回想几天之前,文野泉对周启赡的遭遇其实并没有多少共情,直到赵秋霜的到来,他才因为这个异乡人而产生了变化。而赵秋霜,却从一开始就被这件事牵动着心,因为这一切都与她的亲人和过去的真相有关。他真的懂赵秋霜吗?在赵秋霜的内心里,还有多少东西是他没有触及的?

文野泉站起来,走向钱小海,主动向他伸手。钱小海心领神会,抓住文野泉的手,费力地站了起来。

文野泉挠挠头,"海公公,我们,还是去找秋霜吧。"

钱小海哼了一声,"早这样不就好了嘛。"

"刚才是我不对,你就当我犯了个傻。"文野泉愧疚地看着钱小海。

"道歉有用的话,要警察干吗?"

文野泉只好说:"等找到秋霜,我请你们吃冰。"

"真的?"钱小海眼睛一亮。

文野泉认真点头。钱小海嘿嘿笑起来。文野泉也笑了,突然又推了他一把。钱小海没注意,脚底一个趔趄。

文野泉坏笑道:"海公公,要想打怪,你可得少吃点冰,多练练肌肉。"

"你话真多!"初号机嚷嚷起来。

文野泉和钱小海从学校门口开始打听,一路穿过小镇来到海边。两人询问海边仅有的几个渔民,确认赵秋霜没有出海,只是朝岩石滩的方向走去了。

"秋霜为什么要去岩石滩?"钱小海很迷惑。

文野泉也不明白,总觉得好像遗漏了什么重要的细节,但一时半会儿又想不起来,只好说:"不知道,我们还是先过去看看吧。我记得那边有很多礁石洞,还有过去的人防工事。"

两人不敢耽搁,登上小摩托朝岩石滩疾驰而去。

还没到岩石滩,突然一声剧烈的爆炸声传来,文野泉吓得急踩刹车,小摩托一个漂移,差点把后座上的钱小海甩飞出去。

"什么情况?!"

文野泉停车朝远处努力看过去,钱小海从后面递上一个望远镜。文野泉内心十分感谢百宝箱一样的海公公,急忙抓过来一看——

远处一股浓烟升起,依稀还有两个身影。

等一下,其中一个是——秋霜!

文野泉顿时忘了自己,腾地从摩托上蹿了下来,不管不顾地朝着浓烟的方向跑去。

钱小海急得在后面大喊:"小心点!"

文野泉顾不得许多,加快脚步,大吼着:"秋霜!"

他在岩石之间穿行,从小在海边长大的优势显现出来,文野泉对这些地貌的样态烂熟于心,很快来到了浓烟发生的地点。

一股诡异的味道直窜鼻腔,熏得人特别恶心。看上去用来当燃料的舢板此时已经烧掉了一半。但燃烧的主体——

竟然是两具尸体。

文野泉明白了,那股诡异的味道来自皮肤和脂肪的燃烧,他立刻慌了神,对着大火就要冲过去,随后赶来的钱小海却将他死死拉住,"你看清楚,不是秋霜!"

文野泉这才回过神来。这两具尸体应该刚着火不久,是一男一女,表情狰狞,喉咙部位都各有一个大鼓包。文野泉不禁打了个冷战,但好在不是秋霜——他刚松了口气,就听钱小海颤抖的声音在说:"小泉仔,我们,我们还是回去吧!"

听语气,海公公不是吓得快说不出话,就是已经吓哭了。

但文野泉顾不得自己,满脑子都是赵秋霜。他观察了一下四周,注意到地上有血滴形成的移动痕迹。

他头都快炸了,却没有忘记回头保护好友:"待在后面!"

不知为何,钱小海虽然声音发抖,这会儿却已镇定下来,"秋霜可能有危险,我和你一起去!"

文野泉看了一眼钱小海,默默点头。两人顺着血滴一路走下去,血量越来越少,在岩石上的痕迹也越来越模糊。就在失去方向的时候,文野泉突然觉得这里似曾相识——

他想起来了,小时候大家玩捉迷藏的时候,曾在这边发现过一个隐蔽的礁石洞。秋霜会不会在那里?

两人摸到了那个地方。礁石洞的入口不算小,能容纳一个大人全身而过,此刻,里面黑漆漆静悄悄的,一股冷风刮了出来。

文野泉向里窥探,但昏暗的光线下什么都看不清。他咬紧牙关,捡了块石头准备往里冲。钱小海拉住他,操纵初号机开了进去。文野泉愣了一下,两人紧张地互看,点头为对方打气。初号机进入黑暗不久,赵秋霜的尖叫突然从洞里传了出来——

文野泉赤手空拳地冲进洞里。

人防工事常年无人,阴冷潮湿,还带着发霉的味道。那个岛上的怪人正拉着赵秋霜的手,嘴里还在嘟嘟囔囔着什么。初号机再度倒在地上,四轮空转。

赵秋霜表情惊恐,她的手上和裤子上都沾上了某种液体,是血。

文野泉的心揪在了一起,什么都顾不上了,大喊一声,朝着怪人就扑了过去。

新进展

— 10 —

突如其来一阵狂风，接着就是暴雨。

一辆看上去行将就木的老式桑塔纳在暴雨中艰难前行。前挡玻璃上的两片雨刮器狂躁地工作着，仿佛它们也知道在这样的暴雨中自己根本起不了什么作用，只能配合着消极怠工来打发时间。

车里的气氛比暴雨可怕。刘珂手握方向盘，面无表情，坐在副驾的廖喆如坐针毡。"假如你不能瞒到底，最好一开始就说实话。"这是父亲曾对他传授的人生经验。可惜廖喆还是太菜鸟，如果是在总部，这个错误足以让他被开除了。按理说，自己算是刘珂的上级，有权限对她隐瞒某些情况。但不知为何，他就是不能忍受刘珂那种冷漠的态度。

他决定自救。

"刘珂，我听刚才镇上广播，说莫拉克要来了？"他尽力摆出一个笑容，指着窗外的天。

看见廖喆那种没话找话的样子，刘珂一下子就明白了这位特派员想做什么。其实，当他说出死者是袭击自己的人时，刘珂的第一反应并不是生气对方的隐瞒，而是一连串问题：

这人是谁？为什么在何老大家？他袭击自己是为什么呢？他又是被谁杀死的？他还有没有同伙？

还有王大凯，为什么他也死了，死法还和袭击者一样？他和袭击者有没有关系？

这些疑问在刘珂心中电光石火般划过，瞬间让她兴奋起来。对，不是后怕，女警察只会因为获得更多的线索而兴奋，至于死人，都死了还怕什么？

她之所以生廖喆的气，是觉得这位特派员小瞧了自己。不仅是他，莫所长、老黄、小朱，哪一个正眼看过自己？口口声声说什么一个女孩子不要接触刑事案件啦，哎呀那些哪里是女孩子该看的哟,女孩子还是要有个女孩子的样子,等等等等。

呸!

刘珂代入了长期被性别歧视的情绪,自然把廖喆也恨上了,怎么可能对他有好脸色?何况这个特派员看起来笨笨的,不知为什么总是一副很好欺负的样子。于是,对方越是看起来有想弥合错误的企图,刘珂越想再虐他一把。

"廖特派员是不是从来没经历过热带风暴?"

廖喆忙不迭点头。

"那特派员要小心啊,"刘珂虚情假意地笑起来,"天上可能有牛啊、猪啊、锅碗瓢盆什么的掉下来,别被砸伤。"

"真的吗?"廖喆明显信以为真。刘珂在心里狂笑三声,猛踩油门,桑塔纳猛地加速,三两下转弯就到了两人的目的地——听涛雅居工地。

因为王大凯的死,听涛雅居的工地再次被警戒线拦住。这会儿雨停了,王大凯的尸体还躺在泥水里,旁边也围上了。老黄和钱进海站在不远处,都显得很疲惫。大概是因为晦气,老钱用一块手帕捂着口鼻,见刘珂和廖喆来了,犹豫一下还是拿了下来。

"老莫呢?"钱进海问。

"莫所长不在,派我和这位廖——"刘珂咳嗽一声,面无表情地说,"这位廖特派员,来问你事情。"

钱进海老奸巨猾的目光在刘珂和廖喆身上来回打转,露出一副怀疑的表情。刘珂挺起胸膛,"不信你问老黄。"

钱进海立刻去看老黄。老黄一愣,很快反应过来,配合地点头。

钱进海吃了一惊。这个陌生的格子衬衫乍一看很普通,可多看两眼,似乎又充满了神秘感。万一他真是什么大人物,或者大人物的马仔……

钱进海被自己说服了，随即冲身后一挥手。

"老李！"

一个比钱进海体格小一圈的中年胖子闻言飞快地跑了过来。钱进海伏耳对他交代了几句，李工头露出会意的眼神。他走上前，笑着对廖喆打了个招呼，塞给他一根烟。廖喆连忙摆手道："不抽烟，谢谢，谢谢。"

廖喆的态度让李工头有点疑惑，刘珂明白他是摸不准这张新面孔到底是真拒绝还是假客气。

"这位特派员需要了解什么啊？"李工头小心翼翼地开口。

"我们要先看看尸体。"廖喆回答。

这个"我们"让刘珂心里挺舒服的。她走过去掀起警戒线，开始检查王大凯的尸体并拍照存档。

廖喆在一边跟李工头了解情况，但他失望地发现，李工头除了知道死者叫王大凯之外，对他的来历一无所知。唯一还算有点价值的信息，是提供了让王大凯来工地的介绍人。此人名叫唐勇斌，是镇上的渔民，好吃懒做。去年台风吹坏了他的渔船，他就不打渔了，来工地混饭吃，经常借钱不还。

"那他现在人呢？"廖喆随即问。

李工头急忙招呼电工组的组长去找唐勇斌。没多久组长回来报告，唐勇斌从昨天傍晚就没有见人了。李工头由此笃定唐勇斌就是凶手，请求两人赶紧离开工地，去找唐勇斌。

"你为什么确定唐勇斌就是凶手？"廖喆皱眉。

"哎呀，你问问大家，老唐这个人最讨嫌啦！别说他们了，连我都想打他！如果说他昨晚和阿凯吵起来，把人杀了，我绝对不意外的！你看现在都找不到他这个人，肯定是跑路啦！"

此时，刘珂拍完了最后一张尸体的细节，站起身走了过来。她只听到李工头最后一句话，疑惑地询问廖喆。廖喆简单给她补了课。刘珂第一感觉是，那个叫唐勇斌的并不是凶手。于是她说："老李，我知道你不想让工地惹麻烦，但毕竟人命关天，没有细致地侦查是不能草率确定凶手的。"

廖喆在旁边赞许地点点头，发现李工头看起来还要抱怨，心生一计。

"李工头，您的工地上，大家都签了劳动合同，对吧？"

"啊？"李工头脸色突变。廖喆笑眯眯地说："那这样吧，咱们把大家的合同都过一遍，看看有没有其他什么人，可能跟王大凯或者那个叫唐勇斌的有信息上的交集。"

"这——合同、合同不在——"李工头慌了。

刘珂看了廖喆一眼，发现他不停地在给自己递眼神，瞬间明白过来，开始唱白脸："李工头，没有合同没关系，工地上这几天有没有新面孔出现？"

其实她是想知道，万一自己那个袭击者也来过呢？

"我——"李工头看上去焦头烂额，忽然他一拍脑袋，"哎呀，我知道了，确实有这么一个人！"

随着他这么一喊，工人们围了上来，你一言我一语地和刘珂、廖喆描述昨晚的事。很快，刘珂就明白过来，他们所说的人跟袭击自己的黑T恤完全不同。

按照大家的说法，昨天雨后的夜晚，工地上出现了一个神秘的中年男人。这人长发长须，衣衫褴褛，一眼看去就是个来到镇上的流浪汉。这个流浪汉不会说话，和人交流，他只能往外蹦出一个个不连贯的词汇。流浪汉似乎是想问大家什么，但到底问了什么，大家也都稀里糊涂没听明白，就记得他总是自言自语，说自己也不说

"我",而是"我们"。

正好当时开晚饭,工人们看他可怜,就匀给他一碗饭菜。流浪汉不会用筷子,居然上手就抓。饭菜里本来没几块肥肉,流浪汉吞下去之后,却显得浑身不适。大家笑话他,李工头闻讯过来赶人,流浪汉居然好死不死地,把饭菜哇啦啦全部吐到了李工头身上。李工头刚喝了酒,怒从心头起想握拳打人,却被流浪汉一个反手按在了地上。

"喏,喏,你看这里——"李工头掀起衣服,露出腰上的肥肉,"我受伤了!"

刘珂嫌弃地瞥了一眼李工头腰上的淤血。

"行了,接下来呢?"

接下来,其他工人见状,就上去拉架,没想到一个个都被流浪汉打趴下。大家一下急了眼,拿着工地上的各种家伙围上来就要打流浪汉,流浪汉却从脖子上拉下一把尖刺状的武器,威胁大家。

"尖刺?"刘珂问道,她估计可能是挂在脖子上类似吊坠的东西。

"哎哟,谁知道是什么东西,反正很尖就对啦。"一个工人说。

因为那人拿出了武器,工人们只好暂时分散包围圈,流浪汉趁机爬上一栋别墅,从屋顶上逃跑了。

李工头说完,拉着刘珂来到流浪汉逃跑的地方。

"你们看!"

那是一堵光滑的外墙,至少有五六米高,而且可供攀爬的地方极少。刘珂比画了几下,开始往上爬。旁边的众人倒吸一口冷气。

"你小心点啊!"廖喆在她身后高喊。

刘珂手脚并用，成功爬到一半，因为再没有下脚的地方，只好又跳回地面。"看来这个所谓的流浪汉，比一般人的身体素质还要好。"她对廖喆说。

"他会是我们要找的人吗？"廖喆看上去不太确信。

刘珂想了想说："是一条线索，但他和那个袭击者一样，信息不明，身份模糊，找起来费时费力。我们还是先去唐勇斌家看看，他的嫌疑还没有被完全排除。"

廖喆点头，"有道理。"

两人正要离开，工地入口传来一个熟悉的女人呼喊。

"刘警官！"这声音是林孝慈。

刘珂吓了一跳，担心林孝慈出了什么事，急忙拽着廖喆迎了上去。

"林阿姨，怎么了？"刘珂看到林孝慈披头散发，上气不接下气的样子，有点揪心。

"我，我……"林孝慈拖着瘦弱的身体一路跑来，正试着把气息平复，"我儿子回来了！"

刘珂和廖喆对视一眼，都觉意外。刘珂问道："林阿姨，不要急，慢慢说，到底怎么回事？"

"我去复印寻人启事，"林孝慈从随身的布袋子里拿出一沓纸，在刘珂面前挥舞，"然后觉得有人跟着我！"

"嗯，然后呢？"

"我觉得是启赡，可是我扭头，又看不见他！"林孝慈看起来要哭了。

"呃……"听起来，有很大概率是林孝慈的幻觉，但刘珂看着这个女人，有点不忍心戳破她的幻想。毕竟，如果周启赡真的回来了，为什么不回家呢？

廖喆上前一步扶住林孝慈,"林阿姨您好,我是刘珂的同事小廖,我们先送您回家吧,如果周启赡真的回来了,肯定会先回家的,对吧?"

林孝慈愣住了,过了半晌,又忙不迭点头。廖喆对刘珂使了个眼色,刘珂急忙说:"对啊,林阿姨,我先送您回家,您回家等。"

林孝慈一路都在倾诉周启赡是个多么优秀的孩子,听得廖喆有些感慨。他记得有关部门对周启赡的评价,那是一个天才。这个天才用美元雇用了何老大,同行的还有一个人,他们去了开阳岛,随后不知所踪。他现在在哪里?

正想着,林孝慈的家到了。刘珂让廖喆不用下车,就在原地等,自己一边安慰林孝慈,一边送她上楼。车里有点憋闷,廖喆决定下来呼吸点新鲜空气。雨后的小镇温润潮湿,让久在干燥北方的廖喆觉得很舒服。

他一边回顾着这两天的经历,一边在楼门口徘徊,仰头一片晴朗,简直看不出刚才暴雨的痕迹。就在此时,一个东西咣当从天而降,直接砸进怀里。廖喆吓了一跳,跌坐在地。他刚把怀里的东西拿起来仔细看,手指刚感受到金属的触感和圆筒的形状,再次从天而降一个平头少年,一把夺过自己手中的物件,拉着不晓得什么时候出现的一个少女仓皇而逃。

那不是文野泉和赵秋霜吗?廖喆好歹看清了两人的脸。紧接着,毫无意外地,一个小胖子也凭空跌落。就在此时,刘珂出来了。女警察一愣之后,大声喊起来:"钱小海!"

"表姐吉祥,我告退了!"

三人组屁滚尿流地跑了,刘珂没赶上,却看见愣愣坐在地上的廖喆。

"怎么回事啊,廖特派员?"

廖喆觉得刘珂的语气有点兴师问罪的意思，急忙转移话题："刚才他们拿的那什么东西，有点眼熟……"

刚才规劝林孝慈耗费了不少精力，刘珂现在有点烦躁。她一把抓住廖喆的领子，这会儿，她彻底忘记了这个人特派员的身份。

"起来啦，唐勇斌还找不找？"

警车一路开向小镇边缘，那里是唐勇斌的家。廖喆一路上没有和刘珂交流。他一直在回想那个金属的触感和形状。刘珂也沉浸在自己的心事中，难得没有主动说话。

警车停在唐勇斌的家外。这是一间偏僻简陋的平房，除了价格便宜，找不出其他优点。唐勇斌曾经的渔船就躺在院子里，外层的涂料已经在曝晒中脱落得不成船样。

刘珂和廖喆敲了半天门，无人应答，刘珂忍不住轻轻一推，发现门压根儿没锁。两人进入唐勇斌的家，发现一个奇怪的现象。

这里没人。没有人怎么能算奇怪？还真是奇怪。

屋子里有两张普通的折叠椅，此刻一张摆在桌旁，一张倒在地上。地上还有一幅未完成的十字绣。饭桌上摆着一瓶打来的白酒和一只小酒杯，还有一盘下酒菜。廖喆上前闻了闻，露出恶心的表情。刘珂也上去闻了一下。

"奇怪。"

"怎么了？"廖喆转过头。

刘珂指着下酒菜回答廖喆："好像……好像这里前一刻都还有人，而后一刻……"

廖喆接了下去，"后一刻，他们突然都不见了。"

"对！"刘珂明白了那种奇怪的感觉从何而来。

"唐勇斌有家人吗？"廖喆问。

"有啊，他妻子叫肖岚岚。"

"那么问题就来了，"廖喆和刘珂对视一眼，"唐勇斌和肖岚岚去哪儿了？"

"工地上那个怪人，会与这件事有关吗？"刘珂对那个能上房的流浪汉印象颇深。

"难说，但在这个时间点出现，总有些古怪。"

"那我跟老黄他们讲一下，让大家都留意点。"

廖喆像是想起了什么，"阿凯的尸体，是跟何老大放在一起的，对不对？"

刘珂点头，"没错。"

"看他们的尸体，我总觉得这其中有什么联系。"廖喆叹了口气，自顾自说着，"要是再有一个参照物就好了……"

刘珂吓了一跳。现在这个特派员居然还盼着死人了，"喂，你说什么呢，你是认真的吗？"

廖喆一下子惊醒，连连摇头道："不是不是，当然不是。"

"我们先回去吧，"刘珂闷闷地说，"一整天了，大家都没吃饭呢。"

"啊，好的好的。"

回派出所的路上，两人又遇见一阵暴雨，但很快又停了。沿途的海岸线突然风平浪静，除了沙滩因雨水变了颜色，似乎刚才什么都没有发生过。云开后天色亮起，但夕阳已经西下。向海边望去，天空现出一种罕见的晚霞。落日余晖经过云层散射出万条光柱，从两人的背后划过头顶，一路插向面前的海空，但光柱并不是一条直线，而是划出一条弧度会聚在东边天幕上，让天空呈现出一种无法言说的色彩。这晚霞又投映在海面上，让整个蓝珠镇笼罩在异世界的氛围中。

"这是……反暮光吗?"廖喆惊讶地问。

"原来你知道啊。"刘珂有点意外。

廖喆摸摸鼻子说:"在书本上读到过,看过图片,现在是第一次亲眼见。"

"对了,你早上是不是问莫拉克来着?"刘珂想了起来。

"啊……"廖喆面露尴尬。

"那你为什么不告诉我那个袭击者的信息?"刘珂脑子一热,脱口而出。

"我——"廖喆张大嘴巴,不知道怎么应对这样急转直下的对话。

"你是不是看不起我?"刘珂凶巴巴的。

"怎么会?"廖喆急忙摆手,"我、我有苦衷——"

"什么苦衷能让你隐瞒当事人这么重要的信息?"刘珂不依不饶。

"啊,这——"廖喆冷汗涔涔。

就在这剑拔弩张的时刻,不远处的礁石滩上传来了巨大的爆炸声。

刘珂的脸色一下子变了,她立刻忘记刚才的矛盾,一脚猛踩油门,冲廖喆大喊:"系好安全带!"

桑塔纳几乎是漂移到了海边礁石滩。刘珂和廖喆熄火下车察看,发现现场的确火势不小,但燃烧的是两具尸体。

"我的天!"刘珂头大如斗。一天之内,蓝珠镇就出了三起命案,到底发生了什么情况?

刘珂眼尖,发现在燃烧的尸体不远处,有两个身影似乎在逃跑。"站住!"她大喊道,追了过去。廖喆在旁边没明白怎么回事,但也下意识追了过去。

刘珂边跑边喊:"站住!警察!"

那两人跑得更快了。

刘珂激起了好胜心。她在大学时是短跑冠军,爆发力很强,此刻面对可能的嫌犯,无论如何不能让他们跑了!

礁石滩上遍布碎石,有大有小,硌得人脚底生疼。刘珂咬牙苦追。眼看那两人的身影清晰了起来,却在下一刻消失得无影无踪。他们不见了。

刘珂只好停下来,气得直跺脚。此时她才觉得都快喘不上气了,只好扶着一块岩石休息。

喘息未定,暗处扑出来一个人,猛地将她按倒。

在何老大家遇袭的遭遇瞬间划过脑海,刘珂心里却不是害怕,而是愤怒——要是再让袭击者跑了,自己还算是人民警察吗?!

电光石火间,她手腕一翻,左手紧紧抓住那人的胳膊,右手随便抓起一块石头朝对方砸去。随着一声女性的尖叫,刘珂的反击被挡了下来,但她也因此得以看清袭击者的面目。

长发长须,衣衫褴褛,流浪汉,手握尖刺。

工地上的人说的就是他!

"不要!"一个女声焦急地大喊。流浪汉瞬间停了手,面露疑惑。他转头去看声音的来源,刘珂也随之看过去。

竟然是昨天在派出所见到的那个北京女孩儿赵秋霜。

刘珂被这个相差了十万八千里的双人组合震惊到,手里石头随即掉在地上。没想到赵秋霜趁机冲上来,一把拉起流浪汉就跑。流浪汉居然也不反抗,老老实实地任由她拖走。

"站住!"刘珂大喊,想要继续追击,却发现脚腕一阵钻心的疼。她踉跄着站起来,只听见赵秋霜远远抛来一句没头没脑的话:

"坏人不是他！快跑！"

刘珂气炸了肺，这两天连番遭遇职业生涯中的奇耻大辱，是可忍孰不可忍！此时，有人在后面拍了拍她的肩。盛怒之中的刘珂大喝一声，不顾脚伤，返身一个擒拿就把来人摁在地上。

"哎哟！是我，是我！"

刘珂回过神来，发现在地上吃沙子的是廖喆。特派员一脸痛苦，有那么一刻，刘珂简直想再揍他两拳。不过最终还是理智占了上风，她恨恨地松开手，"你怎么现在才来？"

"我、我——"廖喆一脸蒙，"我跑得慢……"

"那你还当什么警察！"刘珂冲他发飙。

廖喆还想解释，话到嘴边却发现刘珂只是在发泄，急忙选择换一个话题：

"刚才发生了什么事？"

刘珂没有回答，扭脸站起身，表情抽搐，廖喆因此发现了她的脚伤。

"你别乱动，小心伤上加伤。"

刘珂想到了爆炸现场，转身要回去，但脚踝用不上力，一屁股跌坐在地上。廖喆急忙上前搀扶，很意外对方竟然没有推开自己。确切地说，是完全没有反应。

廖喆这才发现刘珂居然在哭。

女警察哭得稀里哗啦，一把鼻涕一把泪，短发凌乱地贴在额头上，脸上还有沙石擦过的痕迹。她一边哭一边大喊：

"气死我了！"

廖喆劝也不是，不劝也不是，尴尬地站着。只剩刘珂呜呜的哭声，在逐渐低垂的暮色中，可怜兮兮的。

半个小时后，天都黑了，能来加班的派出所警察们都来了，又是一番现场勘查，运送尸体。两具尸体的燃烧并不充分，还能看出是一男一女。老黄一下子就认了出来，竟然是唐勇斌和肖岚岚夫妻俩。唐勇斌的肚子都给切开了，肖岚岚头顶也有一个利刃贯穿伤。但最可怕的并不是这个，而是他们的喉咙部位都有一个鼓包——几乎跟何老大的喉咙一模一样。

说要参照物，参照物还真的来了。廖喆决定趁热打铁，立刻拍照存档。尸体暂时放在派出所二楼的闲置房间，准备第二天再拉去冷库。

房间的装修还是当初会所的卡拉OK厅风格，墙壁都包着隔音材料。屋里自然没有家具，两具尸体躺在临时拉来的大桌子上，头顶悬着一颗沾满了亮片的大圆球，在霓虹灯光的映衬下，突兀而瘆人。廖喆本想让老黄帮忙，但老黄说什么也不想留在这里。反倒是刘珂主动上前：

"我来。"

之前现场一片混乱，廖喆想安慰刘珂也没有机会，或者说他也不知道该怎么安慰这位要强的女警察，于是一拖就到了现在。老黄脚底抹油溜了，整个派出所就剩下他俩大眼瞪小眼。

廖喆想了想，还是硬着头皮打破沉默：

"这里光线不够，我先去准备一下，拉几盏灯过来。"

刘珂点头，没有说话。廖喆本来还想再说点什么，但最终也没开口，转身出去了。现场只剩刘珂一个人。其实这时候她早已冷静下来，她深知以目前案件的情况，已远远超出区一个镇派出所所能处理的范畴了。

莫所长今天去了省城，这里只剩下她和同事们，所以，即便再生气，刘珂也知道自己需要做什么。忠实记录，全面汇报。更何况，刚才跟流浪汉和赵秋霜的遭遇一直在脑中徘徊，她不能放过任何与此相关的线索。

唐勇斌的肚子很可怕，刘珂尽量不去看，视线自然而然地落在胸口向上的位置，也就是喉咙那里。

不晓得怎么回事，尸体喉咙上两个鼓包里，好像有什么东西在莫名地蠕动。刘珂上前查看，好像又没有什么。她以为自己太累产生了幻觉，于是揉了揉眼睛。但就在她再度睁眼时，唐勇斌喉咙上的鼓包外皮下，的确有什么东西动了一下。

刘珂顿时汗毛倒竖。这是一种人类面对恐怖未知，从内心深处泛起的畏惧。但作为警察，理智让她必须查清尸体异动的真相。于是，她拿起廖喆放在桌边的相机，小心翼翼地靠近尸体。

数码相机的闪光灯弹出，快门声响起，咔嚓、咔嚓、咔嚓。

刘珂后退一步，查看刚拍的照片，照片上，唐勇斌喉咙上的鼓包看起来很平静。刘珂皱眉，放下相机，上前仔细查看。这一刻她忘记了害怕，距离那个诡异的变异部位很近。

鼓包处的皮肤是青白色的，跟普通烧焦开裂的皮肤质感不同，仔细看去，鼓包中心有一道裂缝，刘珂正想凑近看时，裂缝突然像花瓣一样绽放，一条粗大恶心的口器猛地弹了出来！

在经历了一整天的刺激后，刘珂的反应速度大大加快，及时向后一跳。而触手竟然在半空中失去了速度，它猛地抖动了一下，向后退缩。

刘珂的头撞在软包的墙上，倒也不怎么疼，她看到触手缩回进了喉部肿块里。面对威胁，她一瞬间忘记了害怕，一把抓起担架上的长钩子，奋力打向唐勇斌尸体的喉部。

就在这时，一旁肖岚岚喉咙上的鼓包也无声无息地打开了。

她的口器比唐勇斌的稍小一些，但显得更狡猾，背对着她的刘珂完全没有看见这一幕。

但刘珂有感觉。后脖颈上的微弱感受让她及时回头，下意识地挥出钩子，力道之大，居然在半空中切断了肖岚岚的口器。断口喷洒出大量黏液，刘珂躲避不及，大半身都粘上了这种恶心的东西。

这下她忍不住地尖叫起来。

就在此刻，廖喆及时冲了进来，刘珂见他，指着两具尸体大喊道："怪物！别过去！"

"你没事吧？"

这却是廖喆的第一句话。

刘珂一下子有点欣慰，但她必须发出警告："尸体的喉咙里有东西！不要靠近！它会攻击人！"

"我去看看。"廖喆回道，"你躲远一点！"

刘珂喘着气，慢慢放下了长钩。廖喆慎重地戴上防护眼镜，拖着找来的落地灯走到唐勇斌身边。他慢慢用灯罩捅了捅鼓包。一瞬间，刘珂忍不住又要拿起钩子，但此刻，唐勇斌和他的鼓包都静悄悄的。

廖喆放下灯，轻呼一声。刘珂知道他看到了证据，于是慢慢走上前。只见唐勇斌喉部的肿块已经裂开，一条长长的触手盘旋收缩，形成了一坨肉团，肉团被浓稠的黏液包裹着。

"肖岚岚的喉咙里也是一样。"刘珂指着地上，廖喆接过长钩，挑起断掉的半条口器。

"这……"廖喆的声音微微颤抖。

有那么一刻，气氛再度诡异地静默着。两个人守着两具尸体，在一间曾经的卡拉OK厅里发呆。

刘珂想到了赵秋霜的那句话——

"坏人不是他!快跑!"

她忍不住看向廖喆,发现对方也在看着自己。从廖喆的神色判断,他和自己想到一块去了。

线索越来越多,谜团却也越来越大。

坏人不是他。

那么,坏人到底是谁?

或者说,坏人到底是什么?

我 是 谁

—— 11 ——

"士兵"对蓝珠镇的一切都很好奇。

这里和他此前生活的那片森林相比，简直是天差地别。昨天，有人拉着他去搬一些方方正正的石头，还给他吃东西。士兵听说那里面有盐和猪肉，如果这就是大家所说的美味，士兵宁可不吃。他把那些东西都吐了，还和那些人打了一架。没人是我的对手，太无聊了。士兵很快离开了那个地方。

从出生起，士兵就没吃过盐。沃夫冈老嘲笑他，说他是个什么都不懂的傻子。这类对话周启赡一般都不参与，只要是有沃夫冈的场合，周启赡向来很沉默。

不过现在他们一个都不在。

真好。

大海，第一次见时，士兵觉得很美，可看久了又有点无聊。昨天那几个来码头整备渔具的渔民，今天一个都没出现。空荡荡的海边，海水很有规律地拍打着上岸，但一次比一次无力。退潮中，浅滩岩礁处留下了一洼洼积水，困住了一些迟钝的鱼蟹。

士兵发现了一条巴掌大的石斑鱼，在浑水里缓缓地游动。如果今天的烈日足够仁慈，也许它可以熬到中午涨潮。但它被士兵盯上了。他的手突然刺入水中，猛地把石斑鱼摁在水底。

士兵利索地把石斑鱼抓出水面，却突然有些迷茫。他不记得上一次吃鱼是何年何月，甚至不记得鱼的味道。可在饥饿的驱使下，刚才的一连串动作迅捷有力，仿佛以前形成的肌肉本能。士兵对着石斑鱼一口咬下，血水被挤出，鱼腥气直冲脑门。

海里的东西，也很难吃啊！

士兵厌恶地举起石斑就要扔掉——突然，他想起了大家对他说的话。

"火，火！"他的发音还是那么含混不清，"鱼！烤！""可吃，好吃！烤！"

"要生火！"士兵满意地做了决定。

士兵猫着腰，沿着蓝珠镇最荒凉的海岸，在山丘的阴影里敏捷前行。这一带都是礁石滩，寸草不生，其余的沙地和小山丘也不便盖房，完全是一副被人彻底遗忘的样子。

为了烤鱼，士兵又抓了两条石斑，一条三刀鱼和一条乌头鱼，还有几只可以塞牙缝的石头蟹，胡乱塞进捡来的破塑料袋里。这东西倒是很新奇——白色的，很难扯烂。

士兵凭借出色的生存本能，以及一点点熟悉的感觉，很快找到了一个不易察觉的礁石洞。礁石洞离海边较远，洞口也背对大海，虽然可以听到海浪声，但无法遮掩四周的动静，适合躲避敌人。很快，他又找来一张渔民扔掉的废旧床垫，躺在上面可以阻挡潮气。

士兵坐下来休息了片刻，从怀里掏出一只捡来的打火机，里面还有一点点液化气。小心地试了几次，火苗终于小心翼翼地跳动了起来。这就是沃夫冈所说的现代生活吗？他心里想，还真是挺方便的。原来在森林里，要生火可麻烦了。

碎石围成的小火堆上，鱼已经烤出了香味。士兵开心地哼着小曲儿。这是一段周启赡教他的旋律，但具体唱的是什么，他全然不知道。

突然，火堆的噼啪响声外，传来一阵细微的沙沙声。士兵猛地停止了哼唱，眼睛圆瞪，一脚把火堆踢散，让鱼蟹落入灰里。紧接着，他顺手拾起弓箭，身体紧绷，仔细聆听着外面的动静。

沙沙声突然消失了。

士兵面色一紧，立刻从破衣下抽出一根粗糙的项链，用上面吊着的尖刺狠狠扎向自己的肩膀。尖刺插进身体，他痛苦地闭上了眼睛。

会是它吗？

想到那个可怕的怪物，士兵猛地睁开眼，用一种比之前更加敏锐的眼神看着四周。但没有他预想的景象。

即便不是它——敌人一定就在附近，如果礁石洞口被堵住，他将无路可逃。必须到外面去！

士兵安静地挪出洞口，利用外面的礁石做掩体，小心搜索。

沙沙声毫无预兆地再次响起。士兵紧握尖刺，做好准备。声音来自礁石洞的上方。他又向外走出一定距离，终于可以看到礁石洞上方的岩滩了。

一个影子在前方闪现。士兵急忙蹲到一块石头后面。他再仔细看去，发现那是一个缓慢摇摆的人。士兵小心挪到更近处，发现这是一个被废弃渔网缠住的女人。她挣扎时，渔网和浮漂跟岩石摩擦，沙沙声就这样传了出来。但这个女人动作机械迟缓，不像有被困住的焦躁和恐惧。

她也没有发出任何声音。

士兵朝着女人的背面，一步步向她接近，直到只有两三米的距离。在这个距离上，士兵清晰地看见女人身上有一种灰色的腐烂痕迹。一瞬间，士兵察觉身后的气流有了细微的变化。士兵敏捷地转身，一个和女人一样有着灰色腐烂皮肤的男性猛地扑来！那男人的喉咙处有个巨大的鼓包，此刻像食人花一样绽放开来，一条恶心的口器从里面伸出来。

果然！

怪物果然随着自己和那三个小孩儿一起离开了森林。眼前这两个腐尸就是最好的证明。

"腐尸"是周启赡起的名字，它们是感染了怪物齿毒的低等生物，存在的唯一目的就是作为怪物的猎食工具。它们的口器能像弹簧一样飞快地攻击猎物，传播这种病毒，让所有受感染者主动成为怪物的食物。

既然逃不过，不如主动出击。士兵冷静下来，向右一个翻滚躲开了男腐尸喷出的口器。

男腐尸扑空后，像青蛙一样趴在地上，然后把头向后甩动，后仰的角度破坏了正常人的骨骼结构，简直就像是脖子在后背上折叠起来一样。

如果李工头在这里，一定会发现这是唐勇斌变异后的脸——狰狞、肮脏、毫无血色，喉部变异肿胀产生的组织液不断从溃烂的口腔渗出。唐勇斌用脖子对准士兵，鼓包再一次喷出口器。

士兵向后一个翻滚闪开。就在此时，女腐尸肖岚岚轻松脱离渔网，发动了偷袭。果然，这是一个陷阱。但士兵毕竟是士兵，他一个挺身扑在地上，肖岚岚喷射出的口器与他擦身而过。

士兵正要爬起，肖岚岚扑过来猛地抓住了他胸口的衣服。士兵干脆利落地出拳把她击倒，连续几个后翻，躲开了腐尸口器的攻击距离。

森林里没有会打配合的腐尸。但这难不倒他，士兵立起身体，冷冷地看着他们。士兵不退反进，就地一滚，顺手从地上抄起一块锋利的岩石碎片，一个鲤鱼打挺跳起来，回身一脚踹翻了肖岚岚。这套动作一气呵成，电光石火。

唐勇斌见状嘶吼了一声，趴在地上，四肢并用向前爬行，试图攻击士兵的腿部。士兵身体一沉，手上锋利的碎石如同战刀，毫不犹豫地刺中唐勇斌的肚子，然后他奋力向上切割——

唐勇斌的五脏六腑夹杂着血泡哗啦啦翻腾出来，情状恶心极了，但这样的致命伤却只是让他的动作变慢。士兵飞身后退。肖岚岚发疯般地冲了过来，唐勇斌和她一起试图再度发起攻击，但两人却踩中了地上的内脏和腐液，双双摔倒，一时半会儿爬不起来。

士兵不去理会这滑稽又恐怖的画面，迅速扯起刚才被肖岚岚挣脱的渔网，把两个腐尸盖住。腐尸挣扎起身正好给了他机会，三下两下，唐勇斌和肖岚岚就被渔网缠得死死的，失去攻击能力，只能发出愤怒但无用的嘶吼。

士兵没有放松警惕，腐尸在这里的话，意味着怪物也不会太远——

几分钟过去了，什么都没有出现，什么都没有发生。士兵缓缓站起来，突然抽搐了一下。

"不要走，等！怪物，在！"士兵小声喊出来，"这里，危险！躲，安全！"他左顾右盼，接着又挠头。

"白梦魇，不在，这里。躲，等机会。"

白梦魇。怪物。

白梦魇。

怪物的名字叫白梦魇，这是周启赡告诉他的。

士兵看着地上的腐尸。

"烧。不烧，害人。"他情不自禁地蹦出这句话。

把腐尸烧掉，这是周启赡的风格。不过周启赡不在这里，而士兵决定替他做这件事。

一艘搁浅的小舢板孤零零地躺在不远处的海边岩滩上。突然，沙沙声再次响起，由远及近，却是士兵。士兵用渔网拖着唐勇斌夫妻移动过来。两个腐尸还在徒劳地挣扎。

小舢板早已侦查过了，安全，可利用。士兵将渔网捆在舢板尾部，熟练地把挂桨机敲开。油箱里还封存着满满的汽油。士兵用锋利的碎石砸了几下船尾的连接处，整个挂桨机松脱后九十度翻转,加油口随之倾斜,汽油洒在两个腐尸身上。似乎预知了即将到来的命运,唐勇斌和肖岚岚奋力挣扎起来。士兵随手将那片锋利的碎石插进肖岚岚的头顶,腐尸暂时不动了。

烈日已经高升,士兵汗流浃背,阳光晃得人几乎睁不开眼。士兵眼角的余光里,出现了一个少女的身影。他本能地闪躲到舢板后,下意识地摸向脖子,却发现尖刺不见了!

应该是刚才的战斗中丢了。士兵顿时紧张起来,那条项链陪伴了他很多年,帮助他逃过多次危急时刻,此时却找不到了,除去懊恼和难过,士兵心中还充斥着紧张和恐惧——他咬牙捡起碎石,狠狠在胳膊上划了一下!一丝血流涌出,士兵疼得牙关紧咬,瞪大眼看向少女的方向。

她还在那里,看起来很眼熟。

士兵不由得眯缝起双眼,仔细看过去……

秋、秋霜、霜?

是那个让自己坐船的少女,那个带自己离开森林,来到蓝珠镇的人。

赵秋霜捡到了什么东西,拿在手中研究着——那是自己之前遗失的尖刺。

接着,在赵秋霜身后,士兵看到了那个大家的噩梦——

白梦魇。

它是从未知空间来到这里的生物,是顶级的掠食者。当它舒展开身体,你就会发现这个恐怖的怪物高达两米,身体呈灰白色,头骨呈锥形,平时头部低垂,相较之下身躯庞大,后背的骨骼凸显,下面坠着圆圆的腹部,藏着两只像螳螂一样的捕食爪。白梦魇没有毛发,四肢纤细,四只脚成针尖的样子,并在一起,整体呈现出一种不稳定的几何美感，像是一只站在针尖上的不倒翁。

白梦魇具有影响人脑电波的能力，这个能力来源于它头盖骨之下的复眼。这些复眼在头下面，数量多而细小。捕猎时，白梦魇头部正面的光滑的"脸"会翻起来，露出眼睛和嘴，眼睛控制猎物，捕食爪穿刺猎物，用细小的口器进食。它的眼睛直视猎物时，被控制者会看见的幻象因人而异，但基本都是对自己感情上或者心理上造成最强刺激的画面，比如，最后悔的时刻，或者逝去的亲人。

好在这个能力生效需要一丁点时间。五秒钟。在这五秒钟之内，唯一有效的抵抗方式就是疼痛。疼痛会让人清醒，趁机逃离白梦魇的控制。这就是为什么士兵一直戴着那条尖刺项链，这也是为什么当他发现项链遗失会如此懊悔，甚至不惜自残。他讨厌被控制。

此刻的赵秋霜，就呈现出被控制的样子。士兵看见她双眼无神，心里焦急——快醒醒！他在心中大喊。

突然，远处的赵秋霜大叫一声，眼神恢复清明。士兵一愣，随即看见她拳头紧握，指缝中鲜血淋漓，一下子就明白了过来——秋霜很可能无意识攥紧了尖刺项链，误打误撞，破除了精神控制。

但这样还不足以让她脱离危险，远远不够。士兵不再犹豫，攥起一把小石子，飞速投掷而出！他并不指望让怪物受伤，曾经的经历早就告诉他，白梦魇几乎是刀枪不入，士兵所争取的，只是一点点时间。

士兵力量了得，石子呼啸而去，正中白梦魇的下肢，然而却如同撞上了最为坚硬的墙，弹开，落下。白梦魇甚至没有晃动一下，但它的注意力被吸引走了。

精神控制被短暂地解除，赵秋霜应该是看到了怪物的样子。

她控制不住地尖叫起来，满脸恐惧。

士兵大喊："跑！"

赵秋霜瞬间回过神，抬头朝士兵跑过来。怪物也几乎是瞬间转身，用和赵秋霜几乎一样的速度追来。

士兵和赵秋霜再次见面。

"是你！"赵秋霜气喘吁吁。

士兵没时间也没能力同她解释，一个箭步把赵秋霜拉到身后，又迅速用汽油点起一根火把递给她。但这也让赵秋霜一眼就看到了渔网中两个垂死的腐尸，吓得再次尖叫起来，错过了士兵递来的手。火把掉落下去，好死不死落在了汽油中。

生死一瞬，士兵多年来的生存本能占了上风，他把赵秋霜狠狠扑倒，两人在地上翻滚了几圈，堪堪逃离了汽油的范围。

火焰顺着油滴一路烧到舢板。一声巨响，舢板挂桨机的油箱爆炸了，火焰伴着浓烟升起，舢板连带唐勇斌和肖岚岚都被点着，很快隐没于烈焰之中。

中年男人和赵秋霜紧贴地面，一动都不敢动。

高温加上火焰，热浪很快就让人受不了了。士兵微微抬头，发现视野中已经没有了怪物。他立刻爬起来。看他这样做，赵秋霜也一骨碌爬了起来。士兵看到惊魂未定的赵秋霜拿着自己的项链，一把夺了过来。赵秋霜发出一声痛呼，紧紧握住受伤的一只手，身体颤抖，看上去十分可怜。

士兵觉得自己似乎需要说点什么，但他的知识库里并没有这方面的储备。要是沃夫冈在就好了，他经常炫耀自己是个情圣，对女人的心思了若指掌。

呸呸呸，那个混蛋不在最好了。

士兵憋了半天，最后只说出几个字："疼、治疗！"然后他转身就走。

"喂!"身后传来少女的呼喊,接着是脚步声。士兵知道她跟上来了。

刚走没两步,一声大喝传来:

"站住!警察!"

士兵本能地感受到了敌意,潜行回去想要消灭对方。但这个敌人竟是个女人,而且赵秋霜也在喝止自己,不让自己伤害她。

士兵有点迷惑,但既然秋霜说了,就照办吧,反正这女人也打不过我。但她似乎不打算放弃,还凶巴巴地吼叫着。秋霜好像对她说了什么,士兵没太在意,这一次遭遇与他在岛上的千百次经历相比,几乎算不上一次战斗。

只要不是白梦魇,士兵无所畏惧。

天渐渐黑了。他带着赵秋霜回到了落脚的礁石洞。见赵秋霜好奇地打量着自己的临时居所,士兵心里有点得意。他指着自己用捡来的废品铺成的临时"床铺":

"睡觉!"

然后他拉过赵秋霜,一把抓住她的手,掰开查看伤势。大概是他的动作比较粗鲁,赵秋霜尖叫了一声。士兵毫不在意,抬头看着赵秋霜,咧嘴一笑。

"好!"看上去并不严重。士兵自己用尖刺的时候,伤口比这个可怕多了。

身后传来一阵嗡嗡声,士兵本能地松开赵秋霜,转身一脚踢出。一个不大不小的奇怪东西应声而倒,像乌龟一样四脚朝天乱蹬。士兵满脑子问号。这是什么东西?看样子不是腐尸……

紧接着,拳头破空的声音传来,但士兵轻松一偏头就躲开了,然后反手扣住了袭击者的胳膊,抬膝磕中对方的肚子。

士兵一松手，来人捂着肚子腾腾腾后退了几步，一屁股坐在地上。

袭击者的样子清晰起来，这不是森林里被自己制伏的小瘦子吗？另一个同伙呢？

"初号机！"同伙小胖子果然出现，却扑向了地上的"小乌龟"。"你这个混蛋！"小胖子疯了一样，捡起石头砸过来。不过士兵不需要躲避，因为小胖子没有一块石头真的砸对了地方。

太弱了啊，士兵在内心鄙视二人。

"住手！"赵秋霜大喊一声。

小瘦子和小胖子就像被什么东西拽住了，一下卡在原地。赵秋霜冲过去挡在中间。小瘦子似乎缓过点神来。

"快躲开！他是杀人犯！"

"就是，秋霜快让开！"

"你们胡说什么？"赵秋霜恼怒地说，"有怪物！要不是他，我就没命了！"

"啊？"小胖子和小瘦子异口同声惊道，顿时失去了攻击的气势。

白梦魇已经出现在这里，不安全了，要找个更隐蔽的地方。去哪里呢？

士兵沉浸在自己的思绪中，突然听到赵秋霜叫自己。他回过头。

小瘦子和小胖子充满敌意地看着自己。赵秋霜走上前，开口问道："你是谁？"

我是谁？

士兵不假思索，"我，士兵。"

"我是问，你的名字？"

"士兵，我。"

我的名字叫"士兵"。这是周启赡起的，他说希望我能保护他。沃夫冈嘲笑周启赡，也嘲笑我，说我是个傻子。

"我，士兵。"士兵重复起来，"士兵，我！"

赵秋霜显然被这个答案打败了。士兵看着她，笑出声来。

"秋霜、傻！"

赵秋霜显得更沮丧了。但很快她就重整信心，再度开口发问："你认识周启赡吗？"

周启赡？士兵一愣，"你、认识？"

赵秋霜的眼睛亮起来，叫道："你认识他？他在哪里？"

周启赡在哪里，对啊，周启赡，在哪里呢……

士兵陷入了思索。

周启赡，到底在哪儿？我记得他在森林里，但是现在……

想着想着，士兵开始头疼。他抱住脑袋。

有人碰到他的头，士兵一惊，猛地弹起，一拳打了出去，正中赵秋霜。

少女惨呼一声，顷刻倒地，小瘦子立刻发狂冲了过来。小胖子急忙上前查看赵秋霜。

士兵开始烦躁。他想不起来周启赡在哪儿，被这个问题困扰着逐渐失去理智，脑海中仿佛有个声音开始嘲笑自己。

小瘦子的战斗力增强了？不，是我心不在焉，放松了警惕。

小瘦子又扑过来了。

"滚！"士兵大喝一声，霎时间进入攻击姿态，三两下把小瘦子打倒在地。

不能跟这些人浪费时间了！

白梦魇就在附近，必须马上离开！

"跑！怪物来，死！"士兵对着洞里的三人大喊。

"跑！快跑！这里，不安全！"

这些蠢人！

士兵决定不管他们。他放弃了洞里的一切，攥紧尖刺，转身冲了出去，没入深深的夜色中。

人人都有秘密

— 12 —

就在蓝珠镇遭遇三具尸体的第二天，莫大勇从福州回来了。

八年前离婚之后，他每个月都要来探望前妻和孩子，风雨无阻。原本前妻总对他冷嘲热讽，还不让儿子跟他过多相处，但这半年来，莫大勇却感到两人对自己越来越热情了。

这应该是一件令人欣喜的事，但只有莫大勇知道这份热情所需的代价。半年前开始，原本生活捉襟见肘的莫大勇开始定期给前妻汇钱，数额不小，足以让母子俩在福州过上体面的生活。前妻开始很惊讶，但很快便不再多想，心安理得地接受了这笔天降之财。莫大勇也正是凭借着这样的金钱关系，才得以和儿子多相处片刻。

那么这笔钱到底是从哪里来的呢？或者说，这笔钱需要莫大勇付出什么代价，才能得到呢？

长途车摇晃着，莫大勇闭上了眼，回忆起昨天在客厅里的一幕。他走进去，前妻虚伪地打情骂俏了一番便切入正题，告诉莫大勇说，儿子需要一笔出国留学的钱，自己也要出去陪读，学费加上生活费，一年至少三十万。莫大勇愣住了，这么大一笔钱他是万万拿不出来的。他尴尬地解释着，前妻的态度也慢慢冷淡，最终不说话了，只是坐着默默抽烟，开始那种让他琢磨不透、但终归冰冷的等待。

恰在此时，儿子起床来到了客厅。前妻第一时间开口说："儿子啊，爸爸没钱供你上学了，咱们放弃吧。"莫大勇转向儿子，想从他那里获得一些理解。但那个满脸青春痘的孩子只是愤怒地质问父亲："不是说什么都能给我吗？你真没用！"

"你真没用。"这句话像一把刀子扎进了老警察的心口。这还是那个曾经骑在自己肩膀上，冲着大海开朗大笑的孩子吗？一瞬间，莫大勇的鼻子酸了。

儿子读高中的时候，有一次莫大勇想给他一个惊喜，没有通知前妻就直接去了学校。没想到那一天，儿子正好跟同学们出去玩了。扑了个空的莫大勇不知道去哪儿找他，干脆回到前妻的住所。不出所料，她根本不让他进门。莫大勇只好坐在门口的地上，孤零零地等待儿子回来。他幻想着能和儿子进行一场充满温情的对话，甚至还为此打了好几次腹稿。

可是，从放学等到华灯初上，直到晚上十点儿子才回来。莫大勇的热情和耐心也在下班邻居们好奇和打量的目光中消磨殆尽。此时，他又累又困。

儿子看见他，先是一愣，然后显得不安起来。莫大勇多年的工作本能，让他第一时间就闻到了少年身上的烟酒气。

就在那一瞬间，莫大勇一肚子的关心和担忧变成了愤怒，他狠狠地责备了儿子，出口尽是伤人的话。

但之后他就后悔了。儿子没有和他大吵，也没有对他的话有任何反馈，只是冷冷地说："你以后别来了。"

说完，他转身开门，将莫大勇锁在了家门外。

那一瞬间，莫大勇崩溃了。

他的确一直觉得自己亏欠着这对母子，在他们的婚姻关系中，他既没有给出足够的物质满足，也没有给到精神方面的弥补。莫大勇的一生都被上级分配给了蓝珠镇。他也想过逃离，但1986年那一天他看到了不该看的东西，必须要用一辈子来偿还。

恨意在莫大勇的心中逐渐滋生。

十个月前，在派出所的体检报告里，他发现自己胃部有一个巨大的阴影。医生的语气不带感情，应该是见多了这样的病例。"莫先生，你的情况很不好，最好能尽快手术——"

莫大勇打断医生，只开了口服的止疼药。穷途末路的他只想给自己买一份高额保险,然后伪装他杀,给儿子留下一笔钱。

但,为什么是我?莫大勇对整个世界产生了强烈的恨意。他不甘心,凭什么我要死?凭什么她要小瞧我?凭什么我就只能这么憋屈地走完一生?

就在莫大勇徘徊在保险公司门口之际,那个男人给他打了电话。尽管他不知道那人是谁,但对方的要求很简单,只需要把周启赡的消息定期发送过去就行。每个月一万元的额外收入,对莫大勇来说,既能维持看病用药,又能多出一笔钱给到妻儿,何乐而不为?

在金钱的诱惑下,莫大勇接受了他的指令,于是很快收到了第一笔酬金。把钱打给妻子后,莫大勇舒了一口气。此刻的莫大勇是短视的,他只看得到妻儿收到钱后的快乐,而自己的命运,他无从把握。

依靠着每个月的"固定"收入,莫大勇成功地把生命延长了,也获得了妻儿的认可。可他内心深深地知道,这一切都是虚幻的,是靠钱堆出来的。饮鸩止渴,说的就是他。但这个时候的莫大勇,已经没有办法离开那些虚假的亲情和爱了。

因此,这一回去福州的经历才让他无比焦虑。莫大勇借口要当天来回,匆匆离开了那个又变得冰冷的家。实际上回镇的长途车第二天才有,他撒谎离开,只是不想再待在那个房子里。莫大勇找了一家廉价旅店,一整晚都在想办法,想一个解决一切的办法。这个办法无非和钱有关。

长途汽车缓慢地开进了蓝珠镇的长途汽车站。

车门打开,莫大勇走下来。颠簸的一路让胃痛只增不减,他吞下几片止疼药,抬头看到老黄来接自己的车也到了。开向派出所的路上,莫大勇瘫倒在车后座里,听老黄汇报了昨天的工作。他知道了阿凯、唐勇斌和肖岚岚的死,也知道了一个国籍未明的黑衣中年男子,正停尸在借用的冷库里。

莫大勇的心一下子沉到了谷底。

实际上,对于目前蓝珠镇发生的一切,或许莫大勇知道的比廖喆都多。起码他知道,根据神秘金主的电话指示,七月五日那天他刻意撤掉了码头附近的例行巡逻,默许何老大带着周启赡和沃夫冈出海。唯一的变数是,两个少年一去不返,何老大变成尸体漂了回来。

所幸神秘金主并未怪罪,莫大勇照例收到了本月的打赏。对,可以算是打赏了吧。他苦笑着想。接下来,有关部门派来了廖喆,而他暗中协助黑衣中年男子进入蓝珠镇,调查两个少年失踪的真相。

没想到黑衣男人意外遭遇了查案的刘珂还差点杀死她。莫大勇想起这件事有点后怕。毕竟他也算是从小看着这姑娘长大的,要真有个三长两短可怎么办?莫大勇不想让刘珂掺和这一切,但那个廖特派员却点名要她跟着,真是气坏了老警察。他一看就知道,这个菜鸟一样的格子衬衫对刘珂有好感,尽管廖喆自己都没察觉,但莫大勇毕竟多吃了几年米,感觉准得很。

人算不如天算,黑衣男人竟然死了,而且是在自己离开的那天,悄无声息地死了,甚至没人知道凶手是谁!

莫大勇头大如斗,心里盘算着,要是神秘金主的电话再打过来,自己要不要接?

桑塔纳开到了派出所。只见小朱第一个冲了出来:

"所、所长!"

莫大勇一瞪眼,"急什么?"

小朱显然顾不上照顾莫大勇的情绪,"有个很难缠的人,说是北京来的，要找女儿，我们说不知道，他就要找你。"

莫大勇紧张了一下，但很快安慰自己，不可能是那些人。但小朱手足无措的样子让他一阵无名火起，这帮没用的东西，什么都要自己出面吗？

气归气，莫大勇还是板着脸走进了所里。

一个穿着名牌polo衫的中年人站在接待前台。他身材保养得当，面容沉静，发型打理得一丝不苟。这人手上提着一个精致的行李箱，见到随小朱出来的莫大勇，步伐利落地上前，伸出手。

"莫所长？"

莫大勇点点头。

"你好，我姓赵，赵远国。"中年男人的声音很低沉，"赵秋霜是我的女儿，贵所一位名叫刘珂的民警曾打电话给我，说了她在这里的情况。我是来接她回去的。"

言简意赅，逻辑清晰。莫大勇不由收起了一丝傲慢。他和赵远国握手，"你好，我是莫大勇。刘珂的确是我们所的民警，不过赵秋霜已经不在这里了。"

赵远国皱眉，"那你们知道她去哪里了吗？"

"去哪里是公民的自由，我们无权干涉。"莫大勇说，"您既然是她的父亲，大可以自己联系她，对吧？"

赵远国的表情闪过一丝狼狈，但很快恢复如常，"那我能和那位刘珂警官说两句话吗？"

莫大勇不喜欢赵远国那种高高在上的样子，怎么，他还想采访所里的全部人员吗？

"赵先生，我们这里的干警都很忙，我建议你先自行联系女儿，要是真的找不到了，再来求助警方。"莫大勇打起了官腔。

赵远国皱眉盯着莫大勇，似乎很不满意这样的答案，但他环顾四周,深吸一口气,点头道:"莫所长,我明白了。"然后他笑了笑,"要是真有什么事,我一定会来麻烦各位的。"重音落在了"一定"上。

莫大勇摆摆手,"别客气。"

直到赵远国离开派出所,小朱才长出了一口气。他献宝似的拿着赵远国的名片,对莫大勇说:"莫所长,你看,这人是大学教授啊,我说怎么讲话一套一套的。"

莫大勇一巴掌扇掉了赵远国的名片,对小朱劈头盖脸一顿骂:"你说你这个没出息的样子!谁来闹一下,你都来找我,我还干不干事了?要你们干吗,不就是出去挡枪子的吗?"

老黄见情势不妙已经躲起来了,小朱委屈巴巴地哼唧着:"可是那人不依不饶的,我们也没办法……"

"没办法?"莫大勇恨不得把小朱的脑袋敲开,看看里面是不是糨糊,"亏你还是个警察!刘珂在这里估计都比你办法多!我要不要把你的工资都给她,嗯?"

小朱哭丧着脸不说话。刘珂的声音从后面传了过来:"谁?谁要把工资给我?"

刘珂身后自然跟着廖喆。看来就这短短两天,刘珂和廖喆似乎配合得越来越默契了。莫大勇对事情的走向很不安,他不希望刘珂成为下一个自己。

看来需要干预一下了。

莫大勇招呼刘珂:"你来我办公室一趟。"

刘珂随莫大勇进入办公室,关上门,迫不及待地开了口:"莫所长,正好我有情况跟你汇报,昨天——"

"等一下。"莫大勇打断她,板起脸,"阿珂,你参加工作时间也不短了,对吧?"

刘珂愣了一下，下意识地点点头。

"你申请过很多次，但就是不能转刑警，你知道为什么吗？"

刘珂神色慌张起来，不解地望着所长。

莫大勇很享受这种吊人胃口的感觉，忍不住笑了，"因为你还差得远。"

"我——"刘珂似乎想为自己争辩，莫大勇打断了她。

"作为一个女同志，冲动冒进、不会做人做事，听不明白人话——"

"我怎么听不明白人话了？"刘珂终于忍不住反驳，"再说了，这和我是女的有什么关系？"

莫大勇冷哼一声，"我让你协助廖喆，本意是让你多观察少说话，你倒好，反客为主，带着人到处跑，你是嫌人家看不到蓝珠镇有多乱是吗？我这才走了一天，就死了四个人！你说你——"

"我怎么了？"刘珂脸都涨红了。

莫大勇决定不再给她留面子，"刘珂，廖喆是上面派来的，人家办完了这边的事情，总归要回去。你呢，能向他学点就学点，但也不要走太近了。你看上他，人家还不一定看上你。"

刘珂脸色刷的一下变白了。莫大勇知道自己至少说对了一点，刘珂对廖特派员也有好感。

这帮年轻人，没有工作原则！

刘珂沉默片刻，"所长，你可真是越活越讨人厌了！"

莫大勇愣住了，没想到手下居然会如此顶嘴。他还来不及愤怒，刘珂已经一手拉开莫大勇的办公室门，走了出去。

"喂！把门关上！"莫大勇的怒吼迟了一步。

刘珂没有理睬，留下大开的门走了，露出门外表情难以捉摸的廖喆。

莫大勇沉着脸，特派员却在停顿片刻后，好整以暇地走进了办公室。似乎要为了证明刘珂并没有破坏公物一般，廖喆不仅顺手关上了门，还摸了摸，大大松了口气的样子。莫大勇看着他演戏一样的举止，在心里冷笑一声。果然，有关部门的人可真会扮猪吃老虎。

"莫所长，您昨天不在，我和刘警官可真是度过了惊心动魄的一天。"廖喆咳嗽了一声。

莫大勇给自己倒了杯茶。"廖特派员，刘珂这丫头无法无天的，你见笑了。"

"不。"廖喆摇摇头，"刘警官是一位非常优秀的基层警察，假以时日，肯定会有一番作为。"

莫大勇心里咯噔一声。他打起了哈哈："廖特派员您真是会说话。"

"其实，您刚才对刘警官说的话，我都听见了。"廖喆慢慢开口，"所以我觉得您欠她一个道歉。刚才那番话，您作为一个经验丰富的前辈，说出来非常不合适。更不要说这里面有多少是夸张——"

莫大勇打断了他："廖特派员，您还有什么事吗？"

廖喆似乎原本想要高谈阔论一番，此时一停顿反而忘记了接下来的话，于是又咳嗽了一声，说："莫所长，这里的情况我已经通知了总部，很快就会有一个紧急事故应对小组来处理一切。"

"那我们要做什么？"莫大勇问。

"什么都不用做。"廖喆自然地回答，"只要到时候配合就好。"

到时候配合就好。真是傲慢！莫大勇心里的恨意更重了。他走到书柜前，打开门，里面有一个小型保险箱。保险箱里面有这么多年来他给"有关部门"写过的汇报材料，一些现金，一把枪——派出所里唯一的一把。莫大勇看着这些东西,脑中瞬间划过无数缠绕在一起的念头,难以理清。

莫大勇听见自己说:"廖特派员,有没有可能……嗯,你收回这次的通知?"

"啊?"廖喆有点意外,摇摇头说,"不可能,消息一旦发出,就不可能收回了。"

莫大勇笑了笑。"小廖啊,"他换了个称呼,"莫拉克24号就要来了。到时候整个蓝珠镇进出都会受阻,希望你说的应对小组能在此之前到达吧。"

"我觉得没问题。"廖喆的回答信心满满。

莫大勇感觉自己抓住了心中那根线头。他打开保险箱,拿出那些材料递给廖喆。

廖喆没有接,表情很犹豫。

莫大勇笑了笑,"给你看这些资料,只是想说明我这些年来都做了什么。"

廖喆接了过去,依旧一脸疑惑。

"交给你,我也放心。麻烦廖特派员跟上面通报一下,说我实在是身体欠佳,不得不离开这个重要岗位。"莫大勇终于做出了决定。

"莫所长,你说什么?"廖喆吓了一跳。

"我说我累了,我要辞职。"莫大勇回答。看到廖喆张口结舌的样子,他心里感到无比的畅快,简直有如多年来的压力一朝释放,整个人扬眉吐气一般。

这天下班的时候,莫大勇情绪好得不得了,见谁夸谁,把大家吓得够呛。他压根儿没提这些天的命案,反而主动询问起所有人的生活。一个不知深浅的民警开玩笑说所长大概是在福州快活得很,被莫大勇听见了,他不仅没有生气,还过来人一般拍了拍脸色苍白的属下,告诉他,年轻人要努力健身啊。说完他哈哈一笑,飘然离去,不带走一片云彩。

只有莫大勇知道自己的决定。去他妈的有关部门,去他妈的神秘金主,去他妈的三十万!老子一个要死的人,凭什么不能过两天舒服日子?

下午三点,莫大勇在桌上留下了一封辞职信,提前下班回家,倒头便睡。等他一觉醒来,已是夜里十一点了。单身汉的房间自然是家徒四壁,白炽灯忽闪忽闪的,半开的窗户吹进来海风的阵阵潮气。莫大勇揉了揉眼睛,起身关窗,却在一回头的时候,发现屋里多了一个人。

莫大勇吓得差点摔倒。他在心脏狂跳中,看到了那人的样子,一瞬间他以为自己看错了。

中年男人,黑色紧身T恤,看不出哪里来的人,或者说,看不出国籍。

"不可能,你不是死了吗?"莫大颤抖着问。

男人坐在屋里唯一的椅子上,冷漠地笑了一声。

"莫所长,不该问的话别问。"

莫大勇浑身发冷。黑衣男人拿出一台DV,扔给他。"播放。"一句不容置疑的命令。

莫大勇下意识点了那个三角形的按钮,却在下一秒惨叫出声:

"儿子!"

DV的回放中,他的儿子被绳索捆着,瑟瑟发抖,前妻也在一旁倒地不起。儿子的表情恐惧无比,对着镜头,抽抽搭搭地说:

"爸爸，你一定要听话，不然，不然，不然……"他说不下去了，号啕大哭。回放片段在这里戛然而止。

"儿子！"莫大勇眦睚欲裂，"你们对他干了什么?!"

黑衣男人丢过来一个信封。竟然是莫大勇的辞职信。但信封鼓鼓囊囊的，上面还有干涸的血迹。莫大勇手抖得几乎拿不住信封，更别说拆开看了。

"沃夫冈失踪了，我的同伴也死了。"黑衣男人露出一个残忍的笑容，"莫所长，听说你打算辞职啊？"

莫大勇头颅低垂，说不出话来。

"我们要找一个人。"黑衣男人很快给出了新的任务，"流浪汉，说话结结巴巴的，身手不错。找到他，把他送到西岸，会有人接应你。"

莫大勇鼓起勇气问："如、如果我找到他——"

"你的儿子和老婆就不会消失。"黑衣男人云淡风轻地说。

莫大勇还能有什么选择呢？他咬紧牙关，慢慢地点了点头。

黑衣男人嘲弄地看了他一眼，起身朝外走去，最后留下一句：

"莫所长，那个外来的特派员如果碍事，你应该知道怎么处理，对吧？"

你 是 谁

── 13 ──

梦境就是这样，你完全不知道自己是怎么来到这里的。赵秋霜发现自己站在一段行将坍塌的楼梯上，下面是不见底的黑暗。她立刻就认出了这个地方——在开阳岛的冒险中，她在楼梯下看见了自己的亲生父亲周阳。

然后，在那个荒凉的礁石滩，赵秋霜又一次看见了他。

周阳对她笑着说话："小霜，是你吗？"

他伸出臂膀，似乎要拥抱她。

赵秋霜多年的夙愿成真，但她也知道，一切都是虚幻。自己用了这么多时间，只是要去证明一个既定事实？又或者，她追逐的只是一个终结？

赵秋霜知道这是梦，但她还是问出了那个从小纠缠自己的问题：

"你为什么要抛弃我们？！"

她泪流满面，声音颤抖嘶哑，紧紧攥住了拳头——钻心刺痛传来，在这一瞬间，她看见了——

一个高大的灰白色怪物取代了周阳，它就像一个巨大的虫子，头骨呈锥形，鼓起的后背骨骼凸显，下面坠着圆圆的腹部。此刻，这个怪物的头盖骨打开，露出里面密密麻麻的蓝色复眼，盈盈蓝光带着冰冷的气息，它那两只像螳螂一样的捕食爪已经伸了出来，慢动作一样接近。

即便是做梦，赵秋霜也能感觉到那种恐惧，但她就是没办法醒来。想尖叫，却发不出声——

救命！

不行！

你要勇敢，不能害怕，周启赡失踪了，文野泉和海公公他们是被你拉上贼船的，你有义务至少提供一些答案，不能让朋友面对危险一无所知!

救命!

救命!

黑暗包裹了她。那是一种像沥青一样黏稠的黑暗,赵秋霜需要奋力挣扎才能让自己继续呼吸。而且在这种黏稠的黑暗之中,白色怪物的爪子轻轻滑过她的额头。爪子冰冷、尖利,在她的身体上留下了挥之不去的战栗感。赵秋霜感觉自己的肺快要爆炸了。

救命!

"秋霜!"一只手冲破黑暗,向她递来。

赵秋霜一下子看到了希望,挣扎向前想握住那只手,但黑暗紧随其后,速度越来越快,直到吞没了她——

随着一声惊呼,大汗淋漓的赵秋霜从噩梦中惊醒。远处隐约传来的滚滚雷声,她花了一点时间才确信自己已经醒了过来。然后随着惊恐和眩晕像退潮的海水一样消逝后,她才慢慢回到人间。

对了,这里是蓝珠镇中学的女生宿舍。昨天那个怪人跑掉之后,三人组将发生的事情对了一遍。赵秋霜一边克制着恐惧,一边向二人描述了一遍自己的遭遇,听完之后,文野泉和钱小海彻底说不出话来。

钱小海战战兢兢,"你们有没有觉得,这个怪物听起来很像是一个……异形?"

"但异形……不会让你产生幻觉。"赵秋霜明白钱小海说的是一部经典科幻电影。

"一个有精神控制能力的异形……吗?"文野泉倒抽一口冷气。

三人面面相觑。一个完全超越了他们对既有世界认知的怪物,如今，已经来到了蓝珠镇。

钱小海问出了那个大家心里不敢说的真正问题："是我们把它从岛上放出来的吗？"

赵秋霜低头不语，空气安静了一阵。"都是我的错，是我非要上那个岛的。"赵秋霜一脸沮丧。

"不对，那个怪物的出现，不是你的错。"文野泉拍了拍赵秋霜的肩膀，"也不是任何人的错。既然它出现了，我们最好想一下接下来该怎么办。"

赵秋霜感激地看着他，虽然少年颤抖的声音出卖了内心的害怕，但赵秋霜此刻却觉得无比安心。

三人回到礁石滩，远远看到派出所的警车警灯闪烁，警笛急鸣，路边的老百姓纷纷议论着什么。

赵秋霜看着这些终日忙碌却不知情的小镇居民，想到怪物就在他们身边，突然有一种冲动想要告诉他们每一个人，到底发生了什么。

文野泉似乎看穿了赵秋霜的心思。

"就算我们说出真相，他们也不会相信的。"

赵秋霜明白文野泉的意思。这个世界，人们对喊"狼来了"的孩子，缺少足够的宽容。如果没有证据，就贸然告诉人们有所谓的怪物，那只会造成更多的混乱，引起大人们的反感。他们三个已经被警方盯上的孩子，也会因此彻底失去调查的自由。

钱小海紧张地攥着手心，看着远去的警车。赵秋霜察觉到了他的紧张，她也知道三人此刻的决定，将把他们带向整个神秘事件的中心，可以想到那里有多危险。但他们已经无法回头。

回到中学宿舍，赵秋霜在惊吓和困倦中睡着了，醒来已经是第二天。

竟然睡了这么久。赵秋霜愣愣地伸出手，发现自己手上的伤已经被重新包扎过。桌上有一些食物，还有一张字条。赵秋霜打开一看，文野泉的字迹歪歪扭扭的：

秋霜，我和海公公去准备东西了，稍晚回来。

天还没有亮，但窗外传来隐约的天光。一阵阵的海浪声，夹杂着隐约的雷声，远远地从窗外传来。赵秋霜还在琢磨着下一步怎么办，突然她的手机震动了一下。拿起一看，是赵远国的短信：

秋霜：在镇上不要乱走，我过几日来找你。注意安全。

继父知道赵秋霜从来不接电话，于是用短信直接传达命令。赵秋霜不耐烦地点击按键，想回短信阻拦赵远国。但按了几个字，她又很快作罢。赵秋霜突然明白这肯定无济于事。无论如何，赵远国都会来的。

赵秋霜猜到是派出所的人通知了继父，但她没想到赵远国如此上心，居然这么快就要来打扰她，这意味着赵秋霜能够自由调查的时间越来越少了。赵秋霜有一种计划刚制订就被打乱的挫败感。但她越想，就越陷入对生父周阳的思念中，这让她难以继续思考。眼前又出现了那个怪人的面孔，赵秋霜突然想到，万一他就是自己的父亲呢？又或者，他是周启赡的父亲呢？

赵秋霜受到这种想象的冲击，更加不安和慌乱，但她现在没法去找到怪人对质。赵秋霜只能告诉自己，不能在这一刻就轻易便失去希望，还是要努力先把眼前的事做好。

敲门声响起，赵秋霜得以从混乱的思绪中脱出。她起身走到门边，小声开口：

"谁？"

"是我啦！"文野泉的声音。

"还有我！"这是钱小海。

文野泉和钱小海一前一后走了进来，文野泉抱着一柄鱼叉，钱小海背着一个巨大的登山包，看上去沉甸甸的，把他胖胖的身体压得更圆了。

三人见面，突然有点尴尬，昨天因为事情太震撼，大家都没来得及处理之前那次吵架的后续，新的一天，大家似乎都想起来了，气氛瞬间就古怪起来。

赵秋霜发现自己竟然如此紧张，为了防止这种失控感泛滥，她想也不想，脱口而出："文野泉，对不起。"说完她就脸红了，但也轻松了一些。

文野泉肉眼可见地绷紧了身体。他挠挠头，支支吾吾半天，也没有接话。

钱小海操纵遥控器，初号机撞上文野泉的小腿。文野泉立刻跳了起来："我……也对不起，秋霜！"

赵秋霜摇头，"是我没有注意你的感受。"

"不是，不是，是我——"

"行了啊，差不多得了。"钱小海吐槽，"你们这样没完没了，要持续到什么时候啊？"

文野泉扑上去搂住钱小海，试着和他立刻摔跤分个胜负。钱小海急忙求饶。赵秋霜一下子笑了，忽然，她发现初号机上少了点什么，那个大喇叭不见了。

她有点惊讶，"海公公，你的喇叭呢？"

钱小海答道："要准备的东西太多了，放不下。"

三人到达海边礁石滩的时候，天才刚刚开始发亮。

钱小海打开登山包，拿出里面的几台日本产的DV、各种电子设备，这些都是镇上其他孩子想都想不到的高级玩具。他把DV调成夜视拍摄模式，用摄像头扫过四周，只见屏幕上，整个昏暗的世界都变成了明亮的黑白反色，海边的一切都看得清清楚楚。

赵秋霜赞许地看着这一切说："海公公，你真厉害。"

文野泉好奇地凑过来，"居然能把晚上拍得这么亮！"文野泉拿过DV，把玩了起来。

"这个摄像机有夜视模式，白天黑夜，都可以拍得很清楚。"钱小海给文野泉指示DV上的按键。文野泉要伸手乱按，被钱小海一把打开："别乱按！"

"哼！"文野泉把DV扔给钱小海，拿起一同带来的鱼叉，这是他最终选定的武器，鱼叉上面，还多绑了几根坚固的钢刺。"海公公，你看我的武器，多实用。"

文野泉对自己的武器很有自信，他随手递给赵秋霜："秋霜，试试！"

赵秋霜接过来掂了掂，感觉分量不轻。她第一次接触这样的工具，好奇地挥舞了两下，有模有样的。鱼叉尖滑过文野泉的脸停住。文野泉咂舌。

钱小海隔空鼓掌，"秋霜，揍他！"

赵秋霜羞涩地笑笑，将鱼叉还给文野泉，接着刚才的话题问："海公公，这个DV你打算怎么用？"

钱小海显得胸有成竹，"这个DV就是我的武器。我们只要拍到怪物，大人们就一定会相信我们的话。我们就不用孤军奋战了。"

文野泉有些不解，"我们怎么才能找到怪物啊？"

钱小海咧嘴一笑，又从背包里拿出来一长串电线、一些奇怪的感应器原件，"我们不用去找，只需要守株待兔。"

赵秋霜靠近查看钱小海准备的感应器原件，那上面竟然是某个卫浴的品牌标志。她不由面色疑惑。

"你没看错，这个就是马桶自动冲水的感应器，是我从我爸工地上顺来的。"钱小海有些不好意思，"不过，我对它们做了一些改进，放大了功率。"

赵秋霜明白了钱小海的计划，"你想利用马桶的红外装置，对吧？"

钱小海立刻点头，仿佛遇见了知音，"这种自动冲水感应器里，有红外线发射装置，也有红外线接收装置。把它们拆解出来，就能改造成红外探测电路。"他招呼文野泉，协助自己把红外电路的发射、接收装置分别布置好。

钱小海把红外电路和DV上的一个改装接口相连，然后把DV扔给文野泉。然后，他煞有介事地走到感应器和接收器之间，摆了个《海贼王》漫画里乌索普的造型。

赵秋霜和文野泉看到DV的画面上出现了钱小海。突然，DV上的REC灯亮了，它开始录制视频。赵秋霜赞叹了一声。在这个时刻，她真的很感激这两个在蓝珠镇结识的朋友，在自己为数不多的人际交往历史中，和文野泉、钱小海的相识可以说是最美好的际遇。

钱小海激动地搓着手，"你们看，刚才我的身体阻断了发射器的红外线，而另一边的接收器一旦感应到失去红外线信号，就会给DV发出开始拍摄的指令！这种红外触发的原理并不稀奇，但之前大家都是用在照相机上。像这样和DV结合来捕捉拍摄，我肯定是世界上第一个这么做的人啦！"

赵秋霜突然想起了什么，"海公公，我们就只有这么一套电路，可以覆盖的范围——"

"我就知道有人会这么问！"钱小海得意地指挥初号机过来，从里面拿出十几个密封袋，以及另外几台DV。"每台DV都可以同时接收几套红外电路的信号，而每套红外电路，又可以加强功率，扩展开距离。只要我们找到重点区域，电路的覆盖面积还是很大的。"

赵秋霜听罢点点头。文野泉在一边皱着眉，"海公公，这些不是你为了出国准备的东西吗？"

赵秋霜一愣，扭头看钱小海。钱小海低下头，半天没说话。赵秋霜用眼神求助文野泉，文野泉无奈地耸耸肩。赵秋霜迟疑片刻，开口问道："海公公，出什么事了吗？"

钱小海强打起精神一笑，没说话，自顾自去安装机器了。文野泉拉着赵秋霜走到一边，悄悄开口："海公公昨天和他爸妈吵架，老钱不让他和咱们冒险，他们闹掰了。"

赵秋霜震惊地睁大眼，扭头去看钱小海圆润而孤寂的背影，心里泛起一阵愧疚。有一瞬间，赵秋霜想要放弃一切，忘记周阳，忘记周启赡，忘记怪人，忘记那个可怕的白色怪物——但她真的能吗？当她向周启赡发出邮件，当她对母亲撒谎，当她第一次踏足蓝珠镇，就应该知道这是一趟无法回头的冒险。

不，不行。宁可我自己遇险、受伤害，也不能牵连朋友。

她深吸一口气——还没张口，文野泉已经先一步对她摆手道："秋霜，我知道你要说什么。"

赵秋霜一怔。钱小海也转过头来，"所以你别说啦！"

"我——"赵秋霜不知道他们想干吗，有点慌，"我就是，就是觉得——"

"觉得你连累了我们，对吧？"文野泉的声音严肃起来。

"我——"赵秋霜低下头。

"说得没错哦，秋霜。"这是钱小海的声音。

"那你说该怎么办吧？"文野泉哼了一声。

赵秋霜惶急地抬头，出现在她面前的是文野泉和钱小海忍俊不禁的鬼脸。原来两个人刚才都是装的，不仅如此，他们似乎一直在忍着笑，忍得很辛苦，以至于表情都扭曲了。

赵秋霜张口结舌。此时咔嚓一声快门响，钱小海居然拿DV给她拍了张照。

"哈哈哈！"钱小海抱着肚子笑起来，"秋霜你刚才的表情好傻啊！"

"我看看！"文野泉抢过DV一看，爆发出一阵狂笑。

赵秋霜被这两个人彻底搞蒙了。

"你们、你、你们——"她感到自己的脸在发烧。

钱小海笑得眼泪都出来了，文野泉笑过一阵，主动解释道："秋霜你别想太多啦，我和海公公其实都想明白了，现在不是你连累我们的问题。"

"对哦，"钱小海接茬，"现在是一个恐怖的怪物来到了蓝珠镇，如果不能及时消灭它，那么整个镇子都会有危险啊！"

"所以我们蓝珠镇正义的少年二人组——"文野泉挺起胸膛，跟钱小海一样中二病发作了，"必须勇敢地站出来保护大家！"

"没错！"钱小海也哼了一声，"我爸说我自不量力，还说大家接近我都是为了钱，他才是什么都不知道！"

"那你，你们——"赵秋霜愣愣地看着二人，不知道该说什么好。她当然不希望文野泉和钱小海受伤害，但面对那样恐怖的怪物，那未知的一切，说不希望身边有人能依靠，那是假话。

赵秋霜咬了咬嘴唇，"你们真的想好了？"

文野泉点头，挥了挥手中的鱼叉。钱小海也点点头。

"我们不是傻，秋霜。"文野泉严肃起来，"我们从小在蓝珠镇长大，这里是我们的家。所以，我们绝不允许有什么东西来伤害这里的一切。再说了，我们也不是自不量力，只是要拍到那东西存在的证据，交给能处理这件事的人。"

"对，"钱小海也豪爽地笑了，"你别当我赌上全部的家当有多惨，要是真的能拍到那个怪物，我就拿这个去申请剑桥，我不信那帮外国人会拒了我！"

赵秋霜鼻子酸了，她开心得想哭。

"那还等什么，"她吸了吸鼻子，拿起一部DV，"赶紧把这些都布置好呀！"

很快，礁石洞、唐勇斌夫妇案发现场的附近，还有码头四周，都星星点点地布置了红外触发电路和DV。红外触发电路非常小巧，很好藏匿。DV体积稍大，赵秋霜用四周的石头把DV放在其中堆了起来，只露出对准陷阱的镜头。

与此同时，钱小海在每台DV上都安装了一个小型的无线信号发射装置。一旦DV开机，钱小海手上的一个接收装置上对应的DV编号旁就会亮起灯。

等到大家忙完，海天一线的地方，已经抹上了一层淡淡的橘色。

赵秋霜早就饿得肚子咕咕叫，钱小海更是嚷嚷着要吃三人份的早餐。文野泉干活儿最多，虽然没说什么，但也显得超级疲惫。三人来到真材实料小吃店。赵秋霜带头开始狼吞虎咽。她刚吃个半饱，手机响了起来。一看又是赵远国的信息，反复叮嘱她必须跟自己联系。

赵秋霜的脸立刻垮了下来，手中的烧卖也不香了。

"怎么了，秋霜，是谁？"文野泉的声音充满关切。

赵秋霜叹了口气，"是老赵，他来镇上了。"

"老赵？"钱小海疑惑。

"赵远国，我妈现在的老公。"赵秋霜撇着嘴，"我这次来，没告诉他们。这会儿估计是派出所打电话了，老赵这个妻管严要替我妈抓我回去了。"

"你没告诉家里人吗？"文野泉惊讶地问。

"蓝珠镇是我妈的伤心地，我怎么可能告诉她。"赵秋霜烦恼起来，她倒是不怕赵远国，但这个名义上的父亲一旦来到这里，自己哪里还会有人身自由可言？

"家人真是这世界上最不可理喻的存在啊。"钱小海咬了一口包子，喃喃道。

赵秋霜强打起精神，"没事啦，兵来将挡水来土掩，老赵也不能拿我怎么样的。"

"哦……"文野泉看上去还有点想说话的样子，赵秋霜不想讨论这个话题，迅速掉转视线，这一看不打紧，只见刚才钱小海放在饭桌上的那个信号装置，亮起了灯！

赵秋霜忍不住大叫一声，吓了两人一跳。钱小海吃着包子差点噎住。他瞪大眼睛，看向赵秋霜指向的方向。文野泉伸手拿起信号装置，看着二人。

一瞬间，兴奋、恐惧同时涌上三人的大脑。怪物出现了！

钱小海立刻发现了具体位置，"是3号DV，在礁石洞那边。"

赵秋霜兴奋了起来。3号DV是她执意要安设的，除了找怪物之外，也想看看能不能捕捉到那个怪人的踪迹。

"希望是怪物吧。"文野泉突然插话，"我总觉得，那个人让人不安。"

"不管是什么，去看了才知道！"赵秋霜第一个起身，刻意忽略了文野泉在后面不爽的哼哼。

三人骑车向海边进发。路程走了一半，钱小海突然刹车，大叫起来。文野泉和赵秋霜急忙骑过去。

"灯突然灭了！"钱小海用力拍打信号装置，"可我设定好的，DV只要开始拍摄就不会停下。"

文野泉立刻明白过来，"我们的DV被发现了。"

赵秋霜跳上山地车道："赶紧走，还有时间！"

刚骑了两圈，她发现钱小海没有跟上。赵秋霜扭头，看到他有点犹豫的表情。

"可万一是怪物呢？"

赵秋霜不说话了，她是三人中唯一跟怪物面对面有过交集的，钱小海的话让那种恐惧又无助的情绪瞬间涌起。她停住了脚步。

但文野泉温暖的手坚定地握住她的肩。少年的声音很有力："秋霜说得对，不管怎样，是人是鬼，都要看了才知道。"

赵秋霜看向礁石洞的方向，太阳已经升起，不由多增了几分胆量。

目的地很快到了，文野泉深吸一口气，举起了自己的鱼叉，猫着腰前进。赵秋霜拿着一根棍子，钱小海则领着车头上安装了连发BB弹枪的初号机，小心地跟在后面。

三个人都明白硬拼是不现实的。离礁石洞还有二十米左右，文野泉就示意两人躲到巨石后面，自己则趴到一个小丘的高处，看着DV拍摄的区域，等待敌人露出踪迹。

赵秋霜利用躲避位置的角度搜寻着埋放DV的地方。原本那里应该有一处小石堆，DV藏在其中，镜头可以透过石缝拍到任何触发红外装置的东西。但她发现石堆已经坍塌，乱石中，有物体在闪光，那是DV的碎片。

现场一片人为破坏的痕迹。那个怪人在这里出没的可能性更大了。赵秋霜激动地抬头看文野泉，发现他跟自己想法一样。两人会意地点头。

既然可能是人，不妨大胆一点。文野泉在前，赵秋霜和钱小海在后，三人走到3号DV的"埋骨"之处，只见机器已经被摔烂，四周看不到任何人影。钱小海扑过去捡起DV的碎片，看上去很沮丧，但现在谁都不敢大声说话，他们不知道附近有什么危险。钱小海默默地收拾好碎片。

文野泉跳到礁石洞口，用鱼叉挡在身前小心地走进去，赵秋霜很快跟了过来，洞里空无一人。她有点失望。文野泉扭头对洞外的钱小海喊道："应该没有危险了。"

钱小海激动的声音传来："你们快过来看！"

赵秋霜和文野泉对视一眼，飞快地回去。钱小海得意地举起一盘DV磁带，"运气太好了，带子没有损坏！"

钱小海掏出随身携带的最后一台备用DV，把磁带插了进去。三人紧张地看着屏幕。

画面一开始，赵秋霜就看到了怪人的身形。只见他手里抓着一条小鱼，走过镜头前。他自言自语着什么，听不清楚。

接下来怪人又折返回来坐在镜头前。

文野泉悄悄开口："你们看，他之所以会回到这里，是因为这里是四周最适合休息的地方，有遮挡，视野好，可以提前发现任何来犯的敌人。"

赵秋霜点点头，又认真看起来。

画面上，怪人坐在地上歇了一会儿。他手里的那条小鱼突然开始蹦跶，怪人狠狠地把鱼砸向地面。

赵秋霜在心里同情了小鱼一秒钟。

紧接着，怪人把小鱼塞到嘴里啃咬起来。看到这里，赵秋霜倒是没什么，但钱小海露出一脸嫌弃的表情，文野泉还是死死盯着画面，似乎想寻找怪人危险的证据。

毫无预兆地，怪人把啃食了一半的小鱼从嘴边拿开扔到一边，小鱼正好甩在镜头面前。三人齐齐向后躲了一下。

怪人直直地盯着镜头，用手把玩着脖子上的尖刺项链，开始喃喃自语：

"我们，失败了！"

接着他抽搐着哼了一声，语气充满嘲弄："失败！必然！可怜虫，哈哈哈！"

又一个抽搐，怪人狠狠打了自己一个耳光，"想，想打架吗！今天，揍了，我！我，不怕你！"

赵秋霜担忧地瞪大眼睛，捂住嘴，"他这是怎么了……"

"还能怎么了，这人明显是个疯子。"文野泉对赵秋霜的语气很不以为然。

赵秋霜扭头瞪了他一眼，刚要开口，钱小海突然竖起食指："嘘！"

两人急忙闭上嘴。画面中，怪人安静了片刻。然后他用一种不带感情的语调说："现在，这不重要。来了。它。来了。"

这是怪人少有的比较流畅的语句。三人面面相觑，突然，怪人表情狰狞起来。

"被发现了！"钱小海抬头看天，恍然大悟，然后懊恼地拍了一下头："我知道了，是反光！太阳升起后镜头会反光！我真笨！"

镜头中，怪人拨开镜头前的石头，拿起了DV。接着镜头开始乱晃，最后重重地砸向地面，DV报废，画面随之卡住。

赵秋霜失落地坐下，"会不会因为这个拍摄陷阱，他再也不会回来了？"

"这个流浪汉真的有那么重要吗？"文野泉皱眉，"警察也在找他。他可能和工地上的命案有关系。"

赵秋霜看着文野泉，深吸一口气说："这个人，会不会是周启赡的爸爸周铭？甚至，甚至可能是我爸爸周阳？我知道这种想法很奇怪啦，可我看他总有种熟悉的感觉……"

文野泉和钱小海瞪大了眼睛。钱小海一拍大腿，"说得通啊！这两个人都失踪了很多年。就算是超级厉害的科学家，在岛上孤独生活久了，也有很大概率会变成画面里那种精神失常的样子。"

"对吧！"赵秋霜的猜想得到了支持，有点激动。

"如果是这样，我们更需要证据。"文野泉提醒道。

赵秋霜默默点头。

"怎么找证据啊？"钱小海一脸迷茫。

"那——"文野泉，"那当然是先找到人再说。"

赵秋霜开心起来，她四处环顾，想找到怪人出没的线索。但很明显，城市生活的她根本不知从何找起，倒是文野泉很快招手道："秋霜，这边！"

一处不易察觉的石头后面躺着那条吃了一半的小鱼。

"这是石斑鱼。这附近石斑鱼出没的地方，就在不远处的海边岩滩。"文野泉指着一个方向，得意一笑，"怪人现在在哪儿我不知道，但我知道他之前去过哪里。"

三人来到更靠近海边的岩滩上。退潮后，这里的许多地方形成了小小的水洼，里面有几条被困住的石斑鱼。可能是感受到了人类的存在，鱼儿们开始慌张地游动起来。

赵秋霜四处环顾,"他那个样子,还可能去哪儿呢?"

"去哪儿都有可能啊,说不定下一秒就出现了。"钱小海半开玩笑地说。

赵秋霜叹口气,思绪有点飘忽。但不等她真的想起什么,不远处突然传来钱小海的大叫。

赵秋霜急忙转头。不知道什么时候,大家都在寻找的怪人竟然从钱小海身边的一处高石上跳了下来!

钱小海惊得一屁股坐在地上。文野泉举着鱼叉冲了过去,但跑到他面前又停住了,紧张地盯着对方。

怪人嘻嘻一笑,"你们,胆小,哈哈哈!"

说完,他自顾自地找了一块干燥的石头坐下,往一个破塑料袋里摸了几下,手里又多了几条石斑鱼。

赵秋霜示意文野泉放下鱼叉,然后小心地走近怪人。她想了半天,说:"昨天你离开了,我有很多话没来得及问。"

怪人听见了,三两步蹿到赵秋霜面前。赵秋霜紧张起来。文野泉在旁边又举起了鱼叉,赵秋霜摇头。文野泉无奈地垂下手。

怪人咧嘴一笑,把鱼递给她。

"吃,好吃!"

赵秋霜迟疑片刻,勇敢地接过了鱼。她看着鱼,几次下决心放到嘴边,却迟迟没有下口。怪人又把鱼递给钱小海。

钱小海赶紧摆手,"不吃,谢谢,我海鲜过敏!"

怪人哼了一声,赵秋霜决定拼了,闭上眼睛正要咬下去,手中的鱼被文野泉劈手夺过,一口咬了下去。

文野泉努力咀嚼生鱼,有几次差点吐了,但他强忍着又咽了回去。赵秋霜看着都觉得难受。怪人却似乎很赞赏文野泉,和他一起大口吃着手里的鱼肉。

他一边吃一边嘟嘟囔囔地问："你们，产生，什么时候？"

赵秋霜和钱小海对视一眼，不明就里。怪人这是在说什么？

"你是问，什么的产生？"赵秋霜小心地询问，生怕一句话说不好，对方又跑了。

"你，出生，时候？"怪人有些不耐烦了。

赵秋霜很疑惑。"我？我是1986年生的。"

"86？是什么。"怪人歪着头。

"那你，出生，时候？"赵秋霜不知不觉用上了怪人的语法。

"我？不知。不知。"怪人哼哼着，把手里快吃完的鱼扔到一边，顺手又掏出一条，递给赵秋霜。赵秋霜急忙闪到一边，"你，几岁？"

"我？"怪人不高兴地收回石斑鱼，自己啃了起来，"我，十二岁！"

赵秋霜和钱小海同时瞪大眼，就连旁边抱着鱼的文野泉也忍不住"啊"了一声。

赵秋霜脸色有点难看。怪人的实际年龄明显不止十二岁，他在睁眼说瞎话吗？不对，他那样子就是完全相信自己真的十二岁，又或者他对年龄这件事完全没有概念。不管怎么样，这人都符合"疯子"的概念。

一个正常人要怎么和一个疯子交流呢？

赵秋霜决定豁出去了，上次在礁石洞中，这人说自己叫士兵，还说自己认识周启赡，现在我干吗还要浪费时间跟他聊什么年龄啊！

赵秋霜单刀直入，"士兵！"

大概是她气势迫人，自称士兵的怪人吓了一跳，安静下来，倒显得有点乖。

229

赵秋霜一口气说下去:"上次我的话没有问完,你说你认识周启赡,那周启赡在哪里?"

士兵好像有点慌,他挠了挠脑袋,又敲了敲,"周启赡、不知、道。"

赵秋霜拿出随身带着的寻人启事,上面有周启赡的近照。她指着照片问士兵:"就是这个人。周启赡,他在哪里?"

"我、我,"士兵显得更慌了,表情也扭曲起来,他开始用力拍打自己的头,"周!周!不知!不知!讨厌!讨厌!"

士兵打得十分用力,赵秋霜怕他真把自己打坏了,正要上前,却被文野泉拽住。

"你干吗?"赵秋霜下意识要推开文野泉。

"他的样子不对劲!"文野泉焦急地喊。

赵秋霜这才发现,不知什么时候起,士兵傻乎乎的眼神变了,透出一种难以言明的阴鸷感。即便在炎热的夏季,这个眼神还是让人心里一凉。

士兵的手慢慢放下,舒展身体。三人僵在原地。

钱小海突然指着一个方向大喊:"妖怪!有妖怪!"

士兵立刻弹起身体,朝着那个方向看过去,等他回转身,似乎又变回了原来的样子。"腐尸!"士兵吼道。

赵秋霜一抬眼,就看见几个摇摇晃晃的身影,正朝着几人跑来。仔细一看,这几个人眼神涣散,喉部都鼓起大包,此刻鼓包张开,恐怖恶心的口器不时弹出,在空气中卷曲伸展、又收回。

因为喉部被打开,他们的气道独特,嘶吼声是一种奇特的呼啸。赵秋霜一眼就看出,他们和死去的唐勇斌夫妇,还有岛上的那个怪物是同一种东西!

"快跑!"她大喊。

"秋霜!"文野泉在呼唤。

赵秋霜下意识朝着文野泉的声音跑去,眼角的余光看见钱小海也跟了上来。她的头脑一片混乱,只知道在危险来临时遵从本能,逃!逃!逃!

赵秋霜冲进一片巨石区,在乱石间寻找能快速突破的小径。身后传来哎哟一声,她扭头一看,是钱小海摔倒了。赵秋霜想也不想,一个箭步冲过去。钱小海一脸恐惧,腿似乎在发软,站不起来。

周遭的嘶吼声毫不停歇。没时间了!

赵秋霜眼尖,发现前面有几块乱石,中间有一道窄缝可以钻过。她在头脑中迅速计算了一下,扭头发力,竟然一下子拉起了钱小海胖胖的身躯。

赵秋霜指着那道窄缝,"我们钻过去!"

钱小海立刻点头,两人一前一后挤了过去。他们又跑了一阵,突然意识到有哪里不对。

"文野泉!"赵秋霜回头大喊。

无人回应。

赵秋霜又喊了一声,还是没人回答。她一下子慌了!

不知什么时候开始,周围的嘶吼声消失了。

赵秋霜和钱小海相互看着,都从彼此眼中读到了深深的恐惧。

怪 物

— 14 —

秋霜!

你在哪里?

文野泉心中慌乱,正要大喊出声,就被士兵狠狠捂住了嘴,拉到一侧岩石后躲了起来。

士兵怒目,文野泉也急了,双手擒住士兵的臂膀,想把他摔出去。士兵稳定如山。他只好仰头一个头槌,迫使士兵松开手,但转眼又被一个擒拿按倒在地。文野泉自认打架没输过,却在这人面前连番吃瘪,自尊心受到了极大的伤害。

"笨!"士兵冷哼。

技不如人,文野泉只好愤怒地低声说:"放开我!我要去找秋霜。"

士兵干脆地摇头,"打草、蛇!"

他想说的是打草惊蛇吧!文野泉这才想到大家其实还没有脱离腐尸的包围圈。那秋霜不是更危险吗?他用力挣扎,一个起跳,果然如愿脱离士兵的钳制,可也不幸地整个人飞了出去,摔倒在光秃秃的礁石滩上。

文野泉到底是体育健将,一个翻滚趁势站起来。他喘着气飞快打量了一下周围。还好,没有人影。他正想松口气,一个人影毫无预兆地从地上站起来。那是一个渔民打扮的老伯,稳稳地,或者说呆滞地站着。

文野泉惊出一身冷汗,但见老伯并没有再动,就想慢慢走掉,却发现自己脚下都是碎掉的贝壳,这时候只要一动,那种嘎吱嘎吱的声音简直是吸引敌人的天然喇叭。他只好浑身紧绷地站在那里,心里把自己骂了一百遍。

而岩石后的士兵此时也缄默无声。这个混蛋!

这种胶着状态令文野泉无法忍受,他大喊一声,捡起一块大石头就朝老伯冲过去。老伯还是那种呆愣的样子，一瞬间，文野泉甚至怀疑自己能从他身边跑过去而不受任何攻击。

那么他当然想错了。就在他快要接近老伯的时候，腐尸突然发出嘶吼，喉部的鼓包打开，恶心的口器尖端像食人花一样绽开弹向文野泉！本来应该害怕的少年此时被一口气憋着，反而更加快速地冲过去，大喊着跳起身，拿石头去砸腐尸的头。

石头如愿接触到老伯，他的头开了花。文野泉像是经历慢镜头一样，惊讶地看着老人的脑袋里那些红红白白的东西飞溅出来，紧接着，一切突然加速，脑浆和血浆洒到他一头一脸。

文野泉哪里经历过这种事情，整个人都疯了。

他一边呕吐一边骂脏话。但腐尸老伯并没有倒下，破碎的脑袋转向文野泉，喉咙上的口器甩着浆液继续飞向文野泉。

眼看文野泉就要被击中，士兵出手了。他刚才一直在等待最佳时机。他以极快的速度从岩石后冲过来，一腿踢中腐尸，力道之大竟然将腐尸整个踢飞出去，滚落在远处的地上。

但现场显然不止一具腐尸，就在这短短的时间里，两人身边已经出现了十几个摇摇晃晃的身影，彼此嘶吼附和着，就像在说话一样。

士兵毫不犹豫，转身抓住还在擦脸的文野泉，大喊一声："跑！"

一群腐尸吼叫着追了过去。士兵仿佛对这片礁石滩无比熟悉，几个纵身，三两下转弯，就又找了一处隐蔽的角落。文野泉对他有点刮目相看了。输给一个真正的强者会很不甘，却也有强烈的动力让自己变得更厉害。

士兵当然不知道文野泉这些心理活动，只是示意他安静。两人就这么大气都不敢出地猫着。腐尸们四处搜索一番，但这些生物可能智商有限，它们很快失去了耐心和兴趣，低声嘶吼着，向礁石滩的另一头走去。

眼看他们聚成一群朝一个方向而去，士兵的脸色变了，"白梦魇。"他喃喃自语。

"白什么？"文野泉好不容易擦干了脸，没听清楚。

"嘘！"

士兵猛地站起身，文野泉还没反应过来，士兵已经冲出了隐蔽处。文野泉大骇，急忙追出来，却在外面和一个人撞成一团。

"是你！"

这声音很熟，文野泉摇摇头恢复神智，一看傻了眼。

"是你？"

文野泉撞上的人正是刘珂。他下意识地去找士兵，发现他正把一个穿格子衬衫的男人踩在脚下，那人表情扭曲，脸都紫了。

"放开他！"刘珂大喊，掏出警棍挥过去。士兵头也不回，一把接住，顺手一带，刘珂就跌倒了。

"住手！"文野泉大喊，"都住手！"他冲过去一手拉住士兵，另一只手拦住再度冲过来的刘珂。

"别打了！"

现场总算安静下来。士兵不悦地盯了文野泉一眼，又看了看地上痛苦的廖喆，总算慢慢放开了脚。刘珂跑过来查看廖喆的伤势。

"我没事。"廖喆狼狈地爬起来。

刘珂松了口气，转身看到士兵，怒从心起，大声喊道："警察，你被捕了！"

士兵仿佛完全没听懂她的话。文野泉愣住了。

"刘警官，是不是有什么误会？"文野泉不知不觉间站到了士兵一边。

"误会个屁!"刘珂口不择言,狠狠盯着士兵,"我问你,为什么要杀王大凯、唐勇斌和肖岚岚?"

士兵一脸困惑,"谁?"

刘珂怒不可遏,"你还纵火烧了他们的尸体!"

"不烧、害人!"士兵好像明白了。

"你说什么?"问话的是廖喆,"为什么?为什么不烧害人?"

"廖喆!"刘珂肘击廖喆,不让他转移话题。廖喆痛苦地抱着肚子,不说话了。

文野泉上前一步道:"刘警官,这中间一定有误会,士兵不是坏人。"

"士兵?"刘珂蒙了。

文野泉点点头。士兵哼了一声,似乎对自己的名字很自豪。

"他——"刘珂深吸一口气,按捺住想掏手铐的心,"你,那我问你,那天为什么你和赵秋霜在一起?你把她带到哪里去了?"

秋霜!文野泉一下子想起了正事。"不好!"他一拍脑袋,"秋霜不见了!"

"什么?"刘珂的头又大了。

文野泉赶紧长话短说,把刚才的事情大致讲了一遍。刘珂和廖喆一边听,一边逐渐瞪大了眼睛。听完之后,廖喆掏出一个数码相机,打开给文野泉看了一组照片。

一开始,是一群腐尸的远景照片。文野泉吓了一跳,抬头正要发问,廖喆示意他继续看,文野泉只好闭上嘴。

一条觅食的土狗,叼着不知从哪儿偷的香肠跑到了画面中。很快,它似乎嗅到了不祥的气息,扔下香肠对着腐尸狂吠。眼看赶不走这些"人类",土狗叼起香肠逃跑,但为时已晚。几条口器同时射出,土狗瘫软在地。

文野泉平时很喜欢狗,此时不免有点难过。不久,更让他震惊的事发生了。只见土狗抽搐着重新爬了起来,它的脖子上鼓起一个大包。狗眼呆滞,扫过地上沾满沙土的香肠,却丧失了兴趣。然后,这只狗用机械的姿势跟着腐尸们,向远处继续前进。

文野泉看呆了。

"你们怎么会……"他不知道该怎么问话了。

"其实,今天一早,莫所长就下了命令,全镇搜捕这位、这位士兵。"廖喆解释道,"我和刘警官也出来找人,但半路上遇见了这群——"

"腐尸。"士兵在旁边不屑地接嘴。

廖喆一呆。"原来它们叫腐尸。"然后他很快恢复镇定,"我刚好带着相机,就想着记录一下,留个证据。"

文野泉忍不住问:"为什么说他杀了那些人?如果你们有照片,应该能证明不是他,对吧?"

廖喆刚要说话,远处突然传来一声奇怪的啸叫。士兵脸色突变。

"白梦魇!"

这下文野泉听明白了,"白梦魇?"

"腐尸、主人、怪物!"士兵如临大敌。

文野泉的心突突狂跳起来。秋霜到底在哪里?该不会……一个可怕的念头浮现在脑海。他立刻对众人说:"我要过去。刚刚和秋霜走散了,我要过去看看。还有海公公,不知道他是不是和秋霜在一起。"

"秋霜?"士兵瞪大眼。

文野泉不再答话,转身就走。士兵不由分说跟了上去。"小海?"刘珂愣了片刻,也赶紧跑过去。"等等我!"被抛在最后的廖喆急忙说道。此刻对他们来说,腐尸们的恐怖已经不重要了。

礁石滩的另一头是蓝珠镇最僻静的所在,这里地势不好,景色也不好,巨大的石块高低不一,却没有美感,反而透出几分阴森。

四人快速赶到了啸叫传来的方向,看到了今后很长一段时间纠缠大家的噩梦。

一个巨大的青白色怪物立在海边沙滩上。它的头骨呈锥形,身躯庞大,后背的骨骼凸显,下面坠着圆圆的腹部,四肢纤细,乍看之下它的姿势很奇怪,有点像一个不倒翁,立在针尖上。

此刻,目力所及,大概有几十具腐尸仰起头,像拥戴神明一样聚拢,围在这个怪物身边。

白色怪物伸出两条前肢,末端非常尖锐,就像锋利的刺刀,这把刺刀无声无息落下,穿透了腐尸的身体,把它举起来。然后,白色怪物的头翻起来,露出一圈细密的牙齿,一口咬掉了半个头颅。红白相间的液体顺着头盖骨流出,白色怪物的嘴里又伸出一条带刺的口器,顺着脑袋插进腐尸的身体中。腐尸身体抽搐了一下,就不动了。怪物将它甩开,前爪刺穿了另一具腐尸,再次送到嘴边。

腐尸们就像待宰的牲畜,乖乖地围在白色怪物身边,似乎还享受着这种献祭——如果它们有感觉的话。

除了士兵之外,所有人都快吐了。

很快,白梦魇似乎厌倦了丑陋而服从的奴隶,再度发出一声啸叫。两个人像祭品似的被剩下的腐尸们举过头顶,慢慢送到白梦魇面前。

正是赵秋霜和钱小海。两人神情呆滞,完全没有反抗的动作。

文野泉眼睛都红了,一声不吭朝前猛冲,却被廖喆死死拉住。

文野泉拼命挣扎，宅男廖喆不是对手，眼看要被他跑掉，只能低声喊道："别犯傻！我有办法！"

这话就像一根缰绳，勒住了文野泉这匹野马。少年扭头看着离怪物越来越近的赵秋霜和钱小海，表情扭曲。"敢骗我，饶不了你！"他恶狠狠地说。

廖喆也不再废话，直接朝刘珂伸手道："手机给我，快。"

刘珂一愣，但知道救人要紧，虽然一时不明白廖喆的意图，还是很配合，飞快地掏出手机递给他。那是一台红色的诺基亚8810。廖喆接过手机递给士兵，"把它扔到怪物的另一边，快！"

士兵看上去有些疑惑，但却什么都没说，他用尽全力，小巧的手机在空中划了道弧线，啪嗒一声正中白梦魇身侧。

无论是白色怪物还是腐尸，闻声都停下了动作，齐刷刷地扭头，朝地上的手机看过来。所有的头颅都扭曲着朝一个方向，那个画面诡异得就像某种超现实画派的力作。

此时，刘珂的手机铃声突然大作。刺耳的诺基亚专用铃声在礁石滩上回响。时间仅仅延迟了几秒钟，就见腐尸群朝着手机扑了过来。被它们举在半空的赵秋霜和钱小海也自然地跌落地上。

文野泉和士兵毫不迟疑地冲了出去。但他们还没走到两人身前，就见白梦魇的头扭了过来。文野泉只看到一片海洋般温柔的蓝色，就一下子跌进了奇异的梦境。

赵秋霜站在开阳岛的海边，阳光照在她身上，像镀了一层金色。光线穿透了少女的皮肤，令她如同凌波仙子，下一秒就要飞升一般。文野泉不想让她离开，焦急地去拉她的手，但却在碰到的那一刻被烈火焚烧。文野泉痛得大叫，火势眨眼间蔓延全身。透过滚烫的烈焰，他看见赵秋霜身后的阴影，阴影中似乎有张脸，那是、那是——

周启赡！

这个周启赡和他模糊印象中的少年完全不同。他嘴角上扬，透出一抹邪性的笑容，同时，这个周启赡朝赵秋霜伸出手。少女迷醉地和堂哥手拉手走了，看都没看即将被烧死的文野泉。

少年的心好痛。在这一刻，文野泉如坠地狱。但他还是奋不顾身地想从火中逃出来，想大喊："秋霜！"

赵秋霜停下脚步，和周启赡一起回身，盛气凌人地嘲笑着他的真心。

文野泉，你这个笨蛋。他的手在蓝焰中渐渐融化，露出血肉与白骨——文野泉，你这个笨蛋！

浑身剧痛，但比不过心里的痛。

"文野泉，你这个笨蛋！"

"醒醒！"

一声响亮的巴掌扇在他的脸上，文野泉大叫一声，猛地睁开眼。身边没有火，自己没有受伤。脸色苍白的赵秋霜胸部起伏，眼眶里泪珠在打转。她的手还没收回。那一巴掌显然是她打的。

文野泉傻眼了。旁边传来钱小海的大喊："小泉仔，你刚才被控制了！"

什么？文野泉下意识去看赵秋霜。少女点点头。少年还想说什么，被她一下子制止，拉起来就跑。一边跑，少女一边朝钱小海发出手语信号。文野泉看不懂意思，但直觉大概是"快跑"之类的。果然，钱小海一溜烟跑了过来，两人带着文野泉连滚带爬地跑到一块巨石后面。

"它，看不见，不能，控制。懂？"钱小海前言不搭后语，讲话倒是很像士兵。好在文野泉转瞬明白了他的意思。他立刻躲好，利用岩石间的缝隙朝白梦魇的方向一看——

士兵、廖喆、刘珂背靠背站在一起,周围是虎视眈眈的腐尸。而白梦魇静静地立在一边,头盖骨闭合着,没有发动精神控制,似乎单纯享受着将猎物逼至绝境、无处可逃的快感。

怎么办?三个孩子飞快对视一眼,赵秋霜突然灵光一闪,"火!"她想起此前士兵逼退白梦魇的方法。但上哪里去找火?

钱小海灵机一动。"初号机!"他扯出挂在脖子上的遥控器。刚才逃跑的时候,他没来得及带走初号机,遥控车还静静地停在原地。钱小海对这个宝贝爱得至深,自从上次被阿猛袭击之后,遥控器都是固定在身上的。礁石滩并不大,初号机收到信号,飞快地开了过来,停在三人面前。

车里储备的化学火炬燃烧起来。文野泉、赵秋霜、钱小海举着火炬向着被困的三人冲过来。初号机也在钱小海灵活的操纵下,对着腐尸群发射BB弹[1]。BB弹自然无法造成什么真的伤害,火把却着实震慑了怪物和腐尸,包围圈打开一道口子,士兵、廖喆、刘珂趁机逃了出来。

这下全员会合。白梦魇似乎被眼前蝼蚁般的生物激怒了,发出一声嘶吼。头盖骨缓缓打开,蓝色的光芒流泻而出。

赵秋霜立刻扔给士兵一支火炬,士兵接住之后,几个躲闪避过扑来的腐尸,扬手投掷,火炬在空中划出一道炽热的弧线,眼看就要击中怪物打开的头盖骨! 这一瞬间,所有人都有一个幻觉,仿佛胜利就在前方。但白梦魇的反应速度出乎意料,在火炬飞来的那一刻猛地一闪,原本能造成致命伤的火焰只是砸到了它的一条腿。

文野泉和钱小海见状,纷纷投出自己手中的火炬。白梦魇的

---

[1] 玩具枪常用的塑料子弹。

确怕火,连连后退了几步,与此同时,腐尸群一拥而上。

"它们还会打配合啊!"文野泉气急败坏。

"跑!"士兵大喊。

众人十分配合,转身就跑。"咱们这么跑哪里是个头?"廖喆气喘吁吁。

赵秋霜一指前方。"跟着他!"她说的是士兵。

"小心!"刘珂叫道。

文野泉回头一看,有两具跑得比较快的腐尸眼看要扑到赵秋霜。他想都没想,立刻折返过去踹倒一个,此时赵秋霜自己拿着石头打翻了另一个。两人对视一眼,都有种尽在不言中的感觉。但时间紧迫,他们只能彼此心照不宣,继续逃跑。

士兵一马当先,跑回了藏身的礁石洞。大家纷纷跟上。

"这不是让怪物瓮中捉鳖吗?"刘珂跑进洞,转身看了看后面,还有几具锲而不舍的腐尸摇摇晃晃跟着过来了。

"这里还有一层。"说话的却是赵秋霜。

"你怎么知道?"刘珂意外地问。其他人露出了和她一样的表情。

"等下再解释,先躲起来再说。"赵秋霜已经跟着士兵朝里面走去。这个岩洞比大家想象得都要大。和士兵并肩的赵秋霜一边走,一边观察着他。他的眼神似乎在看着什么熟悉又陌生的事物,有些期待却又有些……胆怯?他是在害怕这个地方,还是别的?

正想着,文野泉赶了上来,打断了赵秋霜的思绪。洞口射进来的光线很快衰减下去,里面愈发漆黑。

刚才由于情势紧张,初号机被钱小海留在了现场。好在这怪物看起来也不吃机器。他打算等安全之后,再去把这个好朋友找回来。不过没了初号机还是不方便,他摸了半天衣兜,只找到一支小手电。手电筒的光有限，几乎什么都看不到，但从空气的流动中，他感觉到这里是一个更大的洞窟。

下一刻，柳暗花明，一瞬间整个洞穴亮了起来。钱小海惊讶地看见士兵在一个类似电箱的东西旁边操作着，看样子他刚才给这里通了电？这——

不对，不对，这里本来就是改造好的，他迅速环顾四周，发现这里是一个比之前那个洞穴更大的人防工事，看来电路什么的都是现成的，只需要稍加改造就行。

此时，士兵已经走到了一扇铁门前面。他用力拉开那扇门，一闪身进去了。大家急忙跟进去。然后，他们终于有时间看清楚自己身处的环境了。

这里的确是废弃的人防工事，屋子是水泥墙，有桌有椅，有简易床，有各种箱子，箱子上面摆着几个模型，旁边堆着图纸。头顶和桌上各有一盏灯。士兵已经把它们都打开了。

看到这幅景象，大家都惊讶得说不出话。一群人就这么凝神屏气地看着士兵在屋子里转悠，左摸摸，右摸摸，这里看一下，那里看一下。

文野泉拉了拉赵秋霜的胳膊，赵秋霜急忙让他噤声。

突然间，士兵微笑起来。

"我回来了。"

他走到桌前，抚摸着摆放在上面的一些文件、图纸，还有各种工具、零件。这里的东西好像并不陈旧，简陋的家具上，也没有太多灰尘，好像这里几天前还有人使用过。赵秋霜跟在旁边，发现那些文件似曾相识。但一时之间，她没想起来到底在哪里见过。

士兵忽然不笑了。他愣愣地看着前方一个圆筒状物体。

赵秋霜也同时发现了圆筒，这个圆筒虽然缺少很多部件，几乎只是一个空壳,但是从外观看,和他们在岛上拿到的那个一模一样!

"啊!"

士兵大叫一声,捂住脑袋。赵秋霜本能地退到文野泉身边。刘珂一跃站到孩子们身前,警惕地盯着士兵。

士兵似乎根本没有意识到身边众人,完全沉浸在自己的情绪中,他举起圆筒狠狠地砸到地上,又拿起一张图纸,瞬间撕成了碎片。一张图纸的碎片甩到了赵秋霜面前。赵秋霜下意识抓住,拿到眼前一看——碎片上是圆筒的部分结构图,还有作者的文字标注。

这笔迹很熟悉,模糊的记忆中突然闪出一道光——

周启赡,这是周启赡的图纸!赵秋霜想起来了,一年前在和周启赡的网上交流中,她见到过这张图纸的照片!

一个惊人的猜想不受控制地闯进了赵秋霜的脑海,她被这个猜想吓到了,下意识去看士兵,见他已经安静下来,窝在房间的角落一语不发。

赵秋霜朝他走去,却被文野泉一把拉住,回头一看,只见紧张的文野泉脸上写满了担忧,她不禁轻握文野泉的手,希望他能放心。可文野泉握住她的手,没有放开的意思。

赵秋霜指了指士兵,文野泉摇头,还是不放手,赵秋霜也不再挣扎,而是握着文野泉的手,拉着他一起向前走去。

看到有人走来,士兵似乎进入了一种自卫状态,整个人身体紧绷,如同箭在弦上。但有文野泉在身边,赵秋霜无形中多了许多勇气。她没有退缩,但也不再冒进,反而在几米远的地方蹲下来,和他眼睛平视。

"你认识周启赡吗?"

士兵乱糟糟的长发落下来,遮住了眼睛,但遮不住不安的眼神。面对赵秋霜的疑问,他一语不发。

赵秋霜深吸一口气,"我是周启赡的堂妹。我知道他有一个秘密基地,就是这里吧?"

士兵听到这里,突然身体前倾,直勾勾地盯着赵秋霜。赵秋霜硬着头皮跟他对视,但仔细看到士兵的脸后,她又有点疑惑了。总觉得,这个轮廓似曾相识……

文野泉侧身向前,挡在赵秋霜面前,也阻断了两人的视线。思绪被打断,那种感觉一下子消失了。

"秋霜,他虽然保护过咱们,但现在他精神不正常。"文野泉很紧张,但却没有退缩半步,依旧紧紧护在赵秋霜身前。

赵秋霜伸出手,轻轻拉住文野泉举着鱼叉的胳膊。文野泉不解地看着她。赵秋霜对鱼叉摆摆手,又点头让文野泉放心。文野泉犹豫了半天,总算放下了鱼叉,他默不作声退到旁边,样子有点郁闷。

赵秋霜正要再度开口,士兵突然起身,一把抓住了赵秋霜的胳膊。

赵秋霜忍不住"哎呦"一声,文野泉一跃而起,举起鱼叉指着士兵。

"放开她!"文野泉大喊。

士兵毫不理会文野泉的威胁,一把将赵秋霜拽到眼前,打量着她。赵秋霜胳膊很疼,心里害怕,却一直强忍着。现在不能露怯!她在心里疯狂地对自己大喊。

距离士兵越近,赵秋霜越发意识到一件事,她一定在哪里见过这个人,而且不是在开阳岛!

"你,赵秋霜?多大?"士兵突然皱起眉头。赵秋霜有些意外他的问话,一下子不怎么害怕了。

"之前在海边,你问过我的,还记得吗?"赵秋霜小心翼翼地提醒他。

士兵松开手,似乎在思考着什么问题。赵秋霜喘过气来,文野泉冲上来被她一把推开了。快了,答案就快来了。赵秋霜歉意地看了文野泉一眼。文野泉叹口气。

士兵失神地摸了摸自己的脸和头发,摇头,"他不知道,可是我知道。"

"你说什么?"赵秋霜被他搞糊涂了,但士兵已经不再理会她,转身对他们挥了挥手。

"你们,走吧。"他说。

"走?"赵秋霜一下子急了,"走哪里去?你把我们带到这里的,你忘了吗?"

"不是我。"士兵回头,眼神阴郁,"是士兵,他什么都不懂。"

赵秋霜心里咯噔一下,她分不清是因为士兵的话,还是他那从未出现过的眼神。

"我知道你认识周启赡!"赵秋霜豁出去了,"今天你必须告诉我他在哪里!"

"为什么?"士兵突然问道。

赵秋霜一愣,不知如何回答,"不,为什么,你说你认识他……"

"就算我认识他,又为什么要告诉你?"士兵的话已经和正常人一般流利。

"我——我和他说好了的,我——"赵秋霜慌乱起来。不,怎么能这样?答案明明呼之欲出,为什么他突然变了个人?赵秋霜心里一直让自己坚持下去的信念,竟然被士兵一句简单的反问完全打垮。她也不知道为什么会这样,只是心里发慌,整个人慌乱起来，不知如何是好。

"你说过认识他，我一直在找他，你为什么不告诉我……"赵秋霜不由自主上前抓住士兵的衣服，她不想再等了，现在她就想要答案！

士兵的眼神很飘忽，"那家伙头脑简单，但很可惜，我不是士兵。"

"那你到底是谁？"赵秋霜被他的态度激怒了，一把抓住士兵的手腕，翻过来，"那你告诉我，这个手表到底是怎么回事？"

士兵被赵秋霜抓得惊了一下，但并没有怎么反抗，只是出神地看着前方，轻轻地摇着头。

"表已经没有了。这不过是个念想。"

"谁的念想？"

"当然是……周启赡。"

"周启赡的念想，为什么在你手腕上？"赵秋霜知道自己的声音在颤抖，她努力咬着牙，不让自己哭出来。

士兵叹息一声。

"因为我就是周启赡。"

"什么？你胡说什么？"赵秋霜气急了，"你怎么可能是周启赡？！"

士兵把手抽回，将赵秋霜带了一个趔趄。"我是，周启赡。我是，周启赡……"他抚摸着手腕，不停地重复着这句话。

刚才被白梦魇控制的时候，赵秋霜看到了很多画面，都是自己的执念，这些碎片式的画面组合在一起，竟然给了她平日里不曾有过的某种顿悟。那时候她想象过士兵是周铭，是周阳，也可能是研究所里的一个幸存者，或者是跟何老大一样的渔民。但她怎么也想不到，士兵会自称是周启赡。刚才闪过的似曾相识之感，此刻又回来了，恍惚间，赵秋霜眼角的余光里，文野泉、钱小海、刘珂、廖喆都围了过来。文野泉轻轻扶住她，其他人都瞪着眼，紧盯着士兵。

赵秋霜颤抖着拿出随身携带的寻人启事上周启赡的照片，和士兵对比起来。面前这个头发蓬乱、胡子拉碴、面孔黝黑的中年人，面部轮廓和照片上的少年越来越接近。赵秋霜不敢再看下去了。她的眼泪莫名流了下来，内心的理智也正在接近崩溃。

我需要答案，需要真相，但我需要的不是这样的答案，不是这样的真相！谁来告诉我这一切都不是真的！他怎么可能是周启赡？！

但内心里一个小小的声音却在对赵秋霜说：是真的，即使再不可思议，即使再不合常理，经过开阳岛冒险的你，还会相信这世界的一切都和过去一样吗？

想到这里，赵秋霜的眼泪终于忍不住流了下来。她举手去擦，却越擦越多。

此时，一旁最没有存在感的廖喆突然开口了："在那个岛上，有许多秘密。1986年，那里曾发生过一场灾难。"

大家颇感意外地转头看他，赵秋霜的注意力也被吸引，她急忙抹了两把眼泪，想知道廖喆接下来要说什么。

"据我所知，灾难过后，那里形成了一个神奇的区域。在这个区域里，时间流逝的速度完全不是我们所知的样子。"

"等等，你不会也疯了吧？"刘珂过来摸了摸廖喆的脑门。廖喆勉强笑了一下，继续对大家说话，但视线却一直看着士兵。

"有时候，真相，就是这么疯狂。假如一个人进入那个神奇的区域，经历过那些异常的时间，那么他变成什么样子，都不奇怪。"

赵秋霜看着士兵，面色苍白。周启赡十八岁的照片从她手中飘落在地。

"你……真的是……"赵秋霜嘴唇颤抖。

士兵看着赵秋霜，幽幽地说出一句话：

"一天，等于一年；一年，只是一天。"

赵秋霜又看了士兵一眼，不敢相信刚才的一切。她不愿相信面前这个沧桑的中年人竟然就是自己的堂哥。

但我的否认有用吗？赵秋霜苦笑起来。她突然觉得自己从一开始到现在，都像个自说自话的小丑，瞒着妈妈，不听堂哥的话跑来蓝珠镇，搞出那么大的动静，害得朋友和家人闹翻，甚至……甚至放出了那样可怕的怪物！却还是在面对真相时完全无力。

我到底做了什么？我为什么要做这一切？

赵秋霜心里失去方向，一下子跪在了地上。文野泉默默地放下鱼叉，坐在赵秋霜旁边。赵秋霜看着他，默默地说了声对不起……文野泉摇摇头，没事的，他的眼神告诉她，这不是你的错。

赵秋霜再次哭了出来。

"你是在说具体的时间差吗？"廖喆在旁边小心翼翼地开口，"你失踪了十四天，难道实际你在岛上已经待了十四年？"

"什么？这怎么可能？！"钱小海刚才全程张口结舌，听到这里他也忍不住质疑了。

"廖喆，我怎么越听越糊涂了？"刘珂有点傻眼。

廖喆叹了口气道："你在岛上，到底经历了什么？"他的问话针对士兵，不，现在应该叫周启赡了。

周启赡沉默了一阵。大家再一次安静下来。

"让我想想，到底要从哪里讲起。"

父辈的秘密

15

接下来的故事,由我来讲。

我叫周启赡,这个故事是关于我的父亲周铭和他弟弟周阳的,也是关于一个小岛上的研究所,以及与此相关的那些人的。

故事发生在1986年,那一年,我才一岁。我的父亲周铭和我的叔叔周阳在一个叫作491研究所的机构分别担任总工程师和实验室主任。这个研究所位于福建沿海一座神秘的小岛上,它要攻克的科研目标是"超空间能源",如果它能成功,就可以获得无限的清洁能源。

几年前,有关部门意外获得了一块"多维空间碎片"。491研究所的所有人都不知道它从何而来,唯一能确定的是,这块装在磁约束装置中的"多维空间碎片"一直在源源不断地释放着能量,但同时它本身却没有任何衰减或真空蒸发现象。如果能够从它身上获得突破,无限清洁能源就不再是一个仅仅存在于科幻小说中的设想了。

即使这个研究并不能给当下的社会带来什么直接的益处,但为了未来的中国完成复兴与崛起的百年大计,包括我父亲在内的年轻人还是义无反顾地投入到了这个前景看似并不明朗的研究之中。唯一的例外可能是叔叔周阳,他进入491的目的无关理想主义,做任何事唯一的目的就是要证明自己是对的。

父亲和叔叔自从1981年登岛进入491,漫长的五年过去了,实验没有任何进展,1986年7月,上级终于决定要撤销491。对于在这里倾注了所有心血的人来说,这是很难接受的事实。尤其是我的叔叔周阳,失去了做实验的机会,就等于失去了一切。

491所里,想要最后一搏的并不只有我的叔叔周阳。副所长老耿说服了所长老高。他们安排大多数人撤离开阳岛之后,自愿留下的几个人开始了最后的尝试。这些人留下既不求名,也不求利,甚至还有些危险，但他们之所以自愿留下，是希望看到自己为之努力的一切都有意义。

叔叔经过无数次的计算，终于能够使用直线加速器尝试撞击多维空间碎片。这台加速器长达两百米，人们一直以为直线加速器是很晚才出现的设备，其实早在上世纪八十年代国家就秘密研制成功了，只是一直被隐藏在开阳岛上。完成了这次实验之后，这台昂贵到离谱的机器也要被送回首都了。

为了成全叔叔，父亲也留了下来。然而就是这次孤注一掷的实验，成了491研究所接下来的噩梦。

父亲对实验比较担忧，他是个谨慎的人，总觉得以最大功率撞击碎片太过冒进，但叔叔却固执己见。一开始，他们的确获得了稳定的输出功率，看上去实验获得了成功。然而很快，输出功率就开始上升，并飞速突破了红线，等父亲想关掉机器时，已经来不及了——

一个蓝色光球从多维空间碎片的位置出现，它围绕着多维空间碎片稳定了几秒后，开始快速扩散。所有人都被包裹其中，蓝色光球一直扩张到小岛的沙滩前才停止。

这个半透明的蓝色屏障十分美丽，透过它看出去，外面的世界犹如静止的一样，天空的海鸟，沙滩上的波浪，从树上掉落的树叶，都像是照片似的定格在那里。保卫科的张科长不明就里，鲁莽地碰触了这个蓝色力场。

他失去了他的胳膊，然后，张科长失去平衡，跌进了蓝色屏障，再然后，他爆炸了，化为一团血雾——甚至都来不及惨叫。

父亲和叔叔很快明白了一个事实：多维空间碎片被高能粒子束撞击后，导致我们的空间与另一个空间有了短暂接触，这个接触致使某种能量泄露，造成时空扭曲并触发了这个蓝色力场。现在的开阳岛,已经不在原本的时空中。他们看外界是静止的,这说明内外时间不一致,里面的时间比外面快很多。更可怕的是,蓝色力场已经开始收缩,等它归零的那一刻,就意味着这座岛上什么都存留不下来。

不幸的消息一个接着一个,所有对外联络都失败了,他们也接收不到任何外界的无线电信号。研究所里仅剩的这些人,只能寄希望于外界及时发现他们失踪,展开援救。

然而他们等来的不是救援,而是一个接一个的死亡。

叔叔一直在计算此次事故的能量泄漏数值,但他发现,无论怎么算,目前的力场扩张情况都比预想的数值要小,这只能说明还有某种物质也随着空间接触一起来到了岛上。父亲不相信,就在他跟叔叔两人为此争吵的时候,残酷的事实证明了叔叔的推算。一个白色的怪物自黑暗中出现,吃掉了研究所的工作人员李强。怪物的猎食方式野蛮而残忍,李强的尸体惨不忍睹……

说到这里,中年周启赡停顿了一下,露出一个无可奈何的笑容。

"它是因为当时的实验来到开阳岛的,对吧?"廖喆在旁边突然说,"时空扭曲,它从原本的世界掉了进来,离开了熟悉的生存环境,开始以这里的哺乳动物为食——"

他随即遭到刘珂的肘击。"别打岔!"刘珂愠怒。廖喆急忙住嘴。

周启赡接着说:"白梦魇的真名没人知道,抑或者,它到底有没有名字,谁也说不清楚。它是从一个未知空间来到这里的生物,是顶级的掠食者。只是父亲、叔叔,还有他们那些死去的同事,都这么叫,所以这个名字就延续下来了。"

"死去的同事……"看样子廖喆实在是按捺不住心中的疑问了,"我看过资料,那时候,整个研究所的人几乎都……都是因为白梦魇吗?"

周启赡点点头。所有人都倒抽一口凉气。

"还需要我接着讲吗?"周启赡问大家。

赵秋霜第一个点头,虽然她看上去好像都要吐了。其他人也都附和。于是,周启赡又继续讲起了故事。

高所长决定杀死怪物,剩余的保卫科干事也都加入了他的队伍,父亲和叔叔也开始疯狂地思考着消解力场、拯救大家的办法。但这一切都晚了那么一点点。

高所长的狩猎之旅变成了单方面被屠戮,白色怪物生出更多的小怪物,众人付出了血的代价才发现,这个异形具有几乎无法抵抗的精神控制能力。只要被它"看到"就会被控制,失去自我,自动成为怪物的口中餐。

与此同时,叔叔周阳在父亲的帮助下,成功将蓝色的多维空间碎片分离成两块,脱离的瞬间,这个蓝色碎片变成了红色。叔叔的计划是通过给红色的多维空间碎片注入额定能量,开启一道新的力场。这道红色力场一旦与蓝色力场相遇,就会相互抵消。这样大家就有机会逃离小岛。

然而高所长铩羽而归,给大家带来一个噩耗:一旦力场被抵消,就意味着怪物会一起回到正常的世界。

一时间,研究所的成员们陷入了困境,最终大家决定投票,但结果很明显,除了高所长、父亲和叔叔之外,其他人都同意关闭力场,向上级发出警告信息,然后逃到码头乘船离开。叔叔嘲讽他们,你们真的以为能活着逃到码头吗?没有人反驳他,大家只是阴沉地离去。

怪物并没有等待众人采取行动,它们有自己的一套行为模式,那就是杀戮,不停地杀戮,进食,饕餮般进食。随着蓝色力场的收缩,怪物们也察觉到危险,它们将目标对准了研究所,疯狂进攻。高所长付出了生命的代价,炸死了大部分白色怪物,但仅存的几个人几乎没有武器,又怎能保证自己活到第二天?

耿副所长抢走了装有蓝色碎片的约束装置,抛弃众人独自逃跑。他还有一个更隐秘的目的,那就是带走多维空间碎片,把它卖给一个境外神秘组织。

但人算不如天算,他比大家先一步遇到了怪物。

此刻,父亲、叔叔,以及研究员小顾已经是岛上仅剩的人了。他们躲在礼堂里,外面是成群结队的白色怪物,疯狂地撞击大门。三人孤注一掷,决定引爆最后的炸药,和怪物同归于尽,但在最后一刻,叔叔却发现自己的计算中有一个错误。此时,这个错误成了大家活下去的希望:蓝色碎片和改装过的约束装置加以结合,可以产生一个小型力场,能保护它安然度过两个力场的抵消期,这个力场还可以带一个人平安逃出去!

这是最后的希望了。小顾主动留下,引爆炸药,给父亲和叔叔争取了宝贵的时间。他们俩一路磕磕绊绊,终于来到了加速器大厅。距离耿副所长的尸体不远的角落,躺着那个闪着蓝光的金属圆筒。微弱的蓝色光芒正从观察窗的玻璃中透出来。而在加速器的靶区,红色多维空间碎片还闪烁着微弱的光。

就在这个时候,黑暗中,怪物来了。

"那后来呢?"赵秋霜颤抖着开口,"我爸爸……他……"
中年人周启赡面容平静。

"后来，叔叔周阳启动了加速器，以红色力场抵消掉了蓝色力场，但不知为何，他活了下来，和那些白色的怪物一起永远困在了异空间。而我的父亲带着约束装置，回到了现实世界。他其实也没有真的逃离。从那一刻起，他的心也永远困在了岛上。"

说完之后，周启赡看着赵秋霜，眼前的少女得到了最终的答案，却没有流泪，没有崩溃，这让他内心生出一丝敬佩。周铭和周阳这对兄弟，最终天人永隔，一个在力场内孤独求生，一个在力场外的现实世界中，孤独地寻找。

周启赡八岁那年的夏天，也就是1993年，开阳岛的安保工作已经移交蓝珠镇。但因为执行不力，开阳岛成了走私犯的中转地。每年夏天的台风季，周铭总会不厌其烦地来到码头，警告要上岛的人。

周启赡清楚地记得那一次和母亲出来寻找父亲的情形。那一天阳光刺眼，他昏昏欲睡，一点也不想出门。被母亲生硬地拖着来到码头之后，周启赡也只是跑到当时文奶奶的小摊上闲逛，因为那里背靠大树，总有些阴凉。

小摊上的一个兵人玩具吸引了他的注意。一个海边小镇长大的孩子是没什么机会接触高级玩具的，因此，虽然兵人做工粗糙，水口什么的都没有剪干净，颜色也有些失真，但玩具脸上那种坚毅勇敢的表情还是打动了幼年的周启赡。

"妈妈，我想要。"周启赡拉了拉林孝慈的衣角。

林孝慈的注意力完全不在儿子身上，她警觉地看着远处的一个男人。周铭夸张地挥舞着手臂，正和几个渔民模样的人争执着什么。那几个渔民一看就很不好惹，但周铭毫不畏惧，甚至还有些疯狂地冲他们大喊大叫。

"你们去哪里走私卸货我不管,但是不能去开阳岛!"

此话一出,几个渔民脸色变了。为首的壮汉一把推开周铭:"你不要胡说八道,我们出海是去打渔!"

"现在还没有开海,哪儿来的鱼?"周铭瞪圆了眼睛,拦在他们身前。

渔民们毫不理睬,径直朝前走去,情急之下周铭大声喊起来:"有人吗?!他们知法犯法!"

这番骚动引来了两名码头巡逻员,他们朝着叫嚷处走了过来。这下渔民们被激怒了,壮汉一把抓起周铭,"闭嘴!再乱说小心我不客气!"

"来人啊!来人啊!"周铭不依不饶。

壮汉一拳把周铭打翻在地,几个渔民把他团团围住,一顿拳打脚踢。

林孝慈急了,一把将周启赡推到文奶奶身边,自己径直向周铭冲去。

后来的事情,周启赡记得不太清楚了,只记得文奶奶捂住了自己的眼睛,但他能听见码头那边嘈杂的争吵,好不容易巡逻员的声音落下了,父母的争吵声又变大。文奶奶再想捂住周启赡的耳朵时,他避开了。

"文奶奶,我习惯了。"小小的周启赡蹲在摊子上,小心翼翼地拿起那个兵人。他没有理会远处的争吵,但父母的每一句话,都听进了心里。

最后,林孝慈大怒而去,几个渔民让码头巡逻员带走了,周铭却没获得应有的关心,码头的人都对他冷漠以待,原因无他,这个疯子一样的中学老师坏了大家的财路。

但在周启赡眼中,爸爸就是世界上最勇敢的英雄。

周启赡看见父亲消瘦的身影踽踽而来，站起身，举起兵人。

"爸爸，我想要。"

周铭一愣，然后苦笑着点点头。周启赡得到父亲的首肯，开心地笑了。

文奶奶不想要钱，"抬头不见低头见的，拿给孩子玩儿吧。"

周铭道："谢谢您，但是我不能让启赡养成这种习惯。不能随便欠人的钱。"

文奶奶叹口气，说了个价格。周启赡对钱没有概念，他只见到父亲在身上掏了半天，凑出几个硬币给了文奶奶。

回家路上，周启赡攥着自己的新玩具，或者说是唯一的玩具，攥得紧紧的。周铭有些讶异。

"你这么喜欢这个玩具吗？"

周启赡重重点头。

"为什么？"

"因为他很勇敢。"周启赡抬起头。

周铭停下脚步，蹲下身体，和周启赡视线齐平，微笑着说："启赡，如果有一天爸爸不见了，你也要勇敢，像这个士兵一样。"

周启赡不明白父亲的话，"爸爸，你要去哪里？"

周铭的视线越过儿子的肩膀，周启赡也扭头看过去，那里是一片茫茫大海。他回过头来，皱着眉，很不解。周铭也不说什么，只是对他笑了笑，站起身，牵着周启赡往家走去。

中年周启赡沉浸在回忆里，有一阵失神。是周围众人叽叽喳喳的声音将他唤回现实世界。

"后来的事情，我知道。"刘珂叹息，"就在1993年的夏天，周铭失踪了。"

"他是去了开阳岛吗？"赵秋霜小心翼翼地开口。

周启赡发现她是在问自己，他仔细想了想，"我……不知道。"

赵秋霜一愣。周启赡再度跌进了回忆里。

那次码头争吵之后，林孝慈对周铭就再也不发一语，她把全部的注意力都放在了周启赡身上，让他不胜其烦。而周铭一直在家里闷头工作，摆弄着那个金属圆筒——是的，那个装有多维空间碎片的约束装置，被周铭从岛上带回来之后，并没有上缴，而是让他偷偷藏了起来。周铭废寝忘食地研究这个东西，与林孝慈三天一小吵，五天一大吵，那个时候，每当父母吵架，周启赡都会躲到桌子下面，现在想起来，父亲那样失态，都是因为他想要再度回到开阳岛，去寻找周阳。

1993年夏季的台风尤其猛烈，在一个暴雨的夜晚，周启赡一家人难得一起平静地坐在桌旁边看电视边吃晚饭。然后，电视机里传出天气预报的声音，说即将出现难得一见的"联珠状闪电"……

周铭闻声一下子站起来冲到了电视机前，因为过度激动，甚至撞翻了林孝慈的饭碗。

"周铭！你疯了吗?!"林孝慈把筷子一摔。周启赡放下碗，默默爬到了桌子下面，那里有他的士兵，正勇敢地面对着外面的一切。

周铭全然不理会妻子，聚精会神地听着天气预报，然后他的脸上露出狂喜的表情。

"来了，终于来了！"周铭大喊起来。

林孝慈挥手甩了周铭一个巴掌。周启赡默默攥紧了手中的士兵兵人。饭桌下视角有限，他看着父母撕扯中疯狂移动的脚步，碗

盘摔碎的时候溅起的碎渣,最后,周启赡听到了摔门声和林孝慈疯狂的哭喊:

"你给我滚!再也别回来!"

就在这个时候,周启赡突然产生一种预感,或许这一次自己真的再也见不到父亲了。他看着士兵,士兵的双眼给了他勇气,周启赡不顾林孝慈的呼喊,打开门冲了出去。

台风季的暴雨让周启赡寸步难行,但他还是咬着牙努力寻找那个熟悉又陌生的身影。他见到了雨中的父亲。周铭蹲下来抱着儿子,周启赡发现父亲手中拿着一台仪器。

"爸爸,你要做什么?"周启赡有点害怕。

父亲的表情和平时截然不同,此刻带着狂喜和恐惧,他对周启赡说:"儿子,你不要怕。爸爸要去确认一些事情,然后,说不定……"

"爸爸,你到底在研究什么?"周启赡忍不住哭了,雨水打在他脸上,混合着泪水,也不知周铭是否察觉。

周铭叹了口气说:"启赡,爸爸不瞒着你,我要去确认联珠状闪电的最大能量,这样或许可以再一次启动那块碎片。"

八岁的周启赡不明白父亲的话,一脸困惑的表情。周铭笑了笑,"你先回去吧,雨大,不安全。爸爸取个数值就回来。"

周启赡拉住他的衣角,"爸爸,你会回来吧?"

周铭点点头说:"嗯,等我回来,一定会告诉你一切。"

中年周启赡突然停止了讲述。之后发生的事情,如果用佛家的话来说,真如梦幻泡影,现在想起来,简直比最离奇的幻想小说还要疯狂。

"但是,那一天之后,他并没有回来,对吧?"赵秋霜的话打破了周遭的沉默。

周启赡一惊,转头看着表妹,她的表情里有惋惜和心疼,她是在关心我吗?周启赡想着,但他没有办法理解赵秋霜的情绪,不仅因为他从小几乎没有跟其他人的共情能力,也因为他自己一个人真的太久了,久到都已经忘了真实人类的平凡情感。

关心是一种什么样的感觉?

周启赡迷惑地摇摇头,又点点头。

"那后来……"赵秋霜咬着嘴唇,似乎在斟酌措辞,"我知道你不让我来蓝珠镇,可我还是自己来了,对不起。"

"我这么说过吗?"周启赡想不起来了。

赵秋霜显得很伤心,可伤心又是一种什么样的感情呢?周启赡直愣愣地看着她,似乎引发了旁边那个少年的不满。但赵秋霜很快调整了情绪,"你能告诉我后来的事情吗?你为什么会变成这样?你的身上……到底发生了什么?"

"后来呀……"中年周启赡闭上眼睛,"你让我想一想,那毕竟是十几年前的事情了。"

"你们两个小兔崽子,我就知道有问题!"何老大举着猎枪,恶狠狠地说。他说完之后,还忍不住朝半空中的午餐肉罐头看了一眼,没错,任何人只要看见这个东西,都会忍不住想去仔细打量一下这个奇观。

周启赡已经转过身,恼火地盯着何老大,无奈地举起双手。沃夫冈想要把金属圆筒挡在身后,老何突然掉转枪口瞄准了他。

"别他妈乱动!"老何警惕地看了两人一眼,示意他们把金属圆筒交出来。周启赡立刻摇头,"不行,这个不能给你。"

何老大的猎枪直接顶上了周启赡的额头,"那我现在就崩了你,看谁能出去,嗯?"

沃夫冈在旁边有点着急,"启赡!"

周启赡还是固执地抱着金属圆筒不松开。"即使给了你,你也不会用。"他认真地对何老大解释,"那个罐头就是证明。"

"一个破罐头!"何老大呸了一声,抬手就是一枪。一声巨响。周启赡下意识地捂住耳朵,朝罐头的方向看过去。

子弹飞进了蓝色的力场,然后一切都变成了慢动作,子弹像冲进水中一样划出一道波纹,但它并没有接触到罐头,就停在了半空。现在,蓝色的屏障之后,一个罐头和一颗子弹排列在一起,就算是何老大这种自诩见过世面的老船夫,也忍不住张大了嘴巴,发出惊叹。

周启赡和沃夫冈自然也看到了这一切,他们对视一眼,彼此都有忧虑。何老大却终于忍不住好奇心,一边后退一边转头看着那个奇观。他已经离蓝色屏障很近了。何老大又回头看看两个少年,猎枪再度直指二人,但他的左手却朝着另一个方向伸了出去。

周启赡突然明白了何老大的意图。他正要出声阻止,沃夫冈及时按住了他,轻轻摇头。周启赡有点惊讶,但就在迟疑之间,何老大的左手已经伸进了蓝色的力场之中,看样子他打算抓住那个罐头好好打量一下。

接下来的一幕,对当年的周启赡来说无比震撼——何老大伸出去的左手并没有抓住罐头,而是在空中消失了。他惊恐地缩回手臂,发现左臂从肘关节那里直接消失,只剩下一个光滑的断面。在这个断面上还能看到骨头、肌肉和血管的横截面。

周启赡的脑子里立刻冒出了生物课本上的知识——他看到的是一段左臂横切面玻片标本。而标本的主人何老大,此刻只能茫然地瞪着这个横截面,然后就在一瞬间,鲜血喷涌而出,飞溅了他一脸。

何老大扔下右手的猎枪,抓住残缺的左臂惨叫起来。

就在他惨叫的瞬间,森林里有什么东西仿佛苏醒了。周启赡还没明白怎么回事,沃夫冈已经敏捷地站起身,飞快地冲过去抢走了何老大的猎枪。

何老大还在抓着左臂惨叫,鲜血也溅了沃夫冈一身。但他毫不在意,找准时机用枪托一下打晕了何老大。周启赡冲过来,解下何老大的裤带,帮他扎住左臂止了血。

"你还管他干吗?"沃夫冈语气不满,但他并没阻止周启赡。

周启赡其实也不明白自己为什么要帮助何老大,所以他没有回答。诡异的窸窣声传来,密林中惊起一群飞鸟。周启赡有些惊恐,沃夫冈做了一个噤声的手势,握紧猎枪,示意周启赡跟着自己走。

周启赡不由扭头看了看地上的何老大。沃夫冈对他摇头。

"这个森林有古怪。"沃夫冈轻声开口,"带着他对我们很不利。"

周启赡承认朋友说得对,但让他就这样丢下这个人不管——即使这人刚才还拿枪指着自己——却是他做不出来的事情。

森林中,又一次传来那种诡异的窸窣声,听起来比刚才距离两人还近了些。沃夫冈有些急了。

"你还等什么?我们快走!"他催促周启赡。

周启赡看着躺在地上的何老大,喃喃坚持着自己的意见:"我们……不能杀人。"

"谁说要杀人了?只是不管他而已!"沃夫冈看上去有点崩溃,"再说了,他现在这个样子,很可能扛不到医院,一样都是死!"

"我——"周启赡还想说点什么,突然间睁大了眼睛,死死盯着沃夫冈身后不远处。

一只丑陋奇怪的动物从茂密的丛林中爬了出来。它看起来像是某种大型猫科动物,但皮毛基本上都已经褪去,没有皮毛的位置覆盖着一些既像鳞片、又像皮肤增生的物质,上面还有一些植物附着。这个动物的脖子下面有一个巨大的鼓包,像个肉瘤一般。总之,周启赡发誓,这绝对不是课本上,甚至不是百科全书上见过的生物。

沃夫冈看到周启赡眼中的惊恐,一下子绷紧了身体。周启赡看见那个怪物先是抬起头,在空气中抽了抽鼻子,脖子上的肉瘤随之晃动,然后,它转动头部,又嗅了嗅另一个方向。自始至终,浑浊的双眼毫无反应。

周启赡心中灵光一闪——这个东西看不见!

此时他不再犹豫,立刻向沃夫冈做出手势,告诉他自己的发现,沃夫冈也神奇地明白了他的意思,非常缓慢地蹲下身体,转过来,和周启赡一起面对这个怪物。周启赡从眼角的余光看出去,好友的瞳孔瞬间收缩了一下,一定也是被那个怪物恐怖的样子刺激到了。但很快,沃夫冈已经将猎枪对准了那个东西。

空气中弥漫着紧张和不安,怪物和两名少年都如箭在弦。

突然间,何老大睁开双眼,沾满鲜血的右手一把拽住了周启赡手中的金属圆筒。周启赡忍不住喊了一声。怪物的脑袋倏地转了过来,脖子下的肉瘤开始膨胀。

"给我!"何老大死死拽着金属圆筒,歇斯底里地吼道,"给我!我不想死在这里!"

周启赡不能让他抢走金属圆筒,两人开始角力。沃夫冈一见形势不对,猛地对怪物开了一枪。他的枪法很准,正中怪物的一只眼睛。要是在平时，任何动物挨了这么一枪，都必死无疑，但这个怪物却只是发出一声惨叫，中枪的眼睛流出的也不是血液，而是奇怪的脓汁。

唯一能确定的是，这一枪激怒了它。怪物四肢发力，朝三人跑了过来，眨眼间就要扑到他们身上！

周启赡开始用脚踹何老大，但对方拼命抓住金属圆筒，说什么也不松手。

"启赡，让开！"沃夫冈大喊，枪口对准了何老大的右臂。

周启赡的理智告诉他，让何老大死吧，这样我们才能得救，但从情感上来说，周启赡却犹豫了。就是这一瞬间的犹豫，让他的手稍微松了一下。金属圆筒顿时被何老大夺走，力道之大，直接将何老大带翻了几个跟头，居然撞上了冲过来的怪物。

沃夫冈难以置信地看着周启赡，周启赡难以置信地盯着自己的手，又急忙朝何老大的方向看去。只见怪物已经咬住了他的喉咙！沃夫冈来不及说话，抬手又是一枪，但怪物走了个之字形，灵活地躲过了。沃夫冈连开了好几枪，都没有触及它的身体。

周启赡和沃夫冈眼睁睁地看着怪物拖拽着何老大消失在丛林里。

"我有个问题。"刘珂突然举手，然后她似乎意识到自己就像个小学生在请求老师的允许，又觉得有些尴尬，赶紧把手放下了。她清了清喉咙，"何老大是怎么离开你说的力场的？"

周启赡这下真的有些惊讶了，"何老大还活着吗？"

"那倒不是。"刘珂摇头，"他的尸体漂回了蓝珠镇，但我们检查过了，他的身上并没有你说的那个金属圆筒。"

"何老大身上发生了什么，我不知道，或许他真的误打误撞打开了通道,也未可知。"

"可是那个怪物,为什么没有和他一起出来?"廖喆迷惑地说,像是自言自语。

"白梦魇制造的腐尸,是不会离开自己的主人的。"周启赡解答了问题。

"原来那些变异人叫腐尸……"

"只是我们给起的称呼而已,"周启赡说,"你们把他们叫变异人吗?有趣……可他们早已经不是人了。"

气氛又一次沉默下去。

赵秋霜再一次打破沉默,"你们?所以那后来呢,你和沃夫冈在岛上……究竟发生了什么?"

周启赡正要说话,基地外突然传来一阵嘈杂的声响。有人一边用力拍门,一边带着哭腔大喊:

"开门!救命"!

配 角 悲 惨 的 一 天

── 16 ──

在赵秋霜出现之前，蓝珠镇最威猛的古惑仔阿猛都过着舒心的生活，时不时骗骗游客，和臭头、小光一起吃个白食，简直不能再惬意。除了偶尔和文野泉的遭遇——咳咳，都说了是偶尔、偶尔！人生中有点不愉快算什么？

可惜生活总是在拐角处等待着，让阿猛摔个狗吃屎。自从来了那个北京的小姑娘，就连钱小海都敢跟他们呛声了。紧接着，镇上接二连三死人，通缉令也贴了出来。加上莫拉克明天就来，搞得大家杯弓蛇影，大街上连个人影都没有，这让他还怎么收保护费、吃白食？想到这些，他就恨得牙痒。

"老大，你看！"臭头献宝似的揭下一张通缉令递到阿猛面前，"你看，这个寻人启事好烂哦，居然是画像没有照片！"

纸上的画像是一个头发蓬乱的中年男子。"画个屁！"阿猛一把将臭头手上的通缉令抓过来扔了。"跟你有关系吗？你知道这人是谁？在哪？随随便便揭榜，你以为自己是哪棵葱？"

臭头被骂到不敢接话，唯唯诺诺地蹲到了地上。看他这么怂，阿猛更是气不打一处来，电影里陈浩南的小弟山鸡那么拉风，自己的小弟却连小鸡仔都不如！

"呸，这帮蠢条子，抓人都抓不到！"阿猛啐了一口，招呼小光，"你过来！昨天要你收的保护费呢？"

小光苦着脸，"老大，昨天人家没开门啊。怎么敲门都不开。"

阿猛气得差点背过气去。等他缓过来，才发现两个小弟正看着那张通缉令，一副跃跃欲试的样子。

"老大，我们去找吗？"臭头看上去有点兴奋。

"找什么？"阿猛没好气。

"这个人！"臭头刚指着通缉令，脑袋上又挨了阿猛一下。

"你是不是脑子秀逗了？去哪儿找？你家？"阿猛有时候真的

想把臭头的脑袋打开看一下里面到底装了什么。

"哦。"臭头委屈地抱着脑袋。小光在旁边哈哈大笑。阿猛一把扯过通缉令,正要撕掉,却发现纸上的中年男人看着他,那种似曾相识的样子令阿猛有一瞬间迷惑,但这并不妨碍他随后撕碎了通缉令,对着两个小弟豪言壮语:"走,去西边海滩,抓鱼吃去!"

"烤鱼咯!"小光大喊。臭头激动起来,三人挤上一辆小摩托,歪歪扭扭地开了出去。

蓝珠镇的海岸线很长,东侧离镇中心近,交通便利,沙子也细腻,所以游客一般都会来这头。西侧距离东侧有不短的距离,海边多为礁石,而且离海滩不远就有深不见底的海沟,人迹稀少,鱼类资源丰富。不过这里海底地形多变,水域情况复杂,即使水性很好的人,也极容易在一个巨浪翻过之后,就不见踪影。蓝珠镇的小孩子总是被父母告诫,绝不能去西侧的海滩。也因此,西侧就成了蓝珠镇人试胆的地方。

阿猛三人组找了一块合适的礁石,臭头兴奋得连衣服都没脱,一下子就冲进了水里。小光在旁边磨磨叽叽,阿猛有点不耐烦了。

"喂,你去不去?"阿猛说着把自己脱得只剩一条内裤,准备下水了。

"老大,人家、人家没带泳裤啦。"小光羞答答的。

阿猛一个白眼,上去一脚把小光踹下礁石,"你他妈屁股上有几根毛老子都知道,跟我装什么呢?!"

小光一声惨叫,扑通跌落海中。阿猛根本不担心水性极佳的小光,自顾自做起了下水的准备。今天,他打算摸一条大石斑。

结果还没等他伸完腿,小光和臭头已经噼里啪啦游了回来。两人神色兴奋。

"猛哥，我看到了！"小光大喊道。臭头附和。

阿猛一愣，"看到什么了？说完整！"

"遥控车！"小光贼笑道，"在那边的礁石滩上！"

"啊？"阿猛还在疑惑。

臭头在旁边像只猴子一样上蹿下跳，"老大，就是那天钱小海的车！"

阿猛一下子回想起那段丢脸的遭遇，下意识地给了臭头脑袋一下。"闭嘴，我知道是什么车！我问你，车在，人呢？"

"没、没看见。"臭头委屈得很。

"走，去看看！"阿猛音量骤升，小光和臭头吓得一头沉到水里。阿猛反应过来，也一下扎进海里，三人游到一起，划着水绕过一块大礁石，一片狭窄的海滩出现在眼前。

"等一下，这里不是昨天死人的地方吗？"阿猛在水里踹了小光一脚。

"好像是哦。"小光附和。

"好像是？好像是？"阿猛在水里连踹三脚，把小光逼得急忙游上岸。"车是你发现的，给老子上去找！"

小光揉揉屁股，爬上礁石滩，走出挺远之后，回头冲阿猛和臭头挥手："猛哥，在这里！"

阿猛挥手示意臭头跟着自己过去。两人和小光会合。小光喜滋滋地指着躺在地上的初号机：遥控车四轮翻转，仰面朝天躺着，BB弹枪被压在最下面。

"还真是那小胖子的东西！"阿猛咂舌，一把推开车子，拆下了BB弹枪。"小胖子人呢？"

"管那么多，老大，小胖子家里那么有钱，这东西上面肯定有不少好货！"小光已经双眼放光了。

275

阿猛拉了两下枪栓,把弹夹退下来看了看。"切,没子弹了。"他不屑地将BB弹枪扔在一边,指示小光和臭头:"给我搜!"

不等他下令,两人早已在车里搜索起来。

不多时,"老大,你看!"小光举起一个装在布袋里的金属圆筒,献宝似的举起来。

"猛哥,你看,好古怪啊!"

阿猛接过来,发现这个金属圆筒入手很有分量,也不知是什么材质。它上面有一个玻璃悬窗,里面黑漆漆的,阿猛举起圆筒仔细看进去,一丝蓝色的光芒突然跃入眼底,但等他再细看,却又什么都没有了。

阿猛拿着金属圆筒,不知该说什么。不过有一点可以肯定,总算给他找到一个值钱的东西了。

"我们把它卖了吧!"臭头在旁边兴奋地嚷嚷,"我家隔壁老丁就是收废品的!"

"废品你个头!"阿猛气坏了,"你跟老子混了这么久,就这点品位吗,啊?"

"啊?"臭头不明就里,"这个东西是什么品位啊……"

"臭头你不懂就瞎说,"小光在旁边煽风点火,"这个东西,依我看,绝对不是收废品能收得起的,至少值这个数!"他神秘地伸出五个手指头。

"五十?"臭头茫然。

"五百,你个笨蛋!"小光跳脚。

阿猛没空理两个活宝,试图打开金属圆筒。但他努力了半天,毫无进展。有些挫败的阿猛打算拿它在礁石上磕一磕,看能不能像开蚌壳一样,把肉搞出来。

他刚举起胳膊,一个声音在不远处冷冷地响起:

"拿来。"

阿猛一激灵,差点把金属圆筒甩出去,好在还是控制住了自己。老大怎么能害怕呢?阿猛一咬牙,挺胸叉腰,做出自己最有气势的造型道:"你说还就还啊?你哪位!"

声音的主人慢慢现身。那是一个穿着黑色紧身T恤的中年男人,面目普通但气势逼人。看不出他是哪里人,或者说,看不出国籍。如果莫大勇在这里,只怕早就变了脸色。但阿猛三人毕竟从未经历过真正的危机,错把中年男人当成了又一个待宰羔羊般的游客。

"拿来?"阿猛盛气凌人,"有本事过来抢啊。"一个外地人还敢嚣张。"怎么了?不敢吗?我看你年纪也不小了,怎么就……"

阿猛话音未落,就被一拳打在左脸上。他好不容易稳住自己,抹了抹嘴角。流血了!

"猛哥!"

"老大!"

小光和臭头同时喊起来。臭头像头牛一样直冲过去,却被黑衣男人轻巧地躲开。不但如此,因为惯性太大刹不住,对方用手肘顺势一推,臭头又倒在了地上。黑衣男人一脚踩住了臭头的肚子,力道很大,臭头痛得像虾米一样弓起了身。本想跟着过去打冷枪的小光一见这种情形,吓得退了回来,躲在阿猛身后。

阿猛心里开始打退堂鼓,但气势上不能输。"敢动老子的人!"他把金属圆筒扔给小光,自己象征性地撸了撸不存在的袖子,指着黑衣男人说:"有种放开他,我们单挑!"

黑衣男人冷笑一声,低头看了看一脸痛苦的臭头。"把东西给我。"黑衣男人说着从身后抽出了一把枪。

那是一把德产鲁格P85。阿猛一下傻了眼。黑衣男人做了个

"拿来"的手势，小光立刻像烫手山芋一样把金属圆筒扔了出去。阿猛忍不住双腿发抖，已经顾不得骂小弟怂样了。

金属圆筒在礁石滩上弹了两下，落在黑衣男人脚边。他却没有低头去捡，而是开口说道："你们去做一件事，他就可以不用死。"

阿猛瞪大了眼，头皮发麻。黑衣男人脚下的臭头也呆住了。他抬头望向阿猛，眼神中充满恐惧。

黑衣男人的枪口抬了起来，阿猛明显感到小光在往自己后面躲。

"你、你要我们做什么？"阿猛颤抖着咽了一口唾沫。

"去找这个人。"黑衣男人拿出一张纸，正是那张大街小巷都贴着的通缉令。"找到他，先告诉我，我会给你一笔钱，也会把你的朋友还给你。"

阿猛一时不知该怎么处理这些信息。"你……你是条子？"他忍不住问。

黑衣男人没有回答。"蓝珠镇大酒店，1206房。"他举枪对准了阿猛和小光，枪口在两人之间徘徊，显得有些百无聊赖。两人一阵激灵，踉跄着朝后面退去。

"臭、臭头，你等着，我们会来救你的！"阿猛慌慌张张留下一句话，和小光扭头就跑。臭头一把鼻涕一把泪地点着头，也不知两个人看见了没有。

阿猛以最快的速度跑到岸边，扶着一块大石头喘着气，小光也赶了上来。阿猛强行按捺住紧张的情绪。"怎么办？"

小光哭丧着脸，"不知道啊，老大，我们怎么办？"

"我他妈问你呢！"阿猛破口大骂。

"我……我不知道啊。"小光竟然哭了起来。阿猛简直没办法了，恨恨道："走，找人去！"

"找谁？"小光居然问。

"找——"阿猛差点背过气去，扭头就走。小光在后面大喊着"等我啊，老大！"也追了过来。阿猛不想理他，越走越快，过了一会儿，竟然听不见小光的声音了。阿猛愣了一下，回头看了看，没有人。咦？他又四周转了转，还是没有发现小光的身影。

这个没种的家伙，不会是跑了吧？阿猛心里一阵愤怒，好哇，等老子找到你，非把你揍个半死不可！

阿猛迈开步子继续朝前走去，转过一块岩石，一个身影突然映入眼帘。那是一个跪在地上的人，看背影竟然是臭头。

"臭头？"阿猛忍不住大喊。臭头怎么在这里，他跑掉了吗？

有哪里不对劲。臭头的姿势很古怪，仿佛整个人都垂在地上。阿猛浑身泛起一阵冷汗。越接近臭头，阿猛的心就跳得越快，冷汗也越多。这样一个闷热的下午，本不应该觉得冷，但臭头附近的空气似乎像冰柜一样，冻得人彻体生寒。

阿猛回想起自己六岁的时候。那时候，妈妈病逝，爸爸开始酗酒，小小的他只知道整天哭。

那也是一个这样炎热的夏日午后。阿猛午睡起来，家里空荡荡的。一瞬间，他以为爸爸也随着妈妈而去，这世上只剩自己孤独一人。阿猛号啕大哭。去买酒的爸爸回来后，早已喝得醉醺醺，阿猛的哭声可能令他心烦意乱，一怒之下把儿子塞进冰箱里，靠在上面堵住了门。

阿猛还记得冰冷黑暗的狭窄空间里那种充满绝望的恐惧，那一瞬间，他以为爸爸要杀了自己。后来老王醉倒，冰箱门也堵不住了，阿猛这才逃出来。冷与热的交替让六岁的阿猛头痛欲裂，浑身像火烧一样。看着地上不省人事的老王，阿猛第一次生出了这种

279

感觉——要是老爸不存在就好了。

而如今，在蓝珠镇西海岸的礁石滩上，阿猛竟然看到了此生都不愿再回忆起的景象。臭头跪倒在地，旁边摆着一台……冰箱。和小时候那台冰箱一模一样。阿猛浑身发抖，但怎么也控制不住自己的手脚，走到冰箱前面，颤巍巍地去拉门。

周围越来越冷。当他仅仅只是接触到门把手时，冰箱门就开了。浓稠的血液一涌而出，泥石流般瞬间淹没了阿猛的腰。一颗人头冲了出来，撞上阿猛的胸口。阿猛拿起来一看。是老王。他的脖子似乎被某种大力掰断，颈骨暴露出来，还有点扎手。

老王的头突然在阿猛手中转动了一下，眼神灰白，没有瞳孔的老王看着儿子，露出了笑容。

阿猛一下把老王的头扔了出去，用尽全身力气尖叫起来。那颗头漂浮在血液里，依旧看着他，面带微笑。要窒息了。就在阿猛以为噩梦不会终结的时候，脑袋上突然一阵刺痛。他一下睁开眼，难以置信地看着自己周遭。没有臭头，没有血，没有冰箱，没有人头。而他自己倒在地上，脑袋好疼，一摸，还有血。

小光惶恐的脸就那么杵了过来。"猛哥，对不住！我不小心的！"

小光哭丧着脸解释，原来他追着阿猛走了些冤枉路，等找到时发现老大在发呆，就上前推了一下，没想到阿猛应声而倒，还撞到了地上的石头。

阿猛不明白发生了什么，但这个地方再也不想多待，径直拽着小光转身就走，没走出几步，就发现不远处的海岸线上出现了几个摇摇晃晃的身影。小光大概是刚才犯了错，此时主动请缨："老大，我去问问那些人！"

阿猛嗯了一声。小光小跑而去，很快就跟其中一人碰上了。

此时，小光和那人距离阿猛有五十米左右。

从阿猛的角度看过去，之后发生的一切既快速又不合常理。先是那个人的脖子上好像伸出来什么东西，击中了小光，然后小光开始抽搐，倒在了地上。

"小光！"阿猛急了，三两步跑过去。刚跑到一半，阿猛又有了刚才看到臭头尸体时那种汗毛倒竖的感觉。等他的视线再度找到小光时，却发现他已经站起来了，摇摇晃晃的，和那个袭击自己的人一起朝一块巨石的方向走去！

什么鬼！

阿猛放慢了脚步，蹑手蹑脚跟了过去。只见这些人走到石头处就慢慢不动了，像照片一样静止着。

一个巨大的白色怪物从石头后面缓缓现身。它针尖一样的四肢轻触在沙地上，留下一些细小的圆孔。怪物走到一个静止的人那里。阿猛看见它纺锤形的身躯微微挺起，腹部伸出许多细小的长爪，这些长爪刺穿了那人的身体，将他举了起来。那人一动不动。白色怪物的头部打开，露出密密麻麻的口器，然后，参差不齐的利齿一口咬掉那人的半个脑袋，红白相间的黏液不断从白色怪物的口器中流出，滴滴答答地落在沙滩上。那人的身体抽搐了一阵，很快软了下去。白色怪物进食完毕，爪子抖了抖，确认没有遗漏后，就像扔垃圾一样，将那具无名尸体抛在了沙滩上。

阿猛抖如筛糠，死命地用拳头堵住嘴，不让自己发出任何声音。但下一刻，他看到白色怪物朝小光走去。

不知为什么，阿猛回想起自己和小光的第一次见面。小光的家境其实比阿猛好，父母都在深圳打工，家里老人走得早，小光每月拿着父母寄来的钱，一个人活得挺逍遥。但有一次阿猛在杂货店，却看见小光在顺手牵羊。阿猛没有告发他，于是两人成了朋友,他也知道了小光偷东西的真正原因。一个同学眼中的混混,老师眼中的差生,在生活中基本得不到任何赞赏,但每次偷东西得手却又没被发现的那一刹那,小光总能获得一种前所未有的满足感。阿猛理解小光的孤独,虽然这份共情也是模模糊糊的。两人都是被世界抛弃的孩子,一起玩耍再自然不过。

小光要被白色怪物吃掉了!阿猛想也不想,一头冲了出去。他很快跑到小光身边,一把抓住他。小光没有反应,愣愣的。他的脖子下面鼓起一个大包,但阿猛没时间在意。

"小光!"阿猛大喊,"快逃!"

白色怪物看到了阿猛,身体上方的头盖骨缓缓打开,里面渗出幽幽蓝光。阿猛一时有点发晕,但脑袋上的伤口一阵刺痛,他猛然恢复知觉,继续拽着小光逃跑。

阿猛一边跑一边安慰小光:"别担心!"小光没有回答,只是机械地跟着阿猛的步伐。

跑到码头风险太大,可能还没到一半就会被那个怪物发现,阿猛不由带着小光躲在一块岩石后面,一边喘气,一边在脑中搜索着可能的安全地带。就在此时,小光死死抓住了阿猛。阿猛一惊,这才注意到小光的样子完全变了:他瞳孔发灰,丧失焦距,表情呆滞,嘴角流涎,而他脖子上也鼓起一个包,皮肤之下有什么东西在蠕动。

"放开老子!"阿猛惊恐地大喊,拼命想把小光甩开,但小光的手仿佛铁钳一般,牢牢抓住他不放。接着,小光脖子上的鼓包像花朵一样裂开,一条带着黏液的口器弹了出来,直击阿猛!

阿猛下意识地用另一只手格挡。小光的口器正中手心,阿猛感到一阵钻心刺骨的疼痛。他撤回手一看,伤口已被黏液沾满,而黏液似乎有生命般朝着伤口里面流去!

"啊！"阿猛尖叫起来。小光的口器继续攻击阿猛，阿猛手脚并用，连踢带打，终于摆脱了小光的钳制，连滚带爬地逃了出来。阿猛慌了，突然想起附近有个礁石洞，里面还有个人防工事，只不过年月久远，废弃了。阿猛之前骗几个游客去里面玩过，崖洞很大，但洞口很小，不易被发现。

阿猛不敢看后面，奋力跑着。小光在后面嘶嘶吼叫。好在他速度不快，阿猛转了几圈，终于甩掉了他。为了不被发现，阿猛甚至迂回了一段路，这才朝礁石洞跑去。小混混眼前阵阵发黑，身后虽然没有追击的人了，但他脚不敢停，直到跑进礁石洞的深处，他才发现这里竟然亮起了灯。

有灯就意味着有人！

阿猛求生欲暴涨，扑过去狂敲铁门，一边敲一边大喊："开门！救命！"

几秒钟后，门开了。阿猛一见里面的人便傻了眼。他此生最不愿意见到的几个人居然聚齐了：文野泉，钱小海，北京来的那个女生，刘珂，被自己骗过的格子衬衫，还……那个通缉令上的男人！

阿猛此刻真切地感受到了什么叫"才出虎口，又入狼窝"。他的小脑瓜无法理解为什么这几个人会聚在一起，那个人不是通缉犯吗？刘珂为什么不抓他？心里的疑问不经大脑冒了出来。他指着那人大喊："你是那个通缉犯！"

这一喊不打紧，那人看到了阿猛的手，面色一变。

"你被感染了。"

此话一出，除了阿猛不明白是什么意思，其他人看自己的眼神，就仿佛在看一个死人。这些目光令阿猛恐惧。他不由自主转向这里唯一的权力代表刘珂。的确，刘珂看上去很想帮他。她走

上前仔细检查自己的手,不甘心地说道:

"我们应该尽快送他去医院!"

"他没救了。"说话的是那个通缉犯。

阿猛怒从心起,疯狂地举起拳头朝他砸去,可对方一一躲开。通缉犯抬脚狠狠踹中了阿猛的肚子。阿猛立即丧失战斗力,像虾米一样蜷缩着倒在地上。然后他觉得浑身发热,尤其是脖子那里。

"你们不是想知道沃夫冈后来怎么样了吗?"通缉犯说。

阿猛浑身无力,气得哭了出来,"老子要干掉你!"

通缉犯的声音开始忽远忽近,所有人的脸都变得模糊。

"这就是他最后的样子。"

最 好 的 朋 友

17

十五年前开阳岛上发生的事虽然已经过去了很久,周启赡的记忆却栩栩如生。任何一点小小的刺激,都会让那些画面如潮水般向他涌来。

"你这个蠢货!"沃夫冈气急败坏,"约束装置!你居然就这么让那个老海狗给抢走了!"

"沃夫冈,你冷静一点!"周启赡难以置信地看着好友,印象中沃夫冈从未如此失态过。"那个怪物拖着老何走的,以他的状态不可能还拿得住约束装置,一定会掉在某个地方,我们只要顺着找就好了。"

"狗屁!"沃夫冈一脚踢开周围的灌木,骂骂咧咧地朝何老大消失的方向跑去。

周启赡无奈地跟了过去。

沉默的两人在丛林间艰难地朝前走,植被野蛮生长,他们时不时需要停下来开路,走了好半天,才发现一处刚才怪物留下的痕迹。而这时,按理说早就应该碰触到的圆形的边界,却似乎消失不见了。周围只有郁郁葱葱、层次分明的绿色,各种奇异的植物已经占据了这里,绿色的植被之中,四处矗立着白色絮状物构成的圆柱体。这些高矮不同的圆柱体之间,还连接着大片的白色蛛网状物体。

"这是什么鬼东西?!"沃夫冈再一次扒开一片白色的网,"好臭!"

周启赡主动上前,去闻了闻那片蛛网,却差点没晕过去。那种难以言说的味道,仿佛混合了腐烂到一半的鱼类内脏,再加上各种食物泔水搅在一起——就算周启赡生长在海边,习惯了鱼虾的腥臭,也绝对不想再闻第二遍。周围的丛林里一直持续不断地传来各种低沉的背景声,就像是有很多甲虫在没完没了地扇动翅膀,搅得人心烦意乱。

"我想这可能是某种生物的……或许是排泄物也说不定。"周启赡说。

"拉出这种屎,该是什么丑八怪!"沃夫冈的情绪依旧很不稳定。

"不管怎么说,我觉得我们要远离这个东西,排泄物一般是动物标记地盘的,所以这一带很可能有它的老窝。"

沃夫冈一下子紧张起来,可能是想起了拖走何老大的怪物,手中的猎枪也握紧了。就在这时,那种甲虫扇动翅膀的声音突然消失了。周围陷入一片死寂。

周启赡和沃夫冈彼此对视,都意识到危险即将到来。

咔嚓、咔嚓、咔嚓……

密林深处传来什么东西踩过树叶的声音,在这片寂静之中,显得异常刺耳。周启赡有一种奇异的、被注视的感觉。沃夫冈下意识要去拉动猎枪护木,周启赡眼疾手快地制止了他,比出一个噤声的手势。

一定有什么东西,在看着我们。

不能出声。

沃夫冈的眼神在激烈地质问,周启赡飞快地查看四周,终于发现了藏身之处——一个被坍塌的混凝土楼板和茂密植被掩盖起来的隐秘入口。

周启赡坚定地指了指那个方向,沃夫冈被说服了,收起猎枪。两人猫着腰,用最轻的动作爬了进去。那种被注视的感觉消失了。沃夫冈协助周启赡搬动一块沉重的混凝土板,堵住了入口。

黑暗笼罩了二人,周启赡瞬间感到极大的安全。沃夫冈默默地掏出防风打火机,捡了些枯枝做了一个火把点燃。

可火光亮起,那种安全感就消失了。沃夫冈的表情依旧焦虑。

"这地方不知还有没有出口。"沃夫冈开始摸墙壁。

周启赡却从另一个角度思考着,"你带了几个打火机?"

沃夫冈默默摇摇头,"就这一个。我以为,我们最多待两三天……"

周启赡噢了一声,又沉浸在自己的思绪中了。我们走了多远?有四公里吗?那个圆形的直径肯定没有四公里,所以,我们现在在哪儿?我们还在岛上吗?那个蓝色的力场,不管它是什么,都已经改变了我们身处的世界……或许,我们已经不在地球上了?

沃夫冈的火把照亮了一个方向,那是一条混凝土通道。周启赡望向那幽深的方向,黑暗里似乎有一个声音在呼唤他。他转身向前走去,没有理会身后沃夫冈的召唤。

通道的末端是一道大门。沃夫冈恼火地赶了上来。周启赡略一迟疑,推开了这道门。沃夫冈的火把只照亮了黑暗中很小一块范围,但隐约能看出来,这里是一个亮敞的大厅,直径至少有三百米。周启赡顺手拿过火把,插在一台已经看不出来原本模样的机器上。然后,他在火光的边缘发现了什么东西。

那是一具人类的尸骨,因为年代久远,已经有些残缺不全。周启赡盯着那具白骨,愣住了。

沃夫冈在旁边戏谑地发问:"你认识他?"

周启赡没有直接回答,而是说:"这里应该有备用电源,我去找。"

"你傻了吗?"沃夫冈恼火起来,"就算能找到,应该也用不了了。"

"不一定。"周启赡的声音消失在黑暗中。沃夫冈回头看了眼阴森的尸骨,也追了过去。两人借助微弱的火光,还真找到了巨大的备用发电机组。这组机器几乎已经是个古董,周启赡却认真地检修起来。沃夫冈看了半天,实在看不下去了,一把推开好友。

"我来。"他说,"我们家好歹也是祖传电工,四十年代就给帝国打工了。"

"帝国?"周启赡对这个称呼有点不适,"你是说纳粹吗?"

沃夫冈一怔,似乎觉得说错了什么,不过也没多解释,只是耸耸肩。"在集中营,那时候有得选吗?修电路总比进焚化炉强。"

他上前敲打一番,皱起眉头。"还是全新的。不过时间太长了,轴承、气门、转轴都不行了,而且没有柴油的话,也没办法让它重新工作。"

周启赡听到"全新的"三个字,仿佛想起了什么,跑到另一头搜索了半天,过了不久,吃力地推过来一个大罐子。

"柴油在这里。"周启赡满头灰土,表情振奋。

"你怎么找到的?"沃夫冈讶然。

"我爸以前提过那么一次,说那是他们工作单位的习惯,因为地理位置的缘故,总是把备用资源准备得很充足。"

"这里是你爸的工作单位?"沃夫冈环视一圈。

"曾经是。"周启赡的声音很轻,"发电机组什么时候能修好?"

"给我点时间。"沃夫冈说。

不知过了多久,浑身裹着汗水和机油的沃夫冈大喊:"行了!"

随着发电机组的轰鸣声,电闸推开,冷色的白炽灯带逐渐亮起,周启赡和沃夫冈终于有机会一窥这巨大圆形空间的全貌。

一台正负电子直线加速器端坐在圆形空间的中央,其上覆满灰尘,它的长度大约两百米,从两个少年的角度来看,几乎看不到头。即便经历了悠悠岁月,也能想象当初它开足马力的辉煌。

沃夫冈不禁惊叹："没想到除了北京的那个，你们还造了第二台加速器！"

周启赡对加速器的兴趣没有沃夫冈大，他走过去，在光照充足的条件下仔细察看那具尸体。尸体趴卧在应该是加速器的控制台上，他竟然上前拿起尸体的右臂手骨看了看。尽管他的动作很轻，骨头却宛如完全风化的石头，一碰就片片碎裂，有的甚至化为齑粉。

周启赡的眼睛里有种难以描述的伤感情绪。看到周启赡的表情，沃夫冈小心翼翼地开口："难道你知道这是谁？"

周启赡木然地回答："他应该就是我的叔叔，周阳。"

沃夫冈的神情有些震惊，但震惊中还有一些其他的情绪，周启赡不想去猜。他没想到，自己有朝一日会比父亲更早地见到这具尸骨。

周启赡轻轻地把仅剩的尸骨从操作台上取下来，动作十分轻柔，尽管如此，大部分遗骸还是破碎了，尸骨堆叠在地上，安静又孤寂。

"启赡，尸体……风化的样子，我有一个可怕的推测。"沃夫冈吞吞吐吐地开口了。

"你说吧，看看我们想的是不是一样。"周启赡苦笑。

"这里的物理规律和外面不一样。"

周启赡点头，这个答案他刚才已经想明白了："你说得对。我想这个力场里面的时间流速，比外面快，虽然对身处其中的人来说并没有感觉，但我的叔叔显然发现了这个秘密。沃夫冈，我们——已经不在原来的宇宙里了。"

沃夫冈瞪大眼睛，"他……是怎么发现的？"

周启赡走到旁边的墙壁前，指了指。沃夫冈这才发现，混凝土墙壁上密密麻麻地刻满了文字和公式,绵延不断,填满了所有墙壁。该是怎样的一个人,在怎样的环境中,以怎样的心态,才能填满这一整面环形墙壁呢?

沃夫冈满脸写着敬佩。"他真的很聪明!把字刻在了墙上。这里没有风沙侵蚀,不管过去多久都能保留下来。"

周启赡低下头,话语变得瓮声瓮气:"不管过去多久……他也不知道会过去多久吗?"他抬起头,表情有点绝望,"现在我叔叔找到了,那我爸爸呢?"

沃夫冈没有出声,他的表情难以捉摸。过了一会儿,周启赡抬起头,表情已经回归平静。他开始仔细研究起墙壁上的内容了。

"不管怎么样,我们先想办法出去吧。"

沃夫冈沉默了一会儿,开口道:"你和我想的一样,如果有什么方法能让我们从这里逃出去,那一定是写在这里的。"然后他的声音中带上了一丝焦躁,"启赡,我必须出去!"

周启赡注意到他的话里没有提到自己,但也没有多说什么,慢慢地,他沉浸在墙上周阳留下的记录之中。

周阳的记录不带感情,但仍然能从字里行间看到那个时候,这里曾经发生的一切不可思议之事,那是一段激扬的故事,也是一段悲伤的故事,更是一段被人遗忘的故事。周启赡读着读着,就需要一段时间来喘息。沃夫冈就更别提了,他的情绪似乎一直在绝望与暴躁之间来回切换。周启赡忍不住想要安慰他一下。不过他还没来得及开口,沃夫冈已经跳了起来,眼神都亮了。

"这里还有一块碎片!"沃夫冈兴奋地喊起来,"我们可以再制造一个反向力场,就像过去那样!"

这是条很惊人的信息,周启赡急忙凑过去看墙壁。

"很难,但不是不可以尝试。"他点点头。

"有你和我在这里，有什么是困难的呢，我的朋友？"沃夫冈似乎又恢复了那个彬彬有礼的他。然后，沃夫冈跑去拍了拍那台蒙尘的巨大机器，"如果我没猜错的话，这台加速器还能使用！"

周启赡也被他的热情感染，不过他很快指出了问题的重点，周阳在记录中说得很清楚：

"你看，第一，要在这样一座小岛上寻找一块红色的碎片，无异于大海捞针。"周启赡顿了顿，"第二，还记得那些很臭的白色柱体吗？记录里说到的白梦魇，一定还在岛上的某个角落活着。我们要找碎片，就可能会面对它和它制造出来的怪物。"

"这你可以放心，我的朋友。"沃夫冈神秘地笑了笑，从包里掏出一件巴掌大的柔软织物，表面泛着金属的光泽。他迎面一抖，这东西展开来有好几米长，竟然是一张巨大的金属网。

"这是？"周启赡皱眉。

沃夫冈很骄傲地说："超轻，导电，一万两千伏特的电流，什么怪物都不可能挣脱。"

"给金属网通电不难，但是这么轻，还能折叠——"周启赡有点震惊，"你们德国人的科技已经发达到这种程度了吗？"

"你们也不差啊，保密工作做得可真好，而且……"沃夫冈看着那台加速器，脸色在火光中显得阴晴不定，后半句没有讲出口。

周启赡没有去猜他到底要说什么，只是隐隐觉得哪里不对，"但你竟然会准备这种东西，难道你知道这里可能会有巨型生物？"

沃夫冈平静地回答："并不只有你们习惯把准备工作做充分。"

周启赡还要再问，沃夫冈摆手制止他，"我们先休整一下吧，你估计也累了。等我们休息好，就出去找碎片。"

即使周启赡和沃夫冈并非无头苍蝇，在这样一个空间里找一块小小的碎片,也是太天真了。他们的路线从眼皮底下开始,扩大到491研究所的断壁残垣,再扩大到地面,一无所获——除了人类的尸骨和锈蚀的武器,但看起来都是很久远以前留下的。疲惫的周启赡认为沃夫冈的计划太冒进了,坚决要求至少做出一个探测器再说。沃夫冈再次表现出焦躁的情绪,甚至比之前还要严重,周启赡这才意识到友人刚才的镇定只是装出来的,他其实是慌了。

"你真的需要冷静一点。"在沃夫冈用猎枪轰掉了三个肉瘤怪物之后,周启赡不得不出声提醒他,"否则不等大怪物出场,子弹就没有了。而且你不觉得我们声音太大了吗?"

"不用你提醒我!"沃夫冈恨恨地说,想要重新上膛,结果弹壳卡住了。"何老大这个蠢货,不知道该怎么保养枪吗?"

"那是肯定的。"周启赡嘟嚷了一句,不再说话,心思飘远了。经过二人的侦查,他们已经基本搞清楚了,圆形时间力场从小岛上搬运过来的这块空间里,研究所遗迹占据了最主要的部分,剩下的是一些熟悉的地表植被。在圆形区域的外面,就是完全陌生的异空间植物的密林,构成了一道令人疑虑重重的屏障——没人知道密林之中还有什么怪物在等待着他们。

更烦人的是那种带着臭味的白色柱状体。一开始,两人避开了这些恶心的东西,却不停受到怪物的袭击。那些怪物的肉瘤里会弹出一条长且带着黏液的口器,但只要破坏掉这条口器,就等于杀死了怪物。沃夫冈很快熟悉了这个套路并告诉周启赡,这些怪物还不如巴伐利亚森林里的熊可怕。

但两人同时发现,只要他们能忍受异味,躲在白色柱状体之间行走,就不会受到怪物的骚扰,后来在周启赡的强烈要求下,沃夫冈终于控制住了自己想要继续打猎怪物的兴奋感,同意低调前行。

"别忘了我们的目的是找到碎片。"

和沃夫冈不同,周启赡一直都很冷静。他怀揣着一线希望,想找到周铭。想着想着,等他回过神来,却发现前方的沃夫冈不见了!

周启赡顿时头皮发麻。

好在沃夫冈转眼就冒了出来,他刚才是去前面探路了。周启赡大大松了口气,正要说话,沃夫冈立刻示意他噤声,指了指前面的草丛。周启赡仔细一看,发现他们一路上都能看到的白色柱状体和蛛网突然在前方消失了踪影。不仅如此,其他方向上也都突然没有了这些东西。

一种可能在周启赡心中浮起。突然间他的心跳加快了。果然,在茂盛的绿色植被之间,隐藏着一个巨大的白色巢穴。

沃夫冈努力克制着激动,招手示意周启赡过去。周启赡也被好奇心打败,小心翼翼朝它走近。直到最终站到巢穴面前,他们才真正意识到它的庞大。远处看,周启赡以为这不过是个一层楼高、鸡蛋状的椭圆形物体。没想到,这只是它的正面形状……椭圆形洞口的后面,还延伸着大约二十米长的深度,仿佛一只巨大的蚕虫。

周阳记录中那个被称作"白梦魇"的怪物,这里就是它的巢穴吗?

"进去吧。"沃夫冈的表情夹杂着兴奋和恐惧。

周启赡点头。沃夫冈首先迈入洞中,他紧跟其后。巢穴里,白色蛛网像是有着极好的隔音功能,将洞里的世界和外面完全切割。这里安静得宛如真空,周启赡觉得他都能听见自己的心跳。巢穴内部与外部看起来一样,目之所及都是大片没有生命力的惨白。靠近洞口的地方空空如也,但当他们往里走时,逐渐开始看到一些动物的尸骨,越往深处,尸骸就越多。

周启赡控制住呼吸,控制住越来越快的心跳,挨个仔细看去——没有发现人类的尸骸。

"我们应该已经离它很近了。"沃夫冈回头对着周启赡说。不过,当他们到达巢穴最深处,却发现这里根本没有白梦魇的身影。只有一些最近被它捕获的猎物,被白色纤维一层又一层地裹在其中,几乎和白色的洞壁融为一体。

呲滋。地上突然传来一记清脆的声响。周启赡低头一看,原来是沃夫冈不小心踩到一个小型白色柱状体,柱状体应声而碎。两人对视一眼,都警惕起来。沃夫冈猎枪上膛,周启赡掏出一把小折刀。

沃夫冈竟然有空嘲笑他。然后,他从包里抽出一把野战刀,扔给周启赡,低声说:"比你那个管用。"

周启赡瞪他一眼,低声质疑:"这种东西你是怎么带进关的?"

沃夫冈哼了一声,没有回答,只是仔细地四周查看。突然之间,沃夫冈大喝一声,朝洞外冲了出去!

周启赡吓了一跳,大喊道:"沃夫冈!"

"我看到它了!"沃夫冈的声音从远处传来,"我要抓住它!"

"你疯了!"周启赡惊呆了。沃夫冈想一个人抓住怪物?他在搞什么?

"你不懂!"

远处的脚步声消失了。周启赡深深吸了口气,追了上去。沃夫冈是他唯一的朋友。他不能让朋友出事。

周启赡没花多少时间就冲出了洞口,四下环顾,没有沃夫冈的身影。他有点急了。此时,斜前方的山坡上突然传来一声枪响。周启赡立刻跑了过去。

距离坡顶还有十米左右时,周启赡下意识地放轻了脚步,猫着腰,慢慢接近坡顶。他躲在一棵树后,微微探出头,只见沃夫冈背对自己站在顶端,右边就是长长的陡坡,前方不远处,立着一个白色的怪物。

周启赡知道自己应该感到恐惧,但恐惧之中,他也不得不承认,白梦魇这个异空间来的怪物看上去竟有种别样的美。

沃夫冈和白梦魇都没有动,但白梦魇头顶打开,露出了密密麻麻的复眼。蓝色的光芒像水一样流动着,沃夫冈整个人都像浸泡在海中。

从周启赡的角度看过去,他见不到友人的表情,但能听见他的喃喃自语:

"我来了……我来找你了……"沃夫冈的声音仿佛一个痴迷多年的人终于见到了心中所爱,"从我第一次听说你的存在,我就想来找你,你知道吗?"

周启赡愣住了。难道沃夫冈是为了白梦魇而来?不可能……他怎么会知道白梦魇的存在?

白梦魇针尖状的长足轻轻移动了一下。周启赡还来不及眨眼,怪物已经到了沃夫冈的面前。沃夫冈却依旧一动不动,还在表达着爱意:

"你被困在这里这么多年,一定很寂寞……我来救你了,我们一起去德国,好不好?"

沃夫冈这个疯子!神经病!要不是不想打草惊蛇,周启赡真想上前扇他两耳光。但他的脑中飞快掠过另一种可能,按照周阳的记录,沃夫冈应该是被精神控制了,现在这些话,不过是白梦魇在他脑海中的投射。

不然还有其他可能吗?

就在此时，白梦魇举起了前爪，而沃夫冈配合地扬起了头。

周启赡知道这意味着什么。他必须马上行动，否则，就来不及了。

脚下踢到了什么东西。周启赡低头一看，是沃夫冈的铝制水壶。看样子是不知什么时候掉落了。

他灵机一动，轻轻蹲下捡起水壶，然后深吸一口气，用那把野战刀的刀柄，猛击了两下铝制水壶。

当当！

响声清脆，白梦魇已经高高举起的锋利前爪一下停在了沃夫冈的头皮边缘。它缓缓抬头，看向周启赡藏身的那棵大树。

周启赡的心一下子跳到了嗓子眼儿。但他强迫自己冷静下来，一边制造杂音，一边跑起来不断变化位置，引导白梦魇远离沃夫冈。

同时，他把水壶盖取了下来。这个距离应该够了。

周启赡猛地起身，将金属材质的水壶盖向白梦魇丢过去，然后赶紧躲藏。可怜的水壶盖对怪物没有造成任何伤害，但明显激怒了它。白梦魇迅速警觉地寻找袭击源头。白梦魇靠近的同时，周启赡开始在心里倒数：

5，4，3，2，1，0！

他把水壶剩下的部分扔到了和沃夫冈完全相反的方向。白梦魇上当了，朝着那个方向跑去，周启赡则竭尽全力跑到沃夫冈面前。沃夫冈的脸上依旧带着恍惚的神情。但现在没时间叫醒他了。周启赡直接拉住沃夫冈的手臂，拼命拖着他朝陡坡下面跑去。神志不清的沃夫冈虽然动作缓慢，但好歹还算有行动能力，也挺配合，就这样顺从地跟着周启赡往前移动。

到达半山腰的时候，沃夫冈突然停住了脚步，任凭周启赡怎么拉也不走了。

"沃夫冈？"周启赡在他面前挥手，但沃夫冈就是毫无反应，一动不动。

身后传来奇特的声响。沉重、缓慢，像巨人的脚步声。周启赡缓缓回头，只需一眼，就吓得魂飞魄散。他从未见过这么可怕的怪物：一头熊一样的腐尸，一摇一晃地接近二人。它脖子下面的肉瘤大得出奇，沉重地挂在那里，简直要把它的头都拉到地面上。那肉瘤摇晃的样子别提有多恶心了。紧随它身后，则是高高站起、挥动着锋利前肢的白梦魇。

周启赡看了一眼右侧，这是一个不知通向何处的斜坡，比刚才那道斜坡陡峭得多……跳下斜坡赌一把，或是变成白梦魇的猎物，或者那头熊……说真的，他其实没有选择。

周启赡一把拽住沃夫冈，闭上眼睛，纵身跳下斜坡。

斜坡比想象的要长得多，周启赡已经数不清自己转了多少圈，在连续不断撞到石块、树，以及一些惊恐的小动物后，终于停住了。他竟然没有昏过去，真是一个奇迹。周启赡尝试活动了一下四肢，也没什么问题。如果不是身处在这种境况，简直可以说是极其幸运了。

等他爬起来，才发现这个赌博一样的选择还带来了另外一个说不清是好是坏的结果——自己终于找到了力场的另一处边缘。

巨熊追了过来。它发现力场之后，即使还隔着一定距离，也开始停步退却，显然有所畏惧。周启赡戒备地观察着。过了半晌，巨熊一声不吭地退走了。而白梦魇，竟完全没有出现。周启赡终于放松肩膀，长出一口气。

突然之间，沃夫冈朝自己扑了过来。周启赡大惊，下意识伸手抵挡，却被昔日的友人压在地上。周启赡挣扎着，发现沃夫冈的眼神还是空洞的,他还没摆脱白梦魇的控制。

"沃夫冈!你醒醒!"周启赡大喊。

沃夫冈毫不理会,劈手将周启赡手中的野战刀夺了过来,反向朝他刺来!周启赡慌乱地举手格挡,刀尖竟扎在了父亲给他的手表上,表盘应声而碎。周启赡愤怒地大叫一声,不知哪里来的力气,猛地把沃夫冈一脚踢开。

沃夫冈滚了好几圈,过了半响,摇摇晃晃地站了起来。"这是哪里?"沃夫冈终于醒转过来。

周启赡难过地看着已经碎裂到无法修复的手表。但他知道,不能责怪沃夫冈。他只能收拾好自己的心情,深吸一口气,"我们……在一个斜坡下,应该是力场的另一个边缘。"

"我刚刚好像出现了一些幻觉。"沃夫冈的神色还是有些恍惚,"就像做了一个梦。"

"梦到了魂牵梦绕的白梦魇?"周启赡将碎掉的手表仔细地收起来放进衣兜,忍不住嘲讽沃夫冈,舒缓一下自己的情绪。

沃夫冈一愣,随即紧张起来。"你说什么?"他紧盯着周启赡。

周启赡对他的反应有点意外,"你刚才对着白梦魇说情话,什么要和它一起去德国之类的。"

沃夫冈的脸色更差了。他站起身来,好像手脚都不知该怎么摆了,但紧接着又闷哼一声,跌坐在地。周启赡这才发现他的小腿上都是血。

"你受伤了?"周启赡想上前帮忙检查一下,却被沃夫冈推开了。

沃夫冈看了看小腿,又看了看斜坡,周启赡心想他一定是滚下斜坡时划伤了。"刚才我没有别的选择,抱歉。"周启赡从背包里拿出药箱,"先处理一下吧。"

"不必。"沃夫冈干脆地拒绝了。他再度起身，转头看向不远处力场的蓝色雾气，脸色犹豫不定。

"你想干什么？"周启赡对友人的行为难以理解。

沃夫冈回头看了看周启赡，面色惨淡地一笑。周启赡脑中警铃大作。

不，他该不会想……

沃夫冈根本不给周启赡阻止的时间。他几步快跑，毫不犹豫地将受伤的小腿伸进蓝色雾气。等周启赡赶到身边时，沃夫冈已经收回了腿——但他的膝盖以下，刚才被蓝雾浸没的位置已经完全消失。他摇晃着失去了平衡。周启赡急忙扶住他，沃夫冈脸上一副因剧痛而狰狞的表情。但他始终没有叫出声，就连一点小小的呻吟都没有。

沃夫冈脸色惨白，冷汗涔涔，"是白梦魇。我不想变成腐尸。"

周启赡急忙拿出全部的纱布，手忙脚乱地帮他简单包扎了一下。两人跌跌撞撞，找到了一个能藏身的小洞穴暂避，打算等沃夫冈的状况好一点后，就回地下的研究所里。

但沃夫冈没有好起来。

白梦魇的毒性并没有随着小腿被切割而消散，反而在沃夫冈的体内开始蔓延。

就像现在，眼前这个小混混一样。

周启赡看到了阿猛手心的伤口，狭长、深邃，还带着伤口发炎后形成的淡绿色痕迹，无疑已经感染了腐尸的毒素。

他本想直接帮对方从痛苦中解脱，但阿猛拼命挣扎，周启赡只能放开了他。阿猛一边大口喘气，一边死死盯着周启赡。

如果目光能杀人，周启赡应该已经被杀了无数遍了。

"抓紧时间送他去医院吧！"刘珂招呼廖喆扶住阿猛，三人就要往外走。

周启赡上前拦住他们，"你们看他的脖子！"

刘珂和廖喆齐齐朝阿猛的脖子看了一眼，倒抽一口冷气。阿猛不明白怎么回事，但两人的脚步停了下来，也放开了他。阿猛惶恐地看着周围。

"不可能！"阿猛摸了摸脖子，瞪大眼拼命摇头，"我才不是吓大的！就这么一个小小的伤口，怎么会……不会的！"

周启赡不再说话，移开了视线。用不了多久，这里所有的人都会知道，骗人的是谁，是我，还是他自己。

话说回来，沃夫冈在面对这样的命运时，表现得有尊严多了。

沃夫冈靠在洞穴的墙壁上，浑身发烫。他不停地摸着喉咙，发出咯咯的声音。周启赡只能用仅有的酒精给他进行物理降温，别的什么也做不了。

不管是平常的沃夫冈，还是这种状态的沃夫冈，都很让人发狂。周启赡心里的某个部分倒是希望自己可以就这样丢下他，逃之夭夭。但他知道自己做不到。如果情况对调，需要做决定的是沃夫冈，或许他会毫不犹豫地将自己抛弃。

但周启赡做不到，因为沃夫冈是他唯一的朋友。

"现在又感觉好点了。"高烧过后，沃夫冈开始说胡话，甚至想要站起来。

这是毒素营造的错觉。周阳的记录中提到过，遭受攻击的人变成腐尸前，都会经历一个短暂的、自我感觉良好的阶段，就像回光返照一样。但这也意味着，转变很快就要发生了。

周启赡难过又慌张，不知该怎么办。随着一声痛苦的呼号，沃夫冈像是体力不支似的，直接跌倒在地。他开始用力呼吸，发出一种只有哮喘病人发病时才会有的声音。

"沃夫冈！"周启赡扑过去扶住他，"你怎么了？"

"别管我！"沃夫冈竭力往洞口爬，"我要出去！大夫！大夫！"

沃夫冈一把推开周启赡，继续挣扎着往前。但很快，他的动作开始变得迟缓。到最后，他抬手都困难了。从他膝盖处的伤口往上，皮肤也发生了变化，起初只是颜色变得青白，紧接着皮屑一小块一小块地往下掉，最后大块的皮肤也开始脱落。但奇怪的是，皮肤脱落之后露出的血肉并不是红色，反而也是青白的，正是腐坏肉体的颜色。沃夫冈的喉咙部位已经鼓起一个小包，周启赡知道，很快，自己就要失去这个朋友了。

"启赡……"沃夫冈无神地看向周启赡，嘴唇动了动。周启赡过去喂了他点水，沃夫冈喝下去又全部吐了出来，还吐出了很多颜色不一的絮状物。

"启赡……"沃夫冈艰难地抬头，直视周启赡，"我……我不想死……"

周启赡抱着沃夫冈，感到无助又绝望。

沃夫冈眼神涣散，费力地说："启赡，你还记得你爸失踪那天吗？"

周启赡愣住了。沃夫冈又吐了一次后，慢慢开口："那天晚上，如果你晚几分钟走的话，就会知道你爸爸……他被人带走了……"

一瞬间，周启赡的脑子里一片空白。

"你知道我爸爸在哪儿？"他脱口而出。

"我知道，也不知道……"沃夫冈笑得晕乎乎的，"你以为周铭失踪是来了开阳岛。但实际上，他连出海的机会都没有……"

周启赡慢慢瘫坐在地上。他大口呼吸,消化着刚刚听到的信息。

"我所做的一切都是为了找到我爸爸……你明知道,却一直在骗我?"

"你不要怪我,"沃夫冈靠在墙上,看着自己不断脱落的皮肤,突然笑了出来,"我从小就被教育着,要为了组织而活,要为了我们崇高的使命……"

"你说什么?"周启赡呆呆地问。

沃夫冈艰难地喘了一口气,努力说:"多维空间碎片……白梦魇……你以为不会有人觊觎吗?它们可是开始天启的钥匙……只是,十七年前的那场事故,让一切都消失了……从你的父亲,到和你的相遇……很抱歉,从始至终都是计划好的,一直都是……"

让我如获至宝的友谊,原来从头到尾都是计划的一部分……

"你为什么要告诉我?……"周启赡惨笑,愤怒、伤心、痛苦,这些他完全不熟悉的情感一下子都出现了,"你为什么要告诉我?!"他扑过去狠狠揪住沃夫冈的领子。

"我……"沃夫冈突然哭起来,"我不想死……"

周启赡一把推开沃夫冈,站起身扭头就走。但沃夫冈虚弱地呼唤着他:"起初,你只是我的任务……但后来,我……我真的想和你做朋友……"

周启赡停下了脚步,但没有回头。

"你可以恨我,但……"毒素开始侵蚀沃夫冈的神智,他连说话都有些困难了,"我……是真的羡慕你,你对父亲的……那种爱,对我来说,是……很陌生的东西……我很羡慕你……"

"够了!"周启赡闭了闭眼,转身看着沃夫冈,"我爸爸到底在哪儿?"

沃夫冈的眼白逐渐浑浊,他口齿不清地嘟囔着:"我……不知……道……"

周启赡愤怒至极,声音都颤抖了:"你、你……"他不知道自己到底想说什么,或者想做什么,如果可以,他希望这一切都没有发生。

"对那些人来说,我……只是个随时可能被抛弃的卒子……"沃夫冈小声得就像呓语,"我没有朋友……你是……我唯一的朋友……"

沃夫冈的脖子上,鼓包已经很大了。看得出来,他在绝望地对抗着白梦魇的毒素。"你杀了……我吧。"沃夫冈艰难地说,"就当……最后帮我个忙,我不想……变成那样。"

虽然心中满是愤怒,但周启赡发现,自己完全无法拒绝这个曾经的挚友的请求。

"我们是朋友,"周启赡看着他的眼睛,"一直都是。"

沃夫冈笑着闭上了眼睛。周启赡从地上捡起一截钢筋,深吸了一口气,平静地将钢筋刺入沃夫冈的脖子。他甚至没有意识到自己在哭。

在这个夏天之前,周启赡连蟑螂都没有杀过。现在,命运安排他亲手杀死了自己最好的朋友。作为凶器的钢筋被他磨成了一根尖刺状的武器,挂在脖子上。

人类总是缺少对未知的敬畏。周启赡想。学校教我们数学、物理、化学,却从没教过我们什么是恐惧。大概因为恐惧是本能?不,等本能意识到,已经太迟了。得在一切开始之前,在你与未知初次相遇之时,你就要对它心怀畏惧。但这样就来得及吗?假如命运之神安排你注定与之相遇,提早知道自己面对的是什么,或许也并不能改变任何事。结局，或许早已注定。

沃夫冈死了，但他给周启赡留下了巨大的谜团。他到底是谁，为什么要接近我？为什么要骗我？什么是天启？

周启赡在给沃夫冈整理遗物的时候，从他的包里发现了一个小小的笔记本。这并不是沃夫冈的日记，他也不像是那种会写日记的人。这个笔记本里所记录的，是一些看不懂的数字，一些外国人名和联系方式，还有沃夫冈对自己此前所有任务的记录总结。

在这些中文和德文夹杂的记录中，周启赡零零碎碎地拼凑出了沃夫冈的人生。

沃夫冈的爷爷杨威是一位华人，没什么文化，在集中营里为了活命而选择与纳粹为伍，成为第二种人，也就是工作人员。杨威因此获得了相对安稳的生活，但也迷惑了他的心智。集中营里那些惨无人道的死亡并没有让他对纳粹彻骨痛恨，反而庆幸起自己的幸运，对于邪恶的靠山产生了依附之情，成了暴力的胁从。

德国战败后，杨威离开了集中营，娶妻生子，表面上过着普通人的生活，暗地里却和那些逃过审判的余孽一起，加入一个名为EOD的组织，渴望继续第三帝国的荣光。

他把家人都拖进了这个由虚妄构筑的梦想中。这个家庭靠着对帝国的狂热信仰维系在一起，彼此之间却冷漠疏离，没有感情。从小到大，沃夫冈的唯一目标，就是为组织尽忠。

所以他没有朋友，因为朋友都是可利用的工具。但是，沃夫冈也只是个十八岁的少年，他想要朋友。

周启赡其实没有勇气翻开有关自己的任务的那些记录，但他最终还是看了。令他痛苦的是再次经历友人的背叛，但沃夫冈的记录也和周铭留下的线索一起大致补全了周启赡脑中的拼图。他看到了蓝珠镇上隐藏的黑暗，还发现了沃夫冈不为人知的一面。

白梦魇是沃夫冈的目标,但在他还没意识到的时候,周启赡真的已经成了他唯一的朋友。年轻的沃夫冈贪婪起来:"或许,任务和朋友可以兼得?"

读到这里的时候,周启赡愣住了。他其实很难理解这些复杂的人类心态,对周启赡来说,沃夫冈似乎和爸爸周铭一样,是在为一个不可能实现的目标倾尽一切。周启赡甚至不知道自己是不是和他们一样,也在渴求某些虚妄的东西。

然后,他们都为了欲望,付出了惨痛的代价。

"救救我。"阿猛说,"我不想死。"

感染的伤口开始让阿猛产生幻觉,他时而又哭又笑,时而又表现得十分痛苦。此刻,他终于清醒了些,趁着还残留着一丝意识,他开始央求周启赡。

周启赡对他点点头,阿猛开心地笑了。

他毫不迟疑,给了阿猛一个痛快。随着尖刺扎进喉咙,阿猛的双眼突然睁大,最后缓缓闭上。

洞口处传来杂乱的脚步声。

周启赡皱眉,扶着阿猛的身体轻轻放倒在地,拔出带着血丝的尖刺。他抬头看了看身边的人,发现他们的面容都变得模糊起来。

周启赡感觉整个世界离自己越来越远。

好像铁门又开了,传来一阵乱七八糟的杂音,有男有女,有人大吼,有人尖叫,但这些声音离他很远。周启赡的心中毫无波澜,阿猛的面孔和死去的沃夫冈重叠在一起。

一个女人撕心裂肺的声音传来:

"是不是你……是不是你杀了我的启赡?!"

周启赡缓缓抬头，记忆中的那张面孔十分熟悉，但他一时却忘记了她是谁。女人疯狂地冲上来，被刘珂和赵秋霜紧紧抱住，她们似乎想说什么却无法开口。

一群面带惊恐的干警围了上来。莫大勇举枪对着周启赡。

"放弃抵抗！"莫大勇喊着，"你被捕了！"

他没有反抗。戴着手铐，被押解着走出洞穴后，世界已经入夜。满天的繁星是那么闪亮，映衬得他愈发黯淡无光。狂风大作，海面已不再平静。

变故

18

蓝珠镇上空传来隆隆雷声。

7月24日,莫拉克如期而至。热带风暴携带万钧气势,如龙王一样倾泻着狂风骤雨。家家户户门窗紧闭,街上一片萧瑟,只有风声雨声,声声入耳。

蓝珠镇大酒店的几位住客,此时各怀心事。

408房间里,廖喆头大如斗。因为暴雨,蓝珠镇封镇,原本计划要和省厅专案组一起到来的紧急事故处理小组,也被滞留在福州。廖喆接到命令,要他原地待命,和莫大勇一起确保周启赡的安全,同时也要密切注意白梦魇和腐尸们的动向。

廖喆看了眼窗外,瓢泼大雨中能见度极低。身为北方人的廖喆从未经历过台风天,对大自然望而生畏。唯一的好处,他想,就是这样的鬼天气,即使白梦魇也要休息的吧!

希望不要再有坏消息了。

廖喆看着手中的卫星电话,叹了口气,放下。然后他拿起自己的手机,想给刘珂拨过去,突然想到她那台8810已经永远地留在了礁石滩,只得作罢。

1306套房里。

"开门!"赵秋霜气急败坏地拍打着卧室的门,"放我出去!你凭什么把我关起来?!"赵远国来到蓝珠镇之后,选择了酒店里最好的套房。赵远国对此很满意,因为每个卧房还配有单独的锁。但这对赵秋霜来说,完全是个灾难。

尤其是经过昨晚发生的一切——

门外毫无动静。赵秋霜又踹了两脚门,除了让自己脚腕生疼之外,毫无用处。

"我有重要的事！"赵秋霜大喊。

老天似乎听到了她的心声，房间门突然被拉开，衣着干练的赵远国站在门口。赵秋霜不想理睬他。赵远国显然习惯了女儿这种嚣张的态度，好像并没有进屋的打算，表情也很平静。

"你说得对，走之前你的确还有一件重要的事情要做。"赵远国毫不留情地说。

赵秋霜一愣。走？走什么？我不想走！

"你跟我去一趟周家，你要对林孝慈，也就是你的婶婶，认真道歉。"

"什么?!"赵秋霜傻眼了。

"你撒下弥天大谎，跑来蓝珠镇，搞出一堆事情，不都是因为要找周启赡吗？"作为大学教授，批评人简直就是赵远国的本能，"但你找来找去，就是不找他的妈妈，他的亲生母亲！"

"亲生母亲"四个字是加了重音的，赵秋霜苦着脸，完全能听出赵远国话里的怨念。

"去道歉，这是你应该做的，你欠婶婶一个道歉。明白吗？"

赵秋霜无法反驳。

"等雨小一点，我们就出门。"

"老赵你是不是傻？这是台风！"

咣当一声，赵远国已经再次锁上了门。赵秋霜气疯了，一个枕头丢了过去。又一个枕头。连带备用枕头都算上，四个枕头堆在门口，仿佛在嘲笑她的无能。

赵秋霜强迫自己冷静下来，目光落到那些枕头上，接着回头看了看床单和被子，心生一计。

1206房间里，黑衣男人坐在床上，面前是一只黑色手提箱。

他冷静地打开，箱中陈列着他那把鲁格P85、备用弹夹，以及几盒备用子弹。看得出来黑衣男人很爱惜这把枪，就连保养时的动作都很温柔。

他的房间里有一样东西显得很突兀。那是一只硕大的行李箱，大到甚至能装下一个人。行李箱静静地立在屋子的一角，如果仔细看，就会发现黑色的无纺布表面有些液体渗出。到底是什么东西呢？

黑衣男人完成了工作，将手枪揣在身后。他从身边的一只皮质手袋中拿出那个金属圆筒仔细观察起来。看了半天，没有什么异常。

就在这时，窗外传来一阵乱响。黑衣男人反应迅速，立刻将金属圆筒放下，举枪瞄准，却看到在狂风暴雨中，一个少女拽着床单和被套做成的"绳索"从楼上溜到这个房间的阳台上。她的腰上还拴着几个大枕头，大概是为了减震。一切就像电影情节，即便黑衣男人见多识广也不由一愣，更别提本以为楼下没有住客的赵秋霜了。

有那么一刻，两人都停在原地，没有想到下一步。紧接着他们同时有了反应。赵秋霜看到了黑衣男人的枪，尖叫一声，手脚并用想爬回去。黑衣男人自然不给她这个机会，三两步冲过去，打开阳台门，一把抓住想跑的赵秋霜拖过来。慌乱中，赵秋霜完全忘记了跆拳道里的种种招数，手脚乱蹬哇哇大叫，可却被狠狠捂住了嘴。就在这时，她看到了床上的金属圆筒。

这个人是谁？！

情急之下，赵秋霜一口咬中黑衣男人的手，却被反手甩了一巴掌，眼冒金星。黑衣男人毫不怜香惜玉，抓住她的头朝墙上猛地一撞。"早知道下到十一层了。"这是赵秋霜昏迷前的最后一个念头。

313

大概是长期锻炼的缘故，赵秋霜身体的复原力很强，很快醒了过来。头好疼。赵秋霜努力睁开眼睛，发现自己躺在地板上，手脚都被捆住，嘴也被大力胶粘着。她努力扭头，发现身边还侧躺着一个人。

赵秋霜一下就认出了这个人。臭头，那个和阿猛一起欺负自己的小混混！

但臭头已经死了，一双空洞的眼睛浑浊地盯着自己。赵秋霜毛骨悚然，叫又叫不出声，只能拼尽全力蹬开臭头的尸体，往旁边躲。她一边躲一边四处寻找逃跑的路，但这个屋子和楼上的格局不同，只有一扇门。赵秋霜不再迟疑，即便手脚被捆住，她也努力朝着门口蹭过去。

很不幸，这种标准间的坏处，就是卫生间会在出门的必经之路上。赵秋霜刚爬出没几步，卫生间的门打开，黑衣男人环抱双臂，好整以暇地看着她。

"你要庆幸自己还有用。"他不带感情地说，似乎有点外国口音，"不然就会和那边的小混混一样。"

赵秋霜惊恐地瞪着他，想发问却说不出话来。

"我知道你有很多问题。"黑衣男人蹲下身子拍了拍她的脸，被赵秋霜厌恶地躲过。他也不在意，反而看了看窗外。

"或者你想再看看这里？因为过了今天晚上，你就再也回不来了。"

赵秋霜实在不懂黑衣男人的话，只是绝望地看着紧闭的房门。黑衣男人起身像拎小鸡一样把她提起来，扔进了那个硕大的行李箱。这个箱子之前显然是装臭头尸体的，赵秋霜都能闻到箱子里浑浊的血腥气。

不行，不能就这样认输！

黑衣人拉上了箱子的拉链。一瞬间，黑暗吞没了她。

此时，身在408的廖喆已经全副武装走出了酒店，前往派出所。他必须站好最后一班岗。廖喆说服自己：尽管在蓝珠镇经历了这么多事，但自己必须摆正态度，自己是个过客，不能带入感情，唯一的目标是：完成任务，完成任务，完成任务。

濒死的阿猛说着"我不想死"。周启赡一会儿是士兵，一会是自己，时而凶猛，时而痛苦。然后刘珂的脸跳了出来，面对恐怖的尸体，虽然害怕却死死坚持。

明明只是个观察的工作，竟然如此令人痛苦。

廖喆叹了口气，走进派出所。原本这样的天气应该没人来，但因为昨天那件"大事"，现在整个派出所里人满为患。

阿猛的父亲老王举着横幅"还我儿子"仰天大哭，后面还跟着一群突然冒出来的所谓亲戚。他们跪在大厅里齐声哭喊着，要求血债血偿，或者血债钱偿。

"这帮混蛋！"

廖喆听见莫大勇的咆哮，发现他正冲老黄大吼："把他们赶走！"

老黄和小朱好不容易把他们劝走，林孝慈又出现了。在这样的暴雨中，她似乎也没带伞，浑身湿漉漉的，一见莫大勇就发疯似的要扑过来。廖喆眼疾手快，一把拦住她。

"放开我！我要那个人偿命！"林孝慈哭得撕心裂肺，"我的启赡！我什么都没有了！什么都没有了！"

廖喆能感到这个女人的绝望，心里十分不是滋味。林孝慈认出了他，像抓住救命稻草一般恳求廖喆：

"你是省厅来的同志吧！你帮帮我，帮帮我！我什么都没有了！我、我……"林孝慈一边哭一边倾诉，"我做错了什么？为什么老天要让我遭这样的罪？！启赡啊——"她的话戛然而止，廖喆一看，不得了，她竟然哭晕了过去。

整个派出所都乱了起来。一番急救，林孝慈悠悠转醒，因为体力不支，暂时带去其他房间休息了。

大家获得了难得的喘息，莫大勇看上去既疲惫又紧张。廖喆很理解他。但今天一直没看到刘珂，有些奇怪。他拉住小朱一问，才知道刘珂被派去看管昨天晚上那个嫌犯了。

廖喆一听，急忙问明地点，赶了过去。

派出所最东边的套间因为设计得当，改成了审讯室和观察室套叠的样子。刘珂在观察室，周启赡则被铐在审讯室。莫大勇没有走正规流程安装单向玻璃，只是贴了一层单向膜，质量不是太好，以致此时坐在里面的周启赡看起来模模糊糊的。

听见廖喆的脚步声，刘珂回过头，发现是他，也不惊讶。廖喆走过去跟她并肩站在一起。

"接下来，会发生什么？"刘珂开口问话，视线却一直停在周启赡身上。

廖喆明白她的意思。"这个人就是周启赡"这件事，该怎么收场？他现在也回答不出来，因为这已经远超他的工作范围，只能等到上面的人来处理。他正想安慰刘珂几句，女警察突然一转身，揪住他的衣领。

"接下来会发生什么，廖特派员？"刘珂的目光简直像是要把廖喆撕了，"你不是什么都知道吗？"

"我……我知道什么？"廖喆不明就里。

"周启赡说1986年开阳岛发生了事故。你也知道，对吧？"刘珂眯起眼睛询问,"你怎么会知道那样的机密?你到底是谁?你那个什么有关部门,到底是干什么的?"

廖喆没料到她一直在想这些事,一时不知该怎么搪塞过去。刘珂显然没有打算放过他,依然紧紧地抓着他的衣领。

"刘珂同志,你先放手。"廖喆有点无奈。

"不放。"刘珂拒绝得很干脆,"蓝珠镇是我家,如果眼前这一切糟心事都跟1986年的开阳岛有关,我有权知道真相!大家都应该知道真相!"

"刘珂,你这话说得就天真了。"廖喆忍不住劝道。

"那你看着我的眼睛,告诉我,就算我不配知道真相,林孝慈阿姨也不配吗?"刘珂放开了廖喆的衣领,眼神冷冷的。

廖喆张大了嘴巴,这次是词穷。他禁不住扭头看了看玻璃对面的周启赡。周启赡的长发长须已被剃去,此时倒露出了几分少年时的样子。他一时看墙壁,一时看桌子,表情扭曲地喃喃自语。廖喆被他的举动吸引了。难道他疯了吗?

对了,有可能,毕竟他还有"士兵"的奇怪行为——

多重人格。

廖喆记得自己此前看过一本小说,叫作《24个比利》。故事的主角就是一位多重人格分裂者。这些人格在智商、年龄、国籍、性别方面都迥然相异。他们轮流支配比利的身体,彼此相互对话,却不会知道对方干了什么。如果说周启赡在岛上因为长期孤独生活,分裂出了士兵这个人格,那简直完全说得通。好在他只是双重人格,没有什么其他乱七八糟的性格出现。

刚想到这里,就听刘珂愤怒地在旁边喊他:

"我问你话呢,你发什么愣?"

廖喆急忙回头,想把刚才的判断告诉她,却见刘珂并没有看自己,而是盯着玻璃窗一脸惊恐。廖喆顺着刘珂的目光看去,只见周启赡不知何时站了起来,正在玻璃窗前看着两人。

廖喆一下子汗毛倒竖,周启赡还能开手铐!下一秒他又安慰自己,他肯定看不到这边,但随后周启赡礼貌地敲了敲玻璃,微笑起来。

"玻璃后面的警察,你好。"

廖喆和刘珂面面相觑,都说不出话来。倒是周启赡很自然地做起了"自我介绍"。

"我叫沃夫冈,是启赡的朋友。"

刚刚还说没什么乱七八糟的人格!廖喆在心里猛锤自己。他低声对震惊的刘珂说:"听说过多重人格吗?"

刘珂愣了一下,随即点头。廖喆也点点头。"我们顺着他说吧,或许能知道更多细节。"

"更多细节?"刘珂并不认同廖喆的想法,"可能是你需要更多细节汇报吧,廖特派员。我现在想的是怎么让林阿姨知道这个事实。"

"刘珂,你不觉得她最好什么都不知道吗?"

"你凭什么替她做决定?"刘珂瞪了他一眼。

"我——"

"对了,我都忘了,"刘珂讥讽道,"你不是特派员嘛,官大一级压死人。"

"我——"

"两位,可以不要吵了吗?"玻璃后面的沃夫冈发话了。

廖喆、刘珂双双吓了一跳。他不应该听得见!也不应该看得见!沃夫冈应该是猜到了两人的疑惑,很大方地解释道:"单向膜很好破解,而且你们的收音装置,恕我直言,也有问题。"

"你想干吗?"刘珂警惕地问。

"我要见你们的莫所长。"沃夫冈微笑着说。

"你凭什么——"刘珂话音未落,就被打断。

"刘珂,你出去。"

莫大勇不知什么时候来了。刘珂还想据理力争,被莫大勇瞪了一眼,不说话了。廖喆发现莫大勇的神色不太对,他看着玻璃后的"周启赡",那表情不像是看着嫌疑犯,反而像是看着救命稻草。

"接下来的话,我只对莫所长说。"沃夫冈好像能看见廖喆一般对他挥了挥手,"其他人就走吧。"

廖喆倒是不介意,毕竟等莫大勇出来再问他就好了。他走出观察室,没看见刘珂,松了口气。但等他走到大厅门口,却发现刘珂正在这里候着,紧紧盯着自己。廖喆心里发苦,看样子她不打算放过自己了。

怎么办?

"如果那个同志表现出具有理解并且协助解决问题的能力,那么,将对方吸收进入本部门也不是不可能。"脑中响起培训期间教官的话,"但你也要有所准备,毕竟不是所有人都会感激这样的机会。"

"有关部门的秘密,就是没有秘密。"是啊,知道秘密的人,不是签了形同卖身契的保密协议,就是被吸纳进入成了自己人,再不就是……

"我知道你想知道什么,但你能等几天吗?"廖喆无奈地说。

刘珂露出不解的神色。廖喆解释:"我有我的难处,但是我可以等紧急事故处理小组到来之后,正式申请,看是否能对你坦白。"

刘珂想了想，点头同意，"那他们人呢？"

"呃，因为暴雨被耽搁了。"

刘珂皮笑肉不笑地哼了一声，"有关部门也不怎么样啊，还以为你们能呼风唤雨呢。"

廖喆尴尬地摸摸鼻子。

暴风雨让时间显得飘忽不定，眨眼间天色将暗。派出所的电话大声响了起来。刘珂跑过去接，只听文野泉上气不接下气的声音喊道："秋霜失踪了！"

为什么是文野泉来报警？说来也巧。他心里担心赵秋霜，委托钱小海问出了赵远国的住地，便不顾奶奶的劝阻来到了蓝珠镇大酒店。文野泉只是想见秋霜，想安慰她，因为少年知道，那样一个结果对任何人来说都是难以接受的。

没想到他刚敲了两下门，焦头烂额的赵远国就冲出来，冲他咆哮："你把我女儿拐到哪里去了？！"

傻在当场的文野泉好不容易跟赵远国解释清楚，两人根据赵秋霜留下的线索找到了十一层。赵远国软硬兼施，让酒店管理方打开了1106房间的门。现场一下子炸了锅。

臭头的尸体让文野泉心惊胆战，他迅速搜索了1106，没有看到赵秋霜，却能看出现场打斗的痕迹，他细细检查，果然发现了一只赵秋霜的助听器。两人不再迟疑，立刻报警。此时，不用赵远国再问，从酒店工作人员的议论声中，他得知一个重要信息：有一个黑衣男人拖着一个大箱子，上了一辆去西海岸的车。

赵远国和文野泉此时已经在去西海岸的车上。说到西海岸，刘珂立即想到了偷渡客的常用路线。那个大箱子里面很可能就装着赵秋霜。但那人绑走赵秋霜干什么？难道跟周家的事情有关？

小朱跑去向莫大勇汇报，过了半晌却惊惶地跑回来大喊："莫所长不见了！嫌犯也不见了！"

　　派出所众人都傻眼了。但很快，资历最老的老黄冷静下来，虽然他平时像个老油条，关键时刻却不仅不会脚底抹油，还能扛起担子。本来所里现在没几个人，老黄留下一个同事看家，一个同事到蓝珠镇大酒店，自己则带着小朱准备赶赴西海岸。

　　"老黄，你是不是把我忘了？"刘珂提醒道。

　　"阿珂，你和廖特派员去找莫所长和嫌犯。"老黄斩钉截铁。

　　"是！"刘珂领命。她跟廖喆对视一眼，两人都感觉即将面对此生最大的挑战。

雨夜、血夜

— 19 —

莫大勇耐心地等廖喆和刘珂消失在视线中，掏出钥匙打开了审讯室的门。他要再仔细看一看这个人的脸。那是一种似曾相识的感觉。昨天晚上并不明显，但今天他被剃成了光头，胡子也没了之后，莫大勇突然生出了一个荒诞的念头。

他本来对这人的身份没兴趣，只想赶紧完成黑衣男人的命令，救回老婆孩子，但现在，他倒真要看看此人到底是谁。

而沃夫冈眼中的莫大勇就是个小丑。他早就知道此人已经被组织买通，背叛了他的国家。对于背叛者，无论是出于什么原因，沃夫冈向来看不起。不过是一枚棋子罢了。他看着莫大勇开门进来，摆出了自认最人畜无害的笑容。

"莫所长，久仰。"

"客套话就不必了。"莫大勇扯出一个笑容，显得很疲惫，"等一下我会带你走，你只需要配合就好。"

沃夫冈好奇地问："你不想知道我是谁吗？"他想要玩一个游戏。

"不想。"莫大勇冷冷地回答。但其实他想。

沃夫冈笑了，"或许答案会出乎你意料也不一定。"

"那你说说吧。"莫大勇一屁股坐在沃夫冈对面的椅子上，"反正离天黑还有一点时间。"

"我为什么要告诉你？"

莫大勇被眼前这人戏谑的态度激怒了，但此刻他只能强压住怒火，不能在这个时候失控。自己还需要他。

"你和你那个同伙，都不是中国人，这我知道。"

沃夫冈转了转眼珠，"你这么说，对，也不对。"

"你们到底想干什么？"莫大勇没好气地说。

"他想干什么，你知道，我想干什么……"沃夫冈眯起眼睛，

325

一瞬间有点恍惚。我想干什么？对了，我要白梦魇。不对，那周启赡怎么办？我要得到什么？

被困开阳岛这些年，沃夫冈对自己的目标都有些模糊了。不，既然已经脱困，身边也没有了周启赡这个拖累，我应该先把发生的一切都汇报给组织才是。来接应我的人到了吗？眼前这个小丑一样的人真烦啊——沃夫冈看着眉头紧皱的莫大勇，忽然忍不住笑了。

"我想干什么，你不需要知道。"沃夫冈顽皮地指了指自己的鼻子，"你觉得我熟悉吗？"

莫大勇明知他在耍弄自己，却情不自禁地仔细观察起来。这个人还真有那么点熟悉。那种荒诞的感觉又回来了。

"你到底是谁？"他咬牙切齿地问。

"我是周启赡呀。"沃夫冈轻松地回答。

莫大勇腾的一下站起身。审讯室外传来一声沉闷的响动，好像是有人摔倒了。他赶紧开门观察情况。

但门外什么人都没有。他只好返回屋里，继续处理眼前这个神经病——没错，神经病，一个自称是十八岁的周启赡的中年神经病。

"你可以不相信我。"沃夫冈耸耸肩，"但你真的不觉得我看起来似曾相识吗？"

他越说，莫大勇就越觉得眼前这人跟周启赡有几分相似。三分？五分？不，至少七分。眉梢眼角都很像，或许真是周家的亲戚也不一定。这样一来，也难怪黑衣男人想要抓走他。

算了，这些跟我没关系。莫大勇苦涩地想。

沃夫冈对他的反应有点不爽了。"你不相信我？"

莫大勇起身拿出手铐，不由分说把沃夫冈和自己铐在了一起。

"你这是做什么?"沃夫冈皱眉,去拉手铐,"打开!"

莫大勇掏出了自己的配枪。"走吧,天快黑了。"说完他毫不理会对方的抗议,拽着沃夫冈走出了审讯室。

暴雨中的街道上没有人,加上天色昏暗,莫大勇甚至放弃了遮掩手铐的举动。派出所那台桑塔纳目标太大,他带着沃夫冈避开了主要街道,徒步走上了海岸线。越往西走,步履就愈发艰难。雨衣几乎没用。但莫大勇不能冒险,他有太多害怕失去的东西了。

天黑之后,暴雨似乎有一点减缓的态势。看来莫拉克的行程要进入后半段了。

西海岸的礁石滩地势险峻,说是礁石滩,其实叫礁石山比较合适,高低错落的巨岩矗立在海水中,中间那些狭长的缝隙就是走私犯们藏匿的庇护所。莫大勇拉着沃夫冈,来到了这里。按照约定,他拿出手电筒,按照某种规律朝黑暗中照了几下。过了片刻,黑暗中亮起了同样的信号。

莫大勇把沃夫冈推到前面,用手电筒照亮了他的脸。又过了一会儿,黑衣男人的身影出现。他拿着手电筒示意莫大勇让沃夫冈一个人过去。莫大勇打开手铐,朝前推了他一把。

"不行!"一个女声凄厉地响起。

现场所有人都惊了一下。莫大勇迅速回身,只见林孝慈几乎浑身湿透地冲了出来,一把拉住沃夫冈大喊:"你不能去!"

沃夫冈也愣住了。林孝慈抹了把脸上的雨水,紧紧抓住他不放。"你到底是谁?为什么你说你是我的启赡?我追了你们一路,不能让你就这么走了!"

在手电筒微弱的光亮中,林孝慈的表情有些狰狞,有些绝望。沃夫冈一时不知该如何应对,或者说要不要回答她的问题,将这个可怜的女人再度推进深渊。

莫大勇却快疯了。审讯室外面果然有人！而且偏偏是林孝慈！他简直想把当时的自己抓出来揍一顿。为什么不再仔细搜一下有无闲人？现在好了，你要怎么收场？她追了自己一路，这条路男人走起来都那么难，她一个女人到底是怎么过来的？！

最糟糕的是，林孝慈这个变数，很可能会让黑衣男人和自己的所谓约定化成泡影。他不能接受这个结果。他必须要拼了，因为儿子还在等着他。

莫大勇掏出了枪，指着林孝慈。

"林孝慈，现在马上给我滚！"

林孝慈丝毫不理会莫大勇的威胁，她的眼中只有一个人。"你告诉我，启赡呢？启赡到底是死是活？你是谁？你是谁啊？"林孝慈带着哭腔，紧紧抓着沃夫冈。

"我——"沃夫冈似乎有点动摇。

莫大勇上前去拉林孝慈。"林孝慈！"他冲她大吼，"赶紧滚！"

林孝慈回头，没有丝毫畏惧，"该滚的是你！"

"林孝慈！"莫大勇不得已朝天开了一枪。然后，他将枪口对准林孝慈，"别逼我，让他走！"

林孝慈疯狂地大笑着，一把抓住莫大勇的枪。"你有种就开枪！"她在雨中大喊，"我什么都没有了！你打死我，我就能见到他们了！"

这女人疯了。沃夫冈想。

林孝慈的举动让莫大勇一阵慌乱，本能地要夺回手枪。林孝慈仿佛一心求死，双手死死攥住枪口不放手。两人陷入僵持。

太无聊了，沃夫冈心里翻了个白眼。他转身去看黑衣男人。对方看自己的眼神中也充满探寻的意味。

砰！第二声枪响。

沃夫冈及时回身。莫大勇终于夺回了武器,整个人却失魂落魄地站着。林孝慈倒在地上,不知死活。沃夫冈有点意外,没想到这老警察还有点胆子。

"这场闹剧该结束了吧。"沃夫冈无聊地说。

黑衣男人上前一步,一把拉住沃夫冈。与此同时,几只警用手电筒同时亮起。沃夫冈和黑衣男人被光柱刺激了眼睛,不由伸手去挡。伴随着纷乱的脚步声,大喇叭里传来一个男声:

"不许动!你们被捕了!"

第二声枪响惊醒了赵秋霜。白天的记忆一下子涌进脑海,她不受控制地挣扎起来。不能被关在这个箱子里!要逃!

但是,怎么逃?

赵秋霜蜷缩在箱子里,开始沿着拉链摸索。手腕被扎带捆着,但好在手指自由,不多时,她在脚边找到了拉链的锁头。黑衣男人似乎对一个小姑娘没多大防备,箱子没上锁,因此一点一点地,拉链被慢慢地拉开了。

夜晚的空气和雨水夹杂着涌了进来,赵秋霜拼尽全力撕掉嘴上的大力胶,贪婪地呼吸着。现在哪怕雨水也是甜的。喘息片刻,她艰难地挤出箱子,借助极其微弱的海面反光,发现自己在海滩上,目力所及不远处,有一条小船。

那个黑衣男人应该是要带着金属圆筒偷渡离开,至于为什么带着自己,她不知道。不过,黑衣男人在哪里?刚才的枪声又是怎么回事?

枪声传来的方向一片嘈杂,她看到了手电筒的光。因为只剩下一边的助听器,大喇叭的声音并不清晰,但足以证明那边应该是有自己人。

赵秋霜做了一个大胆的决定。她踢掉鞋子，双脚使劲挣脱了扎带，偷偷跑到小船上检查起来。没有什么线索，小船几乎是空的，但是还能开。她有点泄气，好在最后还是找到了一把小小的折叠刀。如获至宝的赵秋霜急忙打开它割断了手腕上的扎带。

手腕磨出了血痕，碰一下都疼。她轻轻嘶了一声，回头看了看小船，毫不迟疑地找到油箱，三两下割断了油管。

这下我看你怎么跑。

赵秋霜带着报复的快感，猫着腰朝手电筒的光亮跑去。没穿鞋子，她光脚踩在雨中礁石滩上，硌得很疼，不过却有一个好处，那就是悄无声息。

她在现场附近找了块石头躲着，细细观察眼前的情况。老黄堵住了莫大勇，地上躺着一个人。现场群情激动，赵远国和文野泉的身影赫然在目。他们怎么凑到了一起？赵秋霜有点蒙，但很快被另一件事吸引了注意。周启赡也在！就算是剃光了头发也能一眼认出来。黑衣男人正带着他朝海岸的方向跑去。

这又是怎么回事？

赵秋霜来不及思考，径直冲了出去。"周启赡！"她大喊，"你要去哪里？"

她这一喊不打紧，除了有限几人之外，现场几乎全员愣住。

黑衣男人一见赵秋霜，骂了句脏话，甩掉周启赡疾速朝她跑来。赵秋霜下意识地朝老黄等人的方向跑去，黑衣男人一眼看出她的意图，堪堪堵死了去路。被黑衣男人绑架的经历让赵秋霜本能地恐惧，一时双腿发软，脚步停了下来，求助地看着周启赡。

"秋霜！"赵远国大喊着，和文野泉一起冲了过来。

黑衣男人先一步抓住了赵秋霜，"周启赡"什么也没做。

赵远国大吼："放开我女儿！"

黑衣男人表情狰狞,抬手就是一枪。赵远国肩膀中弹,惨叫跪地。赵秋霜惨呼:"老赵!"

文野泉急忙上前扶住赵远国。虚弱的赵远国却不肯走。沃夫冈质问黑衣男人:"何必多此一举?"黑衣男人根本不理他,拽着还在哭喊的赵秋霜朝小船的方向走去。

老黄怒吼:"站住!"但他遭到黑衣男人的无视。不得已,他只能转向游魂一般的莫大勇:"莫所长!不要一错再错,别让他跑了!"

原本佝偻着身体的莫大勇闻言,慢慢站直。他看了看手中的枪,又看了看面前倒地的林孝慈,又看了看老黄、小朱、现场的警察们,接着陷入了疯狂。

"你们都逼我!"莫大勇眼神空洞,"都逼我!都是你们逼的!"

莫大勇对着旧日的同事开了一枪。老黄当场毙命。枪声、尖叫声、惨呼混合在一起,现场瞬间混乱到极点。

"该做的我都做了!我的儿子呢?"莫大勇嘶吼着,朝黑衣男人追去。

或许是因为带着赵秋霜,黑衣男人竟被莫大勇追上。但他只是冷漠地说了句:"让开!"

莫大勇横下一条心,寸步不让。"我儿子呢?"他的枪口对准了黑衣男人。

黑衣男人恶狠狠瞪了他一眼,却没想到此时赵秋霜突然发难,脱离了他的钳制,一个后蹬紧接着横踢,竟让这个狠角色连连后退三步。然后她一刻也不耽误,撒腿朝着赵远国的方向跑去。

旁边的沃夫冈吹了声口哨,给赵秋霜鼓掌。莫大勇扑过去和黑衣男人扭打在一起。

见赵秋霜飞奔回来,文野泉激动地大喊:"秋霜!"

赵秋霜扑到赵远国面前，查看他的伤势。大学教授脸色苍白，肩膀上的伤口在雨中血流不止。她慌了："老赵你坚持住啊！"抬手去帮他捂伤口。

文野泉赶紧脱下自己的衣服，帮助赵远国按压伤口。赵秋霜感激地看了他一眼。两人抬头环顾四周，赵秋霜发现了倒地的林孝慈，瞪大眼睛。

"婶婶！"

赵秋霜还记得赵远国要她跟婶婶道歉。如今那个人再也听不见了。林孝慈躺在冰冷的雨里，眼睛还睁着，嘴也张着，但谁也不知道她最后是要看着谁，抑或要说些什么了。这一瞬间，悲伤和悔恨吞没了赵秋霜。

现场的所有人都在混乱中挣扎，没有人发现，真正的危险，逼近了。

西海岸的响动惊醒了几个在这里呆坐的腐尸。它们摇摇晃晃地站起来，像鬣狗闻到了血肉的味道，嘶吼着朝那个方向前进。途中它们的声音呼唤来了更多同伴，至少有二三十人组成的腐尸群慢慢靠近了赵秋霜、沃夫冈等人所在的位置。它们逐渐缩小了包围圈，却没有发动攻击。腐尸们静静地立在那里，似乎在等待什么。然后，雨夜之中，一个泛着白光的高大身影从高处的礁石洞中现身。

白梦魇和之前的样子稍有不同，纺锤形的身体下方多出一块垂坠的凸起。此时的怪物显得比任何时候都要烦躁不安。它低头看了看下方的人类，发出凄厉的吼叫。

这声吼叫划破了雨夜的喧闹，让现场所有人瞬间安静下来。因为，他们都听见了不属于人间的死亡号角。

死亡号角停下之时，腐尸群们冲了上来。

第一个反应过来的是赵秋霜。因为她仅剩下的半边助听器里传来了刺耳的啸叫。她痛苦的表情被文野泉捕捉，少年很快发现了不对。两人飞快地抬头，吓得魂飞魄散。赵秋霜朝大家尖叫："快跑！"

文野泉也及时大喊："打脖子！脖子是弱点！"

等众人搞清楚状况，已经有三个人遇害了。小朱看着平日和自己勾肩搭背的同事变作了腐尸，喉咙上还伸出长长的口器要袭击自己，一边哭一边拿着警棍死命挥舞。

"你不要过来！"他大喊。

同事朝他扑过来，小朱豁出去了，拿着警棍抽打对方的脑袋。赵秋霜和文野泉扶着赵远国去找安全的地方暂避，但他们刚走出几步，就被几个腐尸拦住了去路。赵远国看清了这些怪物的长相，倒抽凉气。

"什么东西？"

"这些不是最可怕的。"赵秋霜咬紧牙关，"老赵你别乱动！跟着我和文野泉。"

赵远国尽管受了重伤，但对于要听从两个小孩儿的话这个事情还有点芥蒂，轻哼了一声。

"赵叔叔，我们知道怎么对付这些家伙。"文野泉回头解释。

赵远国突然喊道："看前面！"

文野泉和赵秋霜同时抬头，文野泉眼疾手快，抄起随身的鱼叉刺中了一具腐尸的喉咙，腐尸发出咯咯的声音，软倒在地。赵远国不愿成为拖累，自己挣扎着站了起来。惊魂未定的三人彼此搀扶着，刚走出两步，助听器中的啸叫声猛然增大，赵秋霜甚至来不及惨叫，就浑身哆嗦，跪倒在地。

"秋霜!"两个男人异口同声。

赵秋霜被啸叫刺激得头晕眼花,缓慢地抬起头,目力所及,远处出现了一个高大的白色身影。

赵远国和文野泉冲到了前面。腐尸们见白梦魇出现,都暂停了攻击,两个男人成了暴露在怪物眼中的猎物。

尽管是在黑夜里,尽管是在暴雨中,白梦魇的头盖骨打开,成为全场唯一的焦点。赵秋霜知道自然界中有一种现象,在赤潮的海中投入一颗石子,夜光藻就会随着水波展现出美丽的蓝光。如今这漫天的雨滴打在白梦魇身上,就像是美丽而又致命的赤潮,即将吞没一切。

不行。

她怎么能眼睁睁看着对自己来说无比重要的人牺牲?

深呼吸。一下。两下。三下。

赵秋霜抬起头,果断取下了唯一的助听器。世界安静了。她站起身,拿出那把从黑衣男人船上找到的小刀,手起刀落,在自己的手心中重重一划——

剧痛传来,但她却比以往任何时候都冷静和清醒。赵秋霜握紧拳头,迈开大步,勇敢地推开明显被控制住的赵远国和文野泉。她冲到白色怪物的面前,举起小刀对准了白梦魇。

"不准你碰他们!"她用颤抖的声音说。

螳臂当车,但螳螂也有螳螂的尊严。

白梦魇毫不理会眼前的小螳螂。捕食爪抬起,眼看可怜的少女就要没了脑袋。

腐尸群冲过来的时候,莫大勇还在跟黑衣男人缠斗。可能是因为真的是拼了命在搏,黑衣男人一时居然没能制伏他。沃夫冈眼见情况危急，扭头就撤。他才不管那两人的死活。

身后传来黑衣男人的怒吼，以及莫大勇的惨呼。莫大勇应该在扣动扳机，很可惜子弹已经打光了。紧接着是黑衣男人开枪的声音。不多时，怒吼、惨呼和枪声都没有了，而沃夫冈已经成功跳进了小船。

他试图启动引擎，然后发现了被割断的油管，气得大骂一声。几具腐尸已经朝这个方向跑了过来。沃夫冈急忙躲在小船里。就算能干掉这几具腐尸，但现在每耽误一刻，就等于增加十分的危险。没人能抵抗白梦魇的精神控制，所以最好的方法就是让别人先去送死。等到白梦魇吃饱了，他再离开。

就在他内心赞美着自己的计划时，身体突然不听使唤，整个人僵硬起来，在小船上弄出了声响。该死的，肯定是士兵要跑出来——这个混蛋！

滚！沃夫冈咬紧牙关，脑海中对抗着看不见的敌人。他感觉自己能听见士兵在叫嚣，要把白梦魇和腐尸们全部消灭。局面顿时反转，沃夫冈被腐尸们发现，它们围了上来。

沃夫冈在腐尸群中看到了两张熟悉的面孔，那是莫大勇和黑衣男人。不过他正苦于跟士兵争夺身体的主导权，来不及有什么反应。腐尸们的喉咙打开，口器争先恐后地弹射出来。

说时迟那时快，海滩上亮起两盏大灯，一辆五菱荣光车疾驰而来，急刹在正要大快朵颐的腐尸们面前。车门刷地拉开，钱小海举着化学火炬冲了出来，"哇呀呀"大吼着四处挥舞，腐尸的包围圈顿时被撕开一道缺口。沃夫冈抓住机会，纵身从船里跳了出来。利用这个短暂的喘息，他夺回了身体的控制权。

钱小海大喊："上车！"然后他朝腐尸们扔出一支火炬。包围圈的缺口暂时被维持住了，但他见沃夫冈却先朝着黑衣男人跑去，差点没气死。

"你搞什么?"

沃夫冈的目的是黑衣男人的枪。他在车灯的帮助下成功锁定了那把武器的位置,飞奔过去捡了起来,沿途闪过几具扑来的腐尸,成功地上车。然后他不顾目瞪口呆的钱小海,对司机下令:"走!"

"坐稳了!"开车的居然是老钱。

"老爸,小泉仔他们还在那边!"钱小海提醒父亲。

"还用你说?"老钱头也不回,急踩油门,猛打方向盘,面包车居然开始在礁石滩上疾驰,眨眼间甩掉了受火炬震慑的腐尸们,下一刻便冲到了文野泉等人的争战之中。

这个时候,刚好是赵秋霜以卵击石,马上要被白梦魇的捕食爪洞穿的那一刻。

五菱荣光的闯入延缓了白梦魇的动作,沃夫冈一眼便看到了它鼓胀的腹部,顿时心跳加速。

"它要产卵了……"他忍不住喃喃自语。

"什么?!"老钱、小钱齐刷刷变了脸色。

对沃夫冈来说,白梦魇产卵简直是天赐恩典。在周阳的记录中,他读到过白梦魇产卵的细节,当时的他心潮澎湃,想着那该是怎样一种美景。如潮水般的幼虫涌出,彼此猎食,彼此厮杀,到最后,将会剩余一只最强大的后代,挑战母亲——吃掉母亲的血肉,成为新晋的王者。

或许他能捕获一只小白梦魇也不一定。

赵秋霜等人的死活,沃夫冈本来不想管,但他却看到了林孝慈。她没有生气的躯体蜷缩着,显得像一间破败的房屋。沃夫冈不知不觉走下车,径直来到林孝慈身前。他低下头,看见她依旧没有阖上的双眼。他没有感受过母爱，但能感受到周启赡内心的极端痛苦，这一刻，外面的风雨、危机，一切的一切，都不存在了，整个世界只剩下他和林孝慈，他们既是母子，又是陌生人。

沃夫冈控制不住自己的手，替林孝慈阖上眼帘。

下一刻，白梦魇的吼声唤醒了他的理智，他迅速掏出那把鲁格P85，转身就是一连串点射，几具腐尸咽喉中枪，应声而倒。沃夫冈迅捷地退走，并没有带上林孝慈。他冲向了赵秋霜的方向，和大家会合。

沃夫冈举枪杀死了另外几具腐尸，成功地让文野泉、赵秋霜、赵远国脱困，他和钱小海一起扶着赵远国，文野泉带着赵秋霜，突围回到了面包车上。老钱也早已招呼了还活着的几个警察上车，其中包括小朱。一群人挤在一起，车辆严重超载。但现在谁还管得上交规？老钱将油门踩得震天响，车子摇摇晃晃地疾驰起来。白梦魇和腐尸们自然也追逐着猎物而去，在雨夜中形成一幅诡异的画面。

面包车十分了得，在沙滩上留下深深的轮胎印记，竟然还能接着拐上主路，越过海岸线边上的一排民宅，冲进弯弯曲曲的巷子。钱小海战战兢兢地问："老爸，你要开到哪儿去？"

钱进海一边看着后视镜，一边骂骂咧咧："都是你个小兔崽子，惹来这么大的麻烦！老子要把怪物引到工地去，那里没人！"

"对对，不能让怪物再伤人了！"小朱虽然还在发抖，但毕竟有着警察的责任感。他扭头看了眼后玻璃，慌乱地大喊："快点，再快点，追上来了！"

"还用你说？"老钱在油门和离合之间飞快切换，小面包就像有了自己的意志一样，绝尘而去，后面是白色的怪物和它的腐尸大军。

绝 望 的 战 斗

── 20 ──

听涛雅居的工地上漆黑一片，由于这段时间接连不断地死人，再加上台风，此时，这里已经没人了，因此老钱才敢建议把怪物往这里引。

"到了工地之后，你打算怎么办？"沃夫冈发问。

老钱一呆，显然完全没想过后招。沃夫冈冷哼一声，"工地上有深坑吗？"

"靠后面有几栋别墅刚挖好地基啦。"老钱说。听涛雅居本来是以海景别墅为卖点，只不过现代建筑的地基一般是总高度的十分之一左右，听涛雅居别墅的地基最多也就两米深度。

"你想把怪物们埋起来吗？"赵秋霜问。

沃夫冈摇头。"不是埋，只需要让它们掉进去就行。"

"然后呢？"

"烧死它们。"沃夫冈淡淡地说。

尽管大家都害怕怪物，但对于沃夫冈那种轻描淡写的态度还是忍不住打了个冷战。

"你是谁？"赵秋霜发现不对劲，眼前这个"周启赡"不是大家在基地里见过的样子。

沃夫冈知道周启赡有个表妹，没想到她眼力还挺好。也难怪，毕竟是周阳的女儿。小朱此时反应过来了，举起警棍威慑道："你别动！"

车里的气氛显得更紧张了。沃夫冈一点也不害怕，这一车人加起来也不是自己的对手。

"周启赡的表妹，你说我是谁？"他狡黠地笑了笑。

"你、你——"赵秋霜张口结舌。

"你们都以为我死在开阳岛了，不是吗？"他的视线飘过赵秋霜，移到钱小海和文野泉身上。

"你是沃夫冈！"文野泉脱口而出。

"谁？"小朱疑惑，握在手中的警棍稍微松了松。沃夫冈劈手夺过，一棍子顶住了小朱的下颚。

"我劝你不要再有刚才那样危险的举动了。"沃夫冈皮笑肉不笑，"不然——"他扭头指了指车后。虽然此刻看不见大量的腐尸，但所有人都知道它们在跟着自己。

一车人就这么紧张地盯着彼此。

就在此时，老钱骂骂咧咧的声音响起："都给我搞清楚状况！现在屁股后面一大群怪物，你们还有空搞内讧？"

"老钱说得对，先解决眼前的问题。"赵远国挣扎着起身，"就算没办法杀死怪物，至少可以把它们引到工地里关起来，不让镇上的人再遭罪。"

"老赵，你的伤怎么办？"赵秋霜有点着急。

"没事的，死不了。"赵远国的精神似乎恢复了些。

正说着，工地到了。五菱荣光急刹在原本属于李工头的屋子前。老钱三两步跳下去，进屋翻箱倒柜。

"老爸，都这时候了你要干吗？"钱小海大喊道。

"别废话，老子在找挖掘机的钥匙！"老钱回喊，"想当年老子可是本镇第一个会开挖掘机的！"

片刻之后，老钱抓着钥匙冲了回来。他让小朱开车带着三个孩子和赵远国去医院，小朱还没来得及答应，赵秋霜第一个坚决说不。现场就连赵远国都拧不过她，只好作罢。赵秋霜不走，文野泉和钱小海自然也留了下来。最后，只好小朱一个人开车带赵远国走。

还剩下沃夫冈，他一时大意，没有提防，竟被手下败将小朱偷袭，铐在了车窗扶手上。小朱狠狠地说："别忘了你还是个通缉犯！"

沃夫冈倒也无所谓，耸耸肩，还戏谑地跟赵秋霜等人挥手作别。反正这批人也不知道他真正的计划。白梦魇要是真的在这里产卵，那么整个蓝珠镇都会成为怪物的猎场。到时候，他有的是机会接近那些小怪物。

面包车刚从工地后门驶离，远处就出现了腐尸群。钱小海看过去，发现它们密密麻麻，竟然比刚才多了很多。他倒吸一口凉气："怎么回事！怎么变多了？"

"没时间想这些了！"赵秋霜右手提着一把小型电锯，左手搭在自己的助听器上，和文野泉一起走上前去。文野泉手中拿着大锤。而刚才惊呼的钱小海则扶着一口铝制大炒锅，看尺寸应该是专供炒大锅饭的，像个巨大的卫星天线。

刚才他决定用这口锅当"武器"的时候，还曾引起老钱的忧虑，以为儿子被吓傻了。但钱小海十分笃定，老父亲完全拧不过，好在儿子的死党和小姑娘似乎都很相信他。

原来，儿子真还是有些朋友的。钱进海坐在挖掘机的驾驶室里，一时有些感慨。

很快他就没时间想这些了，因为腐尸大军来势汹汹，速度奇快，不一会儿就淹没了工地大门。"赔我大门，你们这群妖怪！"老钱大吼一声，开着挖掘机就上去了。

这台挖掘机虽然不大，但带有液压油缸驱动的抓斗。老钱爱钱如命，爱子也如命，腐尸们虽可怕，但让老子的钱打了水漂，那就是敌人！

挖掘机冲进腐尸群中，液压爪上下挥舞，抓起腐尸分散扔出去。这是大家的计划之一，腐尸们集结成群战斗力惊人，但落单的话就是可以对付的。果然，被丢出去的腐尸们落地之后，就被赶上来的赵秋霜和文野泉逐个击破。小电锯嗡嗡作响，大锤砸向四方，至于那口大锅,也发挥了神奇的作用。

钱小海扛着大炒锅,跑到了一处别墅地基前。几个腐尸追杀而来。小胖子深吸一口气,将大炒锅往头上一罩,迅速下蹲。腐尸们收不住脚步,一个接一个地被炒锅绊倒,掉进了地基的坑里。就算是只有两米深,也足以让它们出不来。

钱小海小心地躲在锅下面,朝着文野泉和赵秋霜的方向挪动,但这个旅程一点也不顺利。这种十分另类的"护甲",根本顶不住腐尸们持续不断地乱冲乱撞。地基附近本来就不平整,移动艰难,最麻烦的是,铝制品硬度不够,在腐尸们肆意摧残之下很快凹了下去,这下钱小海没地方藏了。

他本想干脆就地卧倒,但凹陷越来越大,实在没辙了,钱小海深吸一口气,一把掀开锅子,他不敢看恐怖的周围,直直朝着朋友们跑去,而朋友们也向他会合。

他们终于再度会到一处。没有言语,只有眼神,文野泉和赵秋霜护着钱小海朝挖掘机跑去。

没有和小朱一起走的几个警察已经会聚在挖掘机周围,钱小海三人赶来之后,大部队朝着工地后门撤离。但腐尸们还是太多了,其中还有大家熟悉的面孔。挖掘机的液压爪虽然勇猛,可惜速度不快,腐尸们横冲直撞,将大部队冲散,踩着同伴的身体开始攀爬驾驶室。

赵秋霜电锯用力一挥,一个离她最近的腐尸倒地。她已经无法思考,生存的压力之下,她气喘吁吁,体力有透支的趋势。文野泉见状急忙上前扶住赵秋霜,两人正要继续逃,突然之间,伴随着助听器里的啸叫,一声嘶吼自工地大门响起。

白梦魇来了。

与此同时,老钱陷入危局。几具腐尸终于爬到了挖掘机的驾驶室前方，开始拼命攻击玻璃。挖掘机被腐尸的血肉堵住了去路，还没熄火，但已经动弹不得。钱小海尖叫一声："老爸！"就不顾一切地朝挖掘机跑去。警察们在帮他开路。腐尸就像海浪一样接连不断地涌过去，眼看几人都要被淹没。

赵秋霜听着自己急促的呼吸，看见文野泉眼中的绝望。这就是结局了吗？她有些庆幸赵远国不在这里，妈妈也不在这里。她觉得对不起文野泉，如果不是她一意孤行，蓝珠镇上的这个少年，此刻又怎会只剩绝望。

文野泉还在盯着前方，他眼中的绝望慢慢地变成了——
惊喜？

赵秋霜急忙抬头，助听器中传来一阵枪声。枪声？！她还来不及去想到底是怎么回事，就看见四支装备精良的队伍从各个不同的方向到达了现场。第一支装备了轻型武器，刚才就是他们开的枪；第二支队伍拿着冷兵器；第三组人马进来之后原地不动，飞快地架起了设备；第四支队伍——不对，不是队伍，第四个方向过来的，只有两个人。

天降援兵在腐尸群中杀开一条血路，朝挖掘机的方向奔来。等到看清了那两人的容貌后，赵秋霜一下子又哭又笑，激动地呼喊：

"刘警官！廖喆！"

被老黄派去找人的刘珂和廖喆一开始进行得十分不顺。他们先把审讯室里外都检查了一遍，没有发现线索。刘珂想到了林孝慈，跑去她休息的地方一看，竟然也没人。

"我们去所长办公室看看。"廖喆说。

"为什么？"刘珂问。

"前两天,莫所长曾经跟我说过要……辞职。那时候他状态很不对,我觉得应该去看看他的那个保险柜。"

等到他们拉开莫大勇的书柜时,却发现原本应该紧锁的保险箱门开着,里面摆放着一封信。信封上没写收件人,也没有封口。信的旁边是一沓美金。廖喆和刘珂对视一眼。

"眼熟吗?"廖喆问。

刘珂点头,"跟在何老大家发现的美元,捆法是一样的。"

廖喆叹了口气,拿起信封打开。薄薄的信纸上简单而潦草地写了几行字:

我对不起大家。我已经是一个死人,恳请组织考虑到我这么多年来的付出,帮我救回妻儿。我做的一切都是为了他们,但没想到却害了他们。都是我的错。

莫大勇

刘珂脸色苍白,不等廖喆合上信,已经跑出了办公室。两人第一时间赶到莫大勇家。这里一片凌乱,但并非是被人袭击导致,更像是一个人在发泄情绪。刘珂在卧室的角落找到了一台被摔变形的小DV。两人看到了那段莫大勇儿子被人威胁的画面。

就在此时,门口传来一阵响动。

"谁?!"刘珂大喝一声,冲了过去。廖喆急忙跟上。就这两步路的工夫,刘珂竟然已经和来人打了起来。女警察虽然也进行过格斗的训练,但在来人手下显得就像是一个孩子过招。等到廖喆看清了那人的面目,连忙冲上去喊道:"别打了!误会!误会!"

那人冷静地制住还要朝前冲的刘珂,不顾她的挣扎,看向廖喆。他是一个身材魁梧的军人,面容严肃,没法形容具体年纪。

"朱队长!"廖喆向他敬了个礼。

这下轮到刘珂傻眼了。

朱队长脸上还带着雨水冲刷的痕迹,言简意赅地说道:"小廖,下楼。"

刘珂向廖喆投去一个"你欠我一个解释"的眼神,廖喆苦笑起来。等到他们下楼,却发现楼下已经停了至少五辆经过改造的越野车。其中一辆车里竟然是莫大勇的儿子。少年蜷缩在毛毯里,靠着车窗,眼神空洞,萎靡不振。

"他被EOD注射了药物,需要一点时间恢复。"朱队长说,"莫大勇呢?"

廖喆只好把情况简单汇报了一下。朱队长的表情没有太多变化。

"去西海岸。"他命令道。

五辆越野车疾驰而去,刘珂和廖喆跟朱队长在同一辆车上。刘珂满肚子都是疑问,几次三番要开口,而廖喆都以眼神挡了回去,这让她憋得都快爆炸了。

到了西海岸,这里已经一片狼藉。越野车上跳下一小队士兵,二话不说开始检查现场痕迹。很快他们找到了五菱荣光的胎印。

另一边,刘珂看到了林孝慈和老黄的尸体。一开始她愣住了,因为老黄跟死亡这个词简直是风马牛不相及,常被大家认定会是那种长命百岁的老头子。可老黄此刻却倒在地上,最后的眼神是难以置信。

林孝慈也死了。她闭着双眼,刘珂不知道她在临死前经历了什么。她最后知道周启赡的下落了吗?

越野车留下一辆在西海岸收拾残局,其余的跟着面包车的轨迹行进。不过很快他们就不需要继续跟踪了,因为潮水般的腐尸和黑夜雨中的白色怪物已经说明了一切。

朱队长迅速组织救援。这才有了赵秋霜和文野泉看到的那一幕。

刘珂此时仅仅是知道了这支队伍的名字，紧急事故处理小组。她出于自尊不允许自己躲在他们后面，也跳下了越野车。不过让刘珂惊讶的是，廖喆也跟自己一起跑了过来。

"你跟来干吗？"她虽然生气地问着，心里却很高兴。

"我不能看着你冒险！"廖喆很诚实地回答，"而且我欠你的答案，也要你活着才能说啊！"

"你个乌鸦嘴！"刘珂暴怒。

接下来的救援异常迅速。高高在上的顶级猎食者面对压倒一切的重火力，虽不至于受伤，却也难以继续控制人脑。更何况它还要保护自己腹部的卵鞘。白梦魇借着雨势飞速退走，没有被消灭的腐尸们也一同消失于黑夜中。

朱队长没有追击。他命令队伍连夜在蓝珠镇中学设立了临时隔离区，派出所也被一纸红头文件征用，成了临时指挥所。

几个没来得及跑掉的腐尸被瓮中捉鳖，刘珂在它们之中看到了黑衣男人和莫大勇。她一阵恍惚，不知该怎么去接受这诡异的事实。她下意识地望向越野车，还好，那个少年不在这些车子里。

廖喆走上前。

"走吧，我们还要更重要的事情。"他说。

刘珂回望了莫大勇一眼，又看了看拥抱在一起的赵秋霜等人，点点头。

第二天，莫拉克离开了，雨也小了很多，眼看就要放晴。蓝珠镇防疫部门按照省厅的要求采取了一系列消毒措施。不明就里的群众还没来得及享受自由，就被集体拉到中学校园的隔离区里，在那里住帐篷，等待整个镇子被"消毒"。

大家炸了锅。但镇长和省里的领导们亲自到隔离区跟大家道歉，解释，闽南的民风彪悍，还是很快安抚了下来。刘珂的父母曾经在政府部门工作过，尽管二老已经退休在家，此时都被临时召回协助群众工作。

一切就好像回到了非典那会儿，刘珂想，只不过那时候是单独被隔离，现在是整个镇子被隔离。因为曾经深度接触过白梦魇和腐尸，刘珂和赵秋霜等人早就被拉去检查了个遍。老黄等人的尸体很快要火化，家人们无法见他们最后一面，只能等着领亲人的骨灰。还活着的同事们彼此相见，恍如隔世，小朱甚至紧紧抱着刘珂号啕大哭。刘珂的鼻子也酸了。

随着白天的结束，夜晚的隔离区气氛更加紧张。有了这几天的遭遇，所有经历过的人都绷紧了神经。刘珂安排好文奶奶的位置，就跟老钱一家和赵远国一家待在一起。经历了昨夜，大家都成了好朋友。

老钱看起来非常萎靡，刘珂私下问钱小海，才知道听涛雅居楼盘复工无望，所有工人都被遣散，李工头也走了。老钱被迫掏了不少的遣散费。这下钱家现金流彻底断裂。老钱经历了那晚的生死决斗，倒也不在乎首富的名头了，只觉本来给钱小海安排好的出国计划，就此搁浅，对不起儿子。

"我跟我爸说了，"钱小海倒是对这个结果并不是很在意，"凭我的分数上个985、211什么的，肯定绰绰有余啊，不用一定出国的。"

老钱痛心疾首道："你懂什么？出国镀金，那是长见识！"

赵远国倒是很支持钱小海，"出国这种事，不一定什么时候去，等孩子对自己的未来更有计划的时候再走，可能更好。"

老钱听大教授这么说,也只能暂时放下执念,转而琢磨怎么东山再起了。刘珂拍拍表弟的肩说:"加油!"

钱小海嘿嘿一笑。

赵秋霜跑过来,偷偷问刘珂关于周启赡的情况。"我想出去找他,"赵秋霜看了看守卫隔离区的士兵们,"但是他们不让,我——很担心。"

刘珂知道她说的是沃夫冈。众人此时已经确认周启赡有三重人格在争夺身体的主导权,而沃夫冈显然是最强势的那个。赵秋霜的担心就在于此。

刘珂安慰赵秋霜,答应去派出所打听一下情况。小雨中,派出所和莫大勇时期完全不同。那里二十四小时灯火通明,士兵们进进出出,让整栋楼彻底没了会所习气,俨然一副指挥哨所模样。

经过三层安检,刘珂走进充满陌生感的楼里,竟然很快撞上了廖喆。廖喆一看就是没怎么睡觉的样子,却强打精神,在跟朱队长汇报着什么。

"你来得正好。"朱队长看见刘珂,招呼道,"廖喆,你跟小刘过来一下。"

刘珂疑问地看了看廖喆,发现他也不知道情况,只好硬着头皮跟朱队长走到了地下室。这里有两间屋子被临时当作了牢房。透过门上的圆形玻璃窗,刘珂一下子看到了如今已经变成腐尸的莫大勇。

刘珂不知道该怎么表达此刻的心情,但她直觉是想哭。

朱队长拿出一个小药瓶,递给刘珂,"你知道他已经是胃癌晚期了吗?"

刘珂呆住了。

"果然,你们都不知道。"朱队长点点头,"我们查过莫大勇的银行记录，最近这十个月，他突然开始每个月都给福州的妻子打钱，数额还不小。"

结合昨晚看到的那封信，刘珂顿时明白了一切。莫所长是为了妻儿才做出那些事情的。幕后黑手是谁？她立刻去看廖喆。廖喆张嘴欲言，却又看到朱队长，急忙闭上了嘴。

朱队长意味深长地看了廖喆一眼，转身走了出去。刘珂十分意外。廖喆也一样。

"朱队长这是同意了吗？"刘珂问道。

廖喆一开始没有回答，表情显得很纠结，但在刘珂催促的眼神中，最终败下阵来。

"我说过欠你一个答案，但是，刘珂，你想好了吗？"廖喆平静地看着刘珂。此刻他真的像个特派员了。"你看，莫所长背负了这些秘密，那么多年最终压垮了他。"

似乎在配合廖喆的话，屋里本来浑浑噩噩的莫大勇此时猛地发出嘶吼，喉咙中的口器伸出来抽打着空气。廖喆悲悯地看着他。

"我不希望你——"

"你是看不起我吗？"刘珂干脆地打断了他，盯着廖喆，"保守秘密，付出代价。你不要以为我只是个小镇的民警，什么都不懂。"

"有时候，其实我觉得自己才是什么都不懂。"廖喆苦笑。接下来，他不再纠结，说出了自己知道的一切。

廖喆所在的"有关部门"，全称叫作"国务院直属有关协调、干预和处理非自然事物部"，简称"有关部门"，英文全称为Department of Coordination, Intervention, and Management of Supernatural Affairs 或者英文简称DIA。这个世界上有很多常识无法解释的事情,也有很多看上去很普通但原因很超现实的情况,这时候,警察处理不了,DIA就会出马,派出调查人员,判断现场情况,对总部发出消息。如果情况紧急,就会由经验丰富的紧急事故应对小组出面处理问题。朱队长就是其中一个小队的队长。

"那莫所长——"刘珂还是习惯性地称呼莫大勇为所长,"他算是什么?"

"DIA的外围联络员。"廖喆回答。

"那收买莫所长的是谁?"

"一个二战后兴起于德国的秘密组织,EOD(英文全称Europe of Dawn)。"廖喆回答,"中文叫作欧洲黎明。这个组织的目的就是给世界带来他们认可的毁灭。莫所长经历过1986年的部分事件,是我们的联络员,自然成了他们的目标。DIA跟EOD在历史上有过几次交锋,互有胜负。但有一点可以肯定,我们不会任由他们乱来。"

刘珂转头看了看如今莫大勇的样子。"我觉得你们的组织也不怎样。"她脱口而出。

廖喆摸了摸鼻子,无法反驳。DIA是正义的,他坚信这一点,不过,一个组织一旦有了EOD这样的敌人,就决定了它必须也是一个冷酷高效的机构,只有朱队长那样的人才最适合它,自己都算不上什么。

"照你所说,"刘珂并没有过多纠结,她也明白有些问题没有答案,"1986年,开阳岛上的研究也是由DIA牵头的,对吗?周铭、周阳兄弟也是你们的人?"

廖喆点头。

"所以,其实一切都是你们搞出来的烂摊子。"刘珂冷笑,"那你们打算怎么处理?"

廖喆沉默半晌，深吸一口气，"没人想看到那些事情发生。但现在我们能做的，就是亡羊补牢。"

"怎么补？"刘珂质问。

廖喆还没来得及回答，朱队长带着两个士兵来了，打断了二人。朱队长没有说话，挥了挥手，士兵们上前架住了廖喆。廖喆面色如常，刘珂却紧张起来。

"你们要干吗？"她下意识上前阻挡，却被朱队长拦住。

朱队长冷漠的声音响起："泄密是要付出代价的。小廖，你了解组织的纪律，但你还是选择说出一切。"

廖喆摇摇头，"我明白，朱队长，一切按照流程办理，我没有任何意见。"

朱队长颔首，两名士兵架着廖喆离开了。刘珂没想到结果会是这样，失魂落魄地站在原地，不知该怎么办。

"小刘，现在你知道了秘密的代价，未来它还会一直跟着你，或许一辈子都会缠着你，你能承受得起吗？"

朱队长说完就走了，没有留给刘珂回答的时间，因为有些事情，需要人思考的时间很长。

他不去理会孤独的女警察，径直来到了楼上的审讯室。周启赡依旧被严密地看守在这里。朱队长想了想，跟一个士兵交代了几句，小士兵一溜烟跑走，很快拿着一袋食物回来了。那是一包所谓的老式三明治，发酵不均匀的面包里裹着稀疏的果酱，面包极厚，果酱极少。

朱队长拿着三明治走进审讯间，面对被铐在椅子上的周启赡，或者说是沃夫冈，掰开一半三明治吃了起来。

周启赡皱眉看着他，没有说话。

"这东西我吃过一次，八六年。"朱队长边嚼边说，"不知道为什么,这么久了还挺想的。"他将另一半递给周启赡的同时,解开了半边手铐,"你应该十几年没吃过面包了吧?请。"

周启赡没有接。朱队长也不勉强,将面包放在桌上。

"我该怎么称呼你?"朱队长说,"小周?士兵?还是——来自EOD的沃夫冈?"

沃夫冈笑了笑,示意自己的手,"解开它,我就告诉你。"

"看来是沃夫冈·杨本人了。"朱队长摇头,"你的同伙,科斯托夫和斯图克,一个被白梦魇杀了,一个变成了腐尸,而你又是如今这副样子,你觉得你还有什么资格跟我谈条件?"

"如果你们觉得我没价值,就不会把我铐在这里了。"沃夫冈哼了一声。

"你没有价值。"朱队长变了一张脸,冷酷无情,"周启赡才有。"

沃夫冈一下子被激怒了。朱队长似乎还怕他受的刺激不够,补了一句:"跟周启赡相比,你就是个小丑。"

朱队长的话像一根刺深深扎进了沃夫冈的内心。他控制住不住地颤抖起来。朱队长冷漠地笑了笑。

"你知道吗?对EOD来说,你也不过是个弃子。"

沃夫冈的身体开始摇晃。他拼命握住自己颤抖的手。

朱队长在一旁好整以暇地看着。

几名士兵冲进来,要制伏沃夫冈。士兵们的手接触到他的一刹那,激发了他本能的反抗。尽管被铐着,沃夫冈还是三两下掀翻了对方。然后他大喊一声,举着椅子,越过桌面朝朱队长扑过来。

朱队长不动则已,动如奔雷,他并不后退,而是猛冲向前,以一种不可思议的快速避开了沃夫冈的攻击,接着一拳击中他的腹部。

沃夫冈应声而倒，但飞快地爬了起来，他脑子里很乱，心里充满了愤怒，但是他不能停下来，不知为何，他觉得一旦住手，就再也无法控制现在的身体。

朱队长毫不理会沃夫冈的狂念，而是冷静地直接将他的手臂扭到了身后，力道不大不小，刚好能让他无法动弹，却又不至于太疼。

"我需要的不是你，沃夫冈。"朱队长的声音冷冷的，"让周启赡出来。"

"凭什么？"沃夫冈恨恨地大喊，疯狂反抗。

朱队长一个手刀砍中了沃夫冈的后颈，他随即失去了知觉。晕倒之前，他听见的最后一句话是：

"就凭，白梦魇。"

回 归

— 21 —

周启赡睁开眼睛,发现自己又回到了开阳岛。那片森林常年笼罩在时间力场里,天空时而灰色,时而蓝色,晨昏相交,暮色也不是纯黑的。世上哪有什么纯正的黑?不过是不同的灰度罢了。

周启赡清楚地记得,在开阳岛的第一年,沃夫冈死去了。他烧掉了沃夫冈的遗物,只保留了那个笔记本。这之后,周启赡度过了难以计数的不眠之夜。他尽最大努力远离白梦魇的巢穴和它创造的腐尸们,战战兢兢,寻找出路。491研究所的废墟被他踏了个遍,周阳留下的刻字被他小心翼翼地抄了下来,一段又一段、一个字又一个字地逐一解读,翻来覆去,覆去翻来。

其实,在周阳的设计中,的确存在着出去的方法。但当周启赡把这个方法参悟透彻之后,心却凉了一半。按照周阳的理论,周启赡需要先拥有一个约束装置,再找到残留在岛上的那块多维空间碎片,才有可能制造出新的通道,离开力场。

一开始,周启赡还怀揣着一线希望,假如金属圆筒没有跟何老大一起失踪呢?万一它只是遗落在这片林子里呢?还有剩下那块多维空间碎片,1986年那次仓促的撞击,应该不至于消耗掉它所有的能量,碎片一定在岛上某处,就算是大海捞针也要找到它。

这样,他就能回家了。

在开阳岛第三年的某一天,周启赡算了算日子,今天是大年三十。他记得自己以前很讨厌过年。小时候,每到快要过年的时候,林孝慈都会强迫周启赡穿上家里最好的衣服,押着他在蓝珠镇的大街小巷中穿行,甚至为了让他配合,还会给他买些小东西。周启赡不明白母亲为什么要这样做,但林孝慈执意为之。在开阳岛上的这一天,周启赡似乎突然间明白了母亲的意图。

她太孤独了。

一年中的大部分时间,林孝慈都跟周铭离得很远。没有周阳的春节对周铭来说没有意义,但对林孝慈则不一样。她只有在春节的时候,能让一家人坐在一起。只有在春节的时候,她可以在这个短暂的时间里,自欺欺人地掩盖自己的孤独。

而此刻的周启赡,也是孤独的。孤独无法跟任何人分享,只能日复一日啃噬自己的灵魂。而孤独到了极致,人会怎么样呢?

开阳岛的夜晚一直都不是极黑,天幕上色彩变幻,不知是不是映射着宇宙的深邃。在这一夜,周启赡坐在长明的篝火旁,呆呆地看着天空。看了很久很久。

天快亮时,他睡着了。篝火旁边,周启赡难得地享受一夜放松的睡眠。此前的每一天,他都在紧张的噩梦中徘徊、醒来。这虽然是一个危险的举动,但不知是不是岛上的怪物们也都感受到了他的情绪,此时此刻,他的身边是安全的。

第二天,周启赡醒来,出乎意外的平静。他继续寻找多维空间碎片,不再像之前那样焦虑自己到底能不能走出去。但也就是在这一天,他在岛屿深处的丛林里,看到了沃夫冈。

沃夫冈穿着死去时的那身衣服,身上却没有血迹,看上去还挺轻松愉快。他甚至面带微笑地跟周启赡打了个招呼。

周启赡的第一反应是拿尖刺狠狠扎自己一下。剧痛传来,沃夫冈的身影并未消失,反而嘲讽地笑了。

"你以为我是白梦魇给你的幻觉吗?"

周启赡呆住了,"你不是吗?"

"喂,笔记本烧掉了,反正你也完全忘记了。"

这之后,每当周启赡陷入恍惚、犹疑、痛苦的时候,沃夫冈总会出现,慢慢地他接受了这个事实。沃夫冈尖酸刻薄、从不掩饰自己对白梦魇的觊觎。周启赡不理解他的执念。

"你为什么要倾慕一个怪物?"

"因为你我现在也是怪物啊。"沃夫冈哈哈大笑。

不行,不能任由沃夫冈胡来。周启赡想着,需要有人出来阻止他。论打架,他不是对手,毕竟周启赡从来没有跟人真正拳脚相见。

接下来,士兵的出现似乎顺理成章。那时候周启赡正想爬上一棵榴梿树摘榴梿,但这种果实巨大且带着异味的植物,采摘起来实际需要两个人操作。沃夫冈拒绝帮忙,理由是那东西闻起来太臭。士兵突然自树梢冒了出来,咧嘴一笑,满口白牙。

"好、吃!"他不知用什么方法,已经打开了壳,正大口嚼着榴梿果肉,吧唧吧唧的,吃得好香。

士兵不喜欢沃夫冈。有沃夫冈的场合,总是很快就跑掉。沃夫冈也对士兵嗤之以鼻,两人王不见王地存在于周启赡身边,让他在岛上的漫长岁月变得没有那么难以忍受。假如没有他们,周启赡回想起来,自己可能在那年春节就已经疯了,或者死了。

士兵会帮助周启赡对付腐尸,躲避白梦魇。在岛上的十五年中,大家摸索出了一套很实用的方法。在周阳的记载中,1986年的白梦魇曾经产卵,那是一次恐怖的经历,周启赡庆幸在开阳岛上的这些年并没有遇上那样的噩梦。

沃夫冈除了是一个狂热的白梦魇信徒之外,还喜欢泡在491研究所的废墟里。"这里的研究,即使放到今天也是超前的。"沃夫冈对约束装置和多维空间碎片有着极大的兴趣,总是推着周启赡去寻找那块小碎片。在他的"督促"下,两人还真是把整个森林部分找了大半。但谈何容易?沃夫冈那种不放弃的劲头终于在第十年遭遇了重大滑铁卢。那时候,他们不得不得出一个结论,剩下那块多维空间碎片最有可能存在的地方,就是白梦魇的老巢。

没有人想死,更不想被白梦魇变成腐尸。

接下来的大部分时间，沃夫冈都处在消失状态，即使出现，也像变了个人，冷嘲热讽，骂天骂地。周启赡认为他肯定是因为受到了打击。而士兵则开始磨刀霍霍，说要除掉尽可能多的腐尸，如果可以干脆连沃夫冈一起干掉。周启赡被两人搞得头晕，但他心里一直记着一件事——

那块空间碎片，可能真的就在白梦魇的巢穴里。

五年弹指一挥间，在周启赡认定自己要在岛上老死之后，赵秋霜出现了。命运如同过山车一般，将他们三人带回了蓝珠镇。周启赡这才发现，镇上一日，岛上一年，他再也不是当初那个出走的少年。

当他觉得自己理解了母亲时，却再也不能和她相认。

怎么认？他要说什么，能说什么？在冰冷的礁石洞里，周启赡盯着夜晚的蓝珠镇斑斓的灯火，有家归不得。

再接下来，他杀了人，陷入了无边黑暗。莫大勇举枪对准了他，大吼道："你被捕了！"

不！

周启赡猛地睁开眼。发现自己又回到了开阳岛，身边是阴暗的491研究所废墟。他坐起身，惊讶地看到士兵和沃夫冈同在不远处。士兵难得安静地在削着武器，沃夫冈则在揉脑袋。

"我们怎么会在这里？"周启赡一把抓住沃夫冈，"我妈怎么样了？"

沃夫冈不紧不慢地打掉周启赡的手，表情冷漠，"我头疼，没时间管你妈。"

沃夫冈这样子，周启赡知道问也没用。他径直朝废墟外走去，但发现面前突然出现了一道门。他下意识地去拉门，但门纹丝不动。周启赡困惑地转身看了看四周，对，这里虽然是周阳留下文字的废墟，但不知为何四面却封死了。出路只有一个，就是那扇门。

士兵在旁边"咦"了一声。"突然，门？"他兴奋地放下手中的武器，冲过去拉门把手。结果竟也拉不动。士兵受了刺激，开始跟门较劲，眉头都皱起来了。一个小时后，满头大汗的士兵一屁股坐到了地上，气鼓鼓的。门还是那样子，纹丝不动。

周启赡不想再等下去了。沃夫冈依旧慢悠悠的，他看了来气。不知是不是感受到了周启赡的怒意，沃夫冈抬眼看了看他，挤出一个虚伪的笑容，上来象征性地拉了拉门。

周启赡忍不住抬高了音量："你到底在想什么？出不去，对你有什么好处吗？"

"可能有，让我想想。"沃夫冈根本不跟周启赡硬碰，但他的话就是能精准地刺激到周启赡原本并不敏感的神经。

"我知道你还惦记着白梦魇，"周启赡板着脸，"但是出不去，一切都是空谈。"

"我当然惦记着白梦魇，我不像你们……"沃夫冈笑了笑，不说了。

一旁的士兵跳起来大喊："你们？什么，你们？"他要冲过去，被周启赡拦住。

"你有没有想过，为什么你会回到这里？又为什么会被关在这个地方？"沃夫冈的话再次击中了周启赡的神经。

"你什么意思？说清楚。"

沃夫冈神色平静，语带讥讽，"你在害怕什么？"

周启赡瞪着他，一时说不出话来。好半晌，从牙缝里挤出一句话："我这个样子……"

"你怕她不认你？"

周启赡不说话。沃夫冈轻笑着摇头，"不，你不是怕这个，你怕的是她对你失望,你怕的,是她看到你这副样子,不再认为你有值得爱的理由。"

沃夫冈每说出一个字,周启赡就觉得心里刺痛一下,他张嘴想反驳,但什么都说不出来。

"我说对了吧?"沃夫冈耸肩,"不过,就算你现在想通了,也晚了。"

周启赡心里发凉,"你说什么?"

"我说已经晚了。"沃夫冈慈爱地拍了拍周启赡的脸,看着他的眼睛,目光里全是最伤人的怜悯,"林孝慈,应该已经死了。"

周启赡的脑中一片空白,下一秒,他已经朝沃夫冈扑了过去。两人扭打在一起。

士兵在旁边唯恐天下不乱地大喊大叫:"快!打!这里!好丑!好拳!"谁也没空理会他到底要说什么。周启赡此刻只想把沃夫冈冷漠的脸打爆。但沃夫冈不会坐以待毙。说到拳脚功夫,周启赡如果是一分,那沃夫冈就是一百分,因此周启赡很快被摔翻在地,还来不及喘息爬起来,沃夫冈已经一脚踩上了他的胸口。周启赡被压制,动弹不得,唯有以眼神怒视沃夫冈。

"你这么激动,我说对了。"沃夫冈讥讽的笑容没有褪去。

"放开我!我要离开这里!"周启赡使劲去扳沃夫冈的腿,"你就留在这里老死算了,没人稀罕!"

沃夫冈露出惊讶的表情,把腿收了回来。周启赡一骨碌爬起身,死死盯着沃夫冈,似乎要用目光把他烧出一个洞。沃夫冈渐渐收起了惊讶的神色,平静下来。

"可是亲爱的,我早就死了啊。"

周启赡这下真的愣住了。

"不,等一下……"他揉了揉头,眉毛纠结在一起,"不对,你的确死了……"

"你仔细想想，杀死我的人正是你，忘了吗？"沃夫冈循循善诱。

"对……"周启赡有点糊涂了，"可是后来你又回来了。那天，我记得是春节……"

沃夫冈笑道："你确定你见到的是我？"

周启赡还来不及反应，士兵突然在旁边大喊："不对！那天，我，生日！"

周启赡扭头看他，心脏开始狂跳。这是怎么回事？士兵认真地看着他："我！那天！生日！"

周启赡又回头看沃夫冈，沃夫冈手中不知何时出现了一个榴梿。这场面诡异而可笑。士兵冲过来晃动周启赡的肩膀，"想、想！那时候！"

"我——"周启赡大喊，"我被你们搞糊涂了！"

沃夫冈咬了一口榴梿肉，摇头晃脑说："可怜，可怜，可怜。"

周启赡瞪着他。沃夫冈笑了笑，突然变成士兵的脸。他把手中的榴梿肉扔到半空，像个猴子一样跳来跳去。

"可怜！可怜！可怜！"

周启赡转身，原本士兵的位置上，是沃夫冈。他面色苍白，失去了一条小腿，站在那里显得孤零零的。

"我已经死了，你忘了吗？"沃夫冈说。

周启赡在恐惧和茫然中，手足无措。断了腿的沃夫冈用冰冷的语气说："登上开阳岛的时候，你以为可以逃离一切，但你根本不知道自己到底在逃离什么。"

"逃走！逃走！逃走！"士兵在沃夫冈身边又跳又叫。两人形成一幅荒诞的反差画。

"那我在逃离什么?"周启赡下意识地问沃夫冈。

"孤独。"

周启赡闭上了眼睛,等他再睁开的时候,沃夫冈的士兵的位置,站着两个自己。他慌乱四顾,"沃夫冈!士兵!你们在哪儿?"

"我们?我们一直在这里。"两个周启赡同时回答。

周启赡头皮发麻,冲过去拉门,死命地拉门,但大门还是纹丝不动。他气喘吁吁地转身。两个周启赡面带疑惑地看着他,同时开口。

"曾几何时,你不是觉得这样最好吗?"

"你在这里,远离林孝慈,远离蓝珠镇。"

"你在这里,逃离孤独。"

"世界上只有自己。"

"多好?"

"不行!"周启赡大喊,冷汗淋淋,"我妈还在外面,我爸也没有死,我要找到他们!"

两个周启赡同时看着他,一个面带讥讽,一个神情困惑。此时他们站在门口,身后的门不知何时,打开了。黑洞洞的世界张牙舞爪着,黑暗沿着门框蔓延进整个屋子。

周启赡闭上眼睛,朝两个自己冲了过去。

他跌进黑暗,这次是彻底的漆黑,什么都看不见。周启赡用尽全力想要抓住什么,但四周什么都没有。或许应该放弃吧⋯⋯就这样留在岛上,不行吗?远离一切。你看,我还有白梦魇陪着呢⋯⋯

这无边的黑暗,多么安全——不!

周启赡再次睁开眼睛。

第一眼看见的,是头顶上的日光灯,灯管大概是寿命快到了,两头已经发黑,忽明忽暗的。这里是医院的病房,伴随着极轻的电流声,还能听见窗外的雨声。这是一间三人病房,但现在除了他,没有别人。

周启赡想坐起身,刚抬手却发现自己被铐在了病床上。

难怪这里没有其他人。

周启赡叹了口气,看了看手铐,试着拽了拽。刚动了两下,大约是惊动了外面,病房大门被推开,两个军人打扮的年轻人走了进来。他们面容严肃,盯着周启赡,也不说话。

"我要见林孝慈。"周启赡开门见山。

两个人还是不说话。周启赡皱眉,抬手晃了晃,示意自己被铐着呢,并不危险。

"至少要告诉我,是谁把我铐在这里的吧?"周启赡无奈地叹口气。

两个士兵继续沉默,但周启赡的问题很快有了答案。一个身材魁梧、面无表情的中年人走了进来,身后跟着赵秋霜。赵秋霜见周启赡醒了,一下子激动地扑过来,紧紧抱住了他。

周启赡有点无法适应这样的热情,下意识想要推开她,但又一次被手铐阻碍。赵秋霜肯定没有感受到周启赡的抗拒,她好像哭了,因为周启赡感到肩膀上有点温热。直到那个中年人咳嗽一声,赵秋霜才急忙松开手。她是真的哭过了,但哭得不太好看,周启赡忍不住提醒道:"你擦擦脸吧,都是鼻涕。"

赵秋霜并没有感觉被冒犯,反倒破涕为笑,用力地点点头。周启赡被她的态度搞糊涂了,不自觉去看那个中年人。

"林孝慈呢?"

正在擦脸的赵秋霜突然停下了手。她沉默了一阵,扭头去看那个中年人。中年人点头之后,她回避了周启赡的眼神,说:

"我……我带你去。"

周启赡知道自己已经得到了答案。

两名年轻士兵走过来,替他打开了手铐。周启赡跟着赵秋霜,一路无言,向太平间走去。

"她……走之前说过什么吗?"周启赡问。

赵秋霜的眼眶立刻红了。她摇摇头,"那时候,一切都很混乱,我……"

周启赡摆手示意她别说了。赵秋霜揉揉眼睛,"需要我陪你进去吗?"

周启赡摇头。他正要往里走,两个士兵上前一步,想要跟进来。赵秋霜气得脸都红了,横身挡在他们中间。士兵毫不退缩,直到中年人发话:

"我们在外面等。"

周启赡没有理会身后的一切,推门走进了太平间。

这里只有林孝慈一人,身上盖着白布。待遇和自己一样。想到这点周启赡心里竟有些轻松,不知是不是太久没有见到母亲,即使在这样的场合,旁边没有其他"人",也是一件不错的事。周启赡走上前,轻轻揭开白布的一角。

林孝慈和自己的记忆中一样,已经死去,依旧显得很疲惫。

但那也是十五年前的记忆了。

周启赡发现自己很平静。他找了张椅子,在林孝慈床边坐下。曾几何时,他厌烦的是与她独处,现在看来这些相处却弥足珍贵,因为很快,林孝慈会变成罐子里的一抔灰土。

周启赡不无自嘲地想着,十五年没见,再见时,我已经老了那么多,提前让你看到我三十多岁的样子,也是不幸中的一点幸运。

只是现在,不管我说什么,你都听不见了。

窗外的雨声哗啦啦的,周启赡觉得有点冷。

他回想起自己最害怕什么,除了跟周铭失踪相关的那些时间之外,还有林孝慈。曾经,他多么害怕她念叨的声音,害怕她急促的脚步,冲进房间,把自己做到一半的实验付之一炬。那时候,自己的快乐中,没有林孝慈。但现在想起来,那些快乐也并不圆满。那些快乐能让他距离周铭更近,也让他距离林孝慈更远。沃夫冈说得对,他怕的,是再见林孝慈时,她觉得自己不值得爱。

周启赡怔怔地看着母亲再也不会睁开的双眼。窗外雨声真大,他想,也真好,这样就没人能听见我哭了。

周启赡走出太平间的时候,中年人已经不在现场。两名士兵走上前,拿出手铐。赵秋霜又一次愤怒了,"你们干什么?!"

"请你配合……"士兵好像对赵秋霜很没辙,但又不得不执行命令。赵秋霜死死盯着二人,一步也不让。场面有点尴尬。周启赡轻轻推开她,配合地伸出双手。

年轻士兵似乎松了口气道:"例行公事,我们也理解——"

"好了。走吧。"周启赡不想再听这些了。他大概能猜到这些人的来头,该来的总会来,总会来。

赵秋霜拽住了周启赡的衣角。周启赡看着她,有点惊讶于她依旧如此执着。赵秋霜咬着嘴唇,轻轻地对他说:"我知道现在婶婶没了,而叔叔也——

"但是,我……"赵秋霜鼓起勇气,直视周期赡,"我也是你的家人,你并不孤独。"

周启赡不知该说什么。但在这一瞬间,他的心里有点暖。

就在此时,士兵们身上的对讲响了。一个焦急的声音在嘈杂的背景音中大喊:"报告!东南、西北方向都发现大量腐尸,速度很快,预计五分钟之内就会到达学校!"

计 划 赶 不 上 变 化

── 22 ──

"小刘，现在你知道了秘密的代价，未来它还会一直跟着你，或许一辈子都会缠着你，你能承受得起吗？"

这句话在刘珂脑海中盘旋，加上廖喆和朱队长离去时的背影交替着在眼前出现，那一晚，刘珂失眠了。

正因为失眠，她才听到了一些奇怪的声音。

那时候是凌晨三点多，正是人血糖最低、最需要休息的时间。隔离区因为借用了学校的教学楼，每个房间都挤了不少人。为了不吵到大家，尤其是忙碌了一天的父母，睡不着的刘珂起身跑到走廊尽头放空。

蓝珠镇中学的位置靠近一座小山，二楼走廊尽头抬眼刚好能看到山顶。小雨淅淅沥沥，衬得山顶雾气弥漫，一时间宁静如一幅画。

但下一刻，这幅画被撕开了一道口子。刘珂之前还有点昏昏沉沉的，此时瞬间头皮发麻，因为那道口子是白色的。一开始那抹白色还和雾气搅裹在一起，难以分辨，但很快，刘珂就发现那是一种硬质的白，等巨大的肢体从雾气中显露，就再清楚不过了。

白梦魇四肢飞速移动，下山朝着学校飞奔而来。

刘珂的心剧烈跳动起来，身体飞速做出反应，拉响了安装在楼道间的警报。

警报拉响的时候，文野泉立刻从床上弹了起来。睡行军床是一种很糟糕的体验，钱小海一直在嚷嚷睡得很僵硬。"不敢睡太死哦，随时担心床会翻掉。"他说。

"这样也好，"文野泉调侃，"要是白梦魇再来，至少会醒得快点。"

两人哈哈大笑了一阵，陷入了沉默。钱小海想到了初号机，自从那天在礁石滩的战斗后遥控车就彻底坏了，钱小海难过地哭了。

在大家最初和怪物们的战斗中,初号机是不可或缺的重要伙伴。对钱小海来说,就是属于他的"黄金梅丽号"。在他最喜欢的漫画《海贼王》中,这艘船最后拥有了灵魂,跟路飞进行过十分感人的告别。

幸好,路飞后来有了新的船,"桑尼号",而老钱也承诺去买马上要绝版的超级任天堂游戏机,钱小海这才好了一点。

不过没有了初号机,文野泉和钱小海也不再害怕。他们听到警报,第一时间抓起了一直准备在手边的武器,两根木棍。

蓝珠镇是我们的家,怎么能让怪物为所欲为!

两人拿着武器,看到大队人马在学校操场上集合,而靠近后门处,是一小队装备精良的士兵。他们打算偷偷出去,虽然还不知道要干吗。但两人注意到周启赡和赵秋霜也在那队人中!

文野泉和钱小海对视一眼,不需要交流,直接跟了过去。两人绕开正慌张集合的普通民众,从另一侧楼梯下楼。

"小海!"

"小泉仔!"两个声音在身后呼唤。

两个少年回头,看到了文奶奶,以及老钱和钱夫人。后者的脸上写满了震惊的表情,文奶奶却比老钱夫妇镇定,但也满是担忧。文野泉停住脚步,在逆向的人流之中和奶奶对视,但却没有迎向她的意思。文奶奶似乎理解了他,说了句什么,看口形依稀是"保护自己"。文野泉点点头,和钱小海转身离开了。

他们加快脚步,终于在山脚下追上了周启赡和赵秋霜。几个孩子相见,彼此都露出了最开心的笑容。周启赡虽然有些意外,但也没有说什么。

与此同时,身在学校里的刘珂已经和朱队长率领的大部队一起,组成一道护卫群众的屏障。这一次和以前的情形都不同,他们有武器，有人手，有指挥——朱队长一声令下，要把残存的腐尸全部消灭。

当意外地看到廖喆的身影时，刘珂忽然心情轻松起来，"你出来啦？"她问道。

廖喆嘿嘿一笑，"暂时的，估计之后还要进去一阵子。"

"那就抓紧多揍几个腐尸吧。"刘珂开玩笑地说着。廖喆点头。

白梦魇怎么办？刘珂忍不住回头看了看山的方向。那边静悄悄的。但她发现了一个身影，是周启赡。他和那支装备精良的队伍朝着白梦魇的方向去了。廖喆安慰她，朱队长和周启赡自有计划。

算了，不管了。刘珂想。虽然廖喆问自己能不能承受这个代价？我没有答案，但自己绝不退缩。

刘珂握紧了手中的枪。眨眼间，腐尸们已经冲到了学校门口。

周启赡这边，时间紧急，计划很简单：大家找机会让白梦魇的卵鞘脱离身体。根据周阳留下的线索，未成熟的卵鞘落地并不会立刻破裂，这是白梦魇最为虚弱的一刻，要消灭它，只能赶在此时。

小队长是一个精干的年轻士兵，他指挥着大家隐藏在高草之中，等待白梦魇的出现。他们带着一台小型仪器，可以小范围隔绝白梦魇利用脑电波控制精神的能力。钱小海一见，眼睛亮了。

"除了屏蔽，它还有探测的功能。"队长简短地说。

钱小海冲上去查看，仪器突然发出急促的震动声。同时，赵秋霜的助听器里也传出熟悉的啸叫。

来了！在场众人飞快地交换眼神。

现在下着小雨，感谢山底这片高草，隐藏了众人的身形，大家凝神屏气，只等白梦魇出现。现在还是夏天，赵秋霜却感到阵阵寒意。

青白色的身影突破了雨水的雾气，出现在众人的视野中。赵秋霜屏住呼吸，不去理会自己狂跳的心脏，发现白梦魇比自己印象中行动速度慢了不少，再仔细看过去，它的腹部下方出现了一个巨大的隆起，正是这东西拖慢了怪物的速度。

腹部的隆起应该就是卵鞘了。赵秋霜看了看周启赡，得到肯定的回应。文野泉和钱小海也傻眼了。

草丛里突然传出一声嘶叫，一头成年野猪冲了出来，径直朝白梦魇撞过去。白梦魇面对这蝼蚁一般的生物，甚至都没有费力掀开头盖骨，它锋利的前肢轻轻一划，野猪便惨叫一声，被切成了两半，血洒当场。赵秋霜捂住嘴，努力不让自己叫出声。她随后明白了野猪拼命的原因。草丛中，很快跑出来几只小野猪，无助而慌乱地在母亲的尸体边发出哀鸣。

这一切对白梦魇来说，什么都不算。小野猪很快步上了大野猪的后尘，一共五只，都被怪物抽走了脑子和脊髓。现场红白一片，异常惨烈。

身负卵鞘的怪物此刻行动略微有些迟缓，或许是因为这个原因，又或许是因为屏蔽装置，白梦魇此刻没有发现人数不多的小队，它的全部注意力似乎都集中在学校方向。毕竟那里人多，相当于是大型食堂了。

小队长眼见此景，即刻下令："攻击！"千万不能让怪物走到学校去。

三名士兵默契配合，一个在草丛中隐藏身影，有计划地朝白梦魇前方的地面上射击,另外两个在屏蔽装置的配合下吸引白梦魇的注意。但最糟糕的事情还是发生了。雨水浸润过的地面湿滑,一个队员不小心踏出了屏蔽范围,白梦魇迅速转身锁定了他。队员眨眼之间行动就变得僵硬,随后他竟然掉转枪口,开始朝队友扫射!

尽管大家反应迅速,还是有三个人不幸被杀。队长铁青着脸,一枪击中队员持枪的胳膊。队员清醒过来,哆嗦着捂住胳膊,他的目光扫过倒地的战友,表情陷入绝望。他张大了嘴,想说什么,但还没有开口,白梦魇的捕猎爪已经插进了他的头颅。

队员挣扎着升到半空。

队长大喊:"救人!"

周启赡拦住他,"太晚了!"

队长转头,队员已经被白梦魇吸走了脑髓。第一次见到这个场景的队长表情十分痛苦,但他很快恢复理智,大声吼道:"开枪!"

DIA队员们开枪,子弹穿透队友的尸体,击中了白梦魇。密集的子弹打在怪物青白色的躯体上,竟然没有留下一丝伤痕。白梦魇静立在那里,像一尊雕塑,嘲讽着在场众人。

弹雨之中,白梦魇伸展四肢,高高跃起,落入队伍之中,捕猎爪闪电般伸出,顿时又有两个队员倒地。队长不得不大喊:"后退!"

可能是感受到了蝼蚁们强烈的求生欲望,神明终于震怒。白梦魇不再表露出寻找声音来源的动作,它停下来,收紧了四肢,静静立在积水的地面。卵鞘摇晃了一下,众人的心顿时提到了嗓子眼儿。

白梦魇的头盖骨缓慢掀起。但这一次,蓝色的光芒从复眼中流泻而出，覆盖了整个头部，然后，幽蓝的光没有停止流动，而是逐渐延伸到白梦魇的所有关节部位，蓝色光芒逐渐盛放，将怪物的肢体都照亮了。

白梦魇张开恐怖的口器，发出一声震天嘶吼。

队长大喊着："不要浪费弹药，集中进攻腹部！"队员们听命行事，白梦魇更加愤怒，复眼的蓝色光芒大涨。

空气中充满了枪械的硝烟味。烟火和雾气交织在一起，透过这层屏障，周启赡的身影若隐似现，朝着白梦魇冲过去。

队长大喊道："火力掩护！配合周启赡！"

哒哒哒哒哒——

硝烟散去，周启赡已经冲到白梦魇脚边。他手中拿着一支改造过的弩箭，此刻，箭在弦上。周启赡一个翻滚，直接钻进了白梦魇的肚子下面。他弓着身体，弩箭对准了白梦魇的卵鞘和腹部相连接的柔软组织——

放箭！

周启赡一个打挺站起身，跑出白梦魇腹部底下，巨大的卵鞘轰然坠地，怪物的怒啸变做了痛苦的嘶鸣。

"现在！快！"队长大喊。

十二人的小队现在加上队长还剩下六人，四人集中火力，将白梦魇逼得向后退去；队长带着另外一人，拿出一张金属质地的柔软网格，迎风一抖，盖在卵鞘上。眨眼之间，卵鞘"不见了"！金属织网自身带有光学隐形功能，比起此前沃夫冈那张通电的大网，又是一种截然不同的高科技。

金属网不仅能隐形，还十分轻盈，队长等人伸手一拉，卵鞘整个被包起来，另外几名士兵分别从身上掏出一些金属质地的配件，飞快展开，组成了一台简易板车。他们训练有素，配合无间，给车安上脚镫。周启赡和两个士兵跳上板车,带着卵鞘飞快离开。

卵鞘被带得越来越远。白梦魇发出困兽一般的嘶吼,转身朝士兵们追过去。周启赡飞快地射出三箭,及时拦住了白梦魇,剩下的人包抄而上。他们的目的很简单,就是要阻止白梦魇追过去。白梦魇身上的蓝光再次大涨,一个不幸的队员因为站在屏蔽场的边缘受到了影响,饮弹自尽。

队长睚眦欲裂,"给我狠狠地打!"

剩余的人也不多了,大家紧紧围绕在屏蔽场里,队长和两个士兵打游击,赵秋霜三人和另外几人固定攻击,也成功拖住了白梦魇一阵,直到周启赡和板车消失在视线里。

"现在怎么办?"赵秋霜问队长。

"拖住白梦魇,直到周启赡他们到达开阳岛为止!"队长喊话。

这就是计划的全部了。很任性,很冒险,但此刻唯一有效。这是一个打时间差的游戏,用卵鞘引诱白梦魇回到开阳岛,解决蓝珠镇的危机。只要中途卵鞘不裂开——

就在这时,队长的弹药耗尽了。他咒骂一声,将枪背起来,拿出战术刀,看样子打算肉搏。

"别干傻事!"文野泉喊道。

"队长,他们到码头了!"一个在屏蔽场内的士兵激动地摘下通信耳机。

队长露出得意的笑容。

"我们是不是该逃跑了?"钱小海战战兢兢地开口。

众人极其有默契地同时撒腿就跑。

黑衣男人科斯托夫变成腐尸之后,他的所有物品自然被朱队长全部收缴。其中最关键的，是金属圆筒失而复得。有了它，朱队长和周启赡才能在那么短的时间之内，想出对付白梦魇的计划。

逼迫白梦魇提前脱离卵鞘。利用它的动物天性，用卵鞘作为诱饵，把怪物引回开阳岛，进入力场。虽然没有联珠状闪电作为启动能量，但DIA毕竟是DIA，朱队长秘密调来一台超小型反应堆，可以制造媲美大自然的伟力。当力场通道开启，大家必须争分夺秒地送进卵鞘，立即撤出，等白梦魇也进入后，再立即关闭通道。这个计划看似简单，甚至笨拙，却必须依靠最高程度的配合，才能做到以卵击石，获得胜利。

是的，我们要以卵击石。而且，我们要赢！

周启赡等人赶到码头，四条快艇同时发动了引擎。就在此时，卵鞘摇晃了一下。两个士兵脸都白了。好在下一刻，卵鞘又安静下来。三人松了口气。

按照计划，一条船装卵鞘，两条护航，剩下一条机动，总之要保证他们安全抵达开阳岛。开阳岛附近的海域一直不平静，第一要务是保证卵鞘的安全。

还挺讽刺的，周启赡想，我们要保证的可是小白梦魇的安全。

士兵们小心翼翼地将卵鞘装船完毕。远处跑来几个人，是赵秋霜和她的小伙伴。

"白梦魇来了！"这是她的第一句话。

现场众人立刻进入最高戒备。周启赡不再犹豫，转身跳上船。

赵秋霜大喊："等等我！我也要去！"但被队长死死拦住，要拖着她藏起来。

快艇开始转弯离港，赵秋霜急得哭了出来，"不要丢下我！周启赡！"

看见赵秋霜，周启赡突然有了一种奇异的感觉。自从计划制定以来，他一直是以非常冷静的态度去面对的，但仔细想想，是不是换了任何一个人，都没办法冷静呢？毕竟这很可能是一趟有去无回的旅程。

他对开阳岛的感情很复杂，那里是他的囚笼，困住他十五载，但那里也是他完全面对自我的地方，远离一切尘世中的喧嚣。即使是跟沃夫冈和士兵的共同岁月——不，没有什么沃夫冈，也没有什么士兵，一个被我亲手杀死，一个只是小时候的玩具。周启赡在心里嘲笑自己。

所以他对于执行这个任务并没有反对。但赵秋霜的临时加入算是一个变数。在他的印象里，只记得赵秋霜被白梦魇恐吓的样子，但医院里的那个拥抱，却给了他十几年来未曾体会过的温暖。不，温暖不是一个正确的词，他在医院里所体会到的，是"我还有一个家人"这样的认知。

家人。

失去了母亲，失去了父亲，但我，又有了一个家人。

周启赡觉得自己应该跟表妹说些什么。

"赵秋霜！"他喊道，"你快躲起来！"这是我唯一的家人了，不能任由白梦魇伤害。所以，你快躲起来。

"快呀！"周启赡有点焦急了。

赵秋霜狠狠地咬了拦住自己的小队长一口。在众人的目瞪口呆之中，赵秋霜朝着快艇离去的方向拼命跑来。周启赡不可思议地看着这一切。不行，不能让她来冒险。

"快回去！"他大喊。

"休想！"赵秋霜也大喊，然后越跑越快。

文野泉和钱小海上前阻拦，但失了先机，被赵秋霜甩在后面。

她跑到码头，纵身一跃，扑通一声跳进了海里。

"秋霜！"文野泉拼命大喊，眼看着也要跳海。

队长拦住他大喊道："白梦魇！快躲！"几个士兵冲上前，把文野泉等人拖回屏蔽场。少年看样子还不甘心，队长推开他，自己也纵身入海。下一刻，白梦魇的厉啸传来，巨大的身躯以惊人的速度冲向快艇的方向。它眼中只有自己的卵鞘，甚至都没有去理会现场的人类。

赵秋霜从海里冒出头，死死盯着周启赡的方向游了过来。队长跟在她的身后，但白梦魇眼看也要高高跃起——

"快！快掉头救人！"周启赡喊道。

快艇猛地转弯，在海面带出一道白色的浪花，士兵们集中火力，对准白梦魇开枪，成功将它逼退，但这只是暂时的。白梦魇稍一转身，已然跳进海里。

好在此时快艇已经接近赵秋霜，士兵们迅速熄火，众人七手八脚把她拉上船。队长也飞速游到，翻身上船。湿淋淋的赵秋霜喘着气，直视周启赡，没有说话，但目光坚定，毫不犹疑。

周启赡愣了片刻，心里想的话就这么冒了出来："还真是，有其父必有其女。"

赵秋霜打了个喷嚏，抹了抹头发上的水珠。

"多谢夸奖。"她说。

周启赡忍不住笑了。赵秋霜也笑了。快艇在海面如箭一般飞速前行，迎向未知命运的终点。

一切的终结

23

越接近开阳岛，海上的天气越是诡异。阴霾的天空很快开始下起阵雨，大概是因为离开了台风眼的范围。

大家并没有用雨衣，而是都穿上DIA提供的特殊服装，防水、轻便、兼具一定的防割功能——对付白梦魇可能收效甚微，但防御岛上的蚊虫毒蛇，十分好使。

赵秋霜走到队长身边。"对不起，我——"她想道歉，又觉得什么话都很苍白。

正在穿装备的队长摆摆手，"算了，"他笑了笑，像是安慰赵秋霜一样，"完成任务，多一个人也好。"

周启赡看着开阳岛丘陵起伏的轮廓，突然觉得有些陌生，也不算意外吧，自己都有十五年没有从这样的角度看开阳岛了。他心里感慨着，发现赵秋霜一直紧张地盯着白梦魇的卵鞘，明明是船动了一下，她却以为是卵鞘要破裂，一把抓住周启赡的衣服。

"不用紧张。"周启赡说，"别看它只是薄薄的一层，这种程度的颠簸根本没影响。"

"你怎么知道？"赵秋霜似乎还很紧张。

"周阳的记录里提到过。"

这话让赵秋霜一下子来了精神。"你刚才说，有其父必有其女。"她迟疑了一下，"周阳……到底是个什么样的人？"

周启赡想了想那些墙壁上的刻字。"一个认真、固执……勇敢的人。"他最后说。

赵秋霜听得有些出神，正想接话，突然，快艇被水中的什么东西顶出水面飞了起来！赵秋霜尖叫一声，抓紧船舷，周启赡也拼命稳住自己。队长飞快地看向水面，面色大变："白梦魇！在船底！"

然后是一阵开枪的声音。白梦魇的厉啸，扑通落水的声音，士兵的惨叫，在人们耳边轮番响起。周启赡所在的快艇跌回水面，众人闭眼接受撞击。

"加速！靠岸！"

士兵们齐心协力，将快艇打了个急弯，周启赡只来得及看见海里白影一闪，便被抛在船后。但护卫的两艘快艇就没有那么幸运了。他们眼睁睁地看见白梦魇翻身爬上其中一条快艇，一阵子弹飞射之后，血浆四溅，船身倾覆。剩下两艘快艇默契地同时朝白梦魇冲去。周启赡只来得及听见对讲机里的一句话：

"你们快走！任务要紧！"

周启赡知道他们做好了牺牲的准备。但他也知道，越是这个时候，越不能感情用事。赵秋霜眼眶已经湿润，但她也明白，于是任泪水消散在海面的水汽中。

快艇几乎是飞上了开阳岛的海滩。士兵们跳下船，组装好运输车，放置好卵鞘，开始移动。这一系列动作一气呵成，几乎不超过三十秒。周启赡带着赵秋霜上了另一台车，开始朝力场边缘飞驰。

"我要做什么？"赵秋霜大喊。

周启赡检查了一下反应堆电池的情况，扔给赵秋霜自己用过的一把弩箭。"如果看见白梦魇——"

"明白！"赵秋霜端起弩箭，架势十足。

周启赡又检查了一下金属圆筒，确认一切都没有问题之后，两台车正好来到了力场边缘。

那个完美的圆形，再一次出现在周启赡眼前。

众人分工明确，周启赡带着金属圆筒和反应堆直奔圆形空地中心，准备启动电池和圆筒，剩下的人小心翼翼地搬着卵鞘走进来，做好防护和攻击的准备。

接下来，就是等待天时、地利、人和。

但命运无情。

一个士兵发现了什么，大喊道："卵鞘不对劲！"

周启赡和赵秋霜双双回头，只来得及看见卵鞘上爆裂出一道不小的缝隙。

"这是要生了？"赵秋霜惊恐地问。

"不应该啊，"周启赡皱眉，"卵鞘一般从末端开始脱离——"

他话音未落，随着一声巨响，卵鞘上的裂缝扩大了整整一倍，一只白色的前肢已经伸了出来！

"开枪！"队长一声令下，士兵们的子弹齐刷刷奔向卵鞘的裂缝。但这些子弹对白梦魇不管用，对卵鞘自然也伤不到分毫，反而给了卵鞘中的小白梦魇机会，先是一只跑了出来，然后是两只、三只、四只……它们锋利的捕食爪割开卵鞘的外皮，越来越多的小白梦魇像潮水般涌了出来。它们体形不大，也就是一个篮球大小，但数量奇多，数不胜数。

"别让它们靠近！"周启赡大喊，"小怪物没有催眠的能力，但是速度更快！"

赵秋霜记得自己看过一部电影，其中一段情节里，有人在埃及惹怒了大祭司，被圣甲虫活埋——现在的情形，和那部电影中一模一样！

小白梦魇和圣甲虫很像，漫无目的地肆虐，一名距离最近的士兵猝不及防，被几只小怪物划伤腿部，附近的好几十只小白梦魇一拥而上，眨眼就将那名士兵淹没了。

赵秋霜强忍着尖叫的冲动，拿起弩箭朝小白梦魇射击，但弩箭威力再大，又怎能对付海潮？白色的潮水退去，士兵躺在地上，已经没了生气，而他的身体千疮百孔，看样子，小白梦魇已经把能吃的部分都吃掉了。

看到朝夕相处的战友惨死，士兵们愤怒了，火力纷纷对准小白梦魇猛烈扫射。虽然不能给它们造成致命伤，但连续射击还是对小怪物造成了一定损害。它们的青白色皮肤开始有了凹痕，有的甚至开裂。

士兵们见到成果，斗志昂扬，继续攻击。

小白梦魇很快意识到了攻击来源，疯狂地朝士兵们冲过来。大家丰富的战斗经验此时显现，凭借迅速移动位置，声东击西，以及凶猛的火力，一时之间压制得小白梦魇们无法上前半分。在这一刻，周启赡和赵秋霜都以为胜利在望。

但下一刻，大家却集体陷入绝望。

大白梦魇出现了。它的速度并不快，看样子刚才经历过一场惨烈的战斗，它身上带着灼烧的痕迹和士兵们的血迹，逼近力场圆圈。白梦魇应该是看到了孩子们的困境，头盖骨瞬时掀开，发出狂怒的啸叫。

小白梦魇们感受到母亲的呼唤，也集体掀开了头盖骨。蓝光盈盈，场面异常诡异。士兵们及时打开了屏蔽场，但这也缩小了大家的攻击范围。大家以周启赡为中心迅速靠拢，别无他想，一心要完成任务。周启赡明白众人的决心，手上没有停，三两下将反应堆电池的设置操作完成，又将金属圆筒和电池相连。

大白梦魇一定已经明白了自己的意识控制能力目前不起作用，它连续发出三声短促的啸叫，飞快地朝圆圈中心冲过来。士兵们再次集中火力。但小白梦魇却不再理会母亲的猎物，四散开去，有一些甚至跑到了圆圈之外。

"不好！"一名士兵大喊，"小的失控了！"

"没空管它们了！"另一个也大喊。

大家的火力只能逼退白梦魇片刻，眨眼之间，它已经距离众人不足十米。大家彼此对视，眼神里都是绝望。绝望之中大家反而无所顾忌，所有的火力对准白梦魇招呼过去。一个士兵拿起火焰喷射器，大步走出屏蔽场。这种喷射器因为距离有限，一直没能在跟白梦魇的对抗中发挥太大的作用，但此刻，士兵的搏命之举让白梦魇的一条捕食爪顿时被火团包围。

白梦魇发出凄厉的惨叫，前肢挥舞，一名士兵被当胸穿过，甩了出去。他再也没有出现。火焰喷射器不停地燃烧，很快燃料耗尽。背着油箱的士兵被白梦魇斩成两段。

原本就是个冒险的计划，现在看来，简直是兵败如山倒。

还剩下两名士兵，队长也在其中。他们已经无力将小白梦魇全部赶回圆形空地内。周启赡决定不等了。赵秋霜站在周启赡身边，弩箭随时准备发射。她仿佛又回到了那个决定命运的日子。那时候，她和文野泉、钱小海无知地踏进了一条无法回头的冒险之路。

不过，如果问赵秋霜是否值得，她一定会斩钉截铁地说：值得。

哪怕此刻，随时命在旦夕。

周启赡的手开始扭动反应堆的启动钥匙。显示窗开始发亮，电力一格一格上涨。与之相连接的金属圆筒悬窗内，沉睡的蓝色碎片逐渐苏醒。

"你们快离开圆圈！"周启赡对身边的人大喊，"否则就真的没有退路了！"

其实这话主要是对赵秋霜说的，但赵秋霜摇摇头。周启赡沉默下来。手伸到了金属圆筒的按钮上。

队长面色凝重，但手中的武器没有停。

在这个关键的时刻，突然一阵哒哒哒哒的机枪声从圆形空地外的树林里传来，紧接着，两名手持火焰喷射器的DIA士兵的身影出现，紧跟在后面的，是略显狼狈但依旧冷静的朱队长，紧跟着他的是文野泉和钱小海。

原本做好必死准备的士兵们一下子获得了希望，眼神都不一样了。文野泉看见赵秋霜，欣喜地大喊："秋霜！保护好自己！"少年的眼里再也无法掩饰对少女的喜爱，"我等你！"

"嗯！"赵秋霜用力点头，笑着回应。

朱队长的目光投向周启赡，仿佛在说，剩下的交给我，你做好你的事。周启赡也看着他，点点头。

"那么，接下来这里交给我们，里面就靠你了！"朱队长不再看这边，大手一挥，援军们齐声大喝，开始对四散的小白梦魇展开清剿行动。文野泉和钱小海也加入了他们的队伍。

金属圆筒里，蓝色的光芒亮度达到顶峰，周启赡果断地按下了按钮。

多少年后，赵秋霜依旧记得这一幕，那是多维空间碎片的光芒和它制造的奇迹。

从金属圆筒中，一道耀眼的蓝光炸裂开来。一个透明的蓝色光球快速地从金属圆筒中迸发并扩散，穿越了周启赡、赵秋霜和几名士兵的身体，然后用肉眼可见的速度慢了下来，最后停在了圆形空地的边缘。

队长和士兵们是第一次见到如此景象，纷纷呆住了。随着光球的停止，大家惊讶地发现自己身边，原本应该是空地的地方，出现了模模糊糊的影像，就像是显影液中的相纸上逐渐显影一样，研究所的残垣断壁从一片虚空中浮现出来，然后逐渐变成了真实的物体。

周启赡再一次见到了这个完美的半球形透明力场，笼罩在这片空地的上空。

空地里的一切似曾相识，那些参天大树、草木和花朵，过了这么长时间，早已掩盖了自己曾经生活过的痕迹。只有491所的废墟，仿佛伫立在时间之外，没有变化。

"我回来了。"他喃喃自语。

说来奇怪，大小白梦魇们此刻居然都不见踪影。

"这时候它们应该没空管我们。"周启赡说。

"为什么？"队长疑惑。

"小白梦魇们会彼此自相残杀，最终活下来一个，这个孩子吃掉母亲，就成为新的白梦魇。"

大家面面相觑，都没有想到白梦魇的诞生居然如此残酷。

"那是不是说，我们的任务完成了？"赵秋霜看到了希望，"我们只要打开通道离开，让白梦魇在这里自生自灭就行了，对不对？"

队长一拍大腿道："对呀。"

周启赡却脸色惨白地摇头，"我本来也是这么想的，但是你们看——"他指着金属圆筒。大家凑上来一看，悬窗里暗淡无光。"碎片的能量是有限的，现在，它已经耗尽了。"

大家集体傻眼。

"那……还有机会充电吗？"赵秋霜呆呆地问。

周启赡摇头。大家都沉默了。一个年龄偏小的士兵，经历刚才的危机都没有落泪，此刻却一下子哭了出来。

"我们出不去了吗？"他的声音在颤抖。

"小高，冷静一点。"队长按住他的肩膀，看向周启赡，"这里曾经是491研究所，是研究这种碎片的地方，会不会还有我们不知道的出路？"

周启赡迟疑片刻，点头道："有，但那是一条九死一生的出路。"

"说来听听。"

周启赡简单地告诉了大家另一块碎片的故事。听完之后，大家的表情更绝望了。

"也就是说，我们要想办法进入白梦魇的巢穴，找到那里可能存在的红色多维空间碎片，然后带着碎片去研究所的地下，找到那台多少年无人使用的对撞机，如果运气好的话，启动它，制造出一个反向力场，抵消掉目前的力场作用，但即使如此，也不能保证所有人都能活着出去——是这样吗？"队长平静地说。

周启赡点头。

"那还等什么？出发。"队长把装备整理了一下，然后将火焰喷射器取下来递给周启赡。

"没多少燃料了，但还可以拼一下。"队长说。

周启赡的心里第一次升腾起一种可以称之为感动的情绪。

队长简单地计划了一下。兵分两路，自己带一名士兵陪同赵秋霜带着反应堆电池赶去研究所，想办法启动那台直线加速器。另外两名上兵和周启赡一起前往白梦魇的巢穴寻找碎片。然后两路人马会合，尝试制造新的反向力场。

"我去启动机器。"赵秋霜主动说，"因为这个，"她指指自己的耳朵，"我也算是医院的常客，认识过几个癌症病人。"

周启赡明白过来了。医院的直线加速器一般用来对癌症病人进行放射性治疗，虽然肯定不能和废墟中的那台设备相比，但原理是一致的。他再次简单说明了一下操作方法，赵秋霜就明白了。周启赡惊讶于表妹超乎常人的理解力。不愧是周阳的女儿。

周启赡郑重叮嘱："要是中途出现任何问题，别慌，对讲告诉我。"

赵秋霜接过他递来的对讲，正要转身走，又停下来，抬头看着周启赡。

"你可能觉得我跳海太鲁莽，但是，我们曾经说好了要一起到开阳岛，找到我们的父亲——"赵秋霜咬了咬嘴唇，"说到，就要做到。"

她不等周启赡回答，转身走了。周启赡看着表妹的背影，叹息一声。周家人果然都是一个德性，他自嘲地笑了笑。

"走吧。"队长发令，两路人马就此分别。

周启赡轻车熟路地找到了白梦魇的巢穴，周围那些白色的柱状物愈发大了，联结它们的白色蛛网也愈发厚重，夹在这些蛛网和白色柱状体之间，有不少已经干枯的动物尸体，死前显然都经历了痛苦的挣扎。

第一次见识这一幕的小战士强作镇定，手中的枪握得很紧了。他就是刚才哭鼻子的那个。周启赡想到了阿猛，想到了他对死亡的恐惧。他心里暗暗决定，不能让悲剧重演。或许周启赡自己也不知道，那个曾经对周围漠不关心的十八岁少年，现在已经慢慢拥有了一颗火热的心脏。

他们顺利地进入了仿佛异空间的白色巢穴。两名士兵一边小心翼翼地朝前走，一边有些控制不住地惊叹：

"这里实在是太……奇怪了。"

"你说这个怪物，真的是地球上的吗？"

"我怎么知道。"

"如果不是有怪物，这里还挺……"

"挺好看的？"周启赡问。

两个士兵点点头。

"咱们要找的东西在哪儿？"一个士兵问。

周启赡拿出金属圆筒，"这个就要靠它来探测了。"他用工具拆下悬窗，露出里面暗淡的多维空间碎片。碎片的能量已经很微弱，依旧保持着坚硬的外形。周启赡小心翼翼将它取出来，拿在手上。

小战士忍不住插嘴："用手拿也行？"

周启赡回答道："现在可以了。但那块红色的——"

话音未落，另一个士兵突然低声道："入口处，不对劲！"

两个士兵无须沟通，默契地朝入口处潜行而去，周启赡则抓紧时间，将灰色的碎片收好，然后打开金属圆筒的开关，准备捕获原本从这块母体上分离出来的红色碎片。

他很快发现了目标。在白梦魇巢穴的最深处，微弱的红光呼应着金属圆筒的小型靶区，双方就像磁铁的两极，一下子对上了。

周启赡急忙将圆筒上的悬窗锁好，此刻，悬窗里映射出的红光比之前亮了一些，又逐渐趋于稳定。

成功！他将圆筒揣进怀里，猫着腰朝外面跑去。快到洞口的时候，便听见一阵枪声。周启赡抓紧时间冲了出去。

由于弩箭给了赵秋霜，周启赡自己只留下了尖刺，他将尖刺紧握在手心，熟悉的刺痛感传来，对抗白梦魇的勇气也随之多了一分。等他冲到洞口，发现两个士兵已经将现场控制住了——这里并没有白梦魇，而是充满了奇形怪状的腐尸尸体。自己离开力场几天，这里应该经过了几年吧，腐尸会增加也不奇怪。

小战士看见周启赡出来，又看见他举起圆筒，情绪振奋起来。三人立即朝研究所遗址飞奔。对讲机里一片沉寂，周启赡隐隐有些担忧，却又说服自己，没有消息就是好消息。

或许是找到碎片的好消息让人大意了，撤离途中，小战士脚下一滑,掉进了白色的网中,随即被黏住了。

"别乱动!"周启赡大叫。小战士却惊恐地挣扎,反而越捆越紧。他的同伴急忙掏出战术刀,开始割网,但白梦魇的网质地坚韧,战术刀虽锋利,却也很难在短时间内解救同伴。

"别担心!"小战士的同伴满头大汗,"就快了!"

周启赡也上去帮忙,就在此时,两个小白梦魇突然从前方的林子里窜了出来。三人一时愣住了。好在这两个小怪物眼中只有彼此,它们相互厮杀起来。周启赡和小战士得以抓紧时间,好不容易割开了白网。

不幸的士兵被网裹得太紧,脱困之后大口呼吸。三人正要悄悄离开,正在喘气的士兵瞬间瞪大双眼。两只捕猎爪从他背后当胸刺出,周启赡二人这才发现,原来现场不只有两个小白梦魇!

而是一群。

"它们不是应该自相残杀吗?"小战士惊恐地喊起来。

"逃!"周启赡大喊。

小战士忍不住回头看了一眼同伴,就是这一眼,让他错失机会,直接被三只小白梦魇包围了。周启赡想也没想就冲了过去,火焰喷射器吞吐着,将他的脸照得发亮。白色柱状物周围相当干燥,点火容易,小士兵靠着火力暂时自保,周启赡分别在四周点燃了四根立柱。熊熊烈火顿时窜上半空,一个小白梦魇猝不及防,变成了一个火球。剩下的小怪物似乎是看到了争斗的机会,居然丢下了小战士,彼此扑作一团,开始自相残杀。

火焰喷射器的燃料耗光了,周启赡将武器一把扔出去,大喊一声:"趁现在!"

小战士冲出包围圈,和周启赡一起向外突围。两人脚下不停,不多时便接近了研究所废墟。但还没踏入废墟的范围,眼前的景象已经让二人倒抽一口凉气。

密密麻麻、不计其数的小白梦魇包围了废墟入口。而大家所恐惧的大白梦魇正盘踞在废墟之上，似乎随时要冲进去。

"现在怎么办？"小战士惊恐地问。

"还有一条路。"

说完，他不等小战士反应，手中的剑狠狠刺中小战士的手心。小战士正要惨叫，周启赡已经捂住了他的口鼻，"疼痛可以让你暂时脱离白梦魇的控制。"周启赡随即又刺了自己胳膊一下，血顿时冒了出来。他顾不得处理伤口，带着小战士朝另一个方向跑过去。

多年过去了，那个被坍塌的混凝土楼板和茂密植被掩盖起来的隐秘入口，还是和当初自己发现时一样。对周启赡来说，重新走过这一段路，不免让他回想起当初。只不过现在，自己的任务不一样了，周启赡想，我自己也不一样了。狭窄的缝隙，勉强一次通过一个人。周启赡先把小战士推了进去，自己再跟着进入。两人沿着黑暗的甬道走了一阵，快接近实验室防火门的时候，对讲机里突然嘶嘶啦啦地响了起来。

"周启赡！"这是赵秋霜的声音，带着哭腔，"加速器启动了！你们在哪里？"

周启赡不知道她那里发生了什么，下意识地加快脚步，和小战士来到对撞机所在的地下一层。

这里很黑，赵秋霜拿着电筒在对撞机旁守着反应堆电池，队长和另一个士兵不见踪影。周启赡的脚步声让她惊恐地起身，发现是他之后，一下子崩溃地哭了出来。

"入口那儿有好多怪物！"赵秋霜抽泣着，"队长他们为了让我进来……"她上前一下子抱住了周启赡，"我甚至都不知道他叫什么名字……"

周启赡不知该怎么安慰表妹。小战士突然大喊:"有人!"

队长和士兵二人摇摇晃晃地走了进来。不,应该说是,已经变成腐尸的队长和士兵,摇晃着,走进了实验室。

赵秋霜脸色惨白地松开手,举起弩箭,一边流泪一边瞄准。

周启赡叹息一声,轻轻地从她手中拿下了弩箭。

"让我来。"说完,他冷静地结束了腐尸的生命。

黑暗中传来窸窸窣窣的声音,好像是很多爪子在抓挠墙壁,让人耳朵发麻。

小战士紧张地持枪对着黑暗。

"留给我们的时间不多了。"周启赡说着拿出了金属圆筒。赵秋霜点头,帮助周启赡将红色的碎片移动到加速器的靶区。就在他们刚刚完成这项操作的时候,实验室的入口处,窸窸窣窣的声音变大了。

小战士回头笑了笑,周启赡明白了他的选择。

"你们一定要成功。"小战士轻轻说,然后捡起地上的所有武器,头也不回地冲了出去。

黑暗中,不远处,一阵枪响。

周启赡闭了闭眼,再睁开时,发现赵秋霜正望着自己,毫不害怕。

"我觉得现在就好像那时候。"她说。

"你是说1986年岛上发生事故的时候吗?"

"嗯。"

"是命运吗?我们和父辈一样,面对这样的结局。"

"或许吧。"周启赡完成了加速器的各项操作。现在就等最终启动了。"但是——"他猛地抓住赵秋霜的手,不由分说将金属圆筒塞进她怀里,拖着她朝一个方向走去。赵秋霜尖叫起来。

"你要干吗?"她挣扎着。

周启赡没有回答,径直把她拉到了防火门前,推进了黑暗的甬道。然后,他一下子关上了门,用背部顶住。

"开门!"赵秋霜拼命大喊,"周启赡,你没有权力这样做!"

"我有!"周启赡回答,"当年,周阳这样救了他哥哥,现在轮到我救你了。"

"如果我不来,你就能逃出去!"赵秋霜瞬间就要崩溃了。

"不……"周启赡笑了,"我说过,没有退路。"

"你不想回去了吗?"赵秋霜惊呆了。

周启赡没有正面回答。

"秋霜,说实话,那时候我不想让你来蓝珠镇,是因为我不相信你这样一个从小在北京长大的姑娘,能经历我将要经历的一切。"周启赡说着,感慨万千,"但是,我错了。如果当初我等你,我们一起上岛,或许一切都不会发生。"

"你现在还是可以和我一起离开!"

"不行了,"周启赡摇头,"这台加速器很老了,必须手动操作,而我是最佳人选。"

"为什么啊?!"赵秋霜泣不成声。

"金属圆筒是一个磁场约束装置,蓝色的碎片我放回去了,剩余的能量应该还可以形成一个小力场,足够带一个人平安逃出去。"周启赡平静地说。

"秋霜,快走吧。"

说完,周启赡不再顶着防火门,而是朝着加速器走过去。他摸到开关,深吸一口气,猛地打开,将功率开到最大。

多维空间碎片的红光亮起,逐渐增强,整个大厅都被照亮了。

大白梦魇出现在实验室大厅里，它发现了周启赡。它的头盖骨缓缓打开，露出闪着幽幽蓝光的复眼。蓝光和红光在大厅内交相辉映，周启赡陷入了幻觉。

那是1993年的雨夜。电闪雷鸣之中，周家却十分温馨。林孝慈蒸了一条大黄鱼，周铭陪着周启赡玩士兵玩偶，小小的周启赡闻到了食物的香气，流下口水。周铭和林孝慈相视一笑，三人坐在饭桌上，其乐融融。

"爸爸，爸爸，我要听故事。"

"好呀，今天讲什么？"

"士兵大战白色怪物！"

"哈哈，你最喜欢这个故事了，对吧？从前啊，有一个士兵，他最喜欢吃榴梿……"

周启赡隔着雨夜的玻璃窗，痴痴地笑了。

赵秋霜抱着金属圆筒，不顾一切地飞奔出研究所的废墟。她冲出来的时候，小白梦魇们还在自相残杀。正在吞吃尸体的怪物们看到她，都抬起头。蓝色的复眼一起扫过来。赵秋霜咬牙朝前飞奔。身后，小白梦魇们成群结队追逐而来。

在赵秋霜的身后，研究所的废墟里，突然爆发出一个红色的光球。这个光球的扩散速度极快，眨眼间追上了赵秋霜，穿过她，在前方远处的树林中停住。

怪物们开始犹豫。但赵秋霜没有丝毫犹豫，冲着红色的光幕冲了过去。

红色力场忽然闪烁了一下，然后开始快速收缩。赵秋霜向着对自己迎面而来的红光继续冲刺。白梦魇们发出嘶叫声，步步紧逼。

赵秋霜猛然发力，一跃而起，朝着红色力场跳过去。在接触到力场的一瞬间，她身上爆发出一个浅蓝色的透明球体，把赵秋霜包裹其中，穿越了红色力场。

赵秋霜跌倒在地，顾不得查看是否受伤，她回头张望。快速缩小的红色力场内，一切都是静止状态。白梦魇们静止在原地。随着力场的收缩，它们一个个瞬间化为青白色的水雾消失。

红色光球掠过的地方，一切都消失了。光球最后急速收缩为一个光点，接着，一声沉闷的爆炸声响起。光芒盛放。

赵秋霜被冲击波扫过，倒地昏迷。怀中的金属圆筒滚落在地，浅蓝色的光芒最后闪烁了一下，彻底暗淡了。

尾声

24

2003年8月28日，福建沿海，蓝珠镇。

一辆老旧的长途汽车吱扭吱扭地开进了蓝珠镇长途汽车站。文野泉在出站口翘首以待，生怕错过每一个出来的人。

他的身边停着一台崭新的遥控车，看样子应该是一台利勃海尔挖掘机的1:1缩小版本，大约一米高。只不过上面依旧安装了一台索尼小DV和一个大喇叭。

"小泉仔，小泉仔，"大喇叭嘲笑他，"海龟都没有你那么长的脖子。"文野泉没忍住，踹了挖掘机一脚。钱小海不知从哪里钻了出来，"喂喂，不要动我的二号机！"

文野泉才不理他，视线集中在一个正在出站的人影身上。那是一个年轻的女孩子，背着一个鼓鼓囊囊的双肩包，马尾辫，吊带衫和热裤的打扮让她显得和小镇古旧的做派完全不兼容。

"秋霜！"文野泉开心地笑了起来。马尾辫女孩——正是赵秋霜，她看见文野泉，也不自觉露出了灿烂的微笑，三两步冲过来，激动地拥抱了他。文野泉没想到会有这样的待遇，脸一下子红了。赵秋霜却似乎没发觉，胳膊依旧紧紧绕着文野泉的脖子，一边开心地笑着，一边说："我好想你们啊！"

"是……是吗？"文野泉期期艾艾地举着双手，不知该放哪里，是扶住她的腰，还是……

一旁的大喇叭放大了钱小海的咳嗽声。"秋霜啊，"挖掘机开始转圈，哼哼着，"好久不见啦。"

赵秋霜放开文野泉，一转身抱住钱小海，"海公公！哪里好久，分明只有一个月呀！"然后她的视线落在了二号机身上，眼睛一亮。"这就是你说的二号机啦？"她低头像摸小狗一样摸了摸二号机，"真漂亮！"

钱小海嘿嘿笑了起来，一转眼发现文野泉表情不善，不好意思地往旁边挪了两步,"秋霜啊,你还是抱小泉仔吧。"

赵秋霜没意识到这两人之间的暗流汹涌,她又一把拽过文野泉,同时抱住两人,开心地笑着,笑着,然后慢慢又忍不住哭了。文野泉和钱小海十分清楚她的泪水是给谁的,彼此对视一眼,默默不语,都更紧地抱住了赵秋霜。

赵秋霜很快停止了哭泣,放开二人,鼻头红红的,"不好意思,我有点没控制住。"

文野泉摇头说:"你想什么时候哭,就什么时候哭。"

钱小海也点头,拿出一把钥匙得意地晃了晃,"没错!秋霜,我开车来接你的,要不要看看我的座驾?"

赵秋霜擦了擦眼泪,惊讶地问:"海公公你有驾照吗?"

文野泉打了个哈哈,"秋霜你就别问了。"

"那二号机怎么办?"

钱小海露出自豪的表情,"红外线连接,遥控范围超过二十米,我还加装了马达,它完全可以跟着我们一起跑!"

赵秋霜一脸敬佩。

三人来到钱小海的车前,居然是之前老钱的小面包。赵秋霜睹物思人,仿佛又回到了那个雨夜。那时候……她闭了闭眼睛。

"上车吧。"文野泉接过她的背包,赵秋霜也回到现实,点点头上了车,她这才发现,麻雀虽小,五脏俱全,车里重新改造过了,变成了很舒适的座驾体验。车载音响播放着周杰伦的最新的歌曲《三年二班》:

走下乡,寻找哪有花香。
坐车厢,朝着南下方向。
鸟飞翔,穿过这条小巷。

仔细想，这种生活安详。

……

三个人沿着蓝珠镇的海岸线驰骋，钱小海故意开得很慢，他知道好友希望和赵秋霜多有一些单独相处的时间。

赵秋霜出神地看着窗外的景色，仅仅就在一个月之前，自己和蓝珠镇还没有那么深的羁绊，而现在——她回头看了看文野泉。

"这一个月，你过得好吗？"她问。

文野泉迟疑了一下，决定实话实说，"不太好，就是睡得不好，容易……做梦。"

赵秋霜叹了口气，"我也一样。"她完全明白他的意思，那样惨痛的悲剧仅仅过了一个月，每一个经历过的人，都需要时间来让伤口愈合。她自己也度过了好多个不眠之夜，除了一开始在医院休养的那段时间之外，几乎没有不依靠药物就睡着的时候。

怪物、幻觉、死亡、力场、周启赡——

赵秋霜闭了闭眼睛，将未至的泪水收回去。她知道自己不能活在噩梦里。更何况小伙伴们也不需要一个哭哭啼啼的自己，对吧？

于是她勉强笑了笑，岔开话题，"那，你奶奶怎么样啦？"

"她倒是一点事儿没有，"文野泉露出羡慕的神色，"还跟我说签那么厚的保密协议，简直是一辈子都没有的体验，好像还挺高兴。"

赵秋霜忍不住笑了。她犹豫了一下，小声问："那你接下来，有什么打算吗？"

文野泉知道少女问话的目的，她的脸微微泛红，眼神中似乎有某种期待。他深吸一口气，认真答道："秋霜，我——"

很可惜，这温馨暧昧的一刻被钱小海的嚷嚷声打断了：

"我们到啦！"

文野泉和赵秋霜齐齐露出失望的表情，又彼此释怀地一笑。完全没搞清楚状况的钱小海跳下车，拉开车门喊道："来吧，大家都等着啦。"

文野泉下车，向赵秋霜递出手，少女把手交到了少年的手中。

三人的目的地，是蓝珠镇公墓。等待在那里的，有文野泉的奶奶、老钱夫妻、刘珂、廖喆，甚至还有朱队长。他们的面前是一块三人合葬的墓地。墓碑上清楚地刻印着"周铭、林孝慈、周启赡"的名字。

可是现在躺在这里的，只有婶婶一个人的骨灰。赵秋霜忍不住想。

"你妈妈……"刘珂对李蕾的缺席有点意外。

"她的生活里现在只有老赵了。"赵秋霜摇头，她理解母亲的决绝，也不想勉强她。刘珂不再说话。

祭拜的过程很安静，大家放下自己带来的祭品，按顺序上香。一切都很快。结束之后，赵秋霜叫住了原本要离开的朱队长，开门见山："你们还会去找周启赡吗？"

朱队长摇头，"你虽然带出了约束装置，但里面的碎片已经死了。我们失去了进入力场的唯一途径。"

"但是，"赵秋霜紧咬嘴唇，"这世上应该还有别的组织掌握着多维空间碎片。"

"你是想说EOD吗？"

赵秋霜点头。

朱队长认真地看着她，"我知道你希望我做什么，但我不能对你保证任何事。"

赵秋霜毫不畏惧地直视他，"如果没有人去找，那我去，你们不让我去，我也要去。"

朱队长出人意料地没有反驳，只是笑了笑，还拍了拍赵秋霜的肩膀。然后他转身，大步离去。

"喂！"赵秋霜有点恼火了。她还想追，一旁的廖喆拉住她，"好啦好啦，朱队长那个意思，就是他肯定不会阻止你的。"

"但也不会帮忙，对吧？"赵秋霜翻了个白眼。

"你知道咱们这个机构啊，规矩比较多……"廖喆有点尴尬地摸了摸鼻子。

刘珂适时上前打岔，"秋霜，你这次来，要待多久？"

"到大学开学那两天吧。我三十一号回去。"

"这么赶？"刘珂惊讶。

赵秋霜指着廖喆，"他是不是也要赶着跟朱队长回去啊？"

廖喆急忙摇头。文野泉几步上前来给不明就里的赵秋霜解惑。她这才知道，廖喆现在的秘密身份是DIA在蓝珠镇的联络员，表面上则是蓝珠镇的新民警。刘珂官升好多级，成了派出所所长，名义上还管着廖喆。

"因为廖喆泄密了，这是他的处分。"刘珂解释道，但好像看上去她还挺开心的。

"也就是说，DIA明明就在继续监控开阳岛！"赵秋霜恍然大悟，随后有点生气，"那朱队长为什么不直说？"

"哎呀，他这个人就是这样啦……"廖喆拿手帕擦着汗。

赵秋霜哼了一声："廖特派员，你现在山高皇帝远，什么感觉啊？"

"这……"廖喆嘿嘿一笑，"空气好，山美水美人也美。"说完他大胆地看向刘珂。刘珂瞬间脸红了。两人有点忘乎所以。

赵秋霜被两人肉麻到了，赶紧去看看不远处的文野泉，发现他正跟文奶奶在说什么。她深吸一口气走上前去。

"小赵啊,"文奶奶热情地过来拉起她的手,"让我看看,哎呀,你一个女孩子怎么又把自己弄伤啦?"赵秋霜低头看了看自己的手心,那是面对白梦魇时的伤,她腼腆地笑着,没有回答。倒是文奶奶很快跳过了这个话题。文奶奶看着一旁的孙子,一脸骄傲。

"我的小泉仔跟我说,要去考北京的大学啦。"

赵秋霜有些惊讶地看着文野泉,少年郑重点头。不知怎的,赵秋霜突然心跳快了起来。

"秋霜,"他说,"我和奶奶商量好了,我要再考一次,去北京的大学找你。我知道你没有放弃周启赡,没有放弃回到开阳岛的愿望。我想帮你。而且——"他接着说,"这个世界上有太多我不知道的东西了,我想学学海公公,把眼光放远一点,多去看看,多认识一些未知的东西。"

赵秋霜心花怒放,紧紧握住文野泉的手说:"那我们说好了,我在北京等你,不许反悔。"

"拉钩,"文野泉的眼睛闪亮亮的,"谁反悔是小狗。"

眼看夕阳西下,钱小海看着成双成对的家人和朋友们离去,一声叹息:"啊,我好惨啊——"

话音未落,他的脑袋挨了文奶奶一记爆栗。

"奶奶我也还是单身,你有什么资格抱怨!"

钱小海惊恐地瞪大双眼,眼看文奶奶又要动手,他吓得脚底抹油一溜烟儿跑了。

"小泉仔、秋霜,等等我!"蓝珠镇的墓地里传出他巨大的哀号。

注:书中蓝珠镇、开阳岛等地均属虚构。

后　记

写《异时之夏》的这一年，我认识了一个对我来说很重要的人。

我的女儿。

我一边带着她，一边写完《异时之夏》的初稿，她也从一个还不会坐的小婴儿，变成了颤巍巍走路的大魔王。现在想起来，只觉时光流逝，如电如光。有时候半夜，她睡着了，我却无眠，于是打开电脑继续码字。黑夜还真是出稿效率最高的时间呢。

《异时之夏》的故事构思时间很长，可能每一个写作者面对自己的处女作都会像重度洁癖的完美主义者一样，选择困难，患得患失。好在最终我还是写完了，慢慢地把我的那些痛苦、欢愉、惆怅、悲伤、绝望和希望，像洋葱一样剥下来，重铸成一本小说。

说来奇怪，写《异时之夏》的时候，一段年少时的经历不停地跳进我的脑海。那年我十九岁，一个一直生活在成都、习惯了火锅和四川话的女孩子，突然脱离身边的人、事、物，去伦敦求学。

那时候的通信方式远不如现在方便，我的英语又不好，花了好长时间才搞清楚怎么打电话。学校的电脑自然不能输入中文，我给家里发的第一封电子邮件全是拼音打的。

刚到伦敦第三天，我去办银行卡，出错了地铁口，胡乱走到了一片完全陌生的街道。1999年，9月，工作日，白天，非高峰，Bank地铁站附近，商店也还没开门，连个问路的人都没有。

我站在路边，好不容易等到一个行色匆匆的路人，刚开口就被拒了，对方说"我很忙，没空"。于是，偌大的街道又只剩我一人。就在那一刻，我彻彻底底体会到了一种难以言说却又令人窒息的孤独。

你身在世界，但这个世界却对你不理不睬。

因此你只能咬牙去开路，披荆斩棘，蹚过激流，越过群山，去寻找能和你产生联系的存在。就好像《异时之夏》里的周启赡、赵秋霜、文野泉、钱小海，就好像刘珂、廖喆，就好像周铭、周阳、林孝慈、莫大勇……在这个世界上，他们都是孤独的，因此才有了奋不顾身地寻找、深陷泥潭的挣扎，以及最终的赎罪。

他们的人生就是不断地勇敢冒险，用尽一切力量去寻找答案。但，不是《夺宝奇兵》《木乃伊》那样带点观光性质的冒险，也不是《星球大战》那样的太空歌剧，而是更像《异形1》里雷普利一个人孤独的战斗。

快乐是短暂的，孤独和痛苦才是人的常态。快乐的时候，珍惜且及时行乐，才不会在悲伤来临时崩溃。

我一直在想自己为什么喜欢写冒险故事，大概是因为在冒险故事中，一开始你永远是孤独的，只能不停地前行——只要你不停下脚步，总能遇见美丽的风景。

但，别忘了积蓄力量，别忘了寻求共鸣，孤独者也需要同伴，否则容易陷入自毁。因此周启赡找到了沃夫冈，赵秋霜找到了文野泉和钱小海，廖喆找到了刘珂……他们的结局可能不同，但每个人都不后悔。

不后悔。

我清楚地记得接到电话，告诉我八光分文化愿意出版《异时之夏》时自己的样子。我背着大包小包，推着婴儿车，正准备带女儿出去吃饭。放下电话我在马路上开始蹦跶，样子特别蠢。眨眼间，小婴儿已经进入可怕的两岁。《异时之夏》也出版了。虽然这一年间，腰也酸了腿也废了，可我真是太开心了。

亲爱的编辑老师们，谢谢你们。亲爱的读者朋友们，谢谢你们看到最后。但这个故事还远未完结，人生的冒险永远都在路上。

不后悔，加油呀！